# La flor del infierno

## Gael Solano

A Lorenzo,
que enseñó con una sonrisa
que siempre hay una luz
donde solo ves oscuridad

# PRÓLOGO

Hay cosas en la vida que pasan sin que te des cuenta, pero luego, cuando tienes una oportunidad, vuelves a revivir esos pequeños detalles dejando que calen en ti como debieron hacer desde un primer momento. La forma tan cotidiana de apagar el despertador mientras amenazas al sol por salir tan temprano. La sensación del viento mientras vas a toda velocidad corriendo sin que nadie pueda pararte. La manera tan especial en la que huelen los desayunos medio quemados de tu madre. Esos son los momentos que pasan, que un día descubres que quizás mañana no vuelvan a ocurrir y que los echarás de menos.

No hay de qué preocuparse, son cosas que pasan. Hay gente que se levanta, se ducha, come algo, se cepilla los dientes y sale de casa para que nada más cruzar la puerta... ¡Pam! Infarto. Ahí mismo quedan en el sitio. Vestidos y arreglados para la ocasión, para el gran viaje. Así de fácil. Después de todo siempre ha habido gente con suerte.

Al final todo se reduce a eso. Un día naces y te dan una moneda para que apuestes por tu felicidad, o quizás sea con una ruleta o una partida de ajedrez, no lo sé. Por eso existen esos tipos, aquellos que desde que vienen al mundo les toca jugar contra el destino con una baraja marcada. No importa lo que se esfuercen. Al igual que en Romeo y Julieta su vida es una tragedia y cuanto más luchan, más pierden.

El honor, el valor, la amistad. Meros pasatiempos con los que la parca se entretiene, haciendo que valientes caballeros se enfrenten a dragones inmortales por el amor de una princesa que ni han visto ni conocen. ¿Qué pasa si la noche de bodas no funciona? ¿Se la devuelven al dragón? Sería gracioso, esforzarse tanto por obtener lo que deseas y que al final no signifique nada.

Es por eso por lo que, en ocasiones, para ganar, hay que saber retirarse. Hay que descubrir cuándo es necesario agacharte para que el destino no te vea y pase de largo. O te arriesgas a que, a falta de un apuesto caballero con blanca armadura, se fije en alguien que no es ni más alto ni más fuerte que cualquiera, alguien que solo es comida de bestia. Lo más inteligente entonces es no esforzarte, abandonar. Intentar no hacer nada extraordinario para que las cosas no cambien. Despertarse cada día con la suerte de que todo sea igual que el anterior. Los mismos amigos, los mismos problemas, la misma sensación de alivio cuando la noche nos acoge sin sorpresas.

Suena fácil, sencillo, intentar evitar que el asco y la miseria de la vida te toquen maldiciéndote en el proceso. O lo que es peor, metiéndote la loca idea en la cabeza de que si te esfuerzas lo suficiente puedes cambiar las cosas. Que, incluso teniendo la baraja marcada desde el principio del juego, aún cuentas con tu habilidad para marcarte un farol y lograr hacer algo. Que con un sueño puedes vencer a un dragón, quedarte con la princesa y que la noche de bodas sea estupenda. No solo porque valora el esfuerzo, sino porque entre beso y beso te dice que te quiere por haberlo intentado. Por tener las agallas de enfrentarte a la muerte sin ser alto ni fuerte y sin tener una blanca armadura.

El sentido común está sobrevalorado. La gente ha aprendido a vivir de tal forma que ni siquiera sienten la alegría al ver cómo el sol sigue saliendo cada mañana para celebrarlo con las tostadas quemadas al mejor estilo familiar de la historia. Aun así, después de todo, si en el momento en que sacaste la cabeza para mirar a tu alrededor sentiste que el destino te llama ¿por qué no probar a cazar al dragón? ¿Qué es lo peor que te puede pasar? ¿Que mueras?

No, a veces lo peor que puede pasarte es seguir vivo y preguntarte ¿qué habría pasado si yo...?

Esos pensamientos penetraban en su cabeza mientras, a través del cristal de la puerta, el azul de un cielo infinito se perdía en el interior de sus ojos. Las nubes cobraban vida dibujando en el firmamento extrañas formas, que curiosamente su mente intentaba asemejar. Deán observó lo que parecía ser un oso o un San Bernardo. Debía ser un oso. Estaba cansado de que todas las nubes le pareciesen perros de algún tipo. Si se esforzaba, incluso podía pasar por un dinosaurio. Sí, eso era. Un dinosaurio de la familia de los osos. Su sonrisa le causó un dolor en el labio superior, allí donde estaba roto.

Esa era su maldición. Siempre había tenido un gran potencial como soñador. Discernir entre la realidad y la ficción nunca había sido una prioridad. Quizás debido a su talento innato para abstraerse en mundos imaginarios donde se sentía seguro, donde no existía el dolor ni el miedo.

Siguió mirando el cielo creando diferentes criaturas que no podían existir, mientras notaba cómo la sangre le caía por la frente velando su vista. Eran tantas las sensaciones que recorrían su cuerpo, que se negaba a registrar nada nuevo.

—¡Maldito desgraciado! —El grito penetró en sus tímpanos provocándole un dolor punzante en la cabeza—. ¿No te das cuenta de que no lo vas a aguantar?

El aspecto deplorable de Deán reafirmaba de por sí el comentario. Tanto los pantalones como la camisa que llevaba estaban rotos por la fuerte paliza que estaba recibiendo. Sus ojos, amoratados e hinchados, eran incapaces de enfocar y al hablar, sus terminaciones nerviosas le hacían saber el precio de cada sílaba que pronunciaba.

Como si solo fuesen minucias que no requiriesen el esfuerzo que estaba realizando, procuró dar a su voz un toque de humor.

—Si pegas como una niña pequeña —El dolor le arrancó un gemido que intentó disimular—. Creo que incluso mi abuela me acaricia con más ganas.

El golpe no se hizo esperar. Su cuerpo se estrelló contra la pared al otro lado de la habitación, clavándole las baldas en su espalda. Deseó morir, aunque sabía que no tendría tanta suerte. Al caer al suelo, se llevó consigo los libros y utensilios que segundos antes habían descansado entre las estanterías.

El grito de la chica fue lo que le impidió perder el conocimiento. Su cabeza giró hasta encontrarse con ella. Ahí estaba. Siempre bella. Siempre hermosa. Deán frunció el ceño incapaz de comprender por qué su mirada implorante estaba llena de lágrimas.

—Por favor —le suplicó Verushka—. Ríndete, por favor.

El muchacho levantó la cabeza. Al apoyar la mano en el suelo, las fuerzas le fallaron resbalando con su propia sangre. Volvió a intentarlo. Él menos que nadie, quería ser un héroe. Su vida siempre había consistido en ser lo bastante rápido como para que los problemas no le alcanzasen. Le pareció increíble cuando, con una voluntad sobrehumana, fue capaz de levantarse, mover su cuerpo hasta el agresor y ladear la cabeza en un intento de que sus ojos captasen la imagen.

—Perdóname —pidió—. Retiro lo dicho. No te enfades conmigo. En el fondo sé que no pegas como una niña ¡ellas me hacen más daño!

Cerró los ojos anticipando el golpe que iba a darle, que a pesar de todo no llegó. Aquello no podía ser bueno. Escupió en el suelo dejando una mancha roja en el sitio.

—Reconozco que tienes agallas. —La voz fuerte y segura de Lukashenko, llenó la habitación con su energía—. Muchos habrían desistido. Te recomiendo que aceptes mi oferta, ¿qué más te da perder algo que no es tuyo, si encima puedes obtener una sustanciosa recompensa?

—Puedes torturarme —balbuceó Deán que, a pesar del dolor que sentía, intentó parecer despreocupado—, pero no puedes matarme. Creo que eso nos deja en tablas. Así qué ¿por qué no nos dejas en paz y te vas por donde has venido?

El hombre se acercó a él avanzando con la seguridad de un tigre en su hábitat natural. Con su cazadora de cuero marrón, su pantalón vaquero ajustado y aquel pelo castaño, se le podía describir como una persona. Por lo menos hasta llegar a sus ojos. Toda humanidad moría con aquella mirada.

—Llevo tanto tiempo en este negocio, que no sabes la alegría que me produce encontrar a alguien con tu perseverancia. —Amplió la sonrisa que vestía su cara ante el valor desplegado por el muchacho—. ¿Estás seguro de que es esto lo que quieres? Incluso la muerte no será solo un deseo, sino la más bella de las liberaciones. Un placer tan exquisito, que no volverás a esperar nada con tanta ansia ni desesperación una vez empiece contigo.

No era una amenaza vacía, era una promesa. Inconscientemente, Deán sintió un temblor recorriendo su cuerpo. Miró a la chica una última vez.

—¡Empieza cuando quieras! —le desafió aquel muchacho aspirante a hombre, demostrando una nobleza que el demonio estaba deseando destruir—. No te tengo miedo.

Para él, el reto evidenciaba lo mucho que estaba dispuesto a luchar. Después de todo era un soñador, tenía que creer que lo importante no era vencer a la bestia, sino encontrar el valor para enfrentarse a ella.

En ese momento la promesa cobró toda la fuerza que encerraban sus palabras y los gritos quedaron ahogados entre esas cuatro paredes.

# CAPÍTULO 1

Las calles de la ciudad eran acariciadas por los fríos rayos del sol de un duro invierno. La gente paseaba con sus abrigos bien abrochados y las manos en los bolsillos, intentando escapar de la sensación helada que penetraba en sus huesos. Quizás ese era el motivo por el que ignoraban aquella vieja tienda que, con olor a antiguo, abría sus puertas a todos aquellos que quisieran arriesgarse a probar fortuna en su interior.

El cartel, que desde hacía más de una década decoraba con cariño la entrada del lugar, rezaba «*Reliquias y ocasiones Nerf*» con letras desgastadas del abusivo castigo del clima y el paso del tiempo sobre ellas. Situada en la esquina de Westchester Square, el sitio no era un mal lugar para abrir un pequeño negocio. Aunque corría la teoría de que el verdadero motivo por el que el dueño se negaba a cerrar era para poder tener un hueco donde meter todos esos bártulos que había acumulado a lo largo de su vida.

Si la tienda parecía pobre por fuera, el aspecto destartalado en el interior tenía el propósito de querer ahuyentar más que atraer a los clientes. El dueño, Nerf como todos le llamaban, se pasaba el día ordenando con cariño tesoros de un valor sentimental más que práctico. Su pelo canoso, ayudado por unas mejillas regordetas, le daba un aspecto paternal que le ayudaba a ganarse la simpatía de las personas con las que trataba. Sus movimientos eran precisos y con una maestría que nadie parecía admirar. Años de práctica le habían vuelto habilidoso en un trabajo que adoraba, como demostraban las horas muertas que pasaba allí y el hecho de que apenas se molestaba en vender algo. Cuando la campanilla de la puerta anunciaba la entrada de un cliente, en lugar de un vendedor se encontraba con una persona risueña. Un viejo bardo parlanchín que rememoraba historias fantásticas para cada objeto que tenía.

Las estanterías del local aparecían llenas de un denso polvo que señalaba tanto la antigüedad del establecimiento, como el poco uso que la gente hacía de él. Si se observaba con detenimiento incluso podía descubrirse el rastro que algunos libros dejaban cuando un cliente, o el propio dueño, los sacaban de la estantería para devolverlos al mismo lugar.

Las curiosidades de Nerf eran variopintas y variadas. Entre sus baldas podían apreciarse tablas de ouija, DVD e incluso cintas de video tan antiguas, que el nombre de su reproductor había escapado de la memoria de la sociedad. Aquel era un sitio donde se podía ver un dragón colgado en la pared al lado de un póster original del estreno de «*Con faldas y a lo loco*» firmado por la eterna Marilyn Monroe.

En el centro de la tienda se apreciaban cientos de estatuillas. Budas, Shivas e incluso algún Santo se contaban entre las más habituales; otras, en cambio, pertenecían a extraños individuos desconocidos, o figuras demoniacas, que se retorcían con una agónica sonrisa en sus caras deformadas. Daban la impresión de estar gritando mientras soñaban con escapar de la dantesca forma en que sus brazos y piernas se retorcían de dolor. Más de una vez, algún cliente se había sorprendido sintiendo un escalofrío al encontrarlas e imaginarse viviendo para siempre semejante tortura.

Aquel día la tediosa tarea de ordenar una y otra vez los artículos nuevos que llegaban le resultaba tan aburrida a Nerf, que no podía dejar de observar el lento avance de los minutos en el reloj de cuco que estaba en la pared junto a la puerta. A pesar de ello, con la costumbre que da la rutina, cada vez que alguno de sus pocos clientes abría la puerta, les recibía con una alegría desmedida.

Ese lugar era orden y caos. Como si el dueño, en vez de ordenar, revolviese todo para que se perdiese aquello que la gente había ido a buscar. A pesar de todo para Deán Anderson, que apenas acababa de cumplir los diecisiete años, era una tienda donde podía encontrar magia, tesoros y aventuras. Un local en el que se sentía a gusto y protegido. Por desgracia su paga semanal le impedía comprar nada de lo que veía, convirtiéndolo en un cliente habitual de los que solo miran. Aun así, el jovenzuelo admiraba las cosas con mayor respeto y cariño que muchos de sus clientes más acaudalados, permitiéndole, desde hace mucho, ganarse la confianza del anciano.

—Buenos días, ¿viste algo que te gustase? — preguntó el dependiente con aquella voz jovial y alegre que le caracterizaba.

Agarrando un frasco lleno de caramelos de diversos colores, lo abrió antes de tenderlo frente a él.

— Toma, coge algunos.

Deán alargó la mano para coger uno de fresa. Le gustaban más que aquellas bolas moradas con sabor a uva.

—He visto el dragón que tienes en la pared del fondo. El día menos pensado estará colgado de mi habitación —Nerf asintió complacido, sabedor que aún estaba muy lejos el día que su cliente pudiese permitirse un capricho tan caro—. ¿Cómo es posible que tengas tanto calor? Fuera estamos a cuatro grados y yo no hago más que sudar aquí dentro. ¿No has pensado en poner algo que refresque un poco el ambiente?

—¿Para tener otro gasto? Con dejar la puerta abierta a la hora de comer tengo todo el fresco que deseo. Lo mejor es que encima no tengo que pagar ningún extra porque con la excusa de la crisis, tal y como están las cosas, me extraña que aún no se le haya ocurrido a nadie cobrarme hasta por respirar aquí dentro. Esta tienda me va a llevar a la ruina —mientras hablaba, seguía abanicándose con una vieja revista que hacía años debía de tener sus noticias atrasadas.

—Es que a mí tu tienda siempre me parece un horno. Aunque es cosa tuya. Eres tú quien se pasa las horas muertas aquí; yo solo estoy de paso y de hecho, creo que va siendo hora de irme. Hoy como en casa.

—¿No tenías clase después del almuerzo?

—Claro, debería. Pero hay claustro de profesores y nadie quería hacerlo un sábado. No tenían ganas de pasarse allí el fin de semana. Así que ellos trabajan menos y nosotros tenemos una tarde libre, todos ganamos. Y yo debería salir ya si quiero llegar pronto a casa.

Echó un rápido vistazo a su reloj comprobando que lo tenía a la misma hora que el de la tienda. Salió por la puerta dejando al anciano con su abanico improvisado mientras le oía despedirse con un «*que te sea leve*».

El frío del ambiente le recibió con fuerza obligándole a abrocharse bien la cazadora roja y azul que llevaba puesta. Aunque era lo bastante buena como para no dejar pasar el frío de las típicas tormentas neoyorquinas, no lo era tanto como para protegerle de las heladas. Tenía que convencer a su madre de que una inversión en un abrigo decente no era malgastar el dinero, sino una cuestión de supervivencia.

Fue su sexto sentido el que le hizo dejar de pensar en tonterías y girar la cabeza hacia la derecha para avisarle. Por un momento su corazón se detuvo, como si tuviese la necesidad de tomar impulso antes de comenzar a bombear con mayor intensidad.

Ya no era un día tan prometedor como parecía hace menos de cinco minutos. Dudó entre volver a entrar en la seguridad de la tienda o probar suerte en la calle. No hubo mucho debate, montar una escena delante de Nerf no era una buena opción.

Empezó a correr.

El denso tráfico del medio día no le impidió cruzar la carretera de una manera impetuosa, casi suicida. En esos momentos tenía cosas más importantes de las que preocuparse que de su vida. Detrás de él Carlos, Adam y Luis también cruzaron de manera imprudente, aunque por motivos diferentes. Un antiguo juego, donde él era la presa y ellos los cazadores.

Suponiendo lo que le ocurriría si le llegaban a atrapar, el miedo espoleó las piernas de Deán regalándole la energía como pocas veces. Hoy tenía que ser un gran día, estaba convencido. La velocidad que tenía era buena en comparación con la de ellos, su carrera en zigzag rápida y la distancia que les separaba aumentaba a cada paso. Además, les superaba en aguante por mucho. Se habían encargado de entrenarle durante años.

A su paso la gente le amenazaba con algún improperio cuando por accidente les golpeaba al pasar. Como si él tuviese la culpa de tener que escapar a toda velocidad día sí y día también. Más de una vez había pensado que si en vez de chillarle le protegiesen de esos matones, no tendrían que aguantar sus encontronazos fortuitos.

Echó un rápido vistazo sobre sus hombros para evaluar la distancia que había conseguido sacar a sus perseguidores. Se sentía tan rápido como el viento. Quizás más. No podía prever que al doblar la esquina alguien hubiese dejado en mitad de la acera un carrito de la compra.

Chocó, provocando un estruendo mientras caía al suelo junto con verduras y otras cosas que había dentro. Al intentar recuperar el equilibrio, el empujón que le dio Carlos en su espalda le hizo volver a caer.

—¿A dónde te crees que ibas? —preguntó el mexicano con un pie sobre la cabeza del muchacho—. ¿No sabes lo mucho que me jode que me hagas correr? ¿Acaso ya no tienes tiempo de jugar con nosotros?

—Por favor, me haces daño.

La suplica no tenía dignidad. Era el gemido de alguien acostumbrado a implorar clemencia.

Incluso desde el suelo, Deán notó como el muchacho se crecía de orgullo cuando le alcanzaron sus dos amigos. Le cogió del brazo y se lo levantó por la espalda hasta más allá de donde había creído posible.

—¿Qué decías come mierda? ¿Qué ojalá fuese tan amable de pisarte más fuerte? Claro que sí, siempre es un placer ayudarte.

La presión en su cráneo le hizo creer a Deán que de un momento a otro sus sesos estarían esparcidos por el suelo. Siempre se juraba que sería la última vez que tuviese miedo, que en la próxima ocasión sacaría las fuerzas de donde hiciese falta para poder defenderse. Sabía que se engañaba a sí mismo; era débil, cobarde e incapaz de cambiar eso. Sus ojos buscaron sin éxito entre los transeúntes algún alma caritativa que pusiese fin al suplicio, pero o bien le ignoraban o sonreían ante lo que les parecía un inocente juego de niños.

—Fijaos, —dijo Luis señalándole con un dedo—, pero si está llorando como un niño. ¿Quieres que llamemos a mamá para que te consuele?

Ni siquiera Deán podía decir cuándo la humillación y el dolor se habían hecho tan constantes en su vida.

—No merece la pena venga, vamos a la bolera a divertirnos de verdad. El meapilas este ya ha tenido bastante —añadió Adam.

Carlos le miró sopesando aquella opción. Después de reírse de la broma un poco más, decidió dejarle en paz y dar por terminada la tortura.

—Será mejor que te vayas de aquí antes de que cambie de idea —añadió levantando al muchacho del pelo—; y como vuelvas a hacerme correr, la próxima vez te rompo el brazo. ¿Te ha quedado claro?

Deán, tapándose la cara con las manos, mitad llorando y mitad fingiendo el más atroz de los dolores, asintió.

Llorar. La única medida de salvación que conocía para un tres contra uno. Aunque tampoco es que importase mucho la proporción. En una pelea justa también tenía las de perder. Lo sabía bien.

Estaba tan cansado, tan harto... Los tres se alejaban pavoneándose orgullosos de sí mismos. Como si fuese una proeza dejarle humillado. Esos idiotas... Si no fuese por aquel estúpido carro ni siquiera le hubiesen atrapado.

¿En serio se creían tan buenos?

Por una vez, desde el fondo de su estómago, surgió algo que no supo bien definir. Era como un rugido animal en lo más hondo de sus entrañas que sabía, sin lugar a duda, que de no sacarlo fuera terminaría por engullirlo.

—¡Gilipollaaaaas!

Los tres muchachos se giraron estupefactos para mirarle. Aunque no sabría decir si eran ellos o él mismo el más sorprendido. Gracias a Dios que sus piernas reaccionaron antes que su cerebro porque cuando se dio cuenta de lo que acaba de hacer, sus pies ya llevaban en funcionamiento un buen rato.

Era rápido, lo sabía, contaba además con el efecto extra de la adrenalina recorriendo su cuerpo que provocaba una sensación de euforia y miedo que le hacía sentir como si volase. Nadie podía frenarle, nadie iba a atraparle y solo una pregunta rondaba por su cabeza.

¿Por qué no lograba dejarlos atrás?


Nerf estaba muy contento. Aquel mando a distancia estaba resultando ser una gran inversión. No solo por la comodidad de pulsar un botón y que la verja bajase sola, sino que se había librado de salir cada día con el gancho haciendo el ridículo delante de los demás establecimientos. Puede que le costase adaptarse a los cambios, pero se estaba poniendo al día. No se arrepentía de los setecientos dólares que tuvo que invertir en la obra para montar aquella maravilla tecnológica. Valía la pena.

Empezó a alejarse fantaseando con la posibilidad de que en casa le esperase una comida caliente, quizá carne en su jugo o alguna verdura preparada al vapor. Le gustaba aquella idea, esa fantasía, aunque más de la mitad de las veces se conformaba con abrir algún bote de conservas y meterlo dentro del microondas.

Era como el mando a distancia. Hacía la vida mucho más fácil, aunque lamentaba que la pereza ganase terreno en su vida. No quería comer solo, pero le costaba menos abrir una lata y calentar su contenido que preparar algo para una sola persona. Echaba de menos que alguien viniera de visita para charlar, solo por hablar. Con profundo pesar negó con la cabeza. Pulsó el botón del mando a distancia y como cada día, se alejó hacia casa, con un andar más pesado con el que acudía a trabajar mientras silbaba <<*Can't help falling in love*>> con aire ausente.

Al doblar la esquina Deán vio su oportunidad. Su única salida. Sus piernas no pensaron ni por un momento qué ocurriría si no le daba tiempo a pasar, si la verja de la tienda de su amigo se cerraba sobre su enclenque cuerpo y lo aplastaba contra el suelo, no pensaron cómo explicaría lo que hacía allí si lo lograba. Sus piernas no lo pensaron y él tampoco. Solo podía dejar que su instinto le ayudase a escapar de lo que sería una dolorosa represalia a su gesto de valentía, mientras una idea dominaba su cerebro.

*«No vas a lograrlo.»*

La idea se deslizó en su mente mientras veía como todo aquel metal seguía bajando. Si hubiese tenido tiempo, si esos chicos no le quisiesen matar, si tuviese una segunda opción, ni se le habría ocurrido el intentarlo. Pero esta vez no podían cogerle, antes se dejaría destrozar en un acto estúpido que permitirles la satisfacción de atraparle. Corrió tanto como pudo y se lanzó suplicando tener suerte, mientras oía cómo doblaban la esquina justo cuando algo le rozó la cabeza.

Cerró los ojos apretando con fuerza las mandíbulas esperando la sensación de dolor que tenía que llegarle. Al abrirlos, estaba bien. Lo había conseguido. Cerró la puerta que Nerf había dejado abierta para que se ventilase e instintivamente se puso en pie. Para cuando quiso pensar, ya estaba adentrándose en el viejo local buscando dónde guarecerse.

Se cobijó más allá de la estantería de las revistas hasta quedar fuera del rango de visión. La extraña sensación que notó en el pecho le hizo darse cuenta de que contenía la respiración desde hacía un rato. Necesitaba oxígeno, aun así, le costó bastante relajarse y permitir a los pulmones hacer su trabajo. Rezó para que a ninguno de los tres matones se le ocurriese mirar ahí dentro.

Con lentitud, asomó la cabeza más allá de la estantería. Desde donde estaba podía ver a Luis rebuscando debajo de los coches y a Adam mirando dentro de un contenedor. Casi saltó de su escondite cuando Carlos se acercó de improviso, golpeando el cristal del escaparate con la mano sobre su frente esforzándose en ver el interior de la tienda. Por suerte para Deán, la falta de iluminación jugó a su favor. Adam se acercó comentando algo a lo que el mexicano respondió irritado. Por los agresivos gestos, creía entender que se daban por vencidos. Se notaba que la idea no les hacía gracia.

No les perdió de vista mientras se alejaban frustrados. Esperó un par de minutos antes de encontrar el valor de acercarse a la puerta y ver si de verdad se habían ido.

No podía ver bien y no quería arriesgarse. ¿Era posible que se hubiesen escondido para atraparle? No lo sabía, aunque la idea de que perdiesen toda la tarde esperándole, no era del todo desagradable.

—Vale, perfecto. Que os divirtáis haciendo nada.

Su voz sonó tranquila, a pesar de que en el pecho el corazón latía con rabia intentando escapar a través de la caja torácica. Esperó diez minutos más para estar seguro de que nadie se movía allí fuera antes de abrir la puerta e intentar levantar la verja a pulso.

Por si sus problemas fuesen pocos, aparte del sonido metálico no consiguió ningún resultado. Malhumorado, se metió de nuevo a la tienda y empezó a revolver los cajones tras el mostrador. Estaba seguro de que allí debía guardar una copia de las llaves para poder salir. Miró por todas partes sin encontrar nada. Hubiese buscado en la oficina, oculta tras la cortina, si no hubiese estado cerrada la puerta. Romper la cerradura para buscar algo que a lo mejor no estuviese le pareció una salvajada.

De momento, iba a estar encerrado hasta que Nerf volviese. Con pasos pesados y lentos caminó hasta el teléfono que descansaba debajo de la caja registradora y llamó a su casa. Dejó que sonase con los ojos cerrados hasta que, con el séptimo tono, le contestó una mujer con voz agradable.

—¿Sí, dígame?

—¿Hola? ¿Mamá? —Por un instante tuvo miedo de que hubiese llegado a casa y se hubiese preocupado cuando no le viera.

—Dime, cariño.

—Sé que habíamos quedado, pero no puedo ir a comer —comentó improvisando con rapidez—. Tenía que terminar un trabajo en clase con un compañero y necesitamos el aula de informática y se me pasó el tiempo volando.

—¿Te falta mucho?

Por el tono con el que habló, Deán sabía que estaba deseando que dijese que no.

—No creo que vaya en un buen rato. Lo mejor es que empieces a comer sin mí.

El suspiro y el silencio al otro lado de la línea no duraron más de dos segundos.

—No te preocupes, tesoro. De todas formas, tampoco tengo mucho tiempo, debo regresar a la oficina. Te voy a guardar algo de comida en la nevera por si te apetece cenar antes de que yo llegue. Hoy tengo mucho trabajo así que no puedo decirte la hora a la que podré ir a casa.

Deán resopló con resignación.

—¿Otra vez?

—Lo siento cariño. No puedo evitarlo. Es un cliente importante y no sería bueno dejar pasar esta oportunidad. Te prometo que iré lo antes posible, aunque no puedo asegurarte de que esté para la cena.

—Sí bueno, tranquila, como siempre. Lo entiendo, es tu trabajo y todo ese rollo. —Al hablar, Deán se frotó la sien, cansado—. Un beso enorme mamá, te quiero.

—Lo mismo cielo.

Colgó el teléfono cuando oyó el clic al otro lado de la línea. La estaban explotando. Trabajaba más duro de lo normal, no le subían el sueldo, no le daban ningún tipo de recompensa, llegaba a casa cada día más tarde y encima lo hacía casi gratis. Parecía increíble lo que la gente se podía aprovechar de los demás con la excusa de que había que abrocharse el cinturón. El reloj de cuco le sacó de sus cavilaciones anunciando que había pasado media hora desde que Nerf cerró su tienda.

Aún faltaba un buen rato antes de que regresase. Estaba encerrado, aunque aquello no tenía por qué ser malo necesariamente. Una sonrisa traviesa le llenó la cara cuando se le ocurrió pasar el rato de la forma que más le gustaba, descubriendo nuevos tesoros.

Entre las distintas secciones, los miles de abalorios y los chismes que había, sin dudar fue corriendo a su rincón preferido. El dragón, de un metro de largo, descansaba colgado en la pared como si fuese el rey de aquel espacio. Daba la impresión de estar protegiendo todos los objetos que se amontonaban a sus pies con sus garras apuntando siempre al frente y los ojos, color de fuego, buscando algún intruso. El detalle con el que habían trabajado cada una de las escamas color negro que cubrían su cuerpo, solo palidecía ante la perfección de las mandíbulas amenazantes. Abiertas y con unos dientes semejantes a pequeñas dagas, daba la sensación de que de un momento a otro pudiese rugir. A su alrededor, como si hubiese derrotado a mil enemigos, todas las baldas estaban llenas de armas; hachas de batalla, espadas pequeñas, dagas y aquellos enormes espadones que se veían en las películas de vikingos descansaban cubriendo cada hueco disponible.

Le llamó la atención una muy alta que debía medir por lo menos la mitad que él. En la empuñadura una calavera hacía de tope mientras el cuerpo de una serpiente enrollada hacía el mango; hasta llegar a la boca que, abierta de par en par, exhalaba la hoja de la espada a modo de lengua. Al tratar de levantarla descubrió que pesaba tanto como parecía y que no podía con ella. A su lado, la hermana pequeña del arma aguardaba su turno impaciente por ser blandida. Deán la agarró con fuerza sintiendo cómo encajaba de manera perfecta en su mano. La levantó con relativa facilidad, preparándose para la inminente batalla contra las legiones de monstruos que su mente soñadora empezó a crear.

El arma se movía por el aire en movimientos torpes y lentos, pero en su imaginación, aquellos golpes magistrales eran imparables. Enemigo tras enemigo caía preso de su habilidad innata para el combate. Demonios, esqueletos, zombis y vampiros morían aterrorizados, mientras destrozaba sus cuerpos sin compasión. Gritó, aulló y amenazó a un sinfín de rivales que decidieron huir en desbandada ante el inminente cansancio en el brazo de su rival. Dejó la espada en su sitio sin poder parar de reír con las gotas de sudor extendiéndose por su frente. Sin duda, de todos los lugares del mundo, aquel rincón era el mejor de todos.

Fue a la zona de libros para sentarse. En aquel espacio se sintió parte del misterio con el que solo te pueden envolver las palabras. Un olor dulzón a antiguo inundaba aquella sección casi abandonada. La improvisada biblioteca constaba de seis apartados mezclados por completo. Entre sus estanterías descansaban textos de todo tipo; desde libros infantiles, revistas, novelas y cuadernos de música a algunos libros tan antiguos, que parecían haber perdido su propio tiempo.

Sus manos pasearon con cariño por los tomos sin llegar a coger ninguno. Aunque esa parte de la tienda siempre parecía algo más oscura que el resto, la sensación de que una multitud de autores peleaban por saltar de las baldas a sus manos le hacía sentirse bien. El que llamó su atención no es que fuese más voluminoso que los demás ni sus tapas más bonitas. Fue su título. En una especie de marcado relieve se leía *«Magia blanca, magia Negra»*. En aquel momento no sabría decir qué fuerza fue la que le empujó hacia ese libro en particular cuando alargó la mano y lo cogió.

El tacto era bastante agradable. Las páginas empezaban con títulos cuyas letras estaban bañadas en oro. Una escritura hecha a mano, con tinta negra y de aspecto siniestro, seguía a continuación detallando todo tipo de rituales. Entre los muchos que había se centró en leer el hechizo *«fuerza de toro»*. En su descripción daba a entender que servía para entregar al portador del conjuro la fuerza del animal. Leyó y releyó aquella página una y otra vez, mientras se imaginaba las posibilidades.

Las frases eran sencillas y los componentes fáciles de conseguir. No parecía demasiado complicado de probar. Estaba leyéndolo cuando el sonido de la verja le sobresaltó. Con la pericia del que siempre está alerta se movió a toda velocidad. En tan solo un rápido vistazo, encontró unas cajas al lado de la puerta donde podría pasar desapercibido.

Agazapado, esperó. Se preguntó quién sufriría el ataque al corazón más grave si lo descubría ahí dentro, Nerf o él mismo. Pero tuvo suerte. Cuando su amigo entró, fiel a su rutina de apertura, lo primero que hizo fue meterse en su oficina. Deán aprovechó el momento para salir corriendo de su escondite y lanzarse a toda velocidad hacia la salida. Abrió la puerta y ya se disponía a escapar cuando vio el libro aún entre sus manos.

Nervioso, se planteó volver corriendo a la estantería a devolverlo, pero las campanillas habían delatado su presencia.

—¡Hola! ¿Hay alguien a quien le apetezca trabajar? —gritó como si acabase de entrar.

Vestido con su sonrisa habitual, Nerf salió de la trastienda frotando sus manos contra sus vaqueros.

—Anda ¿otra vez por aquí? ¿Se te ha olvidado algo?

La cara de Deán no podía tener más culpabilidad.

—Verás es que no sé cómo, antes, al irme, no me he dado cuenta y me he llevado este libro. Venía a devolvértelo. Aunque reconozco que tras echarle un vistazo me interesa. ¿Cuánto vale?

El anciano evaluó al adolescente con una mirada apreciativa.

—Vaya, así que te lo llevas sin que yo me entere ¿y aun así decides traerlo? Para que luego digan que no queda gente honrada andando por el mundo. —No disimuló el toque de orgullo en su voz—. Vamos a hacer una cosa; ya que casi no quedan buenas acciones, las que se resisten a desaparecer voy a premiarlas. Te lo regalo.

—¿De verdad? —preguntó Deán ilusionado sin poder creerse su suerte.

Nerf hizo un movimiento con sus hombros restando importancia al asunto.

—Claro. Ya ni sé el tiempo que lleva por aquí. —Lanzó un ligero suspiro resignado—. En este mundo solo las personas especiales sueñan con la magia.

—Gracias, gracias, gracias, gracias.

El anciano sonrió ante la alegría incontrolable de la que estaba siendo víctima el muchacho. Vio cómo salía a todo correr de la tienda, impaciente por probar algún que otro encantamiento. Nerf se acercó a la puerta de cristal mientras le veía alejarse sin girarse a mirar. A sus labios acudió la frase que no dejaba de repetirse en su cabeza.

—En este mundo solo las personas especiales creen en la magia. Y la magia sabe cómo encontrar a esas personas.

# CAPÍTULO 2

No había hecho más que doblar la esquina cuando Deán tuvo la necesidad de parar y abrir el libro. Notó un cosquilleo en el estómago cuando en la primera página las letras bailaron frente a sus ojos una danza macabra. Agitó la cabeza en un intento de concentrarse y dejar que su nerviosismo pasase, antes de ser capaz de leer.

La cadencia de las líneas era tan hermosa que hubiese apostado a que describía poesía en lugar de conjuros. Los trazos negros con los que el escritor se había ayudado dibujando las indicaciones en sus hechizos, le daban un toque sobrenatural a cada una de las hojas. Estaba seguro de que había regalado tanto cariño a su obra, como el que estaba transmitiendo el muchacho al leerlo.

La gente se apartaba del ávido lector dándose cuenta de que solo era el cuerpo físico el que caminaba por la ciudad. Su mente estaba tan lejos como su imaginación podía transportarle. De todas formas, nada sorprendía ya a las concurridas calles donde los transeúntes caminaban pegados a sus fabulosos móviles como zombis sin cerebro que se ignoraban los unos a los otros. Otro rasgo más del avance de la humanidad. Nueva York no era una excepción. Era una de las mayores urbes que existían en el mundo, centro neurálgico de la economía y de la sociedad. Un refugio que acogía casi a nueve millones de personas, cientos de monumentos, edificios y museos catalogados como maravillas. La ciudad se dividía en cinco distritos, cada uno de ellos con su propia singularidad, problemas y secretos. El único sitio del planeta donde puedes estar completamente solo rodeado de millones de individuos. Incluso a punto de iniciar una aventura como ninguno de ellos se atrevería a soñar ¿cómo iba a llamar la atención en sus calles un minúsculo adolescente con un libro entre sus manos?

El Bronx era el condado situado más al norte, el único de los cinco que no estaba en una isla, sino en tierra firme. Con los años que había pasado allí, Deán podía circular sin tener que levantar la cabeza para ver por dónde iba mientras se dejaba arrastrar por la lectura hasta su barrio.

Aunque el suyo no era uno de los mejores lugares, con el tiempo aprendió a apreciarlo. Era un sitio variopinto en todos los sentidos. Destacaba por su bajo nivel económico y el alto grado de delincuencia que se estaba adueñando rápidamente de aquella zona donde podían mal vivir. Los extraños que merodeaban eran avistados por algún que otro vecino y la voz corría como el viento extendiéndose entre sus habitantes. Las redes de información eran extensas; desde la chismosa que siempre fisgaba por la ventana al menor ruido hasta el anciano italiano que limpiaba diez veces al día su coche. Todos los vecinos eran una curiosa variedad de culturas y razas mezcladas; lo mismo vivían cubanos exiliados de la patria, negros que llevaban tanto tiempo allí que sus casas contaban mil historias, norteamericanos con antepasados europeos o latinos en busca de mayores oportunidades. Cualquiera podía ser lo bastante bueno para entrar a formar parte de aquel trocito de la ciudad. Solo se requería una cosa: Sobrevivir.

Ubicada a media hora del colegio, diez minutos en autobús, y sin poder permitirse nada mejor, la primera casa que compró su madre estaba en la intersección entre East Tremot y Randall. Al principio solo era un piso de paso, algo para ir tirando hasta que las vacas flacas engordasen. Con el tiempo, se fue transformando cada vez más un hogar debido en gran parte a que esas vacas parecía que siempre iban a estar a dieta.

El rojo descascarillado con que estaba pintada la cerca que rodeaba su propiedad, resaltaba el césped amarillento que debía proteger y que pedía a voz en grito un poco de agua. El edificio no tenía mucho mejor aspecto. Disponía de una sola planta con cocina, dos dormitorios, un baño minúsculo y el salón que frecuentaban en las contadas ocasiones en las que su madre no estaba tan cansada como para querer irse directa a la cama.

En la parte trasera, un pequeño jardín con flores ya marchitas intentaba aparentar ser el lugar idílico para noches de verano. Habían colocado una mesa y dos sillas en un alarde de originalidad que el paso de los años, el moho y el óxido, habían terminado con el poco atractivo que hubiese llegado a tener.

Fue mucho tiempo el que Deán había soñado con irse a vivir a sitios como la Quinta Avenida, Park Ave o El Upper East Side. La forma en la que las series de televisión mostraban una vida llena de posibilidades, le mantenía enamorado de algo que no podían permitirse. Era una quimera tonta que descartó al crecer y ver las posibilidades económicas que poseían.

A pesar de que nació cuando su madre contaba con apenas dieciocho años, la pobre mujer trabajó duro para sacarle adelante. Las únicas palabras con las que se crió eran de amor y cariño. Jamás, en toda su infancia, le dejó olvidar que él era lo mejor que la había pasado nunca. Lo más hermoso, lo más querido. La historia sobre cómo su progenitor fue a dar un paseo del cual no regresó o la forma en que se maldijo por haberse enfrentado con sus propios padres en aquellos años por aquel cobarde, no eran más que anécdotas de lo mucho que había tenido que luchar. No fue fácil, aun así, no se dejó vencer por el miedo y la tristeza.

Tras discutir con sus progenitores una última vez, optó por coger sus pocas pertenencias para mudarse lejos de aquellos que la conocían y la señalaban. Trabajó a jornada reducida en una tienda de dependienta mientras terminaba sus estudios universitarios como decoradora de interiores. Cada mañana se le rompía el corazón cuando tenía que dejar a su vecina, la señora Rose, su bebé con apenas unos meses de edad. Pero cuatro años después, tenía el título que se había ganado con mucho sudor. Encontró trabajo de decoradora en una inmobiliaria donde un jefe con las manos demasiado largas no veía más que una muchacha de la que aprovecharse cuando la contrató. Armándose de paciencia y con todo en contra, consiguió mantener su trabajo e ir aprendiendo hasta llegar a ser una de las mejores personas en su oficio con las que contaba la empresa. Aquella niña que abandonó su casa tiempo atrás se había ganado el respeto de todos con trabajo duro y horas extra.

—Hola, mamá. —Deán no se sorprendió cuando nadie le devolvió el saludo—. Ya he llegado.

En la cocina, la montaña de platos sucios le saludó al entrar quitándole las pocas ganas que tenía de calentarse las sobras que su madre le había prometido. En su lugar se preparó un bocadillo de crema de cacahuete y extendió por la mesa los libros de las distintas asignaturas en las que aún le quedaba tarea. Mientras daba un mordisco, la señora Robinson con su clase de matemáticas ocupó el puesto número uno en sus atenciones.

Se sentó intentando resolver unos sencillos problemas. Aunque nunca había tenido dificultades con las cifras, hoy los números se le resistían negándose a hacer algo provechoso. Ni siquiera fue consciente del momento en que comenzó a juguetear con el bolígrafo entre sus dedos con la experiencia de aquel que ha sufrido largas horas de tedio.

Su mirada vagó sin rumbo hasta descansar en el único libro que había apartado de sus asignaturas, el de hechizos. Se acercó a él con cuidado, como si cualquier movimiento brusco pudiese hacerle huir. Deslizó con cariño su mano derecha por la dura tapa que lo cubría. Aquel contacto íntimo entre ellos era su presentación. Magia y soñador, se encontraban por primera vez en un mismo espacio.

Era frío al tacto. Por algún efecto que desconocía daba la impresión de que la cubierta estaba hecha de piedra, aunque por supuesto, aquello no era más que un espejismo. A la hora de levantarlo era tan ligero como cualquier otro. Separó sus tapas preguntándose qué grandes misterios encontraría en su interior. Las páginas, viejos folios amarillentos de aquellos libros que han pasado años en estanterías olvidadas, daban la sensación de querer romperse con el mero contacto. A pesar de todo aguantaron bien la dulzura con la que una tras otra pasaban, saciando la curiosidad del muchacho.

En seguida aquellas letras le dejaron ensimismado leyendo. Había conjuros para casi cualquier cosa; calvicie, amor, odio, dinero y varios sobre cómo mejorar las aptitudes físicas. El que más despertó su interés seguía siendo el que prometía la fuerza de un toro salvaje. Aunque no por ello ignoró los que aumentaban la agilidad, el aguante y uno que servía para alimentar la memoria. Si funcionaba, acabaría siendo perfecto.

Aquel pensamiento le sacó una sonrisa, su mente se entretuvo dibujando historias que jamás podrían suceder. Lo cierto es que nunca le había interesado el tema de la magia. No creía en ella, ni siquiera sabía bien qué diantres había pasado para acabar fijándose en el libro desde un primer momento. Si bien es cierto que le gustaban las historias sobre fantasía épica, nunca se había planteado que pudieran existir unas palabras que, pronunciadas correctamente y en un orden determinado, fuesen capaces de arreglarle la vida.

*«¿Por qué seguir?»*

La pregunta le llegó por sorpresa desde una mitad de su cerebro. La carga del día empezaba a pesar demasiado sobre sus hombros. Tenía muchos quehaceres, demasiados deberes y no debería perder el tiempo en cosas imposibles.

*«Es una manera como otra cualquiera de pasar el rato, todos necesitamos un descanso.»*

Oyó cómo respondía de manera mucho más intuitiva la otra mitad de su cerebro.

Notó cómo sus manos temblaban ante la emoción de lo que iba a hacer. Las instrucciones no eran complicadas. Al contrario que los libros habituales que pedían hierbas místicas u objetos imposibles, este solo hacía mención de algunas cosas cotidianas para lograr su efecto. Los componentes necesarios para aquel conjuro, por ejemplo, eran una fotografía de la persona a la que iba dirigida la magia, o en su defecto, un objeto que le perteneciese, tierra fértil y una simple bolsita de tela. Dos días después, se notaría cómo la fuerza del animal empezaba a residir en los músculos del elegido.

La fotografía no iba a ser ningún problema. Buscó impaciente entre todas las que había en los álbumes de su madre escogiendo una que no tendría más de dos meses. En ella, posaba con una camiseta negra con un dibujo de los *«Rolling Stone»* que resaltaba lo delgado de su silueta. Sonreía ignorando que, en un futuro no muy lejano, iba a intentar suicidarse insultando al mastodonte de clase. Recordar a Carlos le llevó una punzada de miedo que aún no estaba preparado para sentir. Dejó que fluyese como si nunca hubiese estado dentro de él.

Lo segundo que tenía que conseguir era una bolsa de tela. Tuvo que rebuscar mucho hasta que encontró la que utilizaba para guardar unos dados de la época en la que quiso aprender a jugar a rol. La tierra tampoco fue un problema. En el jardín de atrás podía cogerla de cualquier tiesto. Si las flores eran capaces sobrevivir allí a pesar de los escasos cuidados que su madre les dedicaba, era la tierra más fértil que se pudiese pedir.

Tal y como pedían las instrucciones dobló la foto, la introdujo en la bolsa para luego llenarla de tierra y depositarla debajo de la almohada. El conjuro especificaba que debía dormir esa noche con ella cerca de la cabeza.

Cuando amaneciese, debía quemarla asegurándose de que su interior se reducía a cenizas por completo así, la madre naturaleza, podría saber a quién transmitir la fuerza.

—Buenas noches, mamá —lanzó las palabras al aire con la esperanza de que llegase antes de que se quedase dormido.


Era bien entrada la noche cuando la pesadilla le abordó. En ella era un ser todopoderoso que gobernaba la tierra con mano de hierro y justicia, defendiendo a los inocentes y castigando a los malvados. Todos le amaban. Paseando por su palacio de cristal, podía ver cómo la luz del sol reflejaba en cada pared atravesándola y creando arcoíris allí donde mirase. Observó con curiosidad cómo una zona oscura emergía de la nada a medida que alguien se acercaba a él. No supo qué fue lo que le puso en guardia, si la actitud despreocupada de aquella sombra o que pudiese existir oscuridad en aquel lugar de arcoíris.

—¿Quién eres? —preguntó Deán.

Hubo silencio, como si el desconocido buscase las palabras adecuadas para presentarse.

—Soy... el que sabe tu secreto.

El tono le resultó vagamente familiar, aunque no lograba asociar a quién pertenecía. No se dejó amedrentar. Habló con la seguridad de aquel que se sabe capaz de lograr lo imposible con solo pensarlo.

—¡¿Amigo o enemigo?!

—¿Amigo? ¿Quién en su sano juicio querría ser el amigo de una cucaracha inmunda como tú?

Con un chasquido de sus dedos, Deán creó un fuego a los pies del intruso. A pesar de eso como si una magia más fuerte lo envolviese, las sombras se hicieron más oscuras negándose a desaparecer. Fue el intruso el que decidió extender su cabeza por encima de la barrera que le mantenía en el anonimato. Aquel cuerpo musculoso, el tono ronco de la voz, la piel tostada... Mucho antes de ver su rostro, la sensación en el pecho le indicó que era Carlos.

En la cara de su compañero había auténtico asco, una repulsión que hacía que sintiese náuseas de lo que fuera que veía en él. Tenía en su mirada tanto odio y desprecio que le hacían estremecerse a pesar de todos sus poderes. Era como si aquel mastodonte no le temiese, como si a pesar de ser un semidiós pudiese ver en el interior de su alma la debilidad de su cuerpo.

Estaba tan sorprendido que se le quedó mirando con la boca abierta. Ni siquiera se le ocurrió hacer algo cuando, a cámara lenta, vio que arrojaba el libro de magia al fuego. El crepitar de las llamas mientras devoraban la fuente de su poder le hipnotizó.

Fue entonces cuando Carlos cayó sobre él gritando cosas que no entendía. Intentó detenerlo con un hechizo que debería haberle congelado en el sitio. Era inútil. Como de costumbre lo único que pudo hacer para defenderse fue poner las manos sobre su cara para evitar que le quedasen marcas. Al quemar el libro le había despojado de sus poderes transformándole en algo inferior a un simple humano. Se había convertido en el Deán que siempre había sido y odiado.

Cuando se despertó sudoroso y agotado, ni siquiera saber que era sábado consiguió ponerle de buen humor. Sin molestarse en ponerse algo encima, salió con el pantalón del pijama hasta el jardín. La luz del sol le dio de lleno en la cara amenazando con quemar sus retinas si osaba abrir sus ojos tan temprano. Se estiró un poco y gruñó por la molestia que se estaba tomando para lanzar un conjuro que no iba a funcionar.

El rocío de la mañana mojó los pantalones cuando se arrodilló en el suelo. No había contado con eso a la hora de quemar la bolsa. Por suerte, envolverla entre las hojas de una revista parecía estar funcionando.

—Bien, ahora a ver cómo es esto —dijo mientras ponía frente a él la hoja en la que apuntó las palabras del conjuro—. Madre natura, hónrame con la fuerza de tu campeón. Nútreme para que mi débil carnaza mortal sea el instrumento de tu poder.

Examinó a su alrededor por si algún vecino se daba cuenta de la tontería que estaba haciendo y lanzó una plegaria al cielo para que su deseo fuese escuchado.

«¿*Y si no funciona?*»

Con impotencia se encogió de hombros. En ese caso no cambiaría nada. El lunes lo averiguaría.

Con paso lento volvió a su cama para ver si conseguía descansar algo más. Serían las diez cuando por fin decidió levantarse para ir directo a la ducha. El agua templada por su cuerpo le daba la sensación de que todos sus problemas se escurrían por el desagüe. En el espejo no veía cambios que indicasen que ahora era tan fuerte como un toro, aunque, de todas formas, el libro indicaba que tardaría por lo menos un par de días en hacer efecto. Sin querer pensar mucho en ello se vistió con sus vaqueros desgastados favoritos y una camiseta blanca con el dibujo de unos playmovil en la guerra de las galaxias.

Cuando entró en la cocina, su madre ya había preparado un tazón de leche con cereales de chocolate para cada uno.

—Buenos días, cielo —saludó a su hijo.

—Buenos días, ¿qué tal dormiste? Ayer no te oí llegar

Desperezándose, Deán observó que Ivette vestía su chándal gris con rayas rosas en los laterales, unas deportivas blancas y una cinta que recogía su pelo evitando que le callera a la cara. Aún no habían terminado de desayunar y ya estaba preparada para salir a correr.

—Estabas ya dormido y no te quise despertar. —Le acercó el desayuno a su sitio para que se sentase tranquilo—. Siento no haber llegado antes.

—No te preocupes. Hoy no vendré a comer, tengo ganas de pasar la tarde fuera.

—¿A dónde vas? Iba a preguntarte si te apetecía hacerme compañía con mis amigas. Voy a ir de tiendas y podíamos aprovechar para comprarte un pantalón, los que tienes te están quedando pequeños.

El muchacho puso cara de disgusto.

—Ni loco, son unas pesadas. Además, Carina se pasa el día intentando que salga con su hija.

—¿Y qué tiene de malo?

—Que me saca cinco años, le caigo mal y es un poco snob. Si le quitas esos pequeños detalles estaría bien. —La sonrisa indulgente de su madre le dio la razón—. Creo que mejor pasaré el día en la tienda de Nerf. Hoy traen una remesa de dagas y me prometió dejarme coger una.

—Está bien, pero ya sabes que si tiene trabajo no quiero que le molestes.

—Te lo prometo. —Se levantó dejando el bol del desayuno en el fregadero antes de darse la vuelta para despedirse—. Estaré pronto en casa.

—De acuerdo, pórtate bien.

Por la ventana, el día mostraba una niebla densa que prometía ser húmeda y fría a más no poder. Se puso su cazadora y salió por la puerta seguro de que las dagas y Nerf merecían el frío que iba a pasar.

Hacía unos tres años, por casualidad, entró en la tienda de antigüedades atraído por las figuras de monstruos, dragones y espadas que había en el escaparate. No sabía qué podía encontrar en el interior del establecimiento, pero algo le atrajo de aquel lugar al que se acostumbró a ir cada vez con más frecuencia. Con el paso del tiempo la confianza entre Nerf y él estableció un vínculo que nunca antes había sentido con nadie. Era uno de los pocos lugares en el que se sentía seguro y protegido.

Aceleró el paso pensando lo agradable que serían los primeros minutos en la tienda cuando aquel calor, que siempre existía allí, penetrase hasta los huesos.

—Buenos días —saludó Deán nada más abrir la puerta.

Nerf le miró y le devolvió la sonrisa antes de seguir atendiendo al cliente con el que estaba.

El muchacho se sentó en la silla que había al lado del mostrador esperando paciente a que terminase. Sobre el mostrador, una revista anunciaba los estrenos del cine. La cogió para echar un vistazo preguntándose si a su madre le apetecería acompañarle.

—Cuéntame —dijo Nerf tan pronto consiguió despachar al cliente acercando como siempre el cesto con los caramelos.

Deán cogió uno de fresa mientras intentaba ordenar sus pensamientos.

Sabía que tenía que contar a alguien el problema que tenía en mente y no podía hablarlo con su madre.

—Desde hace varios días tengo las respuestas de las universidades.

—Oh, ¿de verdad? —Al viejo dependiente se le alegró la cara cuando le escuchó.

Al ver que Deán no correspondía a su alegría, su sonrisa se borró poco a poco

—¿No se supone que eso es algo bueno? ¿Acaso es que no te han aceptado?

—Sí y no. —El chico le miró agobiado—. Yale no me ha aceptado, tenía bastante claro que era un imposible intentar entrar en esa universidad. Además de un suicidio económico para mi madre mandarme a New Haven. Pero también sé que era su sueño el que pudiera estudiar en una universidad como esa. Incluso las siguientes opciones eran Darthmouth y Brown. Como si de verdad pudiese permitirme ir.

—Por Dios muchacho, no me tengas en ascuas. Ya sé que elegiste Yale, la de Nueva York donde estudió Ivette y en la pública del Bronx.

Deán se removió en su sitio. Era cierto que su madre tenía grandes esperanzas en su futuro, llevaba años soñando con que se convertiría en un abogado famoso, un médico rico o incluso un agente de bolsa con éxito, por lo que al comenzar las fechas de preinscripción ella insistió en que debía probar suerte en las mejores del país. Universidades que pertenecieran a la Ivy League, como Harvard, Princeton, Brown, universidades que ya te daban un trabajo cuando salías de ellas, siempre y cuando fueras un alumno de matrícula. Sin embargo, él veía su futuro un poco más claro. Le hubiese encantado acudir a cualquiera de ellas, pero las probabilidades reales de que le admitieran, sin contar el dinero que costaba un solo semestre, hacía que el estudiar fuese imposible, pero, además, soñarlo ya era una utopía.

—Tanto en la Universidad de Nueva York como en la del Bronx me han aceptado.

Dejó la frase en el aire y durante unos segundos, el silencio recorrió la tienda.

—¿Felicidades? —Nerf no sabía si alegrarse o no dada la cara que estaba poniendo el adolescente—. No sé qué decirte, no te veo demasiado entusiasmado por ser admitido.

Deán tomó aire y soltó la frase de golpe, sin pensar.

—No me conceden la beca. —Miró a su amigo que no daba muestra de entender la dificultad de esa confesión—. Cuando eché las solicitudes, presente varias propuestas de concesión de becas para estudiantes de institutos públicos. La respuesta me llegó un par de días después de recibir la aceptación de la NYU y sin una beca, por mucho que diga mi madre, no podemos hacernos cargo de mis estudios.

El anciano le miró con aire de seriedad.

—Sabes que si necesitáis ayuda puedo prestaros algo para avalarte el primer semestre. La tienda no me da grandes beneficios, pero puedo colaborar.

—No, gracias. Si mi madre se entera de esto será muy duro para ella y no quiero hacerla sentir peor. He decidido que iré a la Universidad del Bronx.

—Pero la de otra...

—Lo sé, es privada, es mejor. Pero no podemos hacer frente a ese tipo de gasto. Decírselo a mi madre equivaldría a tener que ir, así que le diré que he sido amablemente rechazado pero que, si quedan plazas libres, me avisarían de inmediato.

Sonrió a su amigo con tristeza mientras este negaba con la cabeza.

—Estudiar no debería ser un negocio. ¿Cuándo entenderá la gente que el talento hay que cultivarlo para todos? No solo para los que tienen un buen bolsillo —comentó mientras le ofrecía otra gominola de fresa—. Te deseo toda la suerte del mundo.

—Gracias, aunque creo que con toda esa suerte aun no sería suficiente para los sueños que quiero cumplir.

—Bueno, pero podemos empezar por cosas sencillas ¿qué te parece por ejemplo con ésta? —De una caja de cartón, sacó la nueva colección de dagas que el chico había esperado emocionado.

El futuro podía esperar un poco mientras exclamaciones de asombro llenaban la tienda ante cada una de las armas que le enseñaba. Deán olvidó el tema hasta que, al volver a casa, tumbado en la cama, los pensamientos comenzaron a llenar su cabeza de pesimismo hasta que el sueño por fin le venció.

El domingo se levantó intentando apreciar en sus músculos el mínimo cambio. El libro indicaba que no habría muestras de cómo había funcionado hasta el último día, pero aun así estaba un poco decepcionado de no ver ningún tipo de resultado. A pesar de todo, aprovechó para estudiar los apuntes que tenía atrasados en varias asignaturas y poder ver una película con su madre mientras ambos comían palomitas y se arropaban en el sofá. Mañana era el gran día y no podría decir si estaba más nervioso o asustado.

El lunes, mucho antes de que el despertador sonase, estaba despierto y preparado. Se levantó de la cama impaciente por ver cómo los músculos crecían ante sus ojos, cómo su pecho formaba en un momento unos abdominales tremendos. El espejo, sin embargo, le devolvió la imagen de un chico escuálido por muchas posturas ridículas que pusiese frente a él.

*«A lo mejor tienes la fuerza, pero no se nota.»*

Era una posibilidad, remota, pero posible. El armario de su ropa se erguía desafiante como un molino de viento ante Don Quijote. Estiró los brazos para cogerlo por el lateral, encogió sus rodillas y trató de levantarlo con todas sus fuerzas. No se movió ni un poquito. La desesperanza se plantó en su cara con fuerza. Cejó en su empeño del armario y probó con la cama. Era más pequeña, de seguro que con ella podría sin ninguna dificultad. Hizo su mejor esfuerzo, pero no logró levantarla más que unos pocos centímetros. Dio un golpe sordo al dejarla caer en el suelo.

Todo había sido para nada. No había funcionado. Sin mucho ánimo, se vistió para ir a clase.

Entrar por la puerta del aula era como adentrarse en un mundo paralelo. Las reglas que movían el exterior para las personas normales no funcionaban entre esas cuatro paredes. Los chicos que había allí habían evolucionado hasta conseguir oler la debilidad de cualquiera y una vez su olfato hubiese calado al sujeto, saltaban sobre el pobre desgraciado como una manada de hienas hambrientas.

—¿Me dejas pasar por favor? —pidió Deán.

La pregunta iba dirigida a Nick, un chico rubio demasiado guapo y creído comparado con los demás. Le miró de mala forma al ver interrumpida su conversación con Emma, una compañera que deseaba pasarse el resto del recreo repartiéndole besos por toda la cara.

—¿Harás algo si te digo que no?

—Yo... solo quiero ir a mi asiento por favor.

—Piérdete imbécil ¿no ves que estamos hablando?

A pesar del insulto, Deán, se quedó esperando a que le dejase un mínimo de espacio entre los pupitres para poder pasar, pero no lo hizo. Nick volvió a hablar con la chica que reía divertida con su humillación. Tuvo que dar la vuelta por delante de todos antes de tomar asiento en su pupitre, el tercero de la izquierda, justo al lado de la ventana. Su hueco para ver el mundo exterior.

Los chicos se fueron sentando en su sitio y bajando la voz cuando entró el profesor, que con más de veintitrés años a su espalda dando clases, aún conservaba la ilusión por intentar inculcar parte del amor que sentía por la historia a algunos de sus alumnos. Duro como pocos, en lugar de dejarse tutear como hacía la nueva era de *el profesor tu amigo*, prefería ganarse el respeto de sus alumnos a base de disciplina e interés en su futuro. Consideraba inmadura esa forma de tratar a los adolescentes como si fuesen iguales permitiéndoles llamarle Jack. Como si en lugar de ser su tutor fuese un camarada cualquiera con el que salir de fiesta.

Vestido casi siempre de manera informal y con un carácter fuerte, fue ganándose tanto la simpatía como el respeto de casi todos los alumnos que trataban con él. Su pelo negro contaba ya con algunas canas a pesar de tener tan solo cuarenta y ocho años. Ni las disimulaba ni se las teñía. Para él, eran el mérito de adentrarse en una época en su vida distinta a todas las anteriores. Con un carisma y un estilo que habían provocado que más de una alumna le hubiese dejado una nota confesando un amor que no olvidaría, aquel hombre podía hacer imponer silencio a los alumnos con una mirada.

Tras tirar la carpeta que traía sobre su mesa, hizo un recuento total de los alumnos que faltaban. Jack puso los brazos en la cintura y con voz irritada empezó el discurso que iba tras cada examen.

—Decepcionante, simplemente decepcionante. Los que habéis aprobado tendréis que darme las gracias por subiros la nota hasta el mínimo necesario para no hacer llorar a vuestros padres. ¿Os dais cuenta de la ineptitud que demostráis con las burradas que sois capaces de poner? Por ejemplo, tú, Joel, ¿me haces el favor de levantarte?

El muchacho miró aterrado a la fuente de sus pesadillas nocturnas, pero le obedeció al instante.

—¿Sí, profesor?

—¿Quién pinto La Venus de Milo?

El adolescente buscó intimidado entre sus compañeros una cara amiga que le ayudase, pero nadie quería ser el siguiente en la lista del profesor.

—¿Picasso?

—Muy bien, ¿quién era Picasso?

—Pues ¿un pintor?

—¿Me lo estás preguntando?

—No profesor, Picasso era un pintor. El mismo que dibujo La Venus de Milo.

—¿Sabes quién es más famoso que Picasso? —El muchacho negó con la cabeza sonriendo por haber salido del atolladero—. Dios; el todopoderoso de ahí arriba. A ése le conoces ¿verdad? —Esta vez el chico asintió con desconcierto—. No veas cómo me alegro, porque para aprobar tendrás que rezar mucho. Elisabeth ¿podrías levantarte?

La compañera que estaba sentada al lado de Joel se mostraba mucho más segura cuando se puso en pie con una sonrisa.

—¿Sí, profesor?

—¿Podrías decirme quién pintó La Venus de Milo?

—Nadie profesor, la Venus es una estatua.

—Una estatua ¿estás segura? Vaya, que sorpresa. ¿Y cómo se las ingenió Picasso para esculpir una estatua?

—No fue Picasso, esa estatua es muy anterior a su época, se calcula que cien años antes de Cristo.

—Vale, vale. —Jack iba asintiendo como si hubiese hecho un brillante descubrimiento—. Entonces, si Picasso no pinta nada aquí... ¿qué debería pasarle a Joel? ¿Le suspendo?

Elisabeth se giró hacía su amigo disculpándose con la mirada.

—Sí, profesor.

—El dilema moral que tengo —prosiguió el tutor—, es que su examen es tan bueno que se merece un diez. Si te fijas, es tan bueno que solo se compara con el tuyo. —Jack observó cómo la muchacha se ruborizaba—. Así que como has demostrado ser tan generosa compartiendo tus datos, creo que sería muy egoísta por mi parte permitir que solo él disfrutase del cero que se ha ganado. ¿No crees?

—Sí, profesor

A la muchacha se le empañaron los ojos a punto de echarse a llorar. Les mandó sentarse a ambos y se acercó a su mesa. Buscó en una lista sus nombres y les puso a los dos sendos cinco. No podía culparla de haberse enamorado de un simio sin cerebro y no sería justo que suspendiese solo a uno.

Empezó a dar la clase diez minutos más tarde de lo que había tenido intención, pero mientras describía las múltiples hazañas que había conseguido Alejandro Magno durante su reinado, se olvidó de todo; Aristóteles, Bucéfalo, El Gran Darío III. Todos antiguos amigos de su niñez que le hacían olvidar el mundo que le rodeaba mientras contaba la historia de la importancia que tuvieron.

La clase tan solo se vio interrumpida cuando la puerta se abrió ante un chico de dieciocho años. Vestía una cazadora de cuero negro y unos Jeans ajustados que resaltaban unas piernas fibrosas y musculosas. Moreno, tanto el pelo como su piel, tenía el aspecto que solo pueden tener aquellos inmigrantes que se han hecho un nombre a base del duro trabajo que otros no quieren.

Avanzó caminando con una seguridad y una fuerza que advertía del peligro de su compañía.

—¡Carlos Hernández, cuánto honor! —El mexicano se giró divertido ante el comentario del profesor.

Al contrario que el resto de sus compañeros él no le temía en absoluto y le mantuvo la mirada fija.

—¿Tienes alguna excusa preparada esta vez o es que solo te das una vuelta por clase para ver a tus colegas?

Pronunció la palabra colegas con un tono despectivo, pero el chico no le dio importancia al responderle.

—A mi padre se le rompió el camión cuando veníamos hacia clase.

—¿Otra vez? La semana pasada fueron cuatro veces en cinco días y el mes pasado más de quince. ¿No habéis pensado en cambiar de auto? O por lo menos venir andando.

—Somos pobres Jack, no podemos cambiar de camión cada dos por tres. Además, no estarás sugiriendo que deje a mi padre en la estacada cuando más me necesita.

Al pasar al lado de Luis camino a su pupitre, ofreció la palma de su mano para que se la chocase ante la mirada irritada del profesor.

—Ya has suspendido una vez este curso, espero que no tengas la intención de pasarte aquí la vida ¿no?

—Depende. ¿Cuánto tiempo estás dispuesto a soportarme antes de pasarme de curso?

Jack no dijo nada. Una vez más, tomó el registro estudiantil y puso un negativo al lado de Carlos. Ojalá ese gesto sirviese para calmar el genio que le había despertado. Siguió dando la clase como si no le hubiesen interrumpido, salvo por aquel molesto sonido al fondo del aula donde el mexicano y sus lacayos hablaban sin cortarse. Nadie pudo ver cómo apretaba los dientes mientras escribía en el encerado.

El silencio de los demás era una tentativa para evitar ser el blanco del tutor o el objeto de venganza si tachaban el comportamiento de Carlos.

Deán nunca tenía problemas de ese tipo. Puede que no sacase tan buena nota como era de esperar, pero se debía a que no podía prestar la debida atención intentando escuchar lo que tramaban sus compañeros contra él. Aquel día fue diferente, no le hizo falta prestar atención para saber qué era lo que estaban planeando. En mitad de una explicación en la que el profesor escribía en la pizarra, Carlos se acercó sin hacer ruido. El mastodonte bajó la cabeza hasta la altura de su oído y sonrió cuando vio cómo Deán daba muestras en una mano de un tembleque que no pudo controlar.

—Te voy a matar —le susurró deslizando las palabras como si fuese el más dulce de los postres—. Te voy a destrozar todos los huesos de tu cuerpo y ya veremos entonces quién es el gilipollas.

—¿Te importaría volver a tu mesa Carlos?

Al oír la voz del tutor el mexicano levantó los brazos en alto y se alejó haciendo el amago de disparar con su dedo a Deán. Cuando este lanzó una mirada suplicante a su profesor, él la entendió. No era la primera vez que había visto con sus propios ojos el acoso que estaba sufriendo. Aquel no era un incidente aislado, ocurría a muchos alumnos a lo largo de los diferentes cursos. A veces empezaba con un insulto, un manotazo o con una mirada de desprecio. Siempre era lo mismo. Existían individuos que se creían con el derecho divino a gobernar sobre los demás con la simple fuerza bruta. Y no importaba lo que intentase hacer. En el mejor de los casos, los padres de esos matones venían a hacerle acusaciones o reproches sobre sus siempre «buenos hijos» cuando les castigaba. Estaba cansado de lidiar con ellos defendiendo a gente que era incapaz de hacerlo por sí misma. Jack vio la forma en que le miraba y cómo emitía una súplica muda de ayuda. Con el corazón roto se giró, como tantas otras veces había tenido que hacer, mientras continuaba explicando.

Deán agachó la cabeza y dejó que las lágrimas corriesen por sus mejillas en silencio. Nadie le miró. Todos estaban acostumbrados. Le dejaban a solas con su propio miedo, alimentándose de su propia decepción. Deseó poder cambiar todo aquello, tener la fuerza necesaria para poder defenderse solo una vez. Una única vez que le permitiera demostrar su valía.

Por desgracia las clases terminaron demasiado rápido. Al sonar la sirena Jack abandonó el aula y los chicos empezaron su rápida carrera hacia la libertad. Deán miró todas las cosas desparramadas sobre su mesa mientras se preguntaba si Carlos tendría la paciencia de esperarle fuera mientras acababa de recoger todo aquello. Agarró un cuaderno y levantó la cabeza para ver si podía usar la puerta principal o debía salir por la de atrás. Su pensamiento no llegó más allá. Un puño enorme volaba en su dirección justo frente a su cara. Aspiró una bocanada de aire y se quedó sin aliento ante el impacto.

No pudo ni retroceder. Había estado anclado a la tierra, pero ahora, desafiaba la ley de la gravedad volando por encima del pupitre de Danny. Danny era un buen chico. Cuando iban a primero, había sido su único amigo y en este curso le pidió si no le molestaba sentarse delante de él. Podía recordarlo con claridad mientras se preguntaba atontado cómo podía volar sobre su mesa si él no tenía alas. La dureza del suelo lo golpeó en la espalda a la vez que su cabeza se estrellaba contra las frías baldosas del suelo.

Un calor abrasador le nació en la cara mientras notaba cómo un espeso líquido le corría desde la nariz por las mejillas y la boca, llegando a gotear en el suelo. Comprendió por el sabor metálico y dulzón que era sangre. Su sangre.

Miró alrededor intentando que alguien le explicara qué había pasado, pero solo logró enfocar a Carlos avanzando hacia él.

—¡Socorro! ¡Ayuda! ¡Por favor, paradle!

Se giró hacia un montón de caras que minutos antes habían sido sus compañeros. Le miraban entre curiosos y ansiosos. Estaban ahí para ver una buena pelea y ninguno iba a levantar una sola mano por él.

Consiguió taparse el rostro con las manos justo a tiempo de evitar una patada directa a la cara. El dolor volvió a explotar en su cabeza, aunque esta vez había logrado protegerse. Se acurrucó mientras le llovían una andanada de golpes y sentía los insultos y escupitajos. No solo era el mexicano, allí había más gente, pero no se atrevió a mirar. Estuvo allí en el suelo tirado odiándoles a todos. Lloró, pero no solo por el dolor que sentía, no porque estuviese indefenso frente a todos. Lloró por lo mucho que le afectaba sentirse tan solo. Lloró por no importarle a nadie lo suficiente como para que aquello terminase.

# CAPÍTULO 3

El aula no estaba vacía. Aunque todos se habían ido, Deán seguía allí tumbado llorando. La cara, los brazos, las piernas, todo le dolía. Trató de levantarse sorprendiéndose cuando los pies aguantaron el peso de su propio cuerpo. Caminar era una palabra demasiado compleja para lo que estaba haciendo, la tarea de poner un pie delante del otro era un esfuerzo titánico que cada vez le costaba más.

La calle era un mundo sin vida. Las personas que la habitaban habían desaparecido a un segundo plano de existencia, hasta dejar de existir dejándole a solas. A veces distinguía algún susurro, una voz a su lado, incluso el ruido de un claxon sonando con furia, pero todo aquello no podía estar más que en su cabeza. No había seres vivos habitando este mundo, estaba solo contra un millón de monstruos.

Al meter las manos en su cazadora, el movimiento le arrancó un gemido haciéndole recordar el abusivo castigo del que había sido víctima. No podía ir a casa y dejar que su madre le viese en aquel estado. Tenía que encontrar un lugar seguro para poder lamer sus heridas, limpiar la sangre e intentar recuperar parte de su apariencia normal. Sabía que era inevitable que le saliese algún moratón, pero si era capaz de esconderlo todo estaría bien. No quería dar explicaciones. No podían permitirse cambiar de instituto y encima, pedir a su madre que abandonase todo por lo que había luchado porque él no era lo bastante fuerte como para aguantar lo que le echasen encima le parecía un acto egoísta.

De manera inconsciente, sus pasos le llevaron hacia la tienda donde estaba su único amigo. Ni siquiera se percató hasta tener la puerta del negocio enfrente. La miró preguntándose si sería correcto entrar e inmiscuirle en sus problemas.

*«¿Tienes algún sitio mejor a dónde ir?»*

Aquella maldita voz tenía razón, como siempre. Empujó la puerta. Con un poco de suerte, estaría tan vacía como siempre y allí solo encontraría a Nerf.

La alegre música de fondo que le saludó al entrar daba una nota irreal a lo mal que se encontraba. El dependiente salió del cuarto, no tan secreto como pensaba, vestido con la sonrisa de vendedor. Solo se quedó parado el segundo que tardó en reconocer al chaval debajo de todos aquellos golpes.

Con ternura le ayudó a sentarse en una silla y desapareció detrás de la trastienda. Cuando regresó, traía en sus manos un maletín de primeros auxilios.

—Eso sí que es dejar sin aliento al público —comentó como si fuese una broma—. ¿Se puede saber qué te ha pasado muchacho?

No quería responder. No quería mentir. Pero estaba allí y no podía estar en silencio.

—Estábamos jugando al balón y yo hacía de pelota. —Deán sonrió sin alegría y la herida del labio se le volvió a abrir.

Hizo una mueca cuando empezó a sangrar de nuevo y sintió cómo aquella gasa con alcohol le abrasaba la piel.

—Será mejor que no hables. Esto te va a doler bastante.

Comenzó por curarle las heridas de la cara con mano firme pero tierna. No se detuvo cuando al limpiarle la mejilla lanzó un quejido, pero comenzó a hablar como si tal cosa en un intento de que el chico se concentrase en su voz.

—En mis tiempos esto no ocurría. Teníamos más disciplina de la que nos gustaría, es cierto, pero este tipo de cosas se atajaban de forma rápida e inmediata.

Deán ni siquiera se molestó en disimular la mueca burlona antes de responder.

—No te creas, ahora también hay un plan para contingencias. Si los profesores les descubren, les regalan una semana de vacaciones en casa para que cuando vuelvan estén llenos de energía.

Nerf le volvió a mirar parando durante un segundo en su tarea, tiró la gasa sucia y cogió otra dejándola bien empapada en alcohol antes de seguir curándole.

—Me alegra saber que por mucho que te diesen no te patearon el sentido del humor. El sarcasmo es una buena manera de enfrentarse a la realidad.

—Es difícil no tenerlo cuando día tras día te ocurre lo mismo. Aunque a veces me pregunto ¿alguna vez lograré acostumbrarme? Por mucho que lo intento las cosas no cambian y me gustaría que, por lo menos, dejase de doler.

El anciano separó la gasa de su piel y le cogió la cara para que le mirase a los ojos. En su mirada no había lástima, solo comprensión.

—Si algún día te acostumbras a que te pisen, casi es mejor que saltes del puente más alto que encuentres en tu camino. —Lanzó un largo suspiro que sonó cansado—. No hay nada peor que mirar el interior del alma de una persona que acepta su propia derrota sin sobreponerse.

—Créeme, yo me sobrepongo todo lo que puedo y más. Es que todos los días son iguales.

—Sobreponerte no es resignarte. ¿Has pensado que tal vez no te has esforzado lo suficiente? Puede que tengas miedo, pero para cambiar algo debes estar dispuesto a hacer lo imposible.

—No entiendo qué me quieres decir con eso —le gruñó Deán de mal humor.

—Es muy fácil, hijo. En esta vida existen dos tipos de personas, los leones y los zorros. El león es un animal inteligente, fuerte, noble y justo. Tú eres un león. Por desgracia para ti, en la época actual los zorros se comen a los leones.

—Entiendo —musitó sintiendo cómo su cabeza le daba vueltas y un silbido en sus oídos amenazaba con volverlo loco.

A su mente vino el recuerdo del libro de magia, si tan solo el hechizo hubiese funcionado ahora serían otros los que estarían limpiando sus heridas. Si ellos eran zorros, él se encargaría de hacer una cacería. Nerf seguía hablando ignorante de los pensamientos que tenía en su cabeza.

—Me viene a la cabeza la historia de un chaval. Él sí que tenía problemas, vaya que sí. Creo recordar que tenía seis hermanos y otro medio hermano por parte de padre ¿o era por parte de madre? Nunca estoy seguro. De todos ellos solo sobrevivieron tres. Su madre estaba constantemente enferma hasta el día en que murió, momento en el cual su padre se dio a la bebida hasta que perdió el trabajo. Aquello derivó en problemas con la ley y acabó en la cárcel. —Mientras hablaba, su voz fue cambiando hasta conseguir un tono hipnótico que mantenía a Deán atento a sus palabras—. El chico, agobiado por las deudas y por la responsabilidad de alimentar a sus hermanos, renunció a una brillante carrera para dedicarse a dar clases particulares de piano y a tocar el violín en una orquesta.

—No sabía que hubiese nadie en este barrio que tocara el piano y mucho menos el violín...

Nerf recriminó con una mirada la interrupción.

—¿Por dónde iba? Ah, sí. —El viejo dependiente se concentró en las heridas del muchacho mientras seguía con su historia—. Toda la carga familiar recayó sobre él. Te diría que no desesperó ni que maldijo a su destino, pero mentiría. Pero lejos de aligerar su carga, se volvió más cruel que el peor de los verdugos. Lo único que amaba de verdad, lo que más le importaba en esta vida, era la música. Imagina su desesperación cuando notó que se estaba quedando sordo.

—Debió de ser horrible.

—¿Horrible? —Por el tono del anciano parecía que eso le hubiese pasado a él—. Tras una vida de sufrimiento te roban lo único que te ayuda a sobreponerte día tras día, lo que te ha permitido alimentar a tu familia y valorarte como persona. Agobiado, abandonado y lo que es peor, deprimido, el miedo ahondó en su corazón hasta dejarle próximo al suicidio.

Sin poderlo evitar, Deán contuvo el aliento. Había que reconocer que Nerf sabía hacer vivir las historias como si fuesen una película. Le tenía enganchado con aquella forma de hablar.

—¿Se mató? —preguntó interesado—. Si es así, no es el tipo de chisme que necesito ahora mismo.

— Vamos, ahora con eso de que no tienes ni idea de quién es la persona de la que te estoy hablando.

—No lo sé. ¿Del cliente del bar de la esquina? Ese que va todo el día con la guitarra a todos los sitios.

La mueca en la cara de Nerf no podía haber sido más seria.

—De Beethoven —respondió como si fuese elemental—, es la vida de Beethoven.

—Pues para intentar subirme el ánimo, me estás contando la historia de alguien que murió en la miseria por si no te habías dado cuenta.

Aunque no podía estar seguro, creyó oír cómo se escapaba un gruñido de la boca del dependiente.

—Ya lo sé, pero eso solo fue por invertir mal su dinero. No es lo importante. Lo bueno es que él ha sido y será, uno de los mayores genios de la música clásica. —Nerf atajó el comentario que iba a hacer Deán levantando la mano—. Aún siento que se me empañan los ojos cuando escucho *«Para Elisa»*.

—Así que la moraleja de la historia es que en este mundo hay gente con mayores problemas que yo y tengo que dar las gracias por la suerte que estoy teniendo. ¿Es a eso a lo que te refieres?

—No. —Cambió la gasa mientras internalizaba lo que quería decir—. Lo que importa de verdad es que, a pesar de sus problemas, por encima de todo fue su talento lo que terminó brillando. Y tú eres como él.

—¿Como él?

— Sí, tienes talento. —Siguió curando las heridas dándose cuenta de que hacía un rato que no se quejaba del dolor—. No todos los caminos son fáciles, Deán. Algunas rutas están llenas de piedras que nos machacan, pero a veces, no se puede hacer nada más que tener paciencia y seguir caminando hasta que termina.

—¿Qué quieres decir con eso? ¿Que me resigne? ¿Que si acepto que mi vida es una mierda, mañana seré mejor persona? —gritó el muchacho preso de la ira—. No me vengas con tonterías. Mi vida no puede limitarse a imaginar que en un futuro haré algo grande, que tengo que aguantar todo esto porque es parte del camino que me ha tocado.

De un golpe, apartó la gasa de su cara.

—Tranquilo, muchacho. No estoy diciendo eso. Lo que quería que comprendieras es que quizás esto sea una prueba para forjar tu carácter y tu resistencia, para que comprendas cosas de la vida que de otra forma no podrías. Son las piedras del camino las que nos enseñan a defendernos y nos forjan. Solo sigue adelante.

Se sostuvieron la mirada durante algo más de un segundo que a Deán le pareció eterno.

—De todos los consejos que me han podido llegar a dar, el tuyo es uno de los peores.

En los ojos del viejo Nerf creyó ver un conocimiento mayor del que sus palabras expresaban. Vio dolor, tristeza. Como si aquello no hubiese sido más que un espejismo, desapareció intercambiándose por la mirada alegre de siempre.

—Te he comparado con Beethoven. ¿Cuánta gente te ha llamado genio en los últimos días?

El muchacho lanzó una sonrisa. Nunca se había sentido tan unido a nadie. Para él, ese vendedor de reliquias era lo más cercano a un amigo que tenía, lo más parecido a un padre que había conocido. Se juró que las lágrimas que caían en ese instante eran producto del dolor de su cuerpo y no de la necesidad que tenía de abrazarle.

—Solo quiero que termine —murmuró.

—Terminará, solo debes tener paciencia.

*«¿Hasta cuándo?»*

Enseguida Nerf se enfrascó en una conversación sobre libros, armas y una remesa de estatuas nuevas. Dejó caer que en su siguiente pedido tal vez le llegase otro libro de magia del que había oído maravillas. Saltó rápido de tema en tema hasta que Deán se olvidó por completo de que lejos de aquellas paredes existía otro mundo.

Confundido, salió de la tienda una hora más tarde sorprendiéndose de estar mejor de lo que había entrado. Caminó recordando lo que le había dicho. Desde luego, si de algo estaba seguro es que él no era ningún genio de la música. Su mayor don era tocar mal el tambor con los lapiceros sobre la mesa cuando oía algún grupo que le gustaba.

Fue andando hasta casa para ahorrarse el billete de autobús, necesitaba pensar y desahogarse. Estaría bien ser un genio de la música. Con el dinero que ganase en los conciertos, contrataría un guardaespaldas que rompiese piernas y brazos sin hacer preguntas. Un tío tan grande que rompería ladrillos con la cabeza. Un maestro en artes marciales que sería capaz de pegarse contra Carlos y toda su pandilla si le vendaban los ojos.

Fantaseando, alcanzó su casa sin darse cuenta. Incluso se sorprendió de estar allí de pie tan pronto. La miró con tristeza examinando esas cuatro paredes con ojo crítico. No se veía luz, así que era seguro que hoy su madre tampoco iba a estar.

—¡Hola, ya he llegado! —saludó fiel a su rutina de cada día.

Por lo menos hoy, era una suerte que no hubiese llegado aún. Tenía que pensar. Necesitaba tiempo para pensar. Además, no le vería la cara, aunque seguro que para mañana estaría peor.

Al llegar a su cuarto se lanzó sobre la cama sin quitarse siquiera la mochila. Cerró los ojos. No estaba seguro de si lo que necesitaba era dormir o solo descansar, pero lo más seguro es que solo quisiera olvidar el incidente en clase.

Por su mente se pasaba la pelea una y otra vez como si fuese una película a cámara lenta. Podía sentir el dolor de cada puñetazo, de cada patada, la impotencia del momento, la rabia que destilaban, lo indefenso que se sentía.

La pena en su interior dio paso al odio y el odio a una furia desconocida para él que se abrió paso por sus entrañas. No podía dejar de ver la sonrisa de Carlos, la desfiguración en sus rasgos al mirarle, cómo sus labios se elevaban despectivos hacia arriba a cada golpe con una crueldad que lo atormentaba. La humillación delante de unos compañeros a los que tendría que enfrentarse otra vez mañana.

No quería. No quería volver a ver esas muecas de satisfacción, esos ojos crueles, no quería volver a ser víctima de la sed de sangre que les dominaba cuando le veían desplomarse.

Se llevó la mano derecha a la frente, agarró su pelo y tiró con fuerza en un intento de conseguir sentir algo real. Una emoción cualquiera que le alejase del pozo en el que se estaba hundiendo. Sus ojos se empañaron mientras un nudo en la garganta llenaba de sensaciones un alma herida.

Se levantó de la cama y arrojó furioso la mochila que aún llevaba contra la pared. Necesitaba destruir, romper algo, hacer cualquier cosa. Levantó el colchón y lo volcó contra el suelo y empezó a patalearlo. No era suficiente. Sus ojos se posaron sobre la mesita donde el libro de magia que había conseguido descansaba seguro. Quiso arrancar cada página, prenderlas fuego lentamente, como si fuese capaz de torturarlas para oírlas chillar.

Si tan solo hubiese funcionado el hechizo todo habría sido diferente. Jamás había destrozado un libro, siempre los había considerado santuarios de las palabras. Este iba a ser el primero. Agarró una hoja al azar y...

...se arrepintió.

No era el libro lo que en verdad quería romper.

Agotado, se dejó caer al suelo mientras las lágrimas resbalaban por sus mejillas sin que se lo impidiese. Recordó a Nerf contándole toda esa historia del músico y cómo había superado una vida de sufrimiento, para un mayor reconocimiento en su campo. Él no era Beethoven, estaba seguro de que nadie iba a reconocer su talento, si es que lo tenía. ¿Eso significaba que solo le quedaba resignarse y aguantar? ¿Que no podía hacer nada más?

*«Nerf se equivoca.»*

Había un sortilegio que había leído... ¿dónde estaba? Intentó recordar cómo era mientras sus manos buscaban ansiosas el libro sobre la mesita y empezaba a pasar las páginas. Estaba furioso, tan decidido a cambiar su mundo que cuando encontró lo que buscaba no se lo pensó dos veces.

Si lo que todos esperaban era que se aguantase siendo un buen chico mientras le pateaban, le escupían y le insultaban, estaban equivocados. Muy equivocados. Leyó las instrucciones y salió del cuarto.

En su casa el mejor lugar para preparar el ritual, a falta de un húmedo y tétrico sótano, era la cocina. Puso el libro sobre la encimera desde donde podía leerlo con claridad mientras se movía reuniendo los preparativos.

Cogió el salero guardado en el armario de la esquina y vertió la sal a su alrededor, intentando hacer un círculo perfecto.

—¡Salum malificar yadil sugertat! ¡Salum malificar yadil sugertat! —Tuvo que mirar un par de veces el libro antes de aprenderse las palabras y decirlas del tirón mientras cerraba el círculo.

Frente a él, vertió vino en un vaso de su madre que había puesto en el suelo fuera de la circunferencia. El libro especificaba que debía utilizarse una copa, pero no tenía ninguna y estaba convencido de que a ningún ser de otra dimensión a kilómetros de distancia le iba a molestar la diferencia.

Mientras murmuraba las palabras mágicas, según las explicaciones, había que añadir al vino la rama de una planta noble. No especificaba cual. Así que ¿qué entendía aquel viejo manuscrito como planta noble?

Revisó entre las especias de la cocina. El orégano, al darle buen sabor a la comida, podría considerarse como planta noble ¿no?

Había que remover todo junto al líquido vital de una persona que fuese virgen. Eso no iba a ser difícil de conseguir. Se rascó una de las heridas provocadas por el altercado, no tardó en salir un poco de su sangre. Recogió unas gotas con su dedo y lo removió con lentitud. Aquello tenía que ser suficiente.

Se arrodilló dentro del círculo de sal respirando pesadamente intentando no pensar en lo que estaba haciendo mientras continuaba la entonación de aquel canto místico.

Si esta vez el conjuro funcionaba, esperaba de corazón invocar algún poder superior para que viniese a hacer justicia.

—¡Salum malificar yadil sugertat! Señores de los infiernos, solicito vuestra presencia. Acudid a la llamada de este pobre mortal, ayudadme a vengarme. Os invoco con mi propia sangre como muestra de lealtad. No me importa el precio que exijáis, estoy dispuesto a pagar. —Alzó los brazos para dar un mayor énfasis a sus gritos a medida que su emoción crecía—. Yo os invoco al mundo humano ¡venid a mí!

Según lo que había leído, el líquido de la copa empezaría a hervir dando por sellado el pacto si se decidían a aparecer.

Por un instante el aire de la cocina dio la sensación de estar cada vez más caliente. El murmullo del viento en el exterior se volvió algo más sonoro y una presión en su pecho empezó a martillearle la cabeza.

Deán permaneció en aquella postura mientras aguantaba la respiración incapaz de moverse. Atento al menor signo de movimiento.

Pasaron los segundos y la adrenalina del momento comenzó a desvanecerse de su organismo. Los brazos empezaban a dar señales de cansancio y los ojos se le empañaron en unas lágrimas que esta vez, no quería derramar.

—¡Salum malificar yadil sugertat! Señores de los infiernos, escuchad mi súplica, venid a ayudarme. Seré vuestro sirviente fiel, vuestro esclavo más leal. —Sus ojos, incapaces de aguantar más, vertieron el líquido contenido en ellos—. Venid en mi auxilio, por favor.

Se apoyó en el suelo sintiendo cómo se le clavaba la sal en la palma de sus manos. Se encogió sobre sí mismo en una agónica postura sacada de un dolor que no nacía de su cuerpo. Las lágrimas recorrían su cara descompuesta añadiéndose a la mezcla que había pedido el ritual. Con rabia, dio un manotazo en el suelo extendiendo la sal y rompiendo el círculo de protección lanzando un último grito de auxilio.

—¡Por favor, que venga alguien, que alguien me ayude! Quien sea.


Cuando la gente piensa en el infierno se imagina un lugar de eterno sufrimiento, mares de lava ardiendo por doquier, lanzas empalando a almas torturadas por toda la eternidad, monstruos inimaginables devorando todo aquello que se mueve. Lo que nunca nadie había imaginado, era un extraño brillo en el cielo que alumbrase el firmamento de manera perpetua. No eran estrellas, esas luces eran invocaciones que intentaban tentar a los que deseasen salir de ese lugar para habitar la tierra de los hombres.

Hubo una era en el que fue una novedad y era visitada con frecuencia. Pero a lo largo de los siglos, había terminado por aburrir a los seres que poblaban el averno y cada vez era menos frecuente que cualquiera de ellos decidiese aceptar una de esas interminables invitaciones. No era extraño que cuando esa pequeña puerta se abrió, todos decidiesen ignorarla. Una entre millones, billones quizás. Por si fuera poco, las ofrendas eran tantas que fue fácil desdeñar el aroma de un pobre vino cualquiera y las súplicas de un muchacho quedaron ahogadas por las de millones de personas.

Con el tiempo, aquellas luces que siempre brillaban sirvieron a los demonios para no permanecer en la oscuridad a la que aquel mundo les condenaba. Quizás por eso aquella bestia escogió las cuevas más profundas para hacer de ellas su morada. Quién sabe durante cuántos siglos había estado en total oscuridad aquel rincón de su universo. La cantidad de años que habían permanecido a salvo sus caminos de las huellas de cualquier otro de los de su especie.

Quizás demasiado.

En el interior de aquel paraje desolado la ausencia de ruido, la total soledad, era el consuelo que tenía al vivir allí. Aquel monstruo destacaba especialmente por el color de su piel, la manera en que las curvas de su cuerpo daban forma a un ser que no era perteneciente a este mundo. Pero en aquel abismo, en las profundidades más oscuras que había encontrado, no importaba.

Sus ojos, a pesar de la ausencia de cualquier luz, eran capaces de verlo todo. Desde una fría roca a punto de despeñarse, hasta dónde se escondían extraños peces ciegos de los cuales se alimentaba. Era lo bastante fuerte como para enfrentarse a la mayoría de la fauna local y ágil como para correr del resto.

Por qué vivía, para qué vivía, preguntas que no se repetían en su cerebro desde hacía una eternidad. La bestia solo sabía que existía, que esa maldición no desaparecería por mucho que quisiera y que nada valía la pena como para molestarse por ello. Ni siquiera hacer algo con aquella molesta sensación que se despertaba en su interior cada vez que recordaba que no era aceptada por ninguno de los suyos.

Las tinieblas no pudieron encontrar mejor mascota. Los tremendos rugidos, más bostezos que rugidos en sí, daban a la oscuridad una apariencia tan aterradora que nadie quería aventurarse en su interior. Las huellas que dejó en la piedra, con el paso del tiempo hicieron un camino que parecía conducir cada vez más abajo, hasta la desesperación.

En su solitaria existencia la bestia no era feliz, pero estaba viva. Viva, a pesar de los esfuerzos de algunos porque dejase de estarlo. Viva, a pesar de que ya no quería seguir existiendo. Viva y ajena a todo lo que se extendía por encima de lo que consideraba su hogar que ya no era su tierra.

A su pesar, sin embargo, sentía en su interior que debía haber algo mejor que aquella nimia existencia con la que subsistía. Era el trofeo que nadie quería de una guerra que nadie recordaba. Un recordatorio del castigo que puede causar un ser mucho más peligroso que ella. Qué poco le importaba eso ya. La solitaria aflicción que estaba atenuando su corazón no se mitigaría con más tiempo allí abajo.

No solía subir a la superficie. Mucho menos entretenerse mirando al cielo. Así que se sorprendió cuando aquel día empezó a preguntarse si debía hacerlo, si podía encontrar el valor para cruzar. Algo la atraía de aquella pequeña puerta.

Estaba acostumbrada a las trampas y en esta, podía sentir cómo la locura le tendía la mano para acabar con lo que quedaba de ella con la dulce promesa de permitirla abandonar este mundo.

«¿Extrañaré esto?»

El pensamiento penetró sin su permiso haciendo ver que ya había tomado una decisión por mucho que el miedo quisiera que se lo replanteara. Echó un último vistazo a su alrededor intentando memorizarlo todo y partió, preguntándose qué sorpresas le deparaba ese universo caótico del que eran dueños los humanos.

El silencio de la cocina era opresivo. Con la cabeza apoyada en el suelo, Deán luchaba por recuperar el control de las lágrimas que caían sin parar. Cerró la mano derecha hasta volverla un puño y golpeó con furia el suelo una y otra vez.

—Mierda, mierda, mierda, mierda, mierda, mierda, mierda. ¡Por mí podéis pudriros todos en el infierno!

La ira con la que habló quedó en silencio cuando vio cómo el líquido del interior del vaso comenzaba a hervir sin previo aviso. La nube de humo que brotó tenía un intenso olor que, de haberlo conocido, lo hubiese distinguido como azufre. El aire empezó a girar en mitad de la cocina con fuerza, revolviéndose en una especie de torbellino que intentaba dar una forma a la nada. A su alrededor, como si aquello no fuese real, todo estaba en calma. Nada volaba, nada se movía, todo estaba completamente quieto. Todo, salvo aquella corriente de aire que con un ruido ensordecedor estaba dibujando una silueta.

Años de televisión viendo todo tipo de películas de terror, unidos a su ferviente imaginación, llenaron su cabeza con distintos tipos de seres sobrenaturales. Monstruos milenarios que se presentaban solicitando el pago que acababa de proponer.

Su mente le advertía que debía salir de allí corriendo lo más rápido que pudiese. El sentido común le susurraba en el oído que estaba haciendo una tontería si se quedaba allí quieto. Pero no podía moverse, no podía dejar de mirar. Estaba hipnotizado ante el espectáculo que se presentaba ante sus ojos.

Tras aquella cortina de humo, empezó a perfilarse una forma. Las corrientes de aire dejaron de dar vueltas y el ruido fue desapareciendo. A medida que el humo se disipaba, se quedó mirando con la boca abierta a la chica que estaba en mitad de su cocina. La muchacha sonreía con coquetería, sabedora de sus encantos, de los atractivos placeres que con tanta seguridad mostraba. Su largo cabello rojo se agitaba salvaje en el aire como si tuviese vida propia. La melena reflejaba con fuerza la luz del sol, otorgándole un brillo mágico hasta más abajo de su espalda que era donde terminaba.

Sin embargo, lo que más impresionó a Deán fue la manera que tuvo de atravesarle con la mirada en aquel primer momento. Cómo aquellos ojos azules parecían capaces de ver lo más íntimo de cada persona. Tenían una profundidad peligrosa en la que uno anhelaba perderse, ahogarse en el cúmulo de emociones que reflejaban.

Parecía hasta demasiado perfecta para ser una persona de carne y hueso. Su cuerpo comenzaba con unas largas y esbeltas piernas que parecían no tener fin, una cintura estrecha y un torso más desarrollado de lo que estaba acostumbrado. Sus brazos eran fuertes, pero bien definidos y la manera en la que su cabello acariciaba sus hombros, le daba un aspecto angelical. Todo ello solo le hizo tener un pensamiento a Deán.

*«¿Por qué no lleva ropa?»*

Había pasado de una película de terror a una de contenido X en tan solo un momento.

—Humano, he venido a este mundo a petición tuya. —La voz celestial que llenó la cocina parecía estar destinada a sonar como una melodía—. Te concederé cualquier deseo que pidas. A cambio, tu alma inmortal me pertenecerá para siempre cuando mueras y abandones este mundo.

Las reglas estaban marcadas desde hacía eones, todos los seres infernales se habían criado conociéndolas. Informar a quien le invocase de cuánto iba a costar su visita. Cuál era el precio de un deseo. Algunos lo aceptaban y otros no, pero no les correspondía a ellos juzgarlos.

Verushka, el ser que había acudido a la llamada, se puso en cuclillas junto a él en una posición que intentaba no ser intimidatoria. Estaba nerviosa. No había hecho esta tontería nunca y no estaba muy versada en cómo debía afrontar ahora esa situación.

Incapaz de hablar Deán se la quedó mirando. Había soñado mil veces con la oportunidad de pedir un deseo y aunque sabía lo que quería, ahora mismo había algo que ambicionaba por encima de cualquier cosa.

Examinó la belleza del demonio intentando imaginar si esa criatura sería capaz de provocar las atrocidades que había soñado. Se pasó la mano por los ojos de manera descuidada, ni siquiera se había dado cuenta de que seguía llorando. ¿Era felicidad? Algo en su corazón comenzó a hablarle y notó que sus labios empezaron a pronunciar el deseo sin percatarse de lo que estaba haciendo.

En infinidad de historias Verushka había oído sobre la crueldad o el egoísmo de estos mortales. Eran capaces de cualquier tipo de locuras en un intento de lograr sus objetivos. Ni siquiera sabía qué podía esperar cuando entro en este plano de existencia. Al oír a ese muchacho dejó escapar un bufido mientras arqueaba una ceja. Sin duda este viaje prometía ser interesante. Siempre eran las mismas cosas con palabras diferentes; fama, fortuna, muerte, o quizás el amor de alguna chica que se resistiese.

En la voz del muchacho había tanto dolor, que le pidió que volviese a formular las palabras solo para comprobar que no se había equivocado. Al oírlas, Verushka tembló por primera vez en años.

# CAPÍTULO 4

A la mañana siguiente el sol salió por el este, los pájaros cantaban con su alegría habitual y Deán estaba en su cama mirando el techo mucho antes de que el reloj sonase. En sus pensamientos, el recuerdo de aquella chica con la que había soñado se disolvía con la realidad llamando a su puerta. No dejaba de repetirse que había sido demasiado vívido para ser solo producto de una fantasía. Pero en aquel cuarto no había nadie salvo él.

—¿Hola? —preguntó a la habitación vacía.

Entre el desorden de la habitación no pudo distinguir a una pelirroja recién salida del infierno dispuesta a cumplir sus deseos.

Por un momento miró con sospecha el montón de ropa que había en la silla, preparado para saltar de la cama si hacía el menor movimiento sospechoso. Lo que había ocurrido el día antes tenía que haber sido un sueño, no había otra explicación posible.

*«No lo hagas, no seas así, ten algo de dignidad.»*

Aquella voz en su cabeza tenía razón, quería hacerle caso, pero...

*«Por favor, tienes diecisiete años, no necesitas excusas baratas, simplemente no lo hagas.»*

No, no las necesitaba. A pesar de eso, se apoyó en el borde del colchón y antes de bajar al suelo miró debajo de la cama.

*«¿Ya te sientes más a gusto?»*

Podía notar los colores subiendo a sus mejillas, aunque lo cierto era que sí. Se vistió desganado con un pantalón vaquero y una camiseta azul marino con el dibujo de Naruto delante. Mirándose en el espejo para cerciorarse de que todos sus cardenales del cuerpo estaban lo más ocultos posible, se peinó como pudo y cogió su mochila antes de salir de la habitación dispuesto a enfrentarse a un nuevo día.

Un bostezó somnoliento se le estaba escapando cuando entró a la cocina degustando el olor a tortitas recién hechas. Ivette, ya estaba vestida y arreglada para salir a trabajar tan pronto acabasen el desayuno y le recibió con una gran sonrisa madrugadora.

—Buenos días, mamá —saludó, dejando la mochila para ir a clase al lado de la silla.

—Hola, cariño ¿qué tal has dormido?

Un escalofrío recorrió su cuerpo cuando se dio cuenta de que el vaso en el que su madre le estaba sirviendo el café, era el mismo que utilizó en la invocación. Sacudió la cabeza intentando borrar la idea de su mente.

—Bien —respondió de forma ausente—. ¿Llegaste muy tarde anoche? No te oí.

—Solo un poco. Al final lo dejan todo para el último momento y pringamos las más tontas. ¿Seguro que estás bien? Tienes mala cara —le puso la mano en la frente para asegurarse de que no tenía fiebre.

—Sí, tranquila. —Sonrió de forma vaga, ausente—. Pasé mala noche, tuve una pesadilla en la que un montón de zombis me perseguían intentando comerme el cerebro.

Tomó otro sorbo ignorando el dolor que sentía en su cuerpo y que le pedía que lanzase aunque fuese solo un pequeño gemido.

—Pues se quedarían con ganas de algo más abundante —Deán la respondió con una sonrisa irónica—. ¿Hoy pasarás por la tienda de Nerf?

—No lo sé. —Encogió los hombros sopesando la idea—. Supongo que sí.

No es que tuviese mucho más que hacer, pero en ese momento no tenía demasiadas ganas. Aunque él no tenía la culpa, le dolía la desilusión que se había llevado al descubrir que aquel libro solo era otro engaña bobos. Tenía suerte de que no se lo hubiese hecho pagar.

Con frustración, se metió una tortita casi entera a la boca con energía.

—Despacio. —Le recriminó Ivette con el ceño fruncido—. No querrás ahogarte.

—De momento no, pero cuando lleguen las notas es posible.

—¡Deeeeán!

—¡Mamaaaá! —respondió el muchacho alargando la voz en una imitación—. Te tomas la vida demasiado en serio. ¿Sabes que no saldrás viva de ella?

La sonrisa que mostró era un arma que estaba dispuesto a utilizar contra ella.

—No me gusta nada que bromees con ciertos temas. Tus estudios son uno de ellos. —Lanzó un resoplido antes de continuar—. Ya sabes que tengo muchas esperanzas puestas en tu futuro, llevo años ahorrando para mandarte a una universidad de calidad. Pero nada de esto importa si tú mismo no te lo tomas en serio.

—Lo sé —contestó resignado—, perdona. Es solo que todavía no tengo claro qué va a pasar el año que viene.

La mujer pasó la mano derecha por la mejilla de su hijo mientras le miraba con ternura.

—No te preocupes. Todo saldrá bien, nos las arreglaremos. Como siempre. Somos unos supervivientes ¿recuerdas?

El muchacho asintió levantándose y colgándose del hombro la mochila la dio un beso de despedida.

—Nos vemos más tarde.

Salió de casa a toda velocidad para no perder el autobús. No quería pensar, no quería darle más vueltas de las que ya le había dado. Odiaba la universidad, apenas le quedaba tiempo para decidir a cuál ir y aún no lo tenía claro. A pesar de los ahorros que tenían, sin una beca de estudios era bastante complicado que pudiese permitirse asistir a una buena facultad. Lo había pensado un millón de veces. Se tendría que conformar con la universidad pública aunque, por supuesto, a su madre le diría que era la mejor opción para estudiar, que en las demás no le habían admitido o que no quería salir del estado.

Según todo el mundo, este era el momento que cambiaría su vida para siempre. Poder salir de ese barrio, aventurarse lo más lejos que pudiese, escapar de los fantasmas que le habían perseguido durante toda su infancia era su sueño. Era la época en la que podría madurar hasta convertirse en el hombre que sería por el resto de sus días.

Todo eso ahora le sonaba demasiado grandilocuente. Lo cierto es que en estos momentos se conformaría con poder olvidarse de que una vez tuvo que ir al instituto.

*«Por lo menos entre todas las tonterías que has hecho, ahora puedes añadir a la lista que has usado la magia.»*

Sí, junto a la de pagar a un chico para que le hiciera de guardaespaldas o intentar hacerse pasar por malo reventando las ruedas al coche del director. Una gran lista de estupideces. Luego, estaba el asunto de Nerf. Era irracional, pero una parte de sí mismo le seguía culpando y no quería hacerlo. No es solo que aquel estúpido libro no hubiese funcionado, es que la única magia que realizó, además de proporcionarle unos sueños muy vívidos era la de romper sus esperanzas.

Estaba a punto de batir un nuevo record, ni siquiera estaba cerca del instituto y ya se estaba deprimiendo. No es que se hubiese levantado de buen humor pero si un día empezaba así, la experiencia le avisaba que no iba a mejorar.

Seis meses. Solo tenía que soportar todo aquello seis meses más y aquel horror terminaría. El fin de las penurias, de los insultos. Ya no más palizas, no más agravios y sobre todo, ya no más Carlos. El mexicano no era de los que les gustaba estudiar, tampoco practicaba ningún deporte, no tenía amigos en las altas esferas ni era ningún superdotado. Las probabilidades de que le concediesen una beca para seguir estudiando eran nulas. Su pesadilla acabaría en esas aulas. La próxima vez que lo viese sería como repartidor en una pizzería.

—¿A esto le llamas extra de queso? Por Dios Carlos ¿por qué en lugar de usar mis propinas para esnifar pegamento, no lo utilizas para pagarte clases de vocabulario y descubres lo que significa extra?

Casi podía verlo a la defensiva con su uniforme cutre y su gorra ridícula intentando defenderse.

—Lo siento. Yo solo la traigo, es en la cocina donde la preparan.

—¿Yo te he preguntado dónde la hacen? Seguro que mis propinas no las repartes con los de la cocina. Ahora vas a llevarte esto y traerme una pizza con extra de queso. Mientras tanto, aprovecharé el tiempo llamando a tu superior para preguntarle cómo es posible que con la cantidad de gente competente que hay por el mundo, tenga en plantilla a un inútil como tú.

Todavía sonreía como un tonto mientras bajaba del autobús y caminaba dejando que la escena continuase en su cabeza. A lo lejos, el viejo edificio de su instituto salió a saludarle con aquel escalofrío que le recorría la columna vertebral cada mañana. Ni siquiera se dio cuenta de cómo aminoraba el paso antes de entrar.

La razón por la que madrugaba tanto era que le gustaba llegar de los primeros para evitar encontrarse con gente que le causase problemas desde primera hora. Era de saber popular que los matones preferían ser de los últimos, así que la mayor parte de las veces no se encontraba con nadie en el patio. Pero, como si fuese una lotería, ni siquiera eso le servía siempre.

Esta vez, sin embargo, tuvo suerte. Rebasó las verjas de la entrada encaminándose a la puerta principal, traspasó el patio sin ningún problema y se dirigió a su taquilla sin cruzarse apenas con nadie. Recogió los libros que necesitaba y respiró hondo antes de seguir.

Avanzó entre los pocos alumnos que había por los pasillos intentando no llamar la atención. Se situó en su pupitre y esperó veinte minutos antes de que el siguiente alumno decidiese hacer acto de presencia. El sonido de la alarma cinco minutos después hizo que la turba entrase de golpe.

—¿No habéis pensado en sustituir ese desagradable ruido por algo un poco más alegre? —comentó una voz musical que no supo reconocer—. Deja a los oídos un pitido muy molesto.

No estaba seguro, pero Deán juraría que aquella pregunta iba dirigida a él. Desconcertado, se giró para observar a una hermosa muchacha pelirroja que le miraba con expresión de inocencia y una sonrisa divertida en los labios. Tenía el presentimiento de que no era la primera vez que la veía, aunque ahora no recordaba dónde. Con mirada vacilante la examinó de arriba abajo seguro que de haberla conocido no la hubiese olvidado tan fácil.

La profundidad con la que ella clavó sus ojos azules en él provocó que se ruborizase.

—Sí, bueno. —La voz le falló soltando un enorme graznido por la boca que le hizo maldecirse a sí mismo—. Nunca nos han preguntado.

—Creo que los profesores adelantarían mucho si dejasen sonando unas notas de alguna melodía que estimulase las ganas de entrar. Con esa sirena, da la sensación de que estar aquí es un castigo.

Deán miró a su alrededor sintiendo que todas las miradas estaban clavadas en él. Era como si sus compañeros estuviesen tan sorprendidos como él de que alguien le dirigiese la palabra. Al fijarse, sin embargo, se dio cuenta de que era su imaginación. Nadie le miraba, tan solo la miraban a ella.

—Ya, bueno —repitió sin saber bien qué decir—, creo que incluso con música para muchos sería un infierno.

—Eso solo lo creen porque nunca han estado en uno. ¿Un lugar donde reunirse y aprender? Es el paraíso.

Estaba seguro de que no la conocía de nada, no la había visto nunca por clase. Una chica nueva, esa era la explicación de por qué le estaba hablando. Quizás le sonase porque se había cruzado con ella por la calle, o en algún centro comercial. Eso lo explicaba todo.

Sí, aunque...

Ese color de pelo, ese brillo en sus ojos, la cara entre angelical y pícara... Llevaba unos vaqueros negros ceñidos y una camiseta del mismo color que resaltaban unas deportivas blancas. No estaba seguro, pero...

Era imposible.

No. Se estaba volviendo loco, esa era una explicación mejor. ¿Cómo si no podría atreverse a pensar que era parecida a la chica con la que había soñado la otra noche?

Al sentir cómo se volvía hacia él explorándole con la mirada divertida, sintió cómo se le ponían rojas hasta las orejas.

—¿Es tu primer día? ¿De dónde eres? —preguntó intentando darle conversación.

—¿Nueva? —Pareció meditar la pregunta mientras examinaba un poster de la pared del sistema solar—. Sí, podría decirse que es mi primer día aquí. Aunque ya deberías saberlo puesto que fuiste tú quien me invocó.

Deán la miró boquiabierto, aturdido, durante los segundos necesarios para que la entrada del profesor le impidiese seguir interrogándola.

Todos los alumnos fueron guardando las cosas que tenían dentro de su pupitre mientras bajaban los susurros sobre la impresionante chica que se había presentado en clase. Jack la hizo un gesto con la mano para indicarla que tenía que acercarse y la situó en el centro del aula.

—Bueno chicos, hoy tenéis una nueva compañera. Espero que seáis amables con ella y la hagáis sentirse integrada. Si no te importa, preséntate por favor.

La chica miró a todos con sus penetrantes ojos azules y comenzó a mover las manos a medida que hablaba.

—Hola, mi nombre es Verushka. —Oírla era tan dulce que parecía acariciar con la lengua cada palabra según la pronunciaba—. He venido desde el quinto infierno como se dice, para estudiar en New York. Elegí esta escuela por su... alta calidad en la enseñanza. Además, como cuento con un amigo en el centro no tengo dudas de adaptarme a la perfección.

El profesor observó maravillado cómo por una vez, todo el mundo estaba en silencio. Incluso él mismo notó el fuerte hechizo que la voz de la muchacha transportaba. Era como si al hablar, hiciese a los oyentes partícipes de una confidencia íntima. Costaba permanecer impasible.

—¿Un amigo? —preguntó Jack orgulloso por su alta calidad en la enseñanza—. ¿Quién?

Ante la mortificación de Deán, ella le señaló y le saludó con la mano mientras movía sus dedos.

Como si hubiesen sacado ese instante de sus pesadillas más habituales, todos se giraron para mirarle. Avergonzado, se recostó sobre la silla intentando volverse invisible.

—¿Ya os conocíais? —inquirió el tutor.

—Claro. Es como si ambos estuviésemos unidos por un pacto sagrado, de esos que se sellan con sangre hasta que la muerte nos separe.

El profesor centró su mirada en Deán. Jamás hubiese pensado que ese chico contase con nadie en quien apoyarse. Le vio bajar la cabeza mientras apartaba la vista.

—Bueno, será mejor que te sientes —ordenó el profesor.

La muchacha obedeció sin rechistar dedicando sonrisas abiertas a todos en su camino. Un murmullo empezó a apropiarse de la gente cuando comenzaron a cuchichear entre ellos.

El único que se había quedado sin palabras era Carlos. No entendía bien cómo semejante belleza podía haberse fijado en un perdedor como Deán. Se echó hacia atrás dejando que la silla sostuviese su equilibrio sobre las dos patas traseras mientras la miraba ¿cómo había dicho la chica que se llamaba? No conseguía recordarlo.

Daba igual. Ya lo descubriría más adelante.

Con cierta dificultad el profesor intentó reclamar la atención de los estudiantes que no hacían más que mirar a Verushka. La chica se había sentado en el pupitre vacío que tenía al lado de su amigo y levantaba la mano cada dos por tres saludando visiblemente incómoda. Quizás debía cambiarla de sitio para evitar futuras conversaciones entre esos dos pero lo cierto era que nunca había tenido ningún problema con Deán y aquel era el primer día de ella. A lo mejor debía darles la oportunidad.

—¿Por qué me miran todos así? —susurró Verushka tan pronto el tutor dejó de mirarla.

En sus bellas facciones mostraba una ingenuidad propia de la infancia. Con aquella cara de niña buena, parecía imposible que de verdad hubiese salido del infierno. Deán intentó no mirarla, no quería, no se atrevía. Sentía que un último vistazo a la imagen de niña buena revelaría su verdadera forma demoníaca. Puede que ese pensamiento no tuviese mucha lógica, después de todo era la misma apariencia con la que se había presentado ayer, pero era incapaz de impedir que su imaginación volase provocándole un ataque de nervios a cada latido de su corazón.

Intentó concentrarse en lo que decía el profesor pero era difícil, sobre todo teniendo en cuenta que ella no dejaba de mirarlo impaciente esperando una respuesta.

—¿Qué? —preguntó Deán.

El susurro salió un poco más alto de lo que esperaba con lo que provocó que Jack, y muchos de sus compañeros, se girasen a mirarlo. El muchacho agachó la cabeza vista al frente cuando le llegó con claridad la voz de Verushka.

—Te preguntaba que por qué todos me miran así. No dejan de cuchichear señalándome.

—¿Me lo estás diciendo en serio? —La chica asintió provocando que él dejase escapar un suspiro irritado—. Eres una chica muy guapa, por si eso fuese poco, te has puesto delante de todos y les has dicho que eras amiga mía.

—Creía que lo correcto en el mundo humano era responder a las preguntas que me estaban haciendo.

El tutor clavó su mirada en ellos dando a entender que debían guardar silencio. En Deán hubiese sido lo normal, si sentado a su lado no estuviese el mismo demonio que había invocado el día antes.

—Lo que pasó ayer fue real ¿verdad? Esto... vienes... quiero decir, eres... —Un peso en la lengua le impedía hablar como deseaba y eso acrecentó sus nervios.

—¿Sí? Dime.

—Yo lo que quería saber era... si...

—¿Si de verdad soy un demonio?

Aunque susurró, Jack les lanzó una segunda mirada de advertencia que provocó que el muchacho se hundiese en su silla intentando pasar desapercibido.

Al cabo de unos segundos la curiosidad era demasiado grande como para ignorarla.

—De acuerdo. Sí, quiero saberlo ¿lo eres?

El sonido suave y limpio de la risa de la chica llenó por completo el aula como si fuese música.

—¡Verushka! Supongo que al ser tu primer día de clase estarás emocionada, así que dudo que estés decidida a perder el tiempo. Déjame adivinar, ¿estás compartiendo tus conocimientos sobre la batalla de Saratoga con tu buen amigo? —La voz del tutor era tan dura como la mirada que les estaba dirigiendo—. Ya que parece que soy incapaz de captar vuestro interés ¿te importa venir aquí y mostrarme cómo se hace?

—Prefiero que no. Aquí sentada estoy muy a gusto —comentó como si tal cosa.

La irritación del profesor aumentó.

—No es una invitación. Ponte delante de todos y cuéntanos lo que sepas sobre dicha batalla.

Con un encogimiento de hombros se levantó y caminó de manera lenta hasta ponerse frente al grupo. A sus oídos llegaron los murmullo y la risa de los que empezaban a burlarse de ella. Miró a Deán y le guiñó un ojo con complicidad antes de comenzar a hablar.

—Pues, la batalla por la que me preguntas, fue uno de los enfrentamientos más importantes librados durante el transcurso de la Guerra de Independencia de los Estados Unidos. Su desenlace, en gran medida, contribuyó a decidir el resultado final de la contienda a favor del ejército continental. Tuvo lugar entre 19 de septiembre y el 7 de octubre del año 1777 en Saratoga, una región ubicada entre Boston y la zona de los Grandes Lagos. El general británico John Burgoyne, pretendía aislar a Nueva Inglaterra del resto de las colonias del norte y causar la mayor cantidad de bajas posibles entre las filas del ejército rebelde. Su plan consistía en remontar el valle del río Hudson desde Montreal donde se hallaban reunidas sus columnas, subiendo a lo largo de este camino fluvial con el apoyo de las tropas británicas asentadas en Nueva York. Estas últimas, acaudilladas por el general Howe, atacarían por el norte y se le unirían en Albany para crear un frente común y emprender una ofensiva conjunta.

A medida que hablaba, su voz acalló las risas a su alrededor dejando todo en completo silencio.

—Suficiente. —Jack estaba tan sorprendido como los demás, pero intentó permanecer impasible—. Es evidente que vienes de un instituto muy bien preparado.

—¿Instituto? No qué va, la vi.

Al hablar Deán la miró horrorizado. ¿Que había visto la Batalla de Saratoga? Carraspeó incómodo intentando hacer que se fijase en él antes de que fuese demasiado tarde. Por desgracia, la muchacha tenía la atención centrada en su tutor. Debía parar aquello antes de que continuase hablando y metiese aún más la pata. Se armó de valor y se levantó.

—Sí, yo también la vi. Nos encanta esa película. Los actores bordan la escena cuando deciden arriesgarse a tomar uno de los caminos y muere el ayudante del capitán.

—¿Película? ¿Qué película? —Jack miró a Deán como si fuese un bicho raro.

—Se titulaba algo así como luchando por la patria, o la sangre caída por la patria. Tremendo cuando pelean en Sorovologa.

—Saratoga —corrigió el profesor.

—Eso. Cuando pelean, te das cuenta de lo que tuvieron que sufrir esos hombres persiguiendo sus ideales.

Cada vez que el tutor miraba a Verushka esta asentía, aunque no sabía muy bien a qué.

—De acuerdo —accedió el tutor—, pero aunque halláis visto la película me gustaría que en mis clases guardaseis silencio. Por esta vez no pasa nada, aunque espero que al llegar al examen demostréis que la televisión no es una pérdida de tiempo como todo el mundo afirma. —Ambos estudiantes asintieron—. Puedes sentarte.

No se lo tuvo que repetir. Verushka fue a su sitio y le dedicó un gesto cómplice a Deán que no devolvió. Cuando intentó llamar su atención, se dio cuenta de que el muchacho o la estaba ignorando, o era la persona más despistada de toda la faz de la tierra.

La clase siguió con su rutina, Deán intentó concentrarse para que no volviesen a amonestarle. Lo intentó incluso en matemáticas, ciencias naturales y en la clase de español pero en todas ellas, la demonio se sentó a su lado mirándole de reojo e intentando atraer su atención. Era frustrante, así que cuando el timbre anunció la hora del almuerzo el chico pudo respirar tranquilo.

Todos empezaron a recoger sus cosas rápido para aprovechar al máximo los minutos del descanso, salvo Deán que no hizo amago de moverse. Verushka rechazó un par de invitaciones de unirse a unas chicas y casi el doble de los chicos. Aunque Nick fue especialmente persistente, toda su atención estaba centrada en el único humano de los que había allí que la había invocado.

Esperó con paciencia a que tanto el profesor como el resto de los alumnos salieran de clase y cogió una silla para poder sentarse a su lado por fin.

—¿Por qué no vas con el resto de tus compañeros? —preguntó llena de curiosidad—. Pensé que relacionarse con los demás en los distintos eventos cotidianos es signo de respeto entre vuestra especie.

Aunque no dijo nada, la incordiaba que aquel chico le esquivase todo el rato la mirada.

—Es que mi madre suele prepararme el almuerzo en casa, así que no necesito comprar nada —respondió incómodo—. Además, prefiero no mezclarme con los de ahí fuera. He descubierto que hacerlo no es una buena idea.

—¿Los de ahí fuera? ¿Es que acaso son distintos a ti?

—Sí, podría decirse.

Verushka miró desconcertada intentando hacer memoria.

—Te juro que a mí todos ellos me han parecido muy humanos. ¿Qué clase de seres son?

—Abusonis tremendus gilipolletis.

La chica le miró intentando crear una imagen mental.

—¿Abusonis? No conozco esa raza. ¿Es alguna clase de etnia?

El adolescente sonrió.

—No te preocupes.

Sacó de la mochila un bocadillo envuelto en papel de periódico, lo desenvolvió sin romperlo y le dio un mordisco. Al ver cómo ella le estaba mirando le ofreció un trozo.

—¿Quieres?

—No gracias. No me apetece nada probar comida humana.

El muchacho intentó dar otro mordisco bajo la atenta mirada del —o debería decir la— demonio. Con un suspiro al sentir cómo se clavaban sus ojos en él lo dejó aparcado a un lado decidiendo que sería mejor saciar la curiosidad que su apetito.

—¿Vosotros coméis? —preguntó intentando sacar un tema de conversación—. ¿O es solo que no soportáis la comida de mi mundo?

—¿Nosotros? —El tono de voz era cómico—. Claro que comemos, pero ahora no tengo mucho apetito.

Sus ojos azules le seguían examinando como si encontrase divertido la incomodidad del muchacho.

—¿Eres un demonio en serio?

—A no ser que sea normal que el vino en vasos empiece a hervir o que las mujeres aparezcan de la nada en tu cocina sí, es bastante posible. De hecho —susurró—, estoy casi convencida.

Recordar el incidente provocó que Deán se pusiera muy nervioso y las manos empezasen a sudarle.

—¿Por qué has venido? —Por la forma en que la chica le miró no había debido entender la pregunta—. ¿A qué has venido?

—Porque me invocaste —respondió como si aquella frase fuese de lógica aplastante—. Me invitaste a entrar en tu mundo. Estaba aburrida, vi la puerta y decidí cruzarla.

—Así que estabas aburrida —repitió, moviendo su cabeza—. ¿Qué es eso de una puerta?

Como si fuese un tic, la muchacha empezó a jugar con un mechón de su pelo enredándoselo en el dedo mientras cavilaba la mejor forma de explicarse.

—Cuando un humano llama a mi plano de existencia, se abre un espacio que une este mundo con el nuestro. A eso lo llamamos puerta. Porque por ahí podemos movernos y entrar en cualquier lugar. —Se quedó un segundo en silencio antes de continuar—. Deseabas que alguien viniese a saciar tus oscuros deseos y me presenté. ¿Es que estás decepcionado conmigo?

Deán empezó a toser cuando la saliva que estaba tragando se equivocó de lado al tragar.

—No te estaba llamando. Para ser exacto ni sabía a quién estaba pidiendo ayuda. Es la primera vez que he hecho algo así. —Sus manos daban vueltas al bocadillo luchando consigo mismo  para volver a metérselo en la boca y dejar de parlotear—. Ni siquiera sabía de la existencia de puertas o de demonios. Solo quería que en aquel momento alguien apareciese, me hubiese servido cualquiera.

—Vaya, así que eres de los que se conforman con poco.

Sonrió al ver cómo el chico bajaba la cabeza avergonzado.

A Deán le parecía imposible que el hechizo hubiese funcionado. Él había probado el libro con un conjuro de fuerza y era evidente que no servía de nada. Aunque ahora por arte de magia, y era difícil de creer, había logrado traer a este mundo a un demonio.

El único inconveniente, y no es que estuviese decepcionado con el tipo de criatura que había acudido a su llamada, es que no pegaba con el aspecto satánico que se había imaginado en un primer momento que iba a tener.

—¿Qué clase de demonio eres? —preguntó cuándo se atrevió a volver a hablarla.

—Una súcubo. —Verushka se levantó y se puso a su espalda masajeándole los hombros—. Según vuestra mitología seres de extraordinaria belleza que seducen a las personas para robar su esencia vital.

Deán sintió cómo las manos iban deshaciendo los nudos de tensión que tenía en la espalda y aunque la sensación era muy agradable, le costaba relajarse lo bastante como para disfrutar.

—¿Y la realidad cuál es?

—Pues la mitología acierta bastante. Seres de extraordinaria belleza a los que nos gusta seducir. Pero ahí acaba toda semejanza. No robamos nada, en realidad se confunden porque somos guapas y nos gustan los enfrentamientos cuerpo a cuerpo.

—¿Y tú lo vas a hacer? ¿Vas a matarme?

El sonido celestial de aquella risa satánica le puso a la defensiva.

—Cuando me invocaste tu círculo de protección estaba roto. Si hubiese querido matarte ya te estarían comiendo los gusanos. Además, una vez hecho el pacto no gano nada matándote.

—Entonces ¿no me harás daño?

—De momento no tengo intención. Además, aseguras que era la primera vez que invocaste a uno de los míos, aun así te desenvolviste bastante bien. No sé de donde sacaste la información pero el hechizo que usaste es poderoso. Lo siento en mi piel. Y solo para que conste en acta, no es recomendable romper el círculo de protección. Nunca sabes lo que puede llegar a salir por una de nuestras puertas.

—¿Como por ejemplo?

—Es el infierno —respondió encogiendo sus hombros—. Cualquier cosa que imagines la tenemos por duplicado e incluso peor.

Deán aguardó un momento intentando hacerse a la idea de la suerte que había tenido la otra noche. Puede que hubiese sido el instante en el que más necesitó al azar de su parte y que por una vez, aquel cabrito esquivo había decidido honrarle.

Al mirar a Verushka se preguntó si de todas formas aquello era ser bendecido.

—Dijiste que mi hechizo es poderoso, ¿cómo de poderoso?

—No estoy segura, solo es algo que siento. Nunca he acudido a ninguna invocación así que no estoy muy versada en estas lides, es algo que... no sé cómo explicarlo... —La súcubo dudó unos segundos buscando la palabra correcta antes de continuar—... poderoso. De todas formas es igual, estamos atados hasta la finalización del pacto.

—¿Qué quieres decir?

—Que nuestros destinos están unidos. No puedo abandonar este mundo sin conceder tu deseo y asegurarme de que todo es tal y como tú querías. Así que hasta que lo consiga, o tu muerte me libere, yo seguiré por aquí.

—¿Mi muerte?

El horror que se dibujó en la cara del adolescente fue instantáneo.

—Tranquilo, estamos obligados a cumplir los deseos. Ya poseo tu alma y no tengo ninguna intención de matarte.

El timbre sonó anunciando el final del descanso. Deán miró con lástima el bocadillo dándose cuenta de que se había olvidado de comer, aunque tampoco es que ahora mismo tuviese mucha hambre. Lo envolvió de nuevo y se lo guardó en la mochila.

Estaba intentando recordar si en la descripción del hechizo se había mencionado algo sobre vender su alma o algo así. No estaba muy seguro de lo que había leído o dejado de leer, lo que recordaba con claridad era la desesperación con la que había formulado aquel conjuro.

Dentro de su cerebro todo daba vueltas intentando que aquella locura adquiriese una forma que pudiese comprender. Analizó en profundidad la conversación que habían tenido dándose cuenta del paso tan peligroso que había dado. Una cosa era jugar con magia y otra muy diferente jugar con demonios. Miró a sus compañeros y le pareció mentira que esos desalmados fuesen capaces de seguir con su rutina ignorando que por su culpa, su propia alma ya no le pertenecía.

Verushka no dejó de mirarle intentando leer los pensamientos del chico pero al cabo de un rato se aburrió. La perorata del profesor era cada vez más pesada y empezó a preguntarse cómo lo hacían los chicos humanos para aguantar lugares como ese. Su primer día y ya quería cortarse las venas ante lo aburrido de estarse quieta tantas horas.

—Disculpe, necesito ir al baño —informó como había visto hacer a algunos de sus compañeros—. ¿Puedo ir?

—Solo faltan cinco minutos para que termine la clase. ¿No puedes aguantar? —La chica negó con la cabeza—. De acuerdo, sal.

Y poco le faltó para hacerlo corriendo. Necesitaba estirarse, moverse y sobre todo silencio. En aquel lugar habían demasiados datos para memorizar en su primer día como humana.

Aunque debía reconocer que en definitiva le estaba gustando. Por lo que había visto de este mundo era muy distinto del suyo propio. Por ejemplo, el baño. En su mundo no había tales sofisticaciones. Sería una tontería pero le hacía ilusión. ¿Que no hubiese una serpiente intentado comerte el culo mientras hacías tus necesidades? Los humanos no lo comprendían pero ese lujo no tenía precio.

Era fácil acostumbrarse a vivir ahí así. Mientras se lavaba las manos, pensaba lo que hubiese dado por algo tan simple como un grifo con agua corriente en sus cuevas y no el lago en el que tenía que tener un ojo abierto cada vez que se metía para evitar los monstruos que moraban en sus profundidades.

La puerta del servicio se abrió cortando sus pensamientos y permitiendo pasar a varias chicas de la clase que se acercaron hasta ella y la miraron a través del espejo.

Para cumplir el trato no necesitaba conocer a la gente así que, aparte de Deán, no había prestado ninguna atención a los demás. De todas formas, aunque no podía estar segura, recordaba vagamente que una de las profesoras había llamado Emma a la que estaba más cerca, invadiendo su espacio vital.

—Verushka, ¿verdad? —preguntó con una sonrisa afilada—. He visto cómo Nick te mira y quiero advertírtelo, es todo mío.

La demonio arqueó las cejas sorprendida. ¿Nick? ¿Quién era ese? Intentó asociar el nombre a alguna cara conocida, aunque poco le importaba. A sus oídos, eso había sonado a amenaza.

Se giró despacio mientras agitaba las manos para secárselas al aire, mojando a las chicas en el proceso. Algunas se apartaron sorprendidas, pero la tal Emma no fue una de ellas.

—Creo que no te he entendido bien.

—He dicho que si vuelves a mirar... —Antes de que pudiera terminar la frase, la súcubo se colocó detrás de la muchacha y la agarró del pelo echando su cabeza hacia atrás arrancándola un grito de dolor.

Todas las chicas la miraron incrédulas, sin terminar de creer cómo alguien había sido capaz de moverse tan rápido.

—No, eso lo he entendido perfectamente. Lo que no entendí muy bien fue la parte de la advertencia. —Comenzó a tirar cada vez más fuerte del pelo, obligando a Emma a inclinarse—. ¿Qué se supone que vas a hacerme?

De los ojos asustados de la muchacha, comenzaron a brotar lágrimas que resbalaban por su cara hasta mojar su blusa.

—No quería amenazarte...

—¿Perdona? Será por esos sollozos tan humillantes que no te he entendido bien —la súcubo sonrió con placer—. ¿Podrías repetirlo?

—¡No era una amenaza! ¡Lo siento!

Verushka la soltó, dejando que Emma comprobara que tenía todavía todo el pelo en perfecto estado mientras la miraba aterrorizada. Algunas de sus compañeras retrocedieron hasta la puerta cuando las miró de manera agresiva y solo una de ellas, una chica bajita y morena, rodeó a Emma por los hombros consolándola

—¿Ves? Creo que vamos a entendernos muy bien —comentó antes de cambiar su voz a un tono peligroso—. Así que solo diré esto una vez, Deán, es mío.

# CAPÍTULO 5

Lo que restó de la jornada escolar, Deán estuvo evitando en la medida de lo posible a la súcubo. No es que resultase difícil, al contrario, ella se había ganado a la clase desde que Jack la había presentado y hacían cola para charlar con ella cada vez que tenían oportunidad.

De vez en cuando se sorprendía mirándola y sintiendo cómo los celos le carcomían. ¿Cómo era posible que un demonio recién salido del infierno fuese más popular que él en su propia clase? Le daba rabia. ¿Qué tenía ella que él no tuviese?

Agradeció el estar a solas con sus pensamientos y que Verushka no supiese leer mentes y nada de eso. Aunque por la forma en que sonreía, no podía estar seguro. A lo mejor...

No, aquello no tenía sentido y estaba empezando a ver fantasmas donde no había nada. Lo mejor era centrarse en toda la información que le había concedido durante el descanso y que ahora tenía tiempo para asimilar.

El día de ayer estaba borroso en su mente. Arrodillado en la cocina tras recibir una paliza, no había dudado ni un segundo en vender su alma para formular un deseo a un demonio.

Pero ahora, visto con la mente despejada, se daba cuenta de que aquello había sido una locura. Él no era así. Siempre se había creído una buena persona que no le deseaba mal a nadie. Además ¿merecía la pena pagar un precio desorbitante por un anhelo que crecía víctima de la desesperación? No estaba convencido de eso. ¿En qué momento pensó que sería buena idea eso de abrir las puertas del infierno y traerse a uno de sus moradores?

Perdió el hilo de pensamientos cuando la señora Robinson planteó una duda a Verushka. Solo oír su nombre, le puso nervioso y al igual que el resto de la clase permaneció en silencio escuchando hipnotizado.

La chica se levantó poniendo las manos en su espalda subiendo y bajando la planta de los pies balanceándose, daba la impresión de estar dando pequeños saltitos al contestar. Incluso la habitual frialdad de la profesora pareció derretirse ante ella.

Cuando finalizaron las clases, siguiendo su rutina, Deán permaneció en su pupitre esperando a que todos se fuesen para escabullirse por el patio sin llamar demasiado la atención.

—¿Me estás evitando? —le preguntó Verushka al acercarse.

—¿Cómo?

—Ya me has oído, eres el único que no me ha dirigido la palabra en toda la mañana.

—No, es solo que necesitaba pensar.

Aquellos ojos azules le hacían derretirse. Se sentía incómodo en su presencia y no podía evitarlo.

—¿Y qué estás pensando?

—No logro entender cómo... quiero decir, tú eres un demonio, pero también una chica... ¿Cómo puede un demonio ser así? —enfatizó señalando su cuerpo con las manos como si ella fuese una cosa rara.

—No entiendo.

El chico la miró frustrado. Bastante le costaba hablarla con normalidad para que encima no le entendiese a la primera.

—Es que eres impresionante.

Lo dijo sin pensar. En su cabeza, la idea no dejaba de darle vueltas y cuando abrió la boca, no pudo creer lo que había salido. A toda velocidad, agarró las cosas que le quedaban sobre el pupitre sin meterlas en su mochila y escapó tan rápido como pudo.

—¿Gracias? —oyó que decían a su espalda.

Al chocar contra el marco de la puerta se le cayó el estuche. Al ir a recogerlo se le escaparon los bolígrafos y cuando por fin los cogió fue un cuaderno el que abandonó sus brazos. ¿Cómo podía ser tan patoso?

*«Ella preguntó lo que estabas pensando ¿no? Pues se lo dijiste y ya está.»*

—Pero seguro que eso no es lo que quería oír de mí —se respondió a sí mismo.

*«A mí no me sonó tan mal.»*

—¿Con quién hablas?

Deán alzó la vista para enfrentarse a la temible y azulada mirada de Verushka que tenía una pizca de curiosidad plasmada en la cara. Se levantó, se colgó la mochila en el hombro derecho e intentó sacar algo de pecho.

*«Ánimo, respóndele, di algo bonito.»*

—Con nadie. Es que a veces hablo solo.

Aquella voz ¿no podía quedarse callada? Solo de pensar lo que le estaba diciendo se ponía más nervioso.

*«¡Bravo! Estoy tan loco que soy el único con el que me hablo. Has quedado de fábula.»*

La chica no dijo nada, solo se le quedó mirando con un silencio que lo llenó todo.

Cuando Deán se puso a caminar ella le siguió. Así que aceleró el paso en un intento de dejarla atrás. Verushka no tuvo ningún problema en alcanzarle y mantener el mismo paso. No podía irse corriendo, aunque todo su cuerpo parecía opinar lo contrario, así que al final tuvo que cambiar su paso y fueron en silencio por los pasillos.

Era raro sentir que alguien quisiera acompañarle. Sobre todo, teniendo en cuenta que no le habían faltado invitaciones mejores con lo popular que se había vuelto en un solo día.

Mientras avanzaban, Deán se dedicó a echar miradas furtivas examinándola de reojo. Era muy bonita, demasiado. La clase de chica a la que jamás se habría atrevido a acercarse y mucho menos a hablar. Sus rasgos finos y delicados, podían definirse como una obra maestra sobre el cuerpo humano. Desde los ojos azules, la nariz perfilada, los labios sonrosados, su cuerpo atlético... incluso la forma que tenía de moverse parecía ser una mezcla de atributos creados para provocar. Ya fuese como demonio o como mujer, no pudo evitar sentirse impresionado.

Fue la fuerza de la costumbre lo que le hizo estar atento cuando se acercó a la puerta de salida. Había estado tan despistado que ni siquiera se había dado cuenta de que salían por la puerta principal y que allí estaba Carlos. Ya estaba hilando una ruta alternativa cuando se dio cuenta de que le había visto.

Esta vez, sin embargo, no fue corriendo a por él. En lugar de eso le miró con soberbia retándole a avanzar. A seguir adelante si tenía lo que había que tener.

Fue Verushka la que se paró a mirarle con curiosidad cuando se quedó quieto.

—¿Estás bien? —preguntó con aquella cadencia musical en la voz—. Te has puesto pálido de repente.

—Sí, es solo que preferiría salir por otra puerta.

La muchacha miró hacia la salida donde el mexicano charlaba con sus compañeros riendo de alguna broma.

—¿Qué tiene ésta de malo?

—A él.

Señaló con el dedo la fuente de sus pesadillas mientras notaba cómo su cuerpo empezaba a temblar.

Su pulso aceleró aún más cuando sintió el calor de la piel de la chica agarrándole de la mano y tirando de él hacia la puerta.

—No te hará nada. Vamos.

—¿Que no? Tú no le conoces.

—Ya te digo yo que no te hará nada —contestó.

—Y ¿si me lo hace?

La chica se paró mirándole a los ojos con un fuego interno que eclipsaba todo lo demás.

—Si te toca un solo pelo, le mataré.

Aquella amenaza no menguó el miedo que sentía Deán, sino que lo duplicó al darse cuenta de que hablaba en serio. En el pasillo le había acompañado una chica que no parecía la misma que caminaba ahora a su lado. Sus palabras eran una advertencia de que no estaba jugando, si algo le hacía daño no le iba a defender, atacaría.

La distancia que le separaba de la puerta se había vuelto inmensa, cada movimiento de su cuerpo le pedía una energía que no tenía y le ayudaba a conocer lo que sentían aquellos prisioneros que eran llevados de manera consciente a su propia muerte.

Con su cazadora de cuero negro, desgastada por el uso abusivo al que se había visto sometida, y sus pantalones anchos, Carlos tenía más el aspecto de un trabajador que el de un adolescente. Con un gesto de su cabeza, hizo que Luis se separase de él dejando espacio en medio para que cruzase la extraña pareja. Lanzó una mirada amenazadora a Deán antes de pasarse la mano por el pelo para dirigirse a Verushka.

—No he tenido ocasión de presentarme. Soy Carlos. —Al hablar, dio un repaso descarado al cuerpo de la pelirroja.

—¿Y?

Se sorprendió cuando ella se limitó a continuar su camino sin soltar en ningún momento la mano de Deán.

Ofendido, el mexicano la cogió con fuerza del hombro y la obligó a girarse mientras se interponía entre ellos. Acostumbrado a ser un león entre corderos ni siquiera le importó los claros indicios de irritación que vio en ella.

—Puesto que eres la nueva pasaré por alto que no sabes muy bien cómo funcionan las cosas. Te aviso de que es muy importante las relaciones que establezcas en tus primeros días, bombón. Por ejemplo, ese elemento de ahí no merece la pena, a no ser claro que te gusten los animales.

Se giró para chocar la mano con Adam que reía a carcajadas la ocurrencia de su líder.

Deán, encogiéndose sobre sí mismo, deseó con todas sus fuerzas volverse invisible y desaparecer para siempre.

—¿Animales? -respondió Verushka—. ¿Te refieres al cerdo que tengo delante o a los burros que le respaldan? —dirigiéndose a Deán añadió—. Sea lo que sea no me interesa ¿nos vamos?

Hasta que no sintió un tirón en la muñeca que le puso en movimiento, el muchacho no salió de su estupor siguiéndola.

Al alejarse, mientras su corazón daba golpes alocados intentando salirse a través de las costillas, disfrutó de la confusión de Carlos que se preguntaba qué había pasado o qué decir.

Aquel era un momento por el que había merecido la pena perder su alma. Durante años, había cruzado aquella puerta con miedo de lo que pasaría al otro lado. En ese instante, mientras era arrastrado por el patio de la mano de un demonio salido del infierno, el sol saludaba en su cara a la sonrisa más bonita que nunca había tenido.

—¿Quién era ese cretino? —La dulzura que Verushka tenía cada vez que hablaba había desaparecido, convertida en una voz cortante y fría.

—Carlos.

—Por cómo te has comportado deduzco que es la persona que te dejo esas marcas.

Dirigió una significativa mirada hacía los moratones que había intentado disimular.

—¿Cómo lo sabes?

—Todos agacháis la cabeza cuando le miráis. Además, estaba más interesado en humillarte que en cualquier otra cosa.

No contestó. Caminaron por la calle en silencio sin dirigirse la palabra. Deán lanzó un suspiro al darse cuenta que Verushka no se detenía en la parada de autobús, no tenía ninguna gana de ir andando, aun así, prefería fastidiarse y caminar a decir nada más.

La súcubo circulaba con pasos agresivos, como si estuviese dispuesta a matar a alguien. Si le afectaba algo que no le hablase, no lo parecía.

Aunque apenas treinta minutos separaba el colegio de su casa, el cambio en las calles a medida que se acercaban era evidente. Los edificios y las casas unifamiliares cercanas a su instituto daban más apariencia de seguridad y tranquilidad que la zona del barrio donde él residía. El cariño y cuidado de las calles era sustituido poco a poco por locales vacíos y cada vez más grafitis que daban una sensación de deterioro y abandono al lugar.

A medida que caminaban, Deán leyó en los ojos de sus vecinos la misma desesperación que le había llevado a él a hacer un pacto con un demonio. De forma vaga se recordó a sí mismo que tenía que esconder el libro tan pronto llegase a casa. Más que nada, por si alguien lo descubría y lo usaba. No estaba dispuesto a permitir que una legión de demonios deambulasen libres por las calles de New York.

—Vives por aquí ¿no? —preguntó Verushka señalando el barrio en general—. No sé si me orienté bien, se ve diferente por el día.

El chico asintió.

En una esquina, una pareja daba voces chillándose el uno al otro en su día a día como matrimonio. Sí, aquel era su barrio. ¿Qué vería un demonio en un sitio así? Tenía ganas de preguntárselo pero a la vez sentía cierta vergüenza de la respuesta.

La gente con la que se cruzaban, examinaban a la nueva con la típica curiosidad de la zona. Aunque, cosa rara, más de uno de sus habitantes le regaló una sonrisa.

El poder de atracción que la muchacha parecía ejercer no tenía límites. Jóvenes y mayores, hombres y mujeres, todos parecían deshacerse ante la proximidad de Verushka.

Él, que se había pasado toda la vida en aquel barrio, nunca había conseguido que nadie le saludase pero ahora, todos parecían impacientes por acercarse.

Al llegar a casa recordó de las películas que algunos monstruos se veían limitados a matarte fuera si no les invitabas a entrar. A lo mejor, si tenía suerte, su propia residencia podía ser una fortaleza en caso de necesitar un lugar donde esconderse.

Abrió la puerta mientras barajaba esa posibilidad y cruzó el umbral haciéndose el descuidado.

—Hogar dulce hogar, esta es mi casa. —Intentó que los nervios no le delatasen mientras avanzaba alejándose del marco—. ¿Te gusta?

—Mientras que te guste a ti no hay mucho que decir —respondió Verushka dos pasos a su espalda—. Si te sirve de algo, vives mucho mejor que yo.

Ocultar la frustración al verla entrar no fue fácil, intentó que su voz no le temblase al hablar.

—Pero ¿qué te parece?

La chica examinó con tranquilidad la entrada. Una moqueta tricolor, con distintos tipos de marrón, cubría el suelo agarrando cualquier pelusa que tuviese la desfachatez de acercarse. Sobre ella, un paragüero decorado con pájaros volando en un cielo azul sostenía un único paraguas roto y sujeto con cinta aislante por el mango. La mesita de la entrada, donde se depositaban las facturas, tenía dos fotos en las que se veía a Deán con una mujer que entendía era su madre. Se les veía felices. En la pared del fondo un pequeño cuadro donde el sol se ponía sobre un jardín de rosas resaltaba un color amarillo oscuro que tiempo atrás debió haber sido blanco.

Por la forma insistente en que Deán le estaba mirando, Verushka sintió que debía decir algo.

—Muy... —¿Cuál era la palabra exacta que estaba buscando? ¿Triste, mísero?—. Acogedor.

—Sí, seguro que sí, gracias —Aquella sonrisa triste tenía un efecto sedante—. Este es el salón.

A su izquierda, la misma moqueta del pasillo sostenía dos sofás de diferentes colores cada uno. Pudo apreciar marcas distintivas del abusivo uso al que se habían visto sometidos allí dentro. Estaban enfocados a una televisión de treinta pulgadas en las que una consola de videojuegos, con un solo mando, dejaba claro quién era el que más la utilizaba.

Un par de baldas clavadas en el mueble situado al lado lo habían transformado en una improvisada librería donde revistas y novelas pugnaban por romper la sujeción y abandonarse a la gravedad.

Verushka cogió uno de los libros por mera curiosidad para ver de qué trataba.

—¿Sabes leer? —preguntó Deán con curiosidad.

La chica lanzó un suspiro antes de sacar una sonrisa ingenua.

—No, me entretengo mirando los dibujitos que tienen algunas de estas páginas.

—A mí me gusta mucho. Si quieres, te puedo enseñar.

La muchacha elevó la mirada al techo lanzando un bufido antes de cerrar el libro.

—Cualquier demonio habla el idioma que necesite en este mundo a la perfección, además de leer y escribir sin ningún problema. —Fabuloso, había conseguido que perdiese el interés en la lectura con una sola frase.

Verushka depósito el libro en su sitio. ¿Habría entre ellos alguno titulado *«Cinco pasos para evitar que tu demonio te mate»*? Sí, de seguro que estaba acumulando polvo junto al de *«Cómo tratar a una chica»*.

Tras salir de nuevo al recibidor se encontró un pasillo estrecho con cinco puertas cerradas. Eligió la primera de la derecha.

—Este es el cuarto de mi madre.

—Ajá —afirmó sin interés en conocer cómo podría vivir esa pobre mujer.

Para su sorpresa descubrió que le gustaba. Aquella horrible moqueta seguía demostrando que era dueña indiscutible del hogar en extensión, pero ese era el único punto en común con lo que había visto hasta ahora. Un color naranja suave adornaba la pared dejando que a través de la ventana el sol diese un toque de alegría al cuarto. La cama de matrimonio con un edredón de color beige, sostenía una colección de cojines con dibujos que conseguían añadir clase al lugar. En el espejo que había en el centro de la pared principal, el reflejo de los dos adolescentes solo tenía la mitad superior de sus cuerpos. El marco, desgastado y descascarillado, era del mismo tipo de madera que el armario y la cama. Incluso la lámpara del techo revelaba un gusto exquisito. Dentro de aquel cuarto, el espíritu podía tener un segundo de tranquilidad.

—Tardamos tres días en pintar el cuarto. —Estaba diciendo Deán acariciando la pared con la palma de la mano—. Este tono salió cuando se me cayó un bote blanco sobre la pintura que íbamos a utilizar. Le gustó tanto a mi madre que en lugar de enfadarse, dijo que era un genio de los colores.

—Da mucha luminosidad —concedió Verushka con una sonrisa indulgente al verle resplandecer por primera vez—. Me gusta.

Al salir, le tocó el turno a la segunda puerta de la derecha. Deán explicó que la función de ese cuarto era de servir de trastero para todos los cacharros amontonados de los que se negaban a deshacerse. Cuadros envueltos, jarrones, cojines viejos, juguetes... Todo lo que no querían en ese momento, o no servía, acababa en esa habitación.

La puerta al fondo del pasillo resultó esconder un baño bastante limpio sin nada notorio y la cocina, que estaba a su lado, ya la había visto la noche anterior. La montaña de platos sucios aún continuaba a la espera de que alguien la hiciese un poco de caso. La mesa sostenía los utensilios de la última comida y un olor extraño manaba de una bolsa de basura medio llena.

—Y ahora por fin, lo que todo el mundo quiere conocer en cuanto me ven —bromeó Deán acompañando aquel tono divertido de un cirquense con una reverencia exagerada—, mi habitación.

Esta vez la moqueta sostenía un viejo escritorio sobre el que una radio servía para sujetar los libros amontonados en un peligroso equilibrio. Un montón de bolígrafos junto a las hojas desperdigadas y arrugadas alrededor de la papelera dejaban claro cómo se divertía cuando estudiaba.

La cama, vestida con una colcha con aviones de combate, era demasiado infantil para un chico de su edad y el armario de pino que tenía al lado, parecía a punto de derrumbarse del peso. En la pared, de color azul cielo, un póster mostraba a una chica rubia con curvas perfectas que sostenía sin problemas una espada, aguardando a la horda de esqueletos que estaba por llegar.

—¿Así es como te gustan las chicas? —preguntó la súcubo en un tono entre sugerente y divertido.

Por una vez Deán analizó el poster mirando tan solo a la chica y no lo que representaba el conjunto de dibujos y se sonrojó. Apartó la mirada incómodo para encontrarse que frente a él, Verushka intentaba imitar la postura del dibujo.

—¿De verdad te gusta algo así? —preguntó retorciendo su cuerpo en un intento de conseguir la pose adecuada—. Es algo forzosa.

—No creo que sea el momento de hacer eso —consiguió más tartamudear que decir—. ¿Te importaría por favor estarte quieta? Me incomodas.

—Oh ¿en serio? —bromeó resaltando su cuerpo un poco más antes de dejarse caer en la cama—. ¿Y tus padres dónde están?

Tumbada, observándole divertida, Deán hubiese apostado a que era tan humana como él.

—Mi madre está trabajando y mi padre estará perdido en alguna ciudad lejos de aquí, no lo sé.

—¿No lo sabes?

—No le conocí. —Esperó con paciencia a que la chica hiciese la pregunta de rigor pero al no hacerla, continuó—. Abandonó a mi madre cuando supo que estaba embarazada.

—¿Y qué hizo ella?

—Pues cansada de las habladurías de sus vecinos y del continuo sermón de mis abuelos, se mudó. Desde entonces aquí hemos estado.

Verushka no ahondó en el tema. Algo se había imaginado por la falta de fotografías de una figura paterna en toda la casa.

—No creo que tu madre sepa lo de tu instituto ¿me equivoco? —añadió señalándole los moretones que le cubrían.

—No, no lo sabe. ¡Y no quiero que se entere! —Levantó la voz más de lo que le hubiese gustado al dirigirse a un demonio—. Por favor no se lo digas, intento hacer esto lo más fácil posible.

—Por lo que he visto en ti no harías daño ni a una mosca, así que no hace falta que grites. Por mí no se va a enterar.

—Menos mal, odiaría tener que hacerte daño —bromeó intentando parecer gracioso.

—¿A mí? Pero ¿si solo soy una mujer indefensa? —La descolocó un poco la carcajada de Deán—. ¿De qué te ríes?

—¿Indefensa? ¿Tú? Eres un demonio, podría llamarte muchas cosas pero indefensa no sería una de ellas.

Verushka se enjugó una lágrima imaginaria encogiéndose de hombros, con una sonrisa pícara tuvo que darle la razón.

—¿Y qué quieres hacer ahora?

Él la miró desconcertado  sin tener una idea clara. Cuando vio la manera en que ella le miraba, tumbaba sobre la cama, se levantó con un fuerte impulso de la silla alejándose hasta la esquina contraria de la habitación mientras negaba con la cabeza.

—¡No, eso no! —chilló con un grito histérico.

Por primera vez la súcubo le miró confusa.

—¿Qué te pasa? ¿Acaso soy tan fea que te doy asco? —comentó ofendida—. ¿No da el visto bueno su señoría para estar conmigo?

—No, no es eso, es solo que...

—¿Qué? —insistió Verushka clavando en él sus ojos azules.

—Yo no haría eso, o por lo menos no contigo.

El silencio opresivo que llenó el lugar, solo fue roto por la garganta de Deán al tragar la bola de saliva que se había formado al ver el gesto fruncido de la súcubo.

—¿Tan horrible soy? —aquellas palabras emanaban una sensación de peligro al ser expulsadas.

—No, no es eso, eres una mujer preciosa. Es solo que yo no te veo de esa forma.

—¿Y cómo me ves tú?

El aire de la habitación parecía que iba a hacerle estallar los pulmones ardiendo del calor que sentía.

—Como un tigre de bengala, al menor movimiento terminarías conmigo de un zarpazo.

Para su tranquilidad, Verushka empezó a reír mientras le observaba recuperar la respiración.

—Supongo que es cierto —dijo con aquel tono musical en la voz.

Rodó sobre sí misma y colocó sus piernas contra la pared. Forzó un poco sus brazos mientras levantaba su cuerpo haciendo el pino con facilidad.

—¿Puedo preguntarte una cosa? —añadió Deán inseguro.

—Claro —respondió boca abajo.

—Si me arrepiento, si quisiera romper el pacto que hicimos, ¿habría alguna forma? ¿Podría?

La súcubo dejó de jugar y se sentó en la cama para mirar al muchacho a la cara.

Una cosa era ver la evolución humana desde sus cuevas en el averno, oír chismes sobre deseos y almas que la gente estaba dispuesta a vender por casi nada y otra muy distinta, involucrarse con estos mortales.

En este momento, mientras esquivaba la mirada de Deán supo por qué, ¿qué sería del alma de ese despojo humano en el infierno cuando en la tierra ya era carne de cañón?

—Si lo prefieres, puedes renunciar a mí y te doy mi palabra de que desapareceré. Podrás vivir tu vida como si estos últimos días solo fuesen producto de tu imaginación. Incluso lo creerás con el tiempo, los mortales sois así. Pero cuando pronunciaste tu deseo, sellaste tu destino. No hay manera de evitarlo. Lo siento Deán. Cuando esto termine, me llevaré tu alma al infierno. —Sintió algo extraño en el pecho cuando esas palabras salieron de su boca.

Esperaba que Deán dijese algo, pero no lo hizo. Guardó silencio mirando el vacío. La época estudiantil a la que se había enfrentado no solo iba a marcar su niñez, sino toda la eternidad.

¿Fue anoche cuando la invocó? ¿Por qué le parecía tanto tiempo?

Un solo día en aquel extraño mundo y ya se arrepentía de haber venido. Era un demonio exiliado, un ser que ansiaba la destrucción y la muerte de todo ser vivo. Así que no supo qué hacer cuando el chico empezó a llorar y se apoyó contra ella. Estaba tan desconcertada que sus brazos se movieron por inercia y le abrazaron, ofreciendo un consuelo que a ojos de la súcubo se veía vacío.

# CAPÍTULO 6

Entre las múltiples posibilidades que ofrecía el infierno, el de Verushka era un aspecto frágil y enternecedor comparado con el resto de los de su especie. Con los brazos y las piernas bien formadas, unas curvas perfectas, una belleza que se deseaba obtener y una voz que incitaba todo tipo de locuras en aquellos que presumían de no sentir nada, era una invitación hecha carne para que la muerte fuese su amiga íntima.

Las palabras con las que Lukashenko, su dueño, la condenaron también le habían dado la oportunidad de vivir más allá de su esperanza de vida. El mismo castigo era salvación y tortura.

A pesar de todo, aprendió a sobrevivir utilizando como mejor sabía la agilidad y la fuerza de los encantos que disponía por naturaleza. En los encuentros fortuitos que había sufrido a lo largo de los siglos, no eran pocos los demonios que habían caído ante la magia de sus palabras y la velocidad de sus puños. Su apariencia, exótica y sensual, solía arrastrar a sus enemigos con rapidez a un fin prematuro. Pero este chico, ya fuese por timidez, cobardía o indiferencia, parecía inmune. Cuando las emociones le embargaron y se apoyó en ella se sintió amenazada y le costó contener el impulso de romperle el cuello. Inmóvil, no supo bien cómo reaccionar y se quedó paralizada intentando no cometer ningún error hasta que sus brazos se movieron con vida propia alrededor del muchacho.

Pasaron unos minutos en completo silencio en los que Verushka se dedicó a estudiar en profundidad la habitación. Parecía que cada mota de polvo tenía vida propia y que el mero hecho de seguirla era lo más apasionante que podría ocurrir en su vida. El carraspeo de Deán alejándose cuando se recompuso, rompió el silencio.

—Lo siento —añadió con tristeza, enjuagándose con la manga de su camiseta—. ¿Puedo preguntarte cómo... —Notó como volvía a fallarle la voz haciéndole tartamudear. Carraspeó incómodo antes de atreverse a repetir la pregunta—... cómo es eso de ahí abajo?

La súcubo se preguntó hasta donde debía contarle convencida de que la verdad le hundiría.

—Depende de dónde vivas, los parajes en los que habito son muy tranquilos. El resto, pues diría que es un infierno. —La broma no consiguió relajar al muchacho que no sonrió como ella pretendía—. Pero no te preocupes ¿por qué mejor no me hablas de tu mundo?

—Es que quiero saber...

—Deán por favor —le cortó—. No te hagas esto, confía en mí.

Parecía que no iba a escucharla, pero al final asintió. Cuando levantó la cabeza, intentaba dar a su cara una apariencia normal.

—¿Qué quieres saber?

—No lo sé, nunca he estado. He oído muchas cosas de él, pero es la primera vez que alguien puede contármelo de primera mano.

—¿Nunca has estado? Pensé que te habías pasado por Iberoga.

—Saratoga —corrigió con una sonrisa indulgente—. No estuve, la vi. A los demonios nos gusta apostar en los eventos donde hay mucha sangre. Intentamos averiguar en cada contienda quién vivirá y quién morirá, si alguien cae prisionero se sufre una penalización. Es bastante divertido.

*«Claro, siempre y cuando no seas tú el que está en la guerra.»*

—¿Qué te parece mi mundo? —añadió Deán ignorando a la voz en su cabeza.

—No lo sé, de momento solo conozco tu barrio. —Se giró para coger una pelota de espuma que había en la mesita al lado de la cama—. Es tranquilo, aun no me acostumbro a que no tengáis depredadores agazapados en cada sombra. Otra cosa que me pareció curiosa es lo rara que se puso la gente hasta que decidí cubrirme el cuerpo.

Con la boca abierta, Deán recordó cómo la había visto la primera vez que acudió a él.

—¿Es que estuviste desnuda por el barrio? —comentó alarmado—. ¿No sabes lo que te podía haber llegado a pasar?

La chica movió la mano en el aire restando importancia al hecho.

—No sabía que era obligatorio llevar ropa. Pensé que era algo meramente decorativo pero la mayoría de los hombres se pusieron muy pesados hasta que me vestí. ¿Sabes? En el infierno no le damos tanta importancia a ocultar nuestro cuerpo a los demás. Deberíais aprender, aunque... —Se levantó de la cama y giró sobre sí misma orgullosa—. ¿Te gusta lo que conseguí?

—¿De dónde lo sacaste?

—Alguien de buen corazón dejó todo esto en una cuerda en plena calle para la gente que no tenía ropa supongo. Aunque no previó que lloviese porque estaban todo mojado cuando las recogí. Aun así, creo que me van perfectas. ¿Tú qué opinas?

El muchacho se quedó callado mientras se frotaba la sien. Por lo que a él le parecía, había robado la ropa del tenderete de alguien.

—¿Y qué pasó con los pesados con los que te cruzaste? –preguntó para cambiar de tema y que se sentase.

—Nada, les demostré que no estaba interesada en ellos.

—Pues debieron llevarse un chasco —bromeó—. Aunque si me lo permites tuviste suerte de que ninguno te llevase con ellos.

—¿A mí? Estaban mucho más interesados en ir a un sitio todo aquel con el que me encontré. ¿Cómo era? —Lanzó la pelota contra el techo intentando hacer memoria—. A sí, ya sé, al hospital. Todos coincidían en que querían ir allí corriendo. ¡Aaaaah socorro, llamad a un hospital! —Al hablar, movía los brazos imitando las llamadas de auxilio que debieron de lanzar los desgraciados con los que se cruzó—. No dejaron de repetirlo en toda la noche, fue divertido.

—¿Los mataste? —preguntó Deán escandalizado.

—¿Por quién me tomas? —comentó Verushka dejando escapar un bufido malhumorado—. ¿Crees que los demonios vamos por ahí dejando un rastro de cadáveres por donde vamos?

—Por supuesto que es lo que creo.

Durante un momento, la súcubo clavó su mirada en el techo de la habitación analizando lo que acababa de oír. Cuando habló, lo hizo con una sonrisa.

—Supongo que tienes razón, muchas veces es lo que se hace. ¿Cometí un error? ¿Quieres que vuelva y los mate?

—¡No! —exclamó asustado.

—¿Entonces qué pasa? ¿Cuál es el problema?

Deán pasó las manos por su pelo acariciándose la cabeza para aliviar el dolor que sentía mientras analizaba cómo hacerla entender lo que para él era obvio.

—Aquí a la gente no se la manda al hospital por que sí.

—No fue porque sí, me tocaron y no me gusta.

—Pero es que estabas desnuda.

—¿Y que yo esté desnuda les da derecho a tocarme?

—No, es que... bueno, da igual. —Estaba empezando a frustrarse—. Solo hazme un favor, no salgas desnuda por ahí.

La chica asintió, aunque eso no le dio demasiada seguridad. En un mismo día había perdido su alma y provocado que un demonio enviase a varias personas al hospital.

—Quizás deberías hablarme de Carlos y de por qué me invocaste, ¿no crees? —le pidió Verushka cambiando la raíz de sus pensamientos —He estado investigando por ahí y creo que no sabes lo que implica tu deseo.

—Sé lo que implica —susurró con un hilo de voz.

—Entonces soy yo la que no lo entiende y me gustaría que me lo contases.

Al mirarla, Deán se sitió intimidado. Ahí estaba él, un chico de apenas diecisiete años contando sus penas al ser más peligroso con el que contaba la creación.

Le costó empezar. Las palabras se resistían a escapar de sus labios y tenía que empujarlas con suavidad. Cuando por fin consiguió hablar, apenas si brotó un susurro. Un leve ejemplo de lo que era su voz. Pero a medida que la caja de pandora se iba abriendo, se dio cuenta de que no iba a ser capaz de volver a cerrarla.

Aquel pequeño susurro fue ganando intensidad a medida que relataba lo que era una rutina diaria. Todo lo que había guardado para sí mismo durante tanto tiempo salía en tropel por su boca sin poder hacer nada para pararlo. Al margen de lo que pensaba, no lloró. Contar el miedo que le acompañaba le dio una sensación de libertad que hacía mucho tiempo que no sentía y cuando la carga de sus hombros disminuyó, fue como si le liberaran de una pesada losa que cargaba desde hace tiempo y ni siquiera había notado.

Sin interrumpirle Verushka escuchó con atención toda la historia. No le presionó ni cuando se quebró durante un segundo y tuvo que tomar aire antes de continuar. La misericordia era algo desconocido en su vocabulario, incluida la compasión que se puede tener por uno mismo, pero entendió lo que decía y leyó entre líneas las cosas que se guardó.

Desde luego, si hubiese sido su mundo los responsables estarían muertos antes de llegar a este extremo de odio, miedo o dolor. Les habría asesinado con sus propias manos o moriría en el intento. Pero en este lugar, el mundo humano, parecía que las reglas que había dado por supuestas se aplicaban de manera diferente.

Tenía que cumplir un pacto con Deán y desde luego que lo haría. Si con ello tenía que hacer sufrir o matar a algunas personas, no dudaría en hacerlo.

—¿Te gustaría que me deshiciese de ellos?

Aquel era un tono frío, neutro, fuese cual fuese la respuesta sería la correcta. Sin consecuencias ni juicios de moralidad, como si no estuviesen hablando de vidas humanas.

Deán la miró anonadado. Le había interrumpido mientras le contaba los años tan difíciles que había pasado con su madre siempre trabajando. La pregunta que le había hecho no dejaba lugar a equívocos en sus intenciones. Tragó saliva mientras ingería para sí las miles de sensaciones contradictorias que le asaltaron en ese instante.

Por fin se haría justicia, se acabaría el miedo y podría estar tranquilo. Una voz en su interior gritaba que eran seres humanos mientras que otra, aullaba llena de júbilo porque por fin terminaría todo.

—No soy como ellos. —Pareció que no iba a decir nada más pero, transcurridos unos segundos, continuó—. Entiendo que es lógico que mi mayor deseo debería ser que se desate una pesadilla en sus vidas como solo un ser del infierno puede traerles. Incluso te confesaré que una parte de mí lo quiere. Pero no puedo. No soy capaz. No quiero ser capaz.

Ambos se quedaron callados sumidos en sus propios pensamientos. Era un gran hallazgo el que acaba de hacer sobre sí mismo. Muchas veces había fantaseado con la posibilidad que todos murieran, que por un golpe de azar escaparía a otro instituto nuevo para tener una vida diferente después de la tragedia. Descubrir que tras todos esos años de tortura diaria en el fondo solo quería que le dejasen en paz, era toda una sorpresa.

—Si cambias de idea puedes decírmelo —comentó Verushka con el mismo rostro imparcial con el que le había ofrecido su ayuda—, seguiré a tu lado.

En su voz, en sus gestos, Deán no fue capaz de descifrar ninguna señal que le confirmase si la elección le parecía bien o mal.

—No cambiaré de idea.

—¿Estás seguro?

No lo estaba, pero no se atrevió a afirmarlo en voz alta. Temía que si seguían hablando del tema cediera a su lado oscuro. Tenía que pensar en otra cosa para no degustar el dulce sabor de la venganza incluso antes de que esta hubiese sucedido.

—¿Dónde vas a dormir? —preguntó

—Pues aquí contigo, por supuesto. —La sonrisa que puso al decir esa frase no tenía más objetivo que el de ponerle nervioso.

Deán se levantó de golpe sobresaltado.

—¡Eso es imposible! Mi madre no puede verte aquí. ¿No entiendes lo que me pasaría si te descubriese en este cuarto?

Se lo estaba pasando bien, Verushka barajó la posibilidad de seguir torturándole añadiendo que si lo prefería podía esconderse en el armario cada vez que ella llamase, pero le pareció que ya se había divertido bastante.

—Cálmate, no lo decía en serio. Solo era una broma. La verdad es que prefiero dormir fuera.

—Fuera ¿dónde?

—Por ahí. —Sin mirarle a los ojos, señaló la ventana con su mano izquierda dando a entender que podía ser en cualquier lugar del mundo.

—¿Dónde? —insistió.

—¡Ains! ¡Qué pesadito eres cuando quieres! Pensaba dormir en el jardín, así me tendrás cerca si me necesitas.

Deán se quedó hechizado cuando los últimos rayos de sol la dieron de lleno resaltando su belleza, quedó en silencio unos instantes sin saber por qué. Tan concentrado estaba en esa fantasía que no se dio cuenta de que la chica hacía un rato que no hablaba y como si le leyese la mente, le miraba con una sonrisa.

—No puedes hablar en serio —respondió lo más rápido que pudo intentando recomponer su postura—. El jardín no es un lugar para un ser como tú.

Un fuego rojizo refulgió en los ojos de la muchacha.

—¡No puedo dormir en tu casa, no soy un ser digno de vivir en tu jardín! ¡Dime Deán! ¿Dónde me das permiso para descansar? —el desprecio y el odio con el que escupía cada palabra era asfixiante.

Un aura oscura y poderosamente peligrosa se estaba adueñando de la habitación. Se acrecentó cuando la súcubo volvió a hablar llena de rabia

—¡Siento romper tu burbuja de inocencia pero no tengo ningún lugar más donde ir! Incluso los seres tan despreciables como yo necesitamos un lugar donde descansar.

—Me has malinterpretado —añadió intentando corregirse—. Es solo que dormir fuera puede ser peligroso.

—No soy una de vuestras estúpidas niñas. He crecido en un sitio donde tú no llegarías a ver la luz del sol el primer día ¡así que  no me digas lo que puedo o no hacer!

Verushka recalcó las palabras con asco, tuvo que hacer un gran esfuerzo para lograr contener las ansias homicidas que en esos momentos despertaban en su cabeza. Podía ver con claridad el color rojizo de la sangre humana recién derramada, sentía en sus dedos la poca fuerza que necesitaba para arrancarle los miembros uno por uno. Su mente volaba cada vez más rápido en un acto irreflexivo donde le rompía el cuello a aquel mocoso para calmarse.

Cuando oyó desde lejos una voz, tuvo que mirarle fijamente hasta que se dio cuenta de que no le estaba escuchando.

—Lo siento —repetía Deán—. No era mi intención insultarte ni nada de eso. Solo pensaba que este barrio es muy peligroso para una chica, aunque en el fondo sea un demonio. He supuesto que dormida eres tan indefensa como uno de nosotros.

La preocupación con la que hablaba parecía sincera, aquello la ayudó a recuperar parte de una calma que no sentía.

—Nunca, jamás, vuelvas a llamarme ser. —Necesitó unos segundos para tranquilizarse antes de continuar—. De todas formas te lo agradezco. Tienes razón, mi mitad humana me hace muy vulnerable cuando duermo.

Aquella revelación dejó con la boca abierta a Deán que no se lo esperaba.

—¿Me estás diciendo que eres medio humana? —preguntó curioso.

Durante un instante pareció como si los recuerdos atrapasen a Verushka que esquivó su mirada.

—Sí. Mi madre era humana, supongo que una de esas personas que invocan a un demonio para algún deseo estúpido.

El muchacho la miró esperando a que continuase. No iba hacerlo, pero estaba tan concentrado observándola que, lanzando un bufido, empezó a hablar.

—Supongo que como recompensa por el pacto o porque perdió el poder sobre el demonio, como símbolo del acuerdo quedé yo.

—¿Y qué pasó?

La mueca que puso la muchacha no era demasiado halagüeña.

—Las madres humanas suelen morir en el parto, así que supongo que mi concepción fue su final. —Pareció que Deán iba a hacer algún comentario que ella atajo con un movimiento de su mano—. En lo que se refiere a mi padre ni siquiera le recuerdo bien, solo sé lo que he oído.

—¿Y qué es?

—Eso da igual, ahora pertenezco a mi señor Lukashenko. Por lo menos hasta que la muerte me libere.

—¿Tienes un dueño? -preguntó sin dar crédito a sus palabras—. ¿Eres algo así como una esclava?

La risa que Verushka le dedicó no tenía ni pizca de alegría.

—Un trofeo. La hija bastarda de un poderoso enemigo. La misma que se adentró en este mundo intentando cambiar mi suerte y que casualmente, he pasado de ser medio humana a medio demonio. Qué cosa más curiosa ¿no crees? —Cambió el tono de voz por uno mucho más jovial y alegre al proseguir—. Supongo que en el fondo soy una chica con suerte. Vaya a donde vaya soy especial.

Deán guardo unos segundos de silencio internalizando lo que le había escuchado.

—Lo siento —musitó.

Mientras lo decía, la cara de Verushka cambió adaptando al instante un gesto de dureza.

—¿Qué es lo que sientes?

—No sé —añadió el chico con un encogimiento de hombros—. Lo de tu madre, lo de tu padre, el cómo te sientes...

—¿Y yo te he pedido que lo sientas? ¿Te crees que a mí me das algún tipo de lástima? Un patético humano que llora porque no le tratan bien en la escuela. —El desprecio en sus palabras hirieron a Deán—. ¡Ni se te ocurra compadecerme!

El silencio que cayó sobre ambos jóvenes durante unos minutos fue opresivo. Por lo menos, hasta que Deán lo rompió.

—¿Quién es Lukashenko?

La mueca burlona de Verushka estaba llena de arrogancia.

—Oh, alguien a quién no querrás conocer. —Una vez más, retomó el juego de lanzar la pelota hacia arriba para ver cómo caía—. No te preocupes, una vez me cobre el pacto, juntaré a todos mis conocidos en una mesa para invitarles a cenar y te lo presento. ¿Te parece bien?

Deán sintió un escalofrío ante las posibilidades que le estaban llegando a su imaginación. Si no tuviese a la súcubo tumbada en la cama, se hubiese repetido que todo aquello no era más que una mala pesadilla hasta que se lo creyese.

—¿Es allí donde te llevarás mi alma? ¿Al infierno?

Verushka no le miró, no dejó de juguetear con la bola mientras pensaba en lo difícil que tenía que ser aceptar eso para un chico que arrastraba tantos miedos.

—Sí. Tu alma pasará a formar parte del mismo ejército que yo. Se usará como sirviente hasta que te utilicen para potenciar algún poder. Serás torturado y en el peor de los casos, te romperás en esquirlas invisibles que se quedarán vagando para siempre por los confines del averno.

—Vaya, no suena tan espantoso. Me gusta pasear —bromeó.

Verushka agarró la pelota incapaz de volver a lanzarla. Sus ojos se posaron en aquel chico. El idiota incluso sonreía. No quería dar más explicaciones que las que le había pedido, pero no pudo contenerse.

—No tienes ni idea de lo que te espera. ¿Sabes lo que darían los demonios para poder tener un alma? Es lo único que los humanos tenéis en propiedad para siempre.

—¿A qué te refieres?

Verushka lanzó un bufido malhumorada.

—Mientras que el cuerpo puede abandonar esta vida, vuestra alma jamás llega a desaparecer del todo. Cuando te deshaces de tu mortaja física eres tu propio dueño, eres capaz de sentir o ser lo que siempre has querido. Puedes revivir el momento deseado para toda la eternidad o vagar por el mundo explorando. Un alma no tiene limitaciones. Es el mayor don que se pueda llegar a experimentar. Sin embargo, tú no tendrás esa suerte, la has vendido.

Aquel descubrimiento era aterrador.

—¿Y no hay forma de dar marcha atrás? ¿De hacer como que nada de esto ha sucedido?

—No, Deán. —Lanzó un suspiro cansada—. Ahora es imposible. Hemos hecho un pacto, expresaste de forma clara que estabas dispuesto a pagar cualquier precio, me pediste un deseo. El pacto esta sellado.

Verushka no quiso seguir mirándole. Apretó la pelota preguntándose por qué narices había tenido que venir a este mundo. No había sido tan buena idea después de todo. Se tumbó sobre el colchón reanudando su juego.

—Tampoco quiero dar marcha atrás.

Aquella frase tenía en sus palabras una sinceridad aplastante. La súcubo levantó la cabeza para mirarle con detenimiento. Aquel niño estaba dispuesto a sacrificar aquello que lo hacía único como si careciese de importancia. Estaba segura de que no la había atendido. Él seguía allí hablando como si lo que dijese no fuese importante.

—Quiero que cumplas tu parte del trato, aunque en el proceso, pierda mi alma.

Iba a replicarle cuando un saludo femenino rompió el momento atrayendo la mirada de los dos jóvenes hacia la puerta.

«*Corre.*»

No hacía falta que se lo repitiesen. Ante la mirada anonadada de Verushka, el tranquilo chico que había estado conversando con ella se transformó en un manojo de nervios que se movía a toda velocidad por la habitación.

—¿Qué pasa? ¿Qué ocurre? —preguntó preocupada.

—No imaginaba que fuese tan tarde, se me ha pasado el tiempo volando.

—¿Pero qué pasa? —replicó inquieta.

El horror en la cara del chico mientras recogía a toda velocidad el escritorio era abrumador.

— Mi madre. Mi madre ha llegado.

Lanzó parte de la ropa que tenía en la silla debajo de la cama y se detuvo para meter las bolitas de papel dentro de la papelera. Verushka le hubiese ayudado para que se tranquilizase de haber sabido lo que tenía que hacer.

—Maldita sea, le prometí que lo tendría todo listo para cuando ella llegase.

—¿Quieres que me marche por la ventana? —No había ningún tono de reproche en su voz.

Por primera vez, Deán se detuvo para mirarla.

—¿A qué viene eso?

—Así evitaremos tener que contarle nada —respondió con un encogimiento de hombros—. No quiero causarte molestias.

La sonrisa que el chico le dedicó se vio hermosa.

—Ni hablar. Creo que vas a estar mucho tiempo por aquí así que cuanto antes te conozca, mejor.

—¿Estás seguro de eso? A mí no me importa.

Afirmó con la cabeza.

Había algo en esa actitud que la gustaba. Cuando Deán la cogió de la mano y la llevó a la cocina, se dejó arrastrar pero justo antes de cruzar la puerta, el chico se detuvo.

—¿Te puedo pedir un favor? —preguntó sin mirarla a la cara—. Déjame hablar a mí, no creo que mi madre entienda lo que hay entre nosotros. Así que no le digas la verdad.

Cuando la chica asintió se sintió más tranquilo. Estaba seguro de que si Ivette descubría que había vendido su alma, iban a pasar cosas peores que el que le quitase la paga por un mes.

Tuvo que echarle valor para entrar con una sonrisa. Su madre estaba de espaldas, acabando de meter las cosas que había traído en la nevera. Cuando carraspeó la sobresaltó.

—Dios ¿es que estás intentando heredar mis facturas? —Al darse la vuelta, se sorprendió cuando se encontró a una chica al lado de su hijo—. ¿Hola? Perdona, no sabía que teníamos una invitada.

—Encantada de conocerla, señora —saludó Verushka de forma respetuosa mientras ambas mujeres se analizaban con idéntico escrutinio.

Lo primero que llamó la atención de la súcubo fueron sus ojos verde esmeralda, eran el reflejo perfecto de los de su hijo. Pero mientras que los de su madre eran limpios y refulgían con esperanza, los de Deán eran apagados, oscuros e insondables. Su pelo rubio cobrizo le llegaba en una ondulación perfecta hasta acariciar sus hombros con aquel vestido corto. Era de color azul marino, con escote cuadrado de aspecto clásico. Iba acompañado de unas cuñas doradas a juego con el cinturón que llevaba para marcar cintura. Su figura delgada y atlética, se movía con la sensualidad innata de aquellas mujeres que sin saberlo, son hermosas.

En la cara tenía una sonrisa cautivadora que no daba muestras del tormento que había descrito Deán como parte de su vida.

—Oh, por favor, llámame Ivette. Si me llamas señora me hace mucho más vieja de lo que ya soy.

A Verushka le costó contenerse y no decir que no podían comparar edades, pero no por el motivo que ella creía. Pero había prometido dejar hablar a Deán y tuvo que morderse la lengua.

—Pues en ese caso, mucho gusto Ivette.

La mujer asintió complacida.

—La verdad es que es una grata sorpresa que por fin mi hijo se digne a traerme a su novia a casa.

—¡Mamá! —gritó Deán, atragantándose con el agua que estaba bebiendo—. No te pases, solo es una amiga.

—Sí, ya sé —concedió guiñando un ojo a Verushka—. Solo es una amiga.

El aludido sintió cómo sus mejillas se encendían y deseó que la tierra se lo tragase.

—Es una amiga, de verdad. Se acaba de mudar a la ciudad y no conoce a nadie, se me ocurrió que podía quedarse a cenar.

—Claro que puede. —Con un movimiento de sus caderas Ivette cerró la puerta de la nevera—. Soy más moderna de lo que te crees.

—Que no es mi novia... —se defendió con un suspiro.

—No hace falta que te busques excusas. Anda, ven y ayúdame —sonrió ante la mueca de disgusto que puso su hijo y luego, dirigiéndose a la chica, preguntó—: ¿Cómo te llamas? No me has dicho tu nombre.

—Verushka.

—¡Vaya! Es un nombre precioso. ¿Te importa que te llame Veru?

La pilló desprevenida. Era cierto que era su primera vez entre los humanos y no había creado masacres para que su nombre corriese de boca en boca como signo del peligro pero ¿llamarla Veru?

—En absoluto, señora —mentalmente se imaginó como sería prenderla fuego y verla corriendo por toda la casa.

—Ivette — la recalcó.

La chica asintió preguntándose si la tendencia suicida de esta familia sería hereditaria.

Eran tal para cual. Madre e hijo se complementaban trabajando juntos en la cocina bajo la atenta mirada de Verushka que no se perdía ningún detalle. Por la charla intrascendente que se estableció entre ellos, descubrió muchas cosas; como el sentido del humor que les caracterizaba o la relación tan estrecha que los unía. Mientras cocinaban, se anticipaban el uno a las necesidades del otro comunicándose sin palabras en una perfecta armonía.

Era algo que nunca había visto.

En su mundo, la calma que se podía llegar a respirar en esta casa era algo impensable. Imposible. A lo mejor por eso ahora no conseguía relajarse en absoluto. Se sentía incómoda, vulnerable. Habría apostado lo que fuese que tras esas débiles paredes, esperaba algún monstruo dispuesto a cobrarse la vida de estos incautos. Aquellos cristales trasparentes, que llamaban ventanas, dejaba a la vista todo el interior de la habitación concediendo la posibilidad de analizar la situación antes de atacarles.

¿Considerarían de mala educación si decidía coger uno de esos cuchillos para defenderse?

Bueno, si Deán la preguntaba diría que solo era para acabar con el sufrimiento de un rehén si algo les cogía. Esperaba que un acto compasivo como ese le tranquilizase más que tenerla armada.

Estaba mirando cómo el vapor del agua subía planeando echar el líquido caliente al primer agresor que descubriese cuando sus fosas nasales captaron aquel olor. Sin saber por qué, su boca empezó a salivar y un ruido proveniente de su estómago hizo que madre e hijo se volviesen a mirarla riendo.

—Alguien de aquí tiene hambre —comentó Deán con sorna—. No te preocupes, estará listo en un momento.

Lo cierto era que desde que había salido del infierno, Verushka no se había molestado en buscar nada para comer. Se suponía que iba a ser una visita relámpago al mundo humano pero, visto lo visto, aun continuaría ahí por un tiempo.

Recordó con añoranza el bocadillo que Deán le había ofrecido y que de forma negligente había desechado.

—Veru, te pregunté si quieres probarlo.

La voz de Ivette la sacó de sus pensamientos. Frente a ella, una cuchara con un líquido humeante arrastraba aquel aroma haciendo que su estómago se removiese de manera agresiva. Antes de poder pensar o decir nada, abrió la boca y lo probó.

—¿Qué tal? —preguntó la mujer esperanzada—. ¿Te gusta?

¿Que si le gustaba?

Nada en toda su vida la había preparado para ese momento. Al contacto con su paladar todo su cuerpo se estremeció y un gemido de placer escapó de sus labios.

—Creo que eso significa que está más que bueno —comentó Deán orgulloso.

Y no era para menos, lo que había conseguido esa mujer con la cazuela casi la obligaba a tener que perdonarla por llamarla como un perro.

—¿Qué es esto? —preguntó Verushka moviendo su lengua contra el paladar—. Sabe estupendo

—Cocido de carne.

La agradable sensación de calor y sabor se extendió dentro de su boca, atravesó todo su cuerpo y la proporcionó una agradable sensación que no había sentido nunca.

—Está fabuloso —dijo con sinceridad.

Mucho más contentos, madre e hijo empezaron a reír mientras cambiaban la conversación hacia derroteros como asuntos de trabajo o los estudios.

Ella se había criado en tensión. Nunca se podía saber desde dónde o cuándo algo te iba a atacar. A pesar de todo, Verushka pudo sentir cómo se iba relajando. Algo en su interior la decía que estaría bien, que solo tenía que dejarse llevar y adaptarse a este nuevo mundo. Era cierto. Mundo nuevo, reglas nuevas.

Aquel no era su lugar, no parecía que un monstruo con ocho brazos y seis cabezas fuese a atravesar la puerta para comerse a nadie. Y aquel descubrimiento era... liberador.

Fue como si en su interior hubiese una lucha interna de sus dos mitades. Una que susurraba que a partir de ahora todo estaría bien y la otra que le gritaba que las cosas nunca estarían bien. Quería, pero no podía relajarse. Toda una vida en guardia no la permitía olvidar que el techo era como la plastilina para alguien de dos toneladas de peso o que quizás, del suelo, pudiese brotar una araña de un metro cuyo mordisco era letal para todo ser.

Las ventanas. Odiaba la trasparencia de esas ventanas. La luz de la cocina, a medida que pasaba la tarde, iba volviendo el exterior en algo más oscuro de lo que debería.

Se estaba volviendo loca.

Tenía que parar, aceptar que no iban a atacarla. Optó por concentrarse en estudiar a esos dos desde una nueva perspectiva. Ya no como especie, sino como a individuos.

Deán, demostraba un respeto y un amor incondicional a la mujer que le había dado la vida. Se consideraba su guardián, su protector, era palpable la clase de ternura que la profesaba en cada mirada; en cada gesto. Por lo que le había dicho esa tarde solo se tenían el uno al otro pero estaba claro que, para ambos, era lo único que necesitaban.

Se sentía fascinada.

Era una intrusa con una ventana a algo de lo que solo había oído hablar. El cariño, los lazos de sangre, el respeto, nunca había entendido del todo las relaciones por las que tan famosos eran los humanos. Ahora, estando tan cerca de ellos, sintió envidia.

No es que en el infierno no hubiese sentimientos. Solo que era extraño ver aquel nivel de confianza entre semejantes. Sus relaciones se basaban en guerras y odios contra enemigos comunes. Si bien era cierto que cada cual podía llegar a juntarse con quién quisiera para crear descendencia, o soldados que era lo más habitual, no había conocido ningún demonio que deseara el tipo de compromiso que veía ahora.

Su curiosidad crecía a medida que miles de preguntas empezaron a formarse en su cabeza. Pero eso no era lo que más la inquietaba. En su interior, una extraña alegría la estaba empezando a embargar con tantas sensaciones y pensamientos nuevos que la tenían desconcertada.

Se ofreció a ayudarles a preparar la mesa, incluso intenté seguir la conversación que le brindaba Ivette mientras comían. Tomó buena nota de preguntarle a Deán qué tenía que saber sobre la televisión, y por qué su madre la encontraba tan fascinante. ¿Seguiría siendo interesante después de la comida?

Cuando la conversación empezó a decaer, Verushka sintió que era su turno de aportar algo a la velada. Estaba claro que no podía hablar de su procedencia ni de los pensamientos que tenía así que dijo lo primero que le vino a la cabeza.

— Ivette ¿no crees que tu hijo debería dejar el fútbol americano?

Deán se atragantó.

—Calla —respondió la mujer pasándole un vaso de agua a su hijo—, al principio intenté convencerlo, pero se mostró inflexible. Quería jugar y nada se lo iba a impedir. Lo que es el amor por el deporte.

—No te preocupes mamá —respondió Deán usando aquel tono de *«no pasa nada, yo controlo»* intentando mitigar la sensación de culpa por mentirle—, ya sabes que andamos con cuidado. Solo soy un suplente, ¿te imaginas como está el resto del equipo?

Verushka resopló indignada.

— No mucho peor que tú.

El chico intentó matarla con la mirada.

— Bueno, no os peleéis. Es su decisión y aunque no la comprenda del todo, la acepto —le sorprendió que Verushka mirase tan fijamente a su hijo pero no quiso decir nada—. ¿Por qué no me comentáis qué tal os va con las clases? La verdad es que hace tanto tiempo que no podíamos cenar juntos que es toda una novedad.

—No te preocupes. —Deán se encogió de hombros mostrando una sonrisa tensa que su madre no llegó a reconocer—. Tampoco hay tanto que contar, unos días se estudia más y otros menos así que como siempre.

La mujer asentía mientras escuchaba con atención.

—¿Y tú Veru? ¿A qué se dedican tus padres?

Pillada por sorpresa, Verushka no estaba preparada para responder preguntas sobre sí misma. Se tocó la barbilla mientras pensaba que lo mejor era ser escueta y pasar al siguiente tema.

—Mi madre murió al darme a luz y mi padre era un demonio.

—Es abogado —corrigió Deán a toda velocidad.

Cada vez que Verushka abría la boca, sentía un ataque de nervios penetrando por el estómago de una manera casi dolorosa. Tenía la sensación de que sería muy difícil, por no decir imposible, que dejase de decir las cosas tal y como le venían a la cabeza.

—Es tan bueno, que sus compañeros dicen que se ha criado en el mismo infierno —continuó con la mentira.

Aunque su madre mostro interés por aquel tema, siguió interrogando sobre otros.

El peso de la conversación recayó sobre todo en Deán. Verushka le miraba divertida ante el apuro en el que estaba. No entendía a qué venía tanta tontería sobre su vida. Si hubiese sido por ella, le habría contado la verdad. Era más simple y evitaba que en futuras conversaciones saliera a relucir alguna mentira incómoda.

Para Deán, por el contrario, la velada se estaba convirtiendo en algo terrorífico. Una verdadera pesadilla. Nunca había mentido tanto a su madre como lo hizo esa noche.

Para empeorar la situación la mujer no se contentó con preguntar, sino que ahondó en los detalles. Pidió que le explicase por qué se había mudado, qué opinaba del barrio, dónde vivía ahora, cómo había sido su infancia y miles de preguntas más. Para cuando terminaron la charla, Deán no recordaba la mayoría de las respuestas que le había dado pero rezó porque no se hubiese contradicho en ninguna de ellas.

Después de cenar dejaron a Ivette viendo la televisión en la sala y se fueron a su habitación.

—¡Jamás — exclamó tan pronto cerró la puerta—, nunca, debes contarle la verdad a mi madre! ¿Está claro?

—¿Por qué?

—Porque no. Porque yo te digo que no.

La muchacha cavó sus dos ojos azules y se puso más seria de lo que había estado durante toda la comida.

—Esto es serio, Deán.

—¡No quiero que descubra que su hijo ha decidido que merece la pena vender su alma por un deseo! ¡No quiero que sepa mi destino!

*«Eso y que seguro que ella decide jugar a las invocaciones para intentar salvarte.»*

Sí, tenía razón. Lanzó la pelota que tenía en su escritorio contra la pared con toda su rabia con tan mala suerte que, cuando rebotó, le golpeó de lleno en la boca del estómago. Se tiró al suelo de rodillas sujetándose el pecho.

—¿Estás bien? —preguntó Verushka sin poder ocultar la sonrisa en su cara.

No le respondió, solo soltó un gruñido malhumorado.

La súcubo recogió la pelota del suelo y se tumbó sobre la cama lanzándola al aire para volver a atraparla. Aún la desconcertaban los humanos. El poder que había demostrado abriendo otro plano de existencia y trayendo a un ser como ella debería haber sido un motivo de orgullo y no algo que esconder.

También estaba aquella paz. Podía oír todo un mundo moviéndose tras esas paredes, pero ellos se sentían seguros y protegidos tras unas estructuras endebles. Como si el mal no pudiese entrar por la puerta.

¿Qué pensaría Ivette si descubría que no solo era capaz de entrar sino que su propio hijo lo invitaba?

Aquel cachorro humano había sido capaz de crear un vórtice que penetró hasta su guarida y no solo eso, el hechizo que había utilizado era poderoso. Le ponía la piel de gallina.

¿Cómo había conseguido ese poder?

Le examinó intentando ver más allá de aquella apariencia de muchacho débil y desvalido que mostraba, pero no vio nada. Ni un rastro de aquella magia de la que hacían gala los grandes hechiceros de antaño. Si aquel chico tenía el aura que otorga lo sobrenatural a los que dominan sus poderes, no era capaz de verla.

¿Y si la estaba engañando?

¿Y si fuese capaz de disimular su potencial?

¿Qué tremendos conjuros sería capaz de lanzar sobre ella?

Como si el humano hubiese leído sus pensamientos, empezó a mover los labios articulando lo que la pareció un conjuro. Tuvo que esperar a que repitiese la pregunta para enterarse de lo que había dicho.

—¿No deberías hacerlos tú también? —Cuando vio que no le entendía cogió su cuaderno levantándolo—. Los deberes, hay que entregarlos mañana. Estás ida todo el rato. ¿Te encuentras bien?

Verushka se encogió de hombros poco dispuesta a contestar. Le ignoró mientras el rictus de sus labios dejaba a las claras que estaba despertándose en ella un toque de mal genio.

Era imposible. Aquel niño no podía tener la fuerza necesaria para un hechizo de tales proporciones.

Su padre. Había dicho que no conocía a su padre. A lo mejor esa línea sanguínea tenía algo de poder sobre las invocaciones. Tenía sentido aunque el muchacho no desprendía ningún tipo de olor sobrenatural, más bien olía como si necesitase una ducha urgente.

—Creo que me voy a ir a dormir —dijo Verushka levantándose de la cama y estirándose perezosamente—. Mañana nos vemos.

Deán dejó el bolígrafo sobre la mesa sin mirarla, no se sentía cómodo volviendo al tema anterior, pero tenía que preguntarlo.

—¿Dónde dormirás? Fuera hace mucho frío.

— Eso no es asunto tuyo. Sé cuidarme sola.

Las palabras se clavaron en el muchacho aumentando el sentimiento de culpa que tenía. Se miró las manos azorado sin saber bien cómo comportarse. Al girarse la miró directamente a los ojos

—Siento haberte levantado la voz antes. Perdí el control, llevaba toda la cena pensando que dirías algo indebido.

Los movimientos con los que Verushka se acercó eran en igual medida agresivos y cautos. Revelaban su naturaleza de cazadora. Cuando apoyó sus manos en el reposabrazos de la silla y bajó la cabeza hasta situarla al lado del oído de Deán susurró en un tono muy dulce:

—En realidad eso no importa. Solo estoy aquí para servirte, hicimos un trato y tengo que obedecerte en todo ¿verdad?

Deán no estaba acostumbrado a tener a nadie tan cerca, estaba consiguiendo ponerle nervioso.

—¡Si eso fuera cierto —dijo levantando la voz más de lo que le hubiese gustado—, no dormirías por ahí, a saber dónde, sino en un motel o un hotel o algo por el estilo!

Verushka levantó los brazos exasperada.

—¡Eres imposible! ¡Soy un demonio, por el amor del mismísimo, deja de tratarme como a uno de los tuyos!

—Está bien. —Sabía que se arrepentiría de lo que iba a decir, aun así no logró contener su lengua antes de que las palabras saliesen por su boca—. Por mí como si te matan.

—Oh, muchacho —añadió ella saliendo de la habitación—, no te creas que así te librarías de mí.

El sonido de la puerta al cerrarse con fuerza dejó a Deán más furioso de lo que ya estaba. Agarró uno de los cuadernos y lo lanzó contra la pared, como si esta tuviese la culpa de sus problemas. ¿Cómo era posible que fuese incapaz de ver que solo se estaba preocupando por ella? Puede que fuese un demonio criado en el infierno pero esto era New York, aquí no era más que una chica bonita saliendo sola de noche.

Sintió un escalofrío recorriendo su cuerpo. Con un suspiro se levantó a recoger el cuaderno del suelo. Apenas eran las diez de la noche pero ya sabía que iba a ser incapaz de dormir.


El frío de la noche le era indiferente a Verushka, acostumbrada a nadar desnuda en las frías aguas de su querido río subterráneo. Ni siquiera lo notaba, por eso pudo divagar pensando en Deán. En un momento se asombraba con lo dulce que podía llegar a ser y al minuto siguiente, la sorprendía con gritos que no entendía a que venían. ¿A eso se reducían las fantásticas emociones humanas de las que tan orgullosos estaban? ¿Un conjunto de hormonas que segregadas por su organismo los volvía impredecibles?

La luz de las farolas titilaba dejando a la oscuridad como compañera a cada paso. Durante cientos de años había estado sola, la profundidad del abismo en el que la exiliaron le proporcionaba una paz interior que había sido destruida en tan solo un día. ¿Qué la había impulsado a venir? Aquella primera noche, vio en los ojos de aquel mortal el tormento que otorga la vida a algunas personas. Nada más verle pensó que pediría un derramamiento de sangre sin precedentes para vengarse de sus compañeros, pero Deán tenía algo diferente.

En el cielo, observó la luna llena por primera vez. Las estrellas eran parecidas a las puertas que poblaban su mundo. Parecidas, pero no igual. Estas desprendían su propia luz, emitiendo un resplandor cálido que creaban en la oscuridad una acogedora sensación de belleza. Pensó con rencor en el pacto y la persona con quien lo había sellado. Según lo veía, tenía dos posibles soluciones a su dilema, o le ayudaba a buscar una manera de romper el pacto o lo más probable es que acabase matándolo.

A lo lejos, un perro ladraba sin parar fundiendo su sonido junto al de un millón más que habitaban esas calles. En aquel barrio, la noche era el momento en el que todo el mundo aprovechaba para salir de casa y hacer lo que no podían a la luz del día. La mayoría eran jóvenes agrupados entre cinco y diez personas. Se oían sus risas por encima de la música e incluso pudo apreciar cómo median sus habilidades en alguna que otra pelea. Con un andar felino se acercó a ellos. Le encantaban todo tipo de peleas.

# CAPÍTULO 7

—¿Cómo que no la has acompañado? —gritó Ivette cuando se enteró de que la muchacha se había ido andando sola.

—Es que no ha querido que la acompañe.

Por si el cargo de conciencia de haberla tratado mal fuese poco, encima tenía que lidiar con aquello. Ni dos horas juntas y ya había puesto a su madre contra él.

—¿Y eso te lo ha impedido? No me puedo creer que hayas sido tan descortés. Estoy muy desilusionada.

—Lo sé, no paras de repetirlo.

Su madre se quedó callada. Aunque estaba seguro de que no fue porque se quedara sin argumentos.

*«Además si no tiene casa ¿a dónde la ibas a acompañar?»*

La preocupación que sentía aumentó aún más con esa frase disparando su imaginación. Su pelo color de fuego, la sonrisa lobuna que acentuaba sus rasgos, esos ojos azules que parecían percibirlo todo... Sola, perdida e indefensa, en medio de una ciudad que no conocía. Se había criado en el infierno, eso era cierto, pero ¿eso la hacía inmune a las balas? ¿Y si la golpeaban por la espalda?

Las horas transcurrieron muy despacio esa noche. El lento pasar de los segundos se alargó hasta el infinito mientras su conciencia le torturaba con imágenes donde Verushka vagaba por las calles sin saber dónde ir ni qué hacer. La había fallado. Él debería haberle dicho que se quedase allí, que contase con él o algo así. Debería...

No. No podía seguir pensando eso o se volvería loco. El reloj de la mesita marcaba la una y diez de la mañana. No habían pasado más de tres minutos desde la última vez que lo miró. La opción de contar ovejitas se transformó, sin darse cuenta, en contar los minutos que le quedaban para ir a clase y verla sana y salva.

La luz del sol entró tímidamente a través de las rendijas que había dejado su persiana. Parecía que con sus caricias, daba un toque de alegría a todo lo que había en aquel cuarto. Al llegar al despertador, como si le hubiesen arrancado de sus mejores sueños, protestó emitiendo un largo y profundo pitido. No le dejó durar más de dos segundos. Deán ya estaba vestido y arreglado, esperando ansioso el momento para poder ir hacia el instituto.

Cuando salió del cuarto, su madre ya no estaba en casa. Le había oído levantarse y arreglarse, incluso se planteó la posibilidad de sorprenderla con un buen desayuno, pero la autocompasión no le dejó moverse de su habitación esquivando la culpa que sentía.

Un dolor que se acentuó al llegar a la cocina y descubrir sobre la mesa su desayuno diario. Su conciencia le murmuraba al oído que debería irse sin comer nada como penitencia por su comportamiento.

Por suerte no fue posible, el hambre pudo más que la culpa y dio buena cuenta de las tostadas y el café que aguardaban para saciarle.

Nunca la espera del autobús y el camino hacía el instituto se le habían hecho tan largos. En su mente, no dejaban de repetirse las mismas fantasías que durante toda la noche le habían quitado el sueño.

En cada una de ellas se prometía que ella estaría bien. Era un demonio en tierra de hombres y seguro que tenía más fuerza de la que aparentaba. A pesar de todo, no era ningún consuelo. No dejaba de reprocharse no haber sabido llevar bien la conversación. Quizás si hubiese hablado de otra forma, si hubiese dejado entrever que estaba preocupado, habría accedido a dormir en su jardín cerca de su ventana donde podría haberla oído gritar en caso de necesidad. Pero no. Se había mostrado exigente y maleducado, arrogante y todos los adjetivos negativos que se le ocurrieron llamarse.

No se podría perdonar si le pasaba algo.

Al llegar al patio se cruzó con muchos de sus compañeros. Incluso vio a Carlos de reojo, pero no se escondió como era habitual. Hoy tenía algo más importante que hacer que preocuparse por unos golpes.

Sus ojos buscaban con ansias un pelo rojo que no llegaba a ver por ningún lado. Desesperado, casi al borde de un ataque de nervios, fue hasta clase. Era posible que no le hubiese pasado nada, que solo le estuviese castigando por su comportamiento yéndose a su mundo sin despedirse de él.

Recordó vagamente que le había dicho que estaba atada mientras tuvieran un trato, pero ¿qué sabía él en realidad sobre eso? ¿Y si ella lo daba por finalizado? ¿Habría alguna manera de romperlo sin que lo supiese?

Cuando la vio sentada en su silla tan tranquila, miles de sentimientos golpearon a Deán. El alivio que sintió casi le obligaba a correr para darla un abrazo pero la mirada que ella le dedicó llena de condescendencia, le retó a acercarse si se atrevía.

Todas las buenas emociones que sentía desaparecieron transformándose en rabia. Rabia porque ella estaba a salvo y se había pasado toda la noche despierto inquieto por nada. Rabia porque sentía que la preocupación casi le mata. Rabia por la forma en que le había mirado.

Furioso, se sentó en su pupitre y ni siquiera se dignó a mirarla hasta que notó cómo sus ojos se desviaban sin poder evitarlo hasta encontrarla sentada examinándole a su vez.

Sus miradas se analizaron midiendo el comportamiento de uno y otro durante unos segundos. Él arrepentido, ella incrédula. El sonido de la risa musical que sonó, rompió los esquemas del pobre chico que se quedó confuso sin saber bien cómo responder a eso.

—Parece que después de todo si tienes genio —comentó Verushka.

Mientras se dirigía a él, Deán no quitó los ojos de sus propias manos como si fuesen lo más interesante del planeta.

—Lo siento, no pude evitar preocuparme. Estoy acostumbrado a que las cosas me vayan mal y estoy preparado para ello. No quiero que a ti te pase nada.

La súcubo se acercó a él y se inclinó sujetando con su mano las de él, haciendo que parase de moverlas.

—Gracias. De todas formas sé cuidarme sola. —Acercó su boca al oído del chico como si le fuese a confiar un secreto—. Y ya que te preocupas te confesaré que si alguna vez alguien intenta hacerme algo, se arrepentirá.

A pesar de la dulzura con la que estaba hablando, aquella amenaza era una advertencia.

Deán asintió con el miedo recorriendo su cuerpo. Tenía que hacer todo lo posible por no volver a enfadarla. Miró a su alrededor y suspiró aliviado. Estaban solos en clase, nadie había sido testigo del intercambio que se había producido entre los dos.

Verushka, al ver que el chico no iba a decir nada más, se sentó en su sitio y al cabo de unos minutos la gente empezó a entrar. De vez en cuando echaba miradas furtivas donde el adolescente, tan solo para encontrarle sumido en sus propios pensamientos.

De haber podido entrar en ellos habría descubierto que Deán estaba analizándose. Estaba sorprendido. Normalmente, él no tenía esos arrebatos de mal humor. Siempre intentaba pasar desapercibido y estaba de acuerdo con quien le expusiese cualquier dilema. Sin embargo, venía un demonio y no se le ocurría nada mejor que cabrearle. Al parecer tenía sangre suicida en las venas y no lo había descubierto hasta ahora.

A la hora del almuerzo Deán no estaba muy seguro de si le había perdonado o no. Para él, saber que en un solo día había estropeado su primera relación era algo humillante. Tal vez no la mereciese. Tal vez estuviese condenado a estar solo para siempre.

Cuando sonó el timbre y ella se acercó a su mesa, al mirarla a la cara vio la sonrisa que siempre tenía. No sabía si eso era bueno o malo. Quién sabe, a lo mejor estaba planeando matarlo ahora que no la vería nadie y se estaba riendo en sus propias narices.

—¿Dónde almorzamos? —preguntó la chica con aquella voz tan característica que tenía—. No me dirás que en clase otra vez. Oh, vamos, por favor.

Verushka le miró interrogativa. Ante su mutismo, suspiró y se sentó a su lado.

—Siento lo de antes, ya puestos lo de anoche también. No estoy acostumbrada a rendir cuentas a nadie. Pero debí darme cuenta que eres mi amo, eso debe cambiar. No volverá a ocurrir.

Le dio un ligero golpe con su codo a modo de complicidad.

—Tu amo...

—Sí. Es solo que me has pillado desprevenida. —Sus ojos se desviaron a la ventana donde el ruido de la gente les hacía parecer cercanos y lejanos a la vez—. No entendía que para ti es importante el control. Pero esta noche he tenido tiempo de reflexionar.

—Reflexionar...

—Sí. Anoche los dos perdimos los papeles. Tú por la preocupación, supongo, y yo porque tal vez no te expliqué bien que soy capaz de cuidarme sola.

—Cuidarte sola...

—Sí, querido loro. Tienes que entender que soy un demonio, ni más ni menos. Quizás debía explicarte que pertenezco a la raza de las súcubos, una muy rara. Tenemos una belleza sin parangón como supongo que ya habrás visto. —Jugueteó en una pose que captaba todo su esplendor—. Pero nuestra belleza no lo es todo. Poseemos todo un arsenal con el que podemos defendernos.

—Defenderos...

—Eso es. Nuestros atributos eclipsan todo lo demás. Cuando nos subestiman, es el momento que aprovechamos para atacar a nuestros enemigos con más fuerza. —Lanzó un puñetazo al aire como demostrando ser capaz de romper las paredes solo con el impulso—. Soy una experta en la lucha cuerpo a cuerpo.

Deán la miró atontado. Le estaba costando entender lo que decía. Ni siquiera la escuchaba. Todo lo que podía hacer era asentir, repetir y mirar su sonrisa hipnotizado por la paz que había conseguido cuando ella se volvió a acercar.

—Siento mucho haberte gritado ayer —la interrumpió—. Nunca había gritado a nadie. No era mi intención. No sé qué se apoderó de mí.

Una vez más, el corazón comenzó a latirle a un ritmo alocado mientras ella le miraba.

—No te preocupes, olvidaremos lo que ha pasado.

—Pero ¿estás bien? Me tenías muy preocupado. ¿Se puede saber qué hiciste anoche?

Cuando Verushka le miró, sus ojos tenían un toque de calor.

—Estoy bien, ya te he dicho que no te preocupes. Salí a conocer la ciudad, las costumbres. Me divertí.

Los dos estallaron en carcajadas a medida que sus compañeros volvían a sus pupitres del descanso. Lo que restó de clase, lo pasaron hablando entre ellos cada vez que tenían ocasión. Deán intentaba darle los últimos avances de la humanidad, cosa nada sencilla con la señorita Robinson llamándoles la atención cada dos por tres, pero no le importaba. Era la primera vez que Deán se estaba divirtiendo de verdad.

La sirena que anunció el final de las clases fue coreada con el grito de alivio y triunfo de los alumnos. La profesora ni siquiera se molestó en calmarles. Tras años de enseñanza no solo se había hecho a la idea de la futilidad del intento, sino que su yo interno los acompañaba.

—¿Quieres que te lleve al mejor lugar del mundo? —preguntó Deán con los ojos llenos de esperanza.

—¿El Taj Mahal, la gran muralla china, el Chichén Itzá o quizás te refieres a la torre Eiffel? —comentó Verushka—. Me encantaría ver todos esos sitios.

El adolescente la miró avergonzado.

— En realidad estaba pensando en llevarte a conocer la tienda de un amigo mío.

—¿Y que sea la tienda de un amigo tuyo lo convierte en el mejor lugar del mundo?

— Para mí, sí.

—¿Mejor que el Taj Mahal?

Analizó la respuesta con el ceño fruncido.

— Diferente.

— Oh bueno, supongo que entonces también estará bien.

Le sonrió. Comenzó a recoger sus cosas con movimientos lentos y calculados. Fue como si el sol se centrase solo en ella. Su pelo reflejaba la luz como si unas llamas invisibles hubiesen tomado el control, regalándole unos destellos salvajes que acentuaban los rasgos de una cara perfecta.

En su pecho, el corazón de Deán empezó a latir cada vez más rápido mientras la seguía con la mirada hasta que unos pensamientos demasiado reales empezaron a dibujar un rubor en sus mejillas.

¿Qué le estaba pasando?

Tenía que ser dueño de sí mismo, no le gustaba la sensación de perder el control de sus pensamientos cada vez que giraba la cabeza para mirarla.

Como si le hubiese leído los pensamientos, Verushka le miró. Empezó a lanzar preguntas sobre la forma en que los humanos evolucionaron hasta donde estaban. Preguntas que él respondía de manera incómoda y nerviosa. Bastaba esa sonrisa pícara suya para lograr que le fallase la voz y que encima su tartamudeo le arrancase a ella esa risa angelical que acentuaba aún más su nerviosismo.

El ruido de los demás compañeros fue menguando hasta desaparecer por completo creando un espacio diferente donde solo parecía que existiesen ellos. Una intimidad a la que Deán no estaba acostumbrado. Los miles de detalles que rodeaban a Verushka se amontonaron en su cabeza como algo precioso, mientras terminaba de recoger sus cosas y salían sonriendo por la puerta.

Era su primer momento hermoso dentro de ese aula, su primer momento íntimo y Carlos, sentado en su silla al fondo de la clase, no perdió de vista ninguno de esos detalles. También a él le gustaba el color de su pelo.

# CAPÍTULO 8

En el infierno no existía el tiempo. Para lo que en el mundo de los mortales eran solo unas pocas horas, en aquel lugar podía transcurrir de forma rápida toda una vida. Aquel era un universo donde los inmortales vivían según unos principios en los que la eternidad era algo aceptado por aquellos que habían visto el nacimiento y la muerte de tantas especies.

Como cultura propia, las leyes por las que se regían demostraban que tomar la cadena de mando era una auténtica batalla. Un demonio que reinase durante un solo año tendría que haber librado un millón de combates, traiciones y mentiras, para asegurarse la supremacía y puede que en el proceso llegase a invertir más de cien años para lograr su objetivo. Solo los más inteligentes, fuertes y crueles conseguían mantener sus logros por encima de los demás. No había espacio para la satisfacción personal, salvo aquella ligada al peldaño en que se encontraba el demonio en cuestión. Con esta idea se analizaban y creaban alianzas, prosperando en un mundo en el que el poder lo era todo.

El escalafón superior de la jerarquía estaba organizado por demonios milenarios tan antiguos, que nadie recordaba de dónde venían o cómo eran. Lo que sí sabían todos era que mezclarse con ese tipo de seres, o aspirar a su poder, era encontrar una muerte rápida y sin sentido. En el segundo escalafón, habitaban aquellos lo bastante capaces para enfrentarse por las migajas que dejaban sus mayores. En los restantes escalones había miles y miles de demonios menores, híbridos con sangre demoniaca corriendo por sus venas y almas cuyos humanos habían vendido por un precio.

Este estrato era considerado mugre, lo más bajo en la escala del infierno. Buscaban protección para no caer como presa ante la marabunta de seres que se alimentaban de su fuerza vital.

En un ataque de ironía, y ante la necesidad de sentirse seguros, habían elegido la ubicación de una fortaleza a modo de castillo en mitad de un valle donde era visible desde muchos kilómetros de distancia.

El humano que tuvo la desgracia de hacer de aquel conjunto de piedras la obra arquitectónica que era, fue traído contra su voluntad para realizar una maravilla sin parangón. Escaleras infinitas, laberintos, mazmorras, mil y un instrumentos de torturas... un experimento imposible que tenía como objetivo robar la esperanza de aquellos que no habían sido invitados y estaban condenados en su interior. El castillo, o como se le conoció en el mundo mortal, la prisión de Piranesi, mantuvo obsesionado al mortal durante mucho tiempo después de construirla y abandonar aquel infierno. Luchando a muerte contra la lógica y la gravedad, dejó allí el único trabajo finalizado que hizo en su vida, la obra por la que decidió nunca más construir otra.

En un primer momento fue considerado un acto de locura. En un mundo donde aquellos incapaces de defenderse habían aprendido a correr y esconderse, se habían cobijado bajo una protección superflua. Algo que instaba a tomarse y vencer. Un insulto, un desafío y una ofensa a la vista para todos aquellos que se creían lo bastante fuertes para derrotar a un patético ser inferior. Era como consideraban a Lukashenko.

Tardó casi cien años en lograr construir su sueño. Las piedras con las que había alzado aquella obra maestra se tornaron negras por la sangre con las que miles de hordas derrotadas la bautizaron, mientras su morada crecía en tamaño y él en poder.

Su fama no hizo más que aumentar mientras una hueste tras otra se unía a su delirio o caía ante él. Aquello a lo que llamó hogar, adquirió a los ojos de sus enemigos un aspecto temible.

Con ocho torres que se añadieron desafiando a todo aquel lo bastante loco como para alzarse contra él, demostró ser lo bastante fuerte como para reírse de las costumbres y el sentido común luchando en millares de combates donde lo imposible pasaba casi a diario bajo su mando. Era temido por muchos y odiado por miles. Y en aquel lugar, escondido en un valle a la vista de todos, se sentía seguro.

Así era también para Gelson. Al pequeño demonio no le fue difícil atravesar la pequeña ciudad que se había formado a los pies del castillo. Cruzó calles oscuras y estrechos callejones donde la vida era tan dura que el enfrentamiento entre los que allí habitaban era constante. A pesar de eso, nadie le miraba. En aquel lugar no existían las leyes que poblaban el resto del mundo. Aunque si alguien osaba tocar a Gelson, el mensajero más rápido de Lukashenko, tendría que afrontar las consecuencias.

Alguien tan débil en esa posición creaba muchas envidias, aunque también daba esperanzas en el corazón de aquellos habitantes que se quedaban allí. El destino podía cambiarse si se era lo bastante hábil para enfrentarse a él. Lukashenko les había demostrado eso. A algunos afortunados se lo había dado y aquel preciado regalo era un recordatorio constante de que aún quedaban oportunidades en un sitio como aquel, que las robaba desde el mismo instante en el que se nace.

Así era para el pobre mensajero que, desde el día de su concepción, sentía a la muerte yendo tras él. Estaba seguro de que el único motivo por el que su propio padre no había terminado con su vida era que la esencia no podía tomarse entre miembros de una misma familia. De hecho tenía tan poca que ni siquiera se podía negociar con alguien su muerte para traer algún beneficio personal.

Abandonado a su suerte desde siempre, corrió como solo lo hacen aquellos exiliados que conocen el destino de los que se paran. Su cuerpo, inútil en un principio, comenzaba con una cabeza de cordero que ponía de manifiesto su falta de naturaleza bélica. Era pequeño y peludo, como el de un conejo, con dos pequeños brazos no más largos de seis pulgadas que terminaban en tres tentáculos cada uno y con un resultado grotesco al acabar en dos poderosas ancas capaces no solo de llegar al fondo de cualquier océano en tiempo récord, sino también de cubrir distancias increíbles con un solo impulso. Claro está que cada vez que saltaba unas pequeñas alas situadas a su espalda le ayudaban a controlar la dirección y añadir una velocidad que pocos podían igualar. No era capaz de volar, pero poco le faltaba.

Apenas tardó unos segundos en atravesar toda la ciudad. Tardó tres veces más en recorrer los pocos metros que le separaban de los portones del castillo. Unas puertas de madera de tres metros de alto en el que un artista había logrado que sobre su superficie se dibujara cada día algo diferente. Hoy, por ejemplo, se podía apreciar cómo un joven Lukashenko aguardaba a una horda de engendros, descansando sobre los cadáveres de sus enemigos. El lienzo hacía partícipe de alguna manera a las barras de yuak que cubrían la puerta sin tocarla, como si en vez de ser un arma capaz de bloquear y parar cualquier fuerza de ese mundo, fuese otro ligero elemento de la pintura, un tenue tono que convertía una simple puerta de madera en la mejor de las barreras.

—Soplaré y soplaré y sin aire me asfixiaré —La voz con la que pronunció la contraseña era casi un susurro.

Odiaba esa puerta. Gelson tenía sueños en los que conseguía apropiarse de algo capaz de hacerla añicos y la lanzaba al fuego, donde debería estar.

Un ruido a su espalda lo hizo girarse con rapidez para descubrir que solo era su imaginación la que lo atacaba. Al mirar la puerta, comprobó que seguía cerrada. Cómo la odiaba.

—¡Soplaré y soplaré y sin aire me asfixiaré! — Levantó uno de sus brazos y estiró los tres tentáculos mientras se concentraba en pronunciar las palabras con la fuerza y la entonación adecuada.

Se sentía ridículo.

— Ahora sí que te he oído bien. —La escena representada en los dibujos cambió hasta adoptar la forma de una cara sonriente—. Creo que nadie repite las contraseñas con tanto entusiasmo como tú mi querido Gelson.

La cara se movía a cada sílaba como si fuese la madera misma la que entonaba las palabras y no la onda telepática con la que sondeaba a todos los que llegaban frente a ella.

—La próxima vez que quieras entrar deberás decir «*Puertecita puertecita, qué bisagras más grandes tienes*» así podré darte un portazo en las narices mejor.

Los portones se abrieron dejando el espacio justo para que pudiese entrar de una manera incómoda y arriesgándose a que una de las barras de yuak le rozase la piel. Aún oía la risa en su cerebro mientras, intimidado, se adentraba en el castillo.

Si algún día el yuak no la protegía, él mismo echaría la puerta al fuego y sería a un fuego muy lento.

En el umbral de la entrada se paró un segundo para analizar la importancia que requería dar la información que traía. Esperaba que unos pocos minutos más no cambiarían nada. Sobre todo, teniendo en cuenta que incluso bajo la protección de su amo, era mejor evitar a la mayor parte de los que moraban en aquel lugar.

Nunca se sabía cuándo uno de los demonios iba a estar tan aburrido de su existencia que le tomase como una buena fuente de entretenimiento. Después de todo, su protección evitaba que le matasen, pero se podían hacer muchas cosas sin llegar a terminar con la vida de la fuente de diversión.

Esquivó el pasillo central adentrándose por la cocina. Habían dispuestas no menos de cuarenta almas en pena entregadas a los menesteres mundanos que requerían los señores. Aunque una vez habían sido seres vivos el tiempo pasado allí, las torturas, las mil y una muertes a las que les sometieron tanto a cuerpos físicos creados para su diversión, como las secuelas psicológicas que dejaban ante el tormento de sus emociones, habían terminado con la esperanza que tan orgullosos mostraban al principio. Al llegar allí, ningún mortal podía entender lo que era la eternidad, pero enseguida descubrían que una sola hora podía volverse eterna.

Todo aquello les pasaba factura creando un cascarón vacío, sin voluntad. Algo tan aburrido para los demonios, que incluso perdía la gracia de merecerse el tiempo de sus martirios. Aquellos juguetes rotos se olvidaban en los pasillos, en las cocinas, allá donde se requiriera un ser que durante los próximos diez mil años pudiese repetir una y otra vez una misma tarea. O por lo menos, hasta que en una de las habituales guerras requiriese la energía que emerge de las almas al romperse para los hechizos más poderosos.

Que en el proceso quedasen solo las moléculas de lo que había sido intentando juntarse una y otra vez, parecía no importar a nadie. Un alma rota seguía existiendo, seguía siendo consciente, pero nunca volvería a estar entera. El resto de aquellos caparazones recogería el polvo en el que se había transformado, para desecharlo fuera del castillo donde deambularían por el mundo intentando unirse durante la eternidad.

Ni siquiera se sobresaltaron cuando entró Gelson brincando sobre una mesa desperdigando todo lo que había en ella, para desaparecer en el segundo siguiente. Tan solo se limitaron a agacharse y a recogerlo todo como si nada importase. Puede que, en el fondo, después de un tiempo, nada llegase a importar.

Tantas curvas, recovecos y la falta de grandes espacios, hacían sentir al mensajero lento. Tenía que ir despacio para no chocar con las paredes o salir despedido por alguna ventana. Aunque cualquier otro que lo mirase, solo veía una mancha durante algo menos de un segundo.

Sus ancas, aunque solo fuese en el interior de los muros, extrañaban dar lo mejor de sí. La sensación de estar atrapado allí dentro no desaparecía, a pesar de los años que había pasado en ese sitio. Como tampoco desaparecía la presión que sentía en el pecho cada vez que se acercaba al trono de su amo, hecho con los cráneos de todos aquellos que habían osado desafiarle.

Era normal que un señor de la guerra adoptase los huesos de sus enemigos para crear partes, o la totalidad, de su trono. Pero Lukashenko era diferente incluso en eso. Unos rumores aseguraban que tardó siglos en conseguir acabarlo. El motivo fue que no mató a sus enemigos. En lugar de ello, todos los cráneos pertenecían a los recién nacidos en su octavo mes de vida de aquellos a los que había derrotado. Podían ser entregados por su propio padre como muestra de respeto y sumisión o robados de sus brazos muertos como ofensa y demostración de poder.

Puede que fuese solo una leyenda urbana, pero Gelson había visto aquel trono. Sentía el aura de miedo, terror y poder que emergían de los cráneos incluso sin su amo encima. Y lo creía. Alguien lo bastante loco como para formar una fortaleza en mitad de ninguna parte y no caer derrotado, era más que capaz de saciarse torturando a sus enemigos durante siglos. Ahora que lo conocía, diría que incluso algunos cientos de años más.

Aguardó escondido unos instantes para que el martilleo del corazón en su cabeza parase un momento. Tras esa pausa, se adentró intentando ser elegante y sutil. Lo que para él consistía en dar pequeños saltos en lugar de ir dándolos grandes.

Aquel olor a peligro podía sentirse incluso antes de llegar. Muchos no saben que todo en la creación tiene su propio olor; la muerte, la vida, la comida, el sexo, incluso el peligro. Era un olor dulce, empalagoso, un olor que invita a adentrarte en la tela de araña mientras la muerte te sonríe. Él corría, nadie podía atraparle cuando se movía. Pero en algún momento tenía que parar y quieto, era vulnerable. Sirviendo, se había hecho fuerte. Podía descansar y tener un lugar donde le protegerían mientras lo hacía. Aquella habitación, el poder que emergía de ella, le hacía dudar de su elección cada día. A pesar de ello, como cada vez que iba, se obligaba a dar un pequeño salto tras otro avanzando.

El rojo con el que estaban pintadas las paredes tenía la facultad de cegarlo cada vez que lo veía. Aunque tenía entendido que esa era la principal función. Ofuscar a cualquier visitante para tener un segundo de ventaja si se requería. Pasado ese tiempo, uno podía centrar la vista y maravillarse ante todo el espacio que tenía aquel salón en comparación con los estrechos pasillos por los que había que deslizarse para llegar hasta allí. El trono de hueso descansaba sobre un pedestal en el suelo negro rodeado de miles de estatuas. Parecía que los ojos de todas ellas se posaban en los visitantes tan pronto se daban cuenta de su presencia.

Y así era.

Cuando terminó el trono, busco otra forma de que sus enemigos siguieran decorando su castillo. Nadie sabe cómo se le ocurrió la idea de castigar a sus rivales cubriendo sus cuerpos de oro líquido lo bastante lento y con el cariño suficiente para que solo sufriesen un dolor inaguantable y no la muerte que sobrevino en los primeros intentos.

Pasarse la eternidad siendo una obra de arte era un castigo que no parecía tan cruel como en realidad era. Muchas de aquellas estatuas estarían más que encantadas si en uno de sus saltos se equivocaba y las rompía, destrozándolas.

Mientras daba aquel primer salto observó una de ellas en especial. No había sido un enemigo, su crimen había sido ser hermoso. Dio las gracias a su maldito padre por haberle engendrado tan condenadamente feo.

El frío del suelo no le impidió hacer su intento de arrodillarse frente a su señor en una mancha que había en el centro de la habitación. Con sus ancas era imposible llegar a lograr una hazaña semejante. Pero el hecho de no intentarlo sería motivo suficiente para dejar una marca nueva con su sangre.

Aquel círculo extraño era el lugar donde tenían que situarse para hablar con él y donde mataba a aquellos que se lo merecían según sus propios criterios. Después de todo, no iba a dejar todo el salón lleno de huellas.

—Mi señor. —Bajó sus ojos al suelo, incapaz de mirarle a la cara.

Ver la sangre de sus antecesores no menguó el nerviosismo.

—Como ordenasteis, la he buscado por todas partes y he sido incapaz de encontrarla. Creo que no está en vuestras tierras.

—¿Estás seguro de eso? —Aquella era una voz fuerte y grave.

Hizo la pregunta con el placer de ver temblar a su pequeño mensajero mientras se acariciaba el mentón.

— Mi señor —Intentó que la voz no le fallase mientras hablaba, no había cosa que más odiase Lukashenko de un informador, que el que fuese tartamudo—; he revisado toda la tierra hasta las fronteras tres veces. He bajado al subsuelo y comprobado la tierra de vuestros enemigos. Ningún rumor sobre nadie que haya atravesado las defensas ni de nadie que haya salido. Lo único que he sabido, y es la posibilidad por la que más opto, es que en la tierra ha habido un pacto del que nadie sabe nada. —Se jugaba la vida en esa información, más valía que mereciese lo que había pagado por ella—. Fue por la época en la que desapareció. Podría tratarse de ella.

El señor del castillo se recostó en su trono.

Así que la solitaria de las profundidades por fin se había decidido a asomar la cabeza fuera del subsuelo.

—Interesante. ¿Alguna vez has estado en el mundo humano?

—Alguna mi señor, hace mucho tiempo de eso.

Aquellas criaturas que se llamaban a sí mismos hombres no solo le parecieron horribles en su apariencia, sino que eran todas similares entre sí, con un olor tan desagradable que decidió no volver nunca más.

—Habrá que ir allí...

—¿Queréis que disponga de alguien para que vaya a buscarla?

—Es una idea. —El gran demonio aplaudió mentalmente la manera tan diplomática que tuvo su siervo para escabullirse—. ¿A quién conoces lo bastante rápido para informarme con el apremio que necesito?

Gelson bajó la cabeza.

—Mi señor. —Rezó para que no escuchase el tono de pesadumbre que acompañaban sus palabras—. Yo mismo iré. Vuestros deseos más nimios son la urgencia que necesito para moverme.

Esperó unos segundos en los que su amo no dijo nada y entendió que había terminado con él.

Con cierto alivio, abandonó aquella incómoda postura. Al hacerlo, un calambre recorrió su anca derecha en cuando dio el primer bote. Con el muslo casi paralizado, su «*elegancia*» quedó aún más ridícula entre cada brinco, arrancándole una sonrisa a Lukashenko a su espalda. Apreciaba el estilo de pensar del aquel pequeño bicho. Además, tenía la certeza de que nadie traería más rápido la información que exigía.

# CAPÍTULO 9

Ajenos a lo que había desencadenado la llegada de Verushka en ambos mundos, ella y Deán pasaban el rato dirigiéndose a la tienda de Nerf.

Verushka había visto a los humanos en infinidad de puertas abiertas desde el infierno, pero era muy distinto estar allí; el calor del sol, la sensación que recorría su piel, el aire transportando miles de olores distintos, los sonidos de la convivencia. Los colores que la rodeaban eran tantos y tan variados, que uno solo de ellos podía llegar a tener varias tonalidades distintas. Aquel era un mundo incomparable y maravilloso lleno de sorpresas que no se podían ver, había que sentirlas en su propia piel para descubrir lo que significaban.

Incluso se atrevería a renunciar al agradable silencio en el que vivía en las cuevas a cambio de la ausencia de la continua sensación de peligro a la que estaba habituada.

Pero sobre todo agradeció la compañía de Deán mientras se acostumbraba a andar a plena luz rodeada de personas.

—¿Por qué haces eso? —le preguntó el muchacho.

—¿Por qué hago el qué?

—Quedarte mirando tan fijamente a la gente. ¿No te das cuenta de que les estás incomodando? —La chica le miró sin comprender—. Deja de atravesarles con la mirada.

—Solo los estoy analizando. Intento prever lo que van a hacer para que me dé tiempo a reaccionar.

El muchacho sonrió de manera ingenua.

—¿Y qué te van a hacer? Como mucho van a mirarte mal porque no dejas de examinarles con esa cara de malas pulgas. Aquí es de mala educación quedarse mirando a la gente así.

—¿Y cómo lo sabes?

—¿El qué? —preguntó confundido—. ¿Que es de mala educación mirarles como queriendo asesinarles?

—No, que no te van a hacer nada.

—Porque no les conozco, no tienen ningún motivo.

—Así que entre los humanos ¿es normal hacer daño solo a aquellos que se conocen entre sí?

—No... bueno... es que no es normal que nos hagamos daño los unos a los otros.

La súcubo sonrió con dulzura. A veces se olvidaba de que Deán solo era un niño humano.

—En mi mundo, los que te conocen pueden tener un interés especial en que mueras y los que no te conocen, no tienen motivos para permitir que sigas con vida. Pueden atacarte porque les caigas mal, porque tengan un mal día o porque estén aburridos. Prever un segundo antes las intenciones de alguien con el que te cruzas puede ser la diferencia entre la vida y la muerte

—Es un sitio duro para vivir. De todas formas, aquí estás a salvo.

Guardó silencio un segundo. Después de eso, la musical voz de Verushka soltó una frase que atenazó su corazón.

—Si eso fuese cierto, no me habrías llamado.

La Ciudad de New York le seguía pareciendo a Verushka tan solo un sitio curioso. Necesitaría tiempo para poder adaptarse y sentirse segura fuera de las cuevas que durante tanto tiempo había considerado su hogar.

Fue mientras pasaban al lado de un oscuro callejón cuando sintió un pequeño cambio en el aire. La luz del sol penetraba de forma extraña en ese sitio creando un aspecto intangible, etéreo. Puede que los ojos humanos no llegasen a apreciar la sutil diferencia, pero ella lo había hecho.

Sonrió. Por fin había encontrado algo para relajarse.

El ruido de las campanitas al abrir la puerta de la tienda anunció al viejo dueño que tenía invitados. Con cansancio, echó sobre la mesa una carta que le avisaba de que aquel mes se había vuelto a retrasar con el crédito. Se levantó con cierto esfuerzo, harto de la presión que ejercían sobre él las facturas que se estaban amontonando. Alisó las mangas de su traje a cuadros y salió de su despacho vestido con una sonrisa bonachona.

—Mi querido Deán, ¿me has traído una nueva compradora?

La súcubo pudo apreciar cómo su compañero se relajaba en aquel lugar.

—Es una amiga. Le había prometido llevarla al mejor sitio del mundo.

—Me llamo Verushka —saludó, apretando con firmeza la mano que le estaba tendiendo aquel anciano—. Tiene una tienda preciosa.

Con un vistazo, intentó abarcar la multitud de objetos que se amontonaban entre las distintas estanterías. El olor a viejo y humedad parecía estar incrustado en las paredes, como si todo aquello llevase siglos amontonado allí.

—Es mi pequeño rincón de los tesoros. No sé si es el mejor lugar del mundo, pero de momento es un hogar. —Al decirlo, guiñó un ojo cómplice a Deán—. Puedes echar un vistazo, quizás encuentres algo que te interese.

—Claro. —Se giró examinando el revistero a su espalda.

Todas las publicaciones tenían las fechas caducadas desde hacía demasiado tiempo. Observó cómo Nerf la seguía con la mirada y una sonrisa en los labios. Captando la indirecta, se alejó dejando a los dos un tiempo a solas.

—Eres un fiera —añadió Nerf tan pronto sintió que ya no le podía escuchar la muchacha—. Estoy orgulloso.

—¿A qué te refieres?

—No sabía que salieses con chicas tan guapas. —El dependiente le dio un ligero golpe en el hombro como símbolo de camaradería.

—No salgo con ella.

—Pues para no salir con ella, te vi muy sonriente cuando me la has presentado —añadió dándole otro golpe en la espalda—. ¿Cuánto te gusta, mucho o muchísimo?

El muchacho guardó silencio preguntándose si debía ser franco con su viejo amigo.

—Tengo que decirte algo, he usado el libro que me diste. Puse los componentes, lancé un conjuro y tachán, ella acudió a mi llamada.

Cuando Nerf se dio la vuelta buscando a la muchacha, la encontró probándose unos collares de colores lo bastante lejos como para no oírles.

—Pues me encantaría que me dijeses el hechizo que usaste. Yo mismo lo utilizaría unas cuantas veces.

La pequeña risa que acompañó al comentario hizo que el muchacho elevase el tono de voz un poco más de lo que quería.

—Te juro que es verdad. ¡La invoqué!

—No te preocupes, no tienes que darme explicaciones. Me conformo con que seas feliz.

—No lo entiendes, estaba desesperado. Usé el libro de magia lanzando un hechizo que me ayudase y entonces llegó ella. No sé cómo, pero invoqué a...

El sonido que anunciaba la entrada en la tienda, presentó a un nuevo cliente que le interrumpió antes de acabar su frase.

—Disculpa chico, ahora estamos. Ya sabes que los negocios son lo primero —comentó Nerf alejándose con rapidez para atenderle.

Deán podía haber esperado a que terminase de atender al hombre, pero le había sentado tan mal que se riese de él, que hizo un gesto a Verushka para que se acercase y la indicó que se iban. Ni siquiera se molestó en girar cuando oyó la voz de Nerf despidiéndose a sus espaldas.

—¿Estás bien? —le preguntó Verushka.

—Sí, perfectamente.

—Me ha gustado la tienda, tiene cosas muy originales. ¿Es por eso que la consideras el mejor lugar del mundo?

—No sé, me da igual.

La muchacha le miró sin comprender qué le pasaba.

—¿Seguro que estás bien?

—Sí.

Hasta ella notaba que eso no era cierto. ¿Cómo podía volver a estar enfadado? ¿Había hecho algo mal? Caminaban en silencio, sin rastro de la complicidad que habían tenido antes. Para ser un insípido renacuajo famélico, se enfadaba con demasiada facilidad.

Ahora, podían ir todo el camino en silencio y aburridos o podía hacer algo que realmente le apeteciese.

— Bueno, con tu permiso, voy a estirar un poco las piernas.

—¿A dónde vas?

No se molestó en responder. Que se quedase con su enfado a solas sin hablar.

A medida que se alejaba dejó que fluyese su verdadera naturaleza salvaje y hasta sus pasos se volvieron agresivos y peligrosos mientras ponía rumbo al callejón que había visto antes. La gente con la que se cruzó, se apartaba sin saber bien a qué se debía la sensación de amenaza que sentían a medida que ella se acercaba.

Pudo desandar el camino casi sin pensar. Desde que lo había visto, no se había quitado de la cabeza volver a pasar por ahí. Había memorizado todo el trayecto para regresar en la primera oportunidad. No esperaba que fuese tan pronto.

Al llegar, el lugar apestaba a orina y excrementos. Todo el callejón estaba lleno de basura y el dibujo de un grafiti, era lo único que daba color a la zona. No era lugar para que una chica andase jugando, aunque ella no era una chica que quisiera jugar precisamente.

Lo que antes había llamado su atención, era una esquina en la que la luz y el polvo eran ligeramente distintos. Entre los transeúntes, ninguno se daría cuenta de ese pequeño detalle. Ni siquiera mirándolo de manera directa. Levantó la mano acariciando la luz que se filtraban de manera ambigua difuminándose alrededor de ese espacio y no se sorprendió cuando sus dedos dejaron de ser visibles. De manera casi imperceptible, su respiración se aceleró ante la excitación del momento.

Había oído hablar de esos sitios muchas veces, pero nunca creyó tener la oportunidad de buscar por sí misma un lugar así. Su cara parecía tan feliz como la de una niña abriendo sus regalos el día de Navidad. Antes de avanzar, miró a su alrededor como si fuese la última vez que pudiese ver el mundo de los humanos. Cerró los ojos y dio aquel primer paso.

Nada parecía distinto, salvo el ruido. Los coches, las emisoras de radio, la gente, los pájaros, los sonidos que poblaban la vida urbana habían desaparecido. Fijándose, también era consciente de que hasta la luz del sol había cambiado. Era demasiado pronto para que se reflejase un atardecer perpetuo como el que existía en ese cielo apagado desde hacía ya mucho tiempo.

Sus pasos sonaron estruendosos a medida que sus tacones martilleaban la acera, sacándola del callejón. Ante ella, la imagen de una ciudad fantasma se pintaba demasiado real para ser la misma ciudad en la que minutos antes había toda una generación de Neoyorkinos viviendo sus vidas.

—¿Hola?

El eco le devolvió el sonido de su voz repitiéndose a lo largo de la calle vacía. Modelos de coches no muy antiguos y farolas sin luz, eran los que compartían el espacio vital donde debería haber habido seres humanos.

Se apoyó en una señal de Stop que detenía a tres autos sin conductor. Podía empezar a buscar, pero estaba convencida de que eso quitaría gracia al asunto.

—Me he perdido y necesito ayuda.

Un sonido la advirtió que tras ella, algo se abalanzaba con velocidad.

Lo estaba esperando.

Los demonios menores siempre respondían mal ante las provocaciones. Se lanzó al suelo con una voltereta en el mismo instante que una sombra arrancó la señal en la que había estado apoyada. Gracias a su agilidad, ya estaba en pie antes de que su agresor pudiese aprovechar la sorpresa para realizar un segundo ataque.

Una criatura, de más de dos metros de estatura, la miraba desafiante encima de un coche frente a ella. Las escamas de color verde oscuro, cubrían su piel protegiendo unos músculos bien formados alrededor de su cuerpo. Sus piernas dispuestas a saltar en cualquier momento, ya fuese para atacar o para defenderse, estaban encorvadas en tensión. Esos ojos fríos de reptil que poseía, la miraban intentando averiguar el nivel del desafío que tenían delante.

—¡Räv! ¡No haaayyy eeespaaaciiiooo paaaraaa tiii aaaquuuiii!

Aquella especie de lagarto gigante hablaba emitiendo un gruñido desagradable. La lengua viperina que se mostraba entre unos colmillos afilados del tamaño de un dedo, arrastraba las palabras de manera compulsiva. En una demostración de poder, movió la fuerte cola que tenía detrás dejándola caer sobre el techo del coche que se hundió como si fuese plastilina.

—Joder, ¡solo eres un ödla! —se quejó Verushka a la par que flexionaba sus rodillas y lanzaba una invitación con su mano—. ¿Empezamos?

El monstruo saltó con energía dirigiendo sus garras mortales a la garganta de la intrusa. Era una maniobra básica. Aprovechaba su velocidad y sus casi cuatrocientos kilos para sacar una rápida ventaja ante su adversario.

Verushka podía entender que la limitada mente del lagarto no hubiese previsto enfrentarse a alguien como ella. En lugar de esquivarlo, se lanzó hacia adelante agarrando al sorprendido ödla de ambas muñecas y tirándose al suelo se ayudó de las piernas para impulsarlo con fuerza contra la pared. A primera vista le pareció una buena maniobra defensiva, pero cuando tuvo que empujar los cuatrocientos kilos sintió que su espalda no soportaría el esfuerzo.

Lanzó un grito lleno de energía mientras notaba cómo conseguía su objetivo de milagro.

Para su frustración, no llegó a golpearse. Con una agilidad que parecía imposible en alguien de su envergadura, aquel ser se limitó a girar en el aire de manera antinatural para acabar poniendo los pies en el muro y al igual que un muelle, aprovechar el impulso para volver a cargar contra ella.

No tuvo tiempo de pensar, vio como la pared se rompió ante el esfuerzo de toda aquella fuerza bruta pero eso no impidió que se lanzase. No iba a soportar otra vez repetir la hazaña anterior así que en su lugar, se limitó a rodar por debajo de él intentando posicionarse sobre su espalda.

El ödla estaba esperando esa jugada. En cuanto la vio moverse, bajó con fuerza la cola a modo de látigo que alcanzó a rozar su objetivo. Verushka salió volando hasta chocar contra el parabrisas de un coche rojo cuyos cristales salieron desperdigados por todos los lados.

—¡Eeestaaa nooocheee ceeenaaareee rääääv! —gritó el lagarto extendiendo sus brazos a lo ancho en un gesto de supremacía.

El dolor que inundó a Verushka la paralizó en el suelo un momento. La sangre empezó a manar de una herida en la frente que bajaba por su mejilla. Había tenido suerte. Si en el último momento no se hubiese desviado, la habría alcanzado de lleno mandándola al paraíso de los condenados.

El ruido la alertó de que la bestia volvía a embestir con sus cuatrocientos kilos de puro músculo. Sin pensar, la súcubo introdujo la mitad superior de su cuerpo dentro del automóvil por el cristal roto del parabrisas. El choque directo que se produjo entre monstruo y máquina lanzó a la chica por la luna trasera que reventó por el impacto.

En pleno aire, por suerte, sus instintos de cazadora prevalecieron y pudo agarrarse a una farola. Dio dos vueltas girando en ella antes de caer al suelo con la elegancia que la caracterizaba.

El dolor en el pecho y de su cabeza le estaba provocando náuseas y temió perder el conocimiento. No estaba preparada para el siguiente asalto. Intentando centrarse, buscó a su enemigo con cierto esfuerzo.

Al chocar con el coche la criatura lo había elevado sobre sí misma con la mala suerte de que al caer no pudo apartarse con la suficiente destreza. Tenía todo el cuerpo paralizado bajo el auto a excepción del brazo derecho con el que intentaba mover aquel peso muerto. Estaba lanzando unos chillidos que dañaban los tímpanos y aunque pareciese imposible, demostrando una fuerza sobrenatural empezó a levantar el auto.

—¡Y una mierda! —chilló Verushka agarrando la señal de tráfico que había derribado su rival en el primer ataque.

La adrenalina fluyó por sus venas a medida que empezó a correr a toda velocidad, no podía permitir que esa bestia se volviese a levantar. Usó la inercia que llevaba para aumentar la potencia con la que bajó el arma improvisada a la cabeza de la criatura.

Falló. Sus miradas se cruzaron desafiantes mientras un reguero de sangre salía del brazo que el lagarto había usado para detener aquel golpe.

Aquello no la frenó. Levantó el arma y volvió a golpear. Al tercer impacto, el brazo ya no opuso ninguna resistencia. La sangre le salpicó mientras en su interior algo se abría triunfante hasta sus labios. El sonido de aquel grito erizó el vello de su piel mientras continuaba descargando su furia en aquella masa sanguinolenta que había sido su enemigo.

La luz del sol bañaba todo con un suave resplandor que iluminaba el callejón con claridad. Deán no se lo hubiese creído de no haberlo visto con sus propios ojos pero, Verushka, había desaparecido justo delante de sus narices.

La única opción que se le ocurría es que había descubierto que la seguía y se hubiese escondido al meterse en el callejón. Aunque claro, no era muy probable. Había sido de lo más sigiloso.

*«Sí, seguro que viviendo en el infierno la pobre demonio no está acostumbrada a una habilidad tan grande como la tuya.»*

Tenía razón. Seguro que ahora le estaba esperando en algún rincón para darle un buen susto y reírse a su costa. Se internó en el callejón colocando un pie delante del otro al más puro estilo ninja. Concentró sus pasos intentando que no se escuchase el roce de sus zapatillas contra la acera más de lo necesario.

Puede que ella fuese una experta, pero esta ciudad era suya y años de prácticas con sus compañeros le habían vuelto un profesional en el arte de pasar inadvertido. Se apoyó en la pared intentando ser consciente de todos los sonidos que le rodeaban mientras se acercaba a su objetivo. Se quedó petrificado cuando, al moverse, le dio sin querer una patada a una lata vacía de Coca Cola haciendo que rebotase por el suelo hasta chocar contra la pared.

*«Rápido, maúlla, di: soy un gato.»*

—Soy un gato.

*«Perfecto, seguro que la has engañado.»*

Genial, casi podía oír cómo se reía la voz de dentro de su cabeza ¿Se veía tan estúpido como se sentía? Respiró intentando tranquilizarse mientras acumulaba el valor para confesar que la había seguido.

—Hola Verushka, soy yo, Deán. —Rezó para que no le golpease demasiado fuerte si le tomaba por una amenaza—. ¿Hola?

Nadie. Aquel lugar estaba vacío, pero él estaba convencido de que la había visto internándose ahí. Tenía que estar. No podía haberse limitado a desaparecer. Allí no existían muchos escondites posibles pero por más que miraba, no era capaz de localizarla.

Su cara se cubrió con una mueca de decepción mientras se apoyaba en la pared. No había ninguna otra salida por la que hubiese podido huir, tenía que estar ahí.

Desde donde estaba, Verushka miró aquel mundo congelado en el tiempo. Recordó las recónditas cavernas en las que se había resguardado tantos años. La calma del lugar era como la que conocía en su hogar. Sería muy fácil quedarse.

Se había pasado los últimos años evitando el contacto directo con toda clase de criaturas en el infierno ¿en qué era eso diferente a quedarse ahí a vivir?

En este lugar no la hacía falta esconderse. Podría estar sola de verdad. Con el tiempo, su mente se volvería tan loca que olvidaría que existía vida fuera de ese plano de existencia. Por lo menos hasta que entrase alguien dispuesto a matarla como ella misma había hecho con el ödla.

Aquel perpetuo atardecer era hermoso; al igual que la forma en que el mundo se había congelado en tonos grises, invitándola a dejar todo atrás y a quedarse para siempre. Sola. Ya no necesitaría fingir que no existía nadie más, simplemente no existirían en esa realidad.

No podía, aquel estúpido humano y su deseo la tenían ahora tan atrapada como lo había estado en el infierno por culpa de Lukashenko. De no concederle su petición, la magia que alimentaba su fuerza se apagaría privándola de la vida. Cuando lanzó un grito frustrado, su voz le pareció una intrusa en aquel lugar.

—¡Estúpido Deán, estúpido, estúpido, estúpido, estúpido!

La desolación de aquel sitio le devolvió el eco de sus palabras como una burla. No sabía por qué, pero la necesidad apremiante de alejarse surgió con fuerza dejándola aún más deprimida.

Echó un último vistazo al pliegue entre mundos consciente de que una vez se cerrase, no podría volver a entrar. Cerró los ojos y con paso decidido, atravesó el portal.

El contraste y la luminosidad del mundo humano la golpearon de lleno cegándola durante un instante. Cuando sus ojos se acostumbraron y pudo ver, la cosa no pintaba bien. Por algún motivo, un anciano hablaba con un policía señalando hacía el callejón donde ella estaba. Se movió buscando un lugar donde esconderse cuando al girar, se encontró con que Deán la miraba boquiabierto. Bajó la vista hacía su cuerpo y entendió su sorpresa. Estaba delante de él, totalmente llena de sangre.

—Por favor no chilles, estate tranquilo, por favor —le pidió.

Pero no la oía, Deán era preso del terror más absoluto. Ni siquiera estaba siendo consciente de cómo se le hinchaban los pulmones dispuestos a soltar todo el aire en un grito. Y eso, no podía permitirlo. Años de supervivencia habían guiado a Verushka hasta conseguir que se fiase de todo lo que le indicaban sus instintos. Le miró a los ojos en una súplica muda e hizo lo único que se le ocurrió.

Le besó.

A Deán todo le dejó de importar en ese instante. El ruido de la gente, la sensación de soledad, el miedo que siempre le acompañaba, el terror que sintió cuando vio a Verushka empapada en sangre. Todo desapareció al contacto de su lengua con la de la muchacha en el interior de su boca. La energía que transmitieron sus manos cuando sintió cómo le rodeaban su cuello y se pegaba a él intentando fundirse en un solo ser era algo inexplicable. El pelo de su cuerpo se le erizó, los latidos aumentaron amenazando con sacarle el corazón del pecho mientras su pulso aumentaba a un ritmo desproporcionado. Si no le hubiese sujetado mientras le besaba habría perdido el equilibrio ante el cúmulo de emociones que le embargaban y la manera en que sus piernas estaban temblando.

Como si hasta ese momento no se hubiese dado cuenta de la existencia de sus propios brazos, la abrazó por las caderas. El tacto de su piel era tan agradable, que se dejó arrastrar haciéndola partícipe de sus labios.


El agente Martínez amaba la paz que acompañaba a la rutina de sus guardias. Cuando aquel anciano se le acercó con la excusa de que había visto a un chico sospechoso siguiendo a una hermosa joven, lo primero que lamentó fue que le molestasen. Caminó con la mano derecha apoyada en el spray de pimienta que llevaba en el cinturón. Lo apretó con más fuerza cuando oyó que del callejón sí que salían ruidos extraños.

Influenciado por miles de películas en las que un policía cercano a la jubilación perdía la vida en un callejón cualquiera ante un aviso fortuito, solo se atrevió a asomar la cabeza tras la esquina. Con alivio dejó escapar el aire que había retenido al encontrarse tan solo a dos fogosos adolescentes dando rienda suelta a sus instintos. No hacían daño a nadie.

Apartó la mano del spray. Se alegró de que por una vez no fuesen unos mocosos pintando grafitis o algo peor, estaba cansado de que la juventud actual solo supiese causar problemas. Esos dos no se merecían que les molestase. Que creyesen en el amor mientras pudiesen. Ya se encargaría la vida de mostrarles su lado más amargo al crecer.

Con paso silencioso, se alejó de allí.


Deán notó un dolor físico cuando ella alejó sus labios. Abrió los ojos para hundirse en el azul de los suyos mientras deseaba perderse para siempre en las sensaciones que despertaba.

—No chilles por favor —suplicó Verushka.

La voz le llegó desde más allá de los fuertes latidos que su corazón estaba emitiendo pero Deán, no podía reconocer quién era. La presión que sentía mientras las hormonas aún recorrían su torrente sanguíneo era fulminante.

Al abrir los ojos fue incapaz de reconocer a la chica que tenía frente a él. Por algún motivo, desde algún punto en su cerebro, le llegaba la información de que era peligrosa, que estaba en serios problemas. Miró su ropa para comprobar que era una asesina.

¿Él sería su siguiente víctima?

No sabía por qué pensaba eso. Frente a él, el atuendo que la muchacha llevaba estaba inmaculado. Ni una sola gota de aquella sangre que creyó ver eclipsaba la belleza de la súcubo.

¿Se lo había imaginado todo?

¿Acaso el beso había sido real?

No sabía la respuesta a esas preguntas, salvo la última. Aquel beso había sido muy, muy real. Hacía solo un instante de eso y aun notaba un cosquilleo recorriendo su cuerpo.

Sonrió.

Desde luego, su primer beso había sido memorable.

Ese fue el pensamiento que se grabó en su mente mientras perdía el conocimiento sumiéndose en la oscuridad.

# CAPÍTULO 10

El aire que se respiraba en la tienda de Nerf transmitía calma. Como era costumbre en ese lugar, la temperatura estaba más alta de lo normal y Deán se arrepintió de llevar puesta su cazadora roja y azul. Se la quitó observando el juego de espadas nuevas que había frente a él. Una extraña sensación recorrió su cuerpo. Era como si supiese que no debía estar ahí, como si hubiese pasado algo importante que tenía que esforzarse en recordar.

Movió su cabeza intentando despejar la neblina que cubría sus pensamientos para que menguase el malestar general que sentía. Estiró la mano frente a su cara abriendo y cerrando el puño. No sentía los dedos como suyos. Por mucho que sus ojos vieran como los movía, en realidad no los sentía.

«¿*Juegas?*»

Levantó la cabeza para encontrarse con una imagen de sí mismo que le miraba expectante.

—¿Cómo dices?

«¿*Juegas? Nos merecemos un descanso.*»

Su otro yo paseó la mano por encima de las espadas y sacó un florete con la empuñadura de plata y pequeños toques rojizos a modo de adorno. Se la lanzó con suavidad para que Deán la cogiese al vuelo.

—¿Eres real? —preguntó anonadado.

«*Y tú ¿eres real?*»

En un primer momento su intención fue decir que sí. Dudó. A su alrededor la tienda era la misma de siempre, pero diferente. No sabría decir por qué, tan solo lo sentía.

—¿Estoy soñando?

«*Demasiadas preguntas, y aún no respondiste a la primera que te hice.*»

—¿Cuál?

Aquel clon de sí mismo sacó otra espada, pero no fue un florete. Esta vez el espadón tenía una hoja de unos seis centímetros de ancho y casi un metro de largo. Al volverse hacia él, puso una mirada traviesa.

«¿*Jugamos?*»

Sopesó el arma comprobando que podía moverla y empezó a correr en su dirección con ella sobre la cabeza.

Si Deán hubiese tardado un segundo de más en saltar a la izquierda, le habría partido por la mitad. El golpe contra el suelo provocó que una multitud de chispas saltasen por todas partes. El muchacho iba a replicar algo cuando vio cómo su gemelo malvado atacaba de nuevo con un tajo vertical.

Blandió el endeble florete mientras se agachaba. El dolor cuando ambas armas chocaron y mandó la suya volando le hizo creer que había perdido la mano.

Aulló mientras sentía cómo sus nervios extendían aquellas sensaciones hasta su hombro dejándolo paralizado. Todo lo que podía hacer era quedarse quieto, mirando a aquella imitación de sí mismo con impotencia.

—¡No puedes ser real! ¡Esto es un sueño!

Con una sonrisa de superioridad, el clon se alejó de él hasta la espada caída en el suelo. Con un puntapié se la acercó al muchacho.

*«Entonces, si esto es un sueño, quédate quieto y muere.»*

No podía ser real. Aquella voz siempre había estado solo en su cabeza y sin embargo, ahora tenía un cuerpo para luchar contra él. Algo no encajaba, pero no pudo pensar el qué cuando vio cómo cargaba de nuevo.

Giró sobre sí mismo para apartarse de la trayectoria mortal con la que pretendía separarle en dos mitades.

Cuando Deán empujó con fuerza su hombro contra el pecho de su clon esperaba atravesarlo al igual que si fuese un fantasma. Se sorprendió al encontrar la resistencia que tendría alguien real. Ambos rivales trastabillaron cayendo al suelo con fuerza.

—No puedes ser real, no puedes ser real.

Pero la persona que notaba debajo suyo sí parecía real, era palpable. El odio con el que aquellos ojos le miraron le amedrentó. Sintió las manos de su clon agarrándole la cintura y quitándoselo de encima.

Deán reptó hasta coger su espada, el clon se levantó mirándole con una mueca de desprecio en la cara.

*«Das pena chaval.»*

—Déjame en paz —gritó Deán mientras sentía sobre sus mejillas el calor de las lágrimas—. No te he hecho nada por favor.

*«Levanta.»*

—Por favor —suplicó.

*«Levanta.»*

Señaló a su pecho con el espadón advirtiéndole.

Deán se pasó la manga de su jersey por la nariz limpiándose. Desde los dedos de los pies al último pelo de su cabeza, le recorría aquel presagio de muerte.

¿Hacia dónde podía correr?

Aquel gemelo malévolo estaba entre la puerta y él. Ni siquiera había suficiente espacio en el interior de la tienda para escapar.

—¡Socorro! ¡Auxilio! ¡Nerf!

*«¿Eso es todo lo que sabes hacer? Te odio, no eres más que una*

*maldita máquina de llorar y pedir ayuda. El mundo me agradecerá que te haga desaparecer. ¿Verdad que quieres morir? ¿Verdad que quieres que te mate?»*

Se acercó hablando mientras movía su espada con confianza. La balanceaba haciéndola girar en su mano mientras acortaba la distancia. Cuando lo tuvo cerca, a Deán le asaltó un olor familiar que no pudo reconocer.

—Por favor —gimió—, no quiero morir.

*«Es tu destino.»*

Frente a frente, Deán sentía que estaba mirándose en un espejo. Aquel ser tenía exactamente la misma apariencia que él salvo un pequeño detalle, sus ojos no eran verdes sino negros.

—No —gimoteó—, no.

*«O sí, es en esto en lo que te convertirás.»*

Deán gritó lanzando un movimiento con el florete de izquierda a derecha. El clon retrocedió un paso con aquella media sonrisa a medida que el muchacho seguía moviendo su arma de izquierda a derecha y de derecha a izquierda. El gemelo ni siquiera hizo amago de defenderse, solo retrocedía con aquella estúpida mueca que hacía de sonrisa hasta que chocó con una estantería.

Deán, cerrando los ojos, golpeó con todas sus fuerzas. Destrozaría aquella aberración. Él nunca sería un monstruo.

La espada no encontró resistencia. El golpe atravesó el cuerpo de su enemigo como si fuese un fantasma provocando que el filo se internase por la estantería tirándolo todo. Sobre el suelo, una de las queridas estatuas de Nerf yacía rota, deshecha en mil pedazos.

El primer pensamiento que le abordó fue que le iba a matar. El viejo dependiente adoraba esas horribles estatuas como si fuesen unas obras de arte. Siempre estaba limpiándolas y admirándolas. Echó un vistazo a su alrededor para asegurarse de que no le había visto romperla.

Recordó cómo vagamente había estado peleando contra...

¿Un clon?

¿Cómo se había olvidado de él?

Giró sobre sí mismo esperando que se hubiese lanzado sobre él aprovechando esa oportunidad, pero no estaba. Allí no había nadie.

*«Te estás volviendo loco.»*

Cuando la voz resonó en su cerebro se dio la vuelta buscando a su gemelo malvado. Tenía que ser real, le había visto. Habían peleado el uno contra el otro.

Pero allí dentro seguía sin haber nadie. La voz había sonado tan cerca de su oído que tenía miedo. No se volvería a dejar engañar por ella, siempre creyó que eran amigos y él no los tenía. Solo esperaba su oportunidad para atacarle, como todos los demás.

Un ruido le hizo mirar al suelo donde los fragmentos esparcidos de la estatua, habían empezado a brotar sangre con mucha intensidad. Todo aquel líquido empezó a inundar el suelo con una constancia sacada de los latidos imaginarios que resonaban en su cabeza.

Como si alguien hubiese pegado al suelo sus zapatillas era incapaz de moverse mientras por dentro del jersey, un sudor frío resbalaba por su espalda consecuencia del esfuerzo que estaba haciendo en su intento por apartarse.

—Deán ¿qué has hecho? —Reconocer la voz de su madre en aquel lugar le sorprendió—. ¿No te das cuenta del error que has cometido?

El adolescente tenía la garganta seca, rota. Las palabras se le atascaban como si fuese incapaz de pronunciarlas de manera correcta.

—Fue un accidente, no quería romper la estatua.

—No te preocupes mi amor. Aún podemos arreglarlo.

—Ha sido un accidente mamá. Se lo diré a Nerf, lo entenderá. Solo he roto una de sus estatuas.

Su madre se agachó rebuscando entre las baldas de las estanterías hasta que encontró lo que estaba buscando. Con gesto triunfante, sacó un libro y comenzó a pasar las páginas mientras la sangre manchaba el hermoso vestido blanco que llevaba. Deán la miró con creciente horror reconociendo en sus manos el libro de hechizos que le habían regalado.

Quiso gritar, la situación parecía tan irreal que el miedo que le estaba invadiendo debía ser falso. Tenía que ser una pesadilla y debía concentrarse en despertar.

—Ya sé la solución. Si hicieses otra invocación, podrías arreglar la estatua. Solo tienes que llamar a otro de esos amigos tuyos.

—No mamá, no puedo hacerlo. No te das cuenta de lo que me estás pidiendo. Con ellos no se puede jugar, solo es una estatua rota. ¡Ayúdame! ¡Sácame de aquí!

Podía sentir la calidez que tenía la sangre que se filtraba a través de las suelas de sus zapatillas. Intentó con sus manos lograr que sus piernas se movieran, pero fue inútil. Desesperado, empezó a quitar los cordones a las zapatillas para poder sacárselas.

—Sabes que no podemos pagar lo que has roto. ¿O es que quieres que Nerf se enfade contigo? —Hizo una pausa analizando lo que leía hasta que una mueca de sorpresa alumbró su cara—. Ya sé. Tú no te preocupes, se me ocurre una idea. Yo realizaré el conjuro, no parece que sea difícil.

Deán quiso gritar que no lo hiciese, se esforzó en sacar las palabras de su boca pero no pudo. Por más que lo intentó, de sus labios no salía sonido alguno.

Asustado, se agarró la garganta mientras a sus oídos llegaba la lengua extraña que estaba entonando su madre. La sangre del suelo empezó a correr por toda la tienda como si tuviese vida propia, creando un círculo perfecto a los pies del muchacho.

—¡Por Dios, mamá! ¡Para! —Sentía tal desesperación en su piel que no le extrañó poder volver a hablar con aquel tono histérico—. ¡Déjalo ya!

—¡Salum malificar yadil sugertat, que los malditos vengan a mí, yo os invoco! ¡Salum malificar yadil sugertat!

Desde todos los rincones de la tienda, la sangre empezó a protestar burbujeando mientras se calentaba hasta hervir.

—¡Para! —gritó Deán—. ¡No debes hacer eso! Mamá por favor, detente.

—¡Salum malificar yadil sugertat!

Con un sonido sibilante, del líquido surgió una mano que agarró a la mujer de la pierna arrastrándola por el agujero del que salió. Ivette gritó presa del horror a medida que se hundía en aquel abismo desconocido llamando a su hijo a gritos.

Cuando desapareció, el silencio del que se apoderó la tienda era más tenebroso que cualquier otro sonido que hubiese escuchado antes.

—¡Mamá, mamá! —la llamó Deán chillando—. ¡Soltadla, yo he usado el libro, yo negocié mi alma, es a mí a quien queréis, dejad a mi madre! ¡Devolvedme a mi madre!

—No lo entiendes ¿verdad? Has muerto, ahora ¡eres mío! —La dulce voz de Verushka llegaba desde todas partes a la vez—. Estás aquí, por fin estás aquí. ¡La tortura es un precio pequeño para el espíritu de un condenado!

Deán giraba frenético sobre sí mismo intentando ver dónde se escondía la súcubo sin lograr encontrarla.

—No estoy muerto, yo no he podido morir así. ¿Me has asesinado? ¿Es eso lo que ha pasado? ¿He muerto? —Nadie respondió y el terror y la frustración se adueñaron de su boca al hablar—. ¡Dijiste que no podías matarme! ¡Dijiste que no se podía cancelar así un trato!

Un bufido sonó a modo de risa.

—¿Y crees en mi palabra? Yo pertenezco a la oscuridad. Para mí tu mundo no significa nada, tú no significas nada. El tiempo del que has disfrutado de vida es apenas un suspiro breve de la mía.

—Devuélveme a mi madre, ella no formaba parte del trato. —Otra risa fue toda respuesta—. ¿Dónde estás? Déjame verte.

Un estallido en la esquina donde habitualmente descansaba el dragón, evaporó todo el líquido de esa zona. La sombra que surgió se movía hacía él envuelta en llamas desprendiendo calor.

A medida que la figura se acercaba, el cuerpo de Deán empezó a llenarse de sudor. Había reconocido la voz de Verushka, pero a pesar de eso parecía que lo que se acercaba no era ella. No tenía esa elegancia, ese porte.

El sonido de los pasos cambió mientras las llamas que envolvían la figura desaparecían. Eran unos pasos fuertes, seguros. Pero no sutiles ni depredadores como la había visto caminar a ella.

Pero no fue hasta que le vio la cara que reconoció al padre Broffay. Su catequista, muerto años atrás, se posicionó frente a él mirándole de manera crítica. Parecía decepcionado.

Hacía mucho tiempo que no le veía pero, al igual que antaño, su voz seguía teniendo la facultad de erizarle la piel cuando habló.

—Él está en todas partes. Nos incita a que caigamos en la perversión y el engaño, a que destrocemos nuestras vidas con la lujuria y la envidia. Mi pobre muchacho. Ingenuo. Tú, que has regalado lo más preciado que tienes. ¿Qué pediste? ¿Mereció la pena? ¿¡Te arrepientes!?

Al mirar en los ojos del sacerdote, Deán encontró la locura. El hábito negro con el que estaba acostumbrado a verlo, se fue transformando en rojo a medida que el olor a quemado carbonizaba su piel sin que emitiese sonido alguno de queja. El sacerdote solo le observaba en silencio a medida que aquel fuego invisible terminaba con su cuerpo terrenal.

Deán chilló de terror cuando el cadáver del padre Broffay alargó un brazo lleno de ampollas para acariciarle la cara. Aunque eso no era lo peor. Lo más duro de soportar era aquel olor que desprendía que le recordaba en cierta medida al del pollo quemado.

En su interior el muchacho notaba cómo su cordura se estaba rompiendo y no podía hacer nada para evitarlo.

—¿Quién eres, qué eres tú? —chilló.

Si su antiguo profesor le había oído, no dio signos de ello. Se fue acercando a su inmovilizada presa a la par que estiró el brazo para tocarle.

Debido a su proximidad, las fosas nasales se impregnaron con un tufo a podrido que a Deán le provocaba arcadas. Aun así luchó como un león pero por mucho que pataleó, chilló y se defendió, no era capaz de apartar aquella mano de su cara que le exploraba como si de repente aquel ser se hubiese vuelto ciego.

—Dime Deán, ¿te arrepientes de tu pecado? —preguntó aquel engendro con un toque inhumano en la voz—. Todos aquellos que se arrepientan pueden ser libres ante los ojos del señor. Dime, Deán Anderson, ¿te arrepientes?

Su tacto era frío, desagradable. Como si sus dedos hubiesen estado en contacto con alguna sustancia pegajosa, dejaba una sensación asquerosa impregnada en la piel del muchacho.

—¡No me toques, déjame! ¡No me toques!

Era como si el cura deseara ponerse encima de él, como si intentase escalarle.

Deán chilló a medida que el peso le obligaba a irse encorvando. No podía escapar y aquella voz no dejaba de escupir en su oído palabras que no quería oír con aquel tono espeluznante.

—Arrepiéntete muchacho, despierta a la verdad. Seremos libres si despertamos.

Cuando aquel hombre empezó a golpearle en la cara, Deán no pudo defenderse. Pesaba demasiado para moverse y los golpes no le dejaban pensar. Estaba atrapado. Atrapado y condenado.

Dio rienda suelta al pánico dejando que la histeria ganase la batalla. El calor del fuego invisible le estaba quemando la piel y los gritos del difunto no dejaban de repetir su letanía.

—¡Despierta a la verdad Deán Anderson! ¡Despierta al perdón, despierta a la vida! ¡Despierta!

Luchó, toda la desesperación que sentía la volvió fuerza en un intento de resistirse. Chilló como nunca en su vida había hecho mientras subía hacia la consciencia.

—¡Joder, que despiertes! —Verushka volvió a golpear sus mejillas en un intento de que recuperase el sentido—. Vamos campeón, despierta. Tú puedes hacerlo. No te me derrumbes ahora, solo estás teniendo una pesadilla.

Una pesadilla.

¿Qué era eso?

No lo sabía pero sentía aquel cuerpo demasiado cerca de él.

*«La conoces.»*

No, no era verdad.

*«Es tu amiga, la conoces.»*

No tenía que fiarse de la voz. Ya le había engañado una vez no habría dos.

—Vamos Deán, mírame. Lucha...

Esos ojos. Esa forma de palpitarle el corazón.

—Vamos campeón, lucha. Vuelve conmigo.

Desconcertado, miró a su alrededor sin saber bien lo que pasaba. Fuese lo que fuese lo que había ocurrido, no estaba en la tienda de Nerf.

—¿Qué ha pasado? —preguntó dubitativo.

Aliviada, Verushka sacó su mejor sonrisa al ver que volvía en sí.

—Que doy unos besos de muerte —añadió a modo de broma—. Solo sé que cuando te besé, caíste en redondo sin sentido.

El cuerpo le dolía demasiado y la pesadilla, estaba empezando a desdibujarse de su memoria. A duras penas reconoció el callejón hasta donde la había seguido pero estaba seguro de que había vuelto al mundo real.

Al intentar levantarse, todo a su alrededor comenzó a girar a demasiada velocidad. Hubiese vuelto a caer si Verushka no le hubiese agarrado con fuerza.

—Tranquilo, héroe. Vete con calma.

Sujetándose la cabeza logró sentarse, pero todo seguía confuso. La pesadilla estaba diluyéndose pero la realidad que se imponía en sus recuerdos no era mucho mejor.

Al mirar a su amiga, parecía que llevaba la misma ropa de antes pero no tenía ni una sola mancha.

—Yo te vi, estabas... estabas... —La señaló con el dedo sin estar seguro de cómo la había visto—. ¿A quién has matado? —gritó.

Cuando ella intentó agarrarle se levantó furioso y cayó al suelo de rodillas víctima del mareo.

—Tranquilo Deán, deja que te explique.

—¡Qué me has hecho! —demandó saber—. ¿Qué narices has hecho?

—No he hecho daño a nadie, ¿vale? Lo que he matado ni siquiera era humano, así que tranquilo. —Le sujetó del brazo intentando ayudarle a que se sentase—. Esta tarde cuando pasamos por aquí, me di cuenta que había un pliegue, dentro había un ödla. Uno muy fuerte. —Por la forma en que la miraba se notaba que no la creía—. Jamás haría daño a nadie sin tu permiso, solo entré en el pliegue a mirar.

—¿Me estás diciendo qué no viniste aquí a matar?

—No vine a matar a ningún humano —especificó—. Te doy mi palabra.

No acababa de creerla, pero tampoco diría que le estaba mintiendo a la cara.

—¿Qué es un ödla?

La chica le miró intentando hacer una semejanza que entendiese.

—Son demonios con el aspecto de vuestros reptiles. Algo parecido a un lagarto. Un lagarto más grande que tú, carnívoro y dos veces más rápido.

«A lo mejor son esos los famosos cocodrilos que la gente ve por las cloacas.»

Nunca le habían gustado mucho los lagartos y menos si medían más que él, solo imaginarlo era como para ponerse nervioso.

Sopesó la sinceridad de la súcubo antes de darla el visto bueno. Una parte de él se sintió mejor así.

—¿Y qué hace en nuestro mundo?

—No es que estuviese en vuestro mundo exactamente. Digamos que se escondía en un pliegue entre los dos universos. Solo visitaba vuestro mundo cuando tenía que alimentarse supongo.

—¿Un pliegue? ¿Qué es eso? —preguntó

—Los pliegues son restos de pasadizos que nos permiten movernos a través de vuestro mundo y el nuestro. No son portales en sí mismos, solo uno de cada diez mil está abierto hacía el averno, tan solo son pasadizos mal cerrados. —Tal y como la miraba no estaba entendiendo nada, bufó molesta—. Antes de que un portal desaparezca del todo a veces ocurre que entra algún demonio menor y decide tomarlo como guarida. No es una mala estrategia para pasarte algún tiempo sin el estrés que hay en el infierno de que te ataquen.

—¿Y qué tiene de malo? —preguntó Deán curioso—. Lo has dicho como si tuviese alguna pega.

Verushka sonrió. Se sentó a su lado y le pasó la mano por el pelo sin que esta vez se apartase.

—Un día se convierten en dos, pasa un año y sin que se den cuenta están prisioneros de ese lugar. —Habló con un tono de voz que se confundía entre tristeza y envidia—. Son víctimas perfectas para atacar, suelen estar desprevenidas. Se acostumbran a salir, comer algo y regresar otra vez a su refugio. Con el tiempo incluso se olvidan de defenderse.

—Entonces ¿hay más demonios en el mundo humano? ¿Atacan a las personas?

—Sí, siempre los ha habido. Pero no suelen atacar a la gente. Para que te hagas una idea, sois moscas. Tú mismo puedes matar alguna que otra mosca de vez en cuando, pero no te vuelves loco por ellas. Lo más normal es que directamente las ignores. Lo mismo nos pasa a nosotros con los humanos.

A Deán no se le pasó por alto aquel «nos pasa», donde se incluía a sí misma.

—Pero ¿y qué pasó con la sangre de tu ropa?

La chica giró sobre sí misma mostrando que no había ni rastro en su vestido.

—Casi nada de nuestro mundo puede durar en el vuestro más de unos pocos minutos, salvo nosotros mismo claro. Una vez el ödla murió, todo queda como si nunca hubiese existido.

— Pero ¿cómo?

— El equilibrio entre los mundos es un poco inestable. —Parecía que le costaba buscar las palabras exactas—. Las fluctuaciones que emitimos crean vida. En el caso de las emisiones mágicas, al entrar  salir de los pliegues, suele atraer la aparición de los radreoure. Por eso cualquier indicio que hayan podido implicar a demonios suele acabar borrado.

Cada pregunta solo traía más preguntas, pero eso no desanimó a Deán que veía cómo se le abría una realidad como la que nunca soñó.

—¿Qué son los radudes esos? ¿Qué se supone que hacen?

—Radreoures, son una especie de gusanos que se lo comen todo. No sé exactamente cómo lo hacen pero, donde hay rastros de seres sobrenaturales muertos, aparecen y acaban con todo en minutos o segundos.

El muchacho la miró alarmado.

—¿Incluso a mí si se diese el caso?

—Solo en casos muy raros. Lo normal es que solo limpien nuestra materia orgánica. Tengo la teoría de que son seres microscópicos que llevamos en nuestros organismos, como los gusanos que devoran el cadáver cuando un humano se muere.

Aquello tampoco sonó demasiado tranquilizador. Si solo había una posibilidad de que atacasen a los seres humanos seguro que a él le tocaba.

—Suelen ser inofensivos —repitió Verushka—, y aunque he oído que algunos llegan a crecer bastante. Son tan lentos que podrías escapar andando si lo deseas.

—Pero ¿y si...?

Verushka atajó la pregunta con un movimiento de su mano.

—En serio, tranquilo. Por si fuese poco, tengo entendido que los humanos, aunque no los veáis, tenéis como un don que os hace apartaros de ellos sin que os deis cuenta.

—¿Cómo es posible?

—No lo sé —respondió con un encogimiento de hombros—. Tienes que recordar que es la primera vez que vengo a tu mundo así que tendrás que aceptar que no lo sé todo. Por decirlo de forma simple, sé lo que me han contado otros cazadores a los que también les gusta cazar.

—¿Cazar? —La imagen de Verushka corriendo detrás de una pobre ardilla amenazándola con los fuegos del infierno le hizo reír.

—Ejem. —Como si le hubiese leído la mente, le miró con firmeza a los ojos—. Yo cazo otros demonios.

Aquella confesión arrancó al muchacho una exclamación de asombro.

—¿Por qué? Se supone que son de los tuyos. Yo pensé que te entretendrías más cazándonos a nosotros que a uno de los tuyos.

Sonrió ligeramente con tristeza.

—La adrenalina del combate, me hace sentir viva. —Cuando notó los ojos clavados del muchacho se enfurruñó—. No me juzgues. Por lo que tengo entendido no es ningún delito haceros el favor de limpiar vuestro mundo de alimañas. Además, no corro ningún peligro.

—¿Ningún peligro? ¿Y si en lugar de matar al lagarto, te hubiese matado él a ti?

Verushka lanzó un bufido mientras pensaba si debía responderle.

—Para nosotros la muerte aquí no existe, no podemos morir en tu mundo. Es decir, sí morimos, pero en realidad no acabamos muertos.

—Sí, pero no. No entiendo. ¿Sois como los gatos? ¿Tenéis siete vidas o algo así?

—¿Siete vidas? ¿Como los gatos? ¿Pero qué clase de mascotas son las tenéis aquí? —Deán hizo un gesto vago con la mano de que lo dejara pasar y a regañadientes, continuó—. No sé si será como los gatos pero desde luego no es como los humanos. Cuando matas un demonio en tu mundo, no desaparece para siempre. En realidad, le mandas exiliado de nuevo al infierno donde aparecerá en cualquier punto aleatorio.

—¿Cómo es posible?

—No lo sé —añadió con un encogimiento de hombros—. Solo sé que siempre ha sido así.

—Así que matar a un demonio ¿es como regalarle un viaje rápido de vuelta a su casa?

Verushka se estiró, moviendo su cuerpo que aún lo tenía entumecido por el golpe con la cola.

—Bueno, supongo que es un poco más doloroso que ningún otro medio de transporte que puedas imaginarte, pero sí. Algo por el estilo.

Deán se repitió que tenía que mantener la calma. Cosa nada fácil al conocer de primera mano que esos malnacidos eran inmortales.

—Entonces ¿no hay manera de acabar con un demonio?

La chica le analizó antes de responder.

—¿Estás pensando en matarme?

—No, para nada —se disculpó con rapidez levantando las manos en señal de tregua—. Es solo curiosidad.

Aún le examinó un minuto más antes de tomarse la molestia de responder.

—Es bien fácil. Un demonio solo muere de manera permanente cuando está en su propio mundo.

—Y si por un casual te matan ¿qué pasará con mi deseo? ¿Y con mi alma?

Mientras formulaba la pregunta, Verushka ya estaba negando con la cabeza.

—No la recuperarás, no hay ninguna forma de que vuelva a ser tuya. Ya no está en mi mano. —Cambiando el tono triste con el que habló por uno más alegre añadió—: Aunque me alegra saber que estés tan interesado en lo que me pasaría a mí si muero.

Deán respiró resignado echando todo el aire por la boca.

—Me dijiste que tú no morirías. Qué volverías a tu hogar.

—También dije que de manera dolorosa.

Dándose cuenta del error que había cometido, Deán intentó cambiar el tema prosiguiendo con sus preguntas.

—¿Y qué pasa si te enfrentas a un demonio que después de atacarte viene a por mí? ¿O si no estás? Yo moriría del todo sin posibilidad de defenderme.

—¿Y si cruzas la calle y te atropella un coche? ¿Y si comiendo una hamburguesa te atragantas? Morirás antes o después, te volverás loco si intentas averiguar cómo.

—Ya, pero ¿y si en lugar de matarme se dedican a torturarme? ¿Eso pueden hacerlo?

La chica analizó la pregunta restándole importancia con un encogimiento de hombros.

—Sí, supongo que sí. De hecho es bastante posible.

La tranquilidad con la que lo afirmó era ofensiva.

—Eso no es ningún alivio —respondió frustrado—. Es de mi vida de la que estamos hablando. Vas a tener que enseñarme.

La súcubo le miró con curiosidad sin saber a qué se refería.

—¿Que te enseñe? ¿Que te enseñe el qué?

—A defenderme. Si alguien, o algo, viene a por mí lo mejor que puedo hacer es actuar. Además, si tienes problemas quizás podría ayudarte.

La súcubo respiró con fuerza dejando que el aroma de la ciudad emborrachase sus sentidos mientras lo sopesaba.

Sin duda, de todas las cosas que le podía haber llegado a pedir ese chico aquella era la más rara de todas. Además, esas palabras provocaban en su pecho una sensación extraña que era incapaz de reconocer.

Orgullo.

# CAPÍTULO 11

Al salir del callejón Verushka aún sonreía. Se mantuvo alerta cerca de Deán por si se volvía a caer, pero todo volvía al mismo punto.

Entrenarle.

Le hubiese gustado averiguar cuál era la línea de pensamientos que le había llevado de no poder enfrentarse a sus compañeros a de pronto, querer matar demonios. Cada vez que esa idea se repetía en su cabeza le costaba un esfuerzo horrible no caerse al suelo muerta de la risa.

Entrenarle.

No sería fácil, ni siquiera sabía por dónde empezar. Además, seguro que el contraste entre los distintos modos de combate eran diferentes en ambos mundos. Esa idea era una locura. Aunque... le gustaba.

Según sus propias palabras, en caso de necesitarle la ayudaría. No se había limitado a decir que sentía miedo o que quería defenderse, sino que estaba buscando la manera de serla útil. Solo por ese gesto, merecía la pena intentarlo.

Tenía que haber alguna forma de enseñar a luchar a un niño humano como él. Aunque claro, ahora que se lo planteaba, ella tampoco era ninguna experta como profesora. La manera en la que había aprendido a pelear había sido observando y a las malas. Se fijó en todos los combates que pudo y aguantó todas las palizas que recibía cada vez que la pillaban. Casi podía sentir aquellos golpes de nuevo sobre su piel.

Los recuerdos, aunque reminiscencias del pasado, aún estaban frescos en su mente y acudieron prestos al evocarlos como si solo hubiesen transcurrido un par de días desde que todo eso pasó.

Era tan solo una niña para los estándares del infierno cuando empezó a entrenarse en secreto. Si bien ninguno de los demonios del castillo estaba dispuesto a enseñarla nada, a más de uno le encantaba la idea de poder darle a menudo una paliza.

Todo se volvió un entrenamiento. Desde intentar no chillar a conseguir esquivar sin que lo notasen. La debilidad en el averno se recompensa con mayores torturas. Tenía que eliminar de sí misma la putrefacción con la que su madre la había engendrado. Tenía que esforzarse en matar su parte humana.

Al principio usaba todo el cuerpo. Más tarde, intentaba esquivar los golpes sin usar los brazos, las piernas o quedándose en el sitio sin moverse. Llevaba mucho tiempo practicando cuando se atrevió a dar su primer golpe.

Nunca iba a olvidar el placer que manifestó cuando el puño llegó a su objetivo. Ni siquiera cuando a aquel gesto de valor, le siguió el dolor al romperla el brazo.

Aquel día no importó. El miedo que sentía al sufrimiento había quedado olvidado en el rincón más alejado de su mente hacía tiempo. Los brazos rotos y las heridas se curan, pero la sensación que descubrió recorriendo su cuerpo aquel día era increíble y maravillosa. Algo por lo que se rompería todos los huesos de su cuerpo si hacía falta.

Aquel fue el momento en que decidió entrenar todavía más duro, el momento en que se esforzó en moldear su cuerpo y perfeccionar movimientos sacados de combates en los que perder significaría su muerte.

Decidió que lo mejor que podía hacer era llevarlo tan en secreto como fuese posible. Lo cual no fue difícil, nadie iba a reconocer que había perdido ante ella y no tenía intención de proclamarse vencedora en ningún combate.

Aprendió cuándo podía atacar y cuándo podía ganar, cuándo tenía que perder y cuándo hacerse ver humillada. Aquello se fue convirtiendo poco a poco en un juego peligroso al que se empezó a volver adicta.

El día que se organizaron combates sangrientos para diversión de su señor, decidió que quizás podría aprender todavía más si se quedaba quieta mirando la muchedumbre.

Normalmente evitaba ese tipo de acontecimientos. Si un demonio ya era peligroso, dos solían ser sádicos y más de dos no quería ni imaginarse. Pero con Lukashenko tan cerca dudaba que ninguno de ellos tuviese valor de estropear su bonito trofeo. Ese fue el motivo por el que reunió el valor para adentrarse entre aquella marabunta de asesinos.

En el aire se podía sentir la euforia y la excitación de todos ellos a medida que caían los contrincantes y una parte de sí misma se contagió con la sed de sangre.

La manera en la que se enfrentaban unos contra otros, tenía la belleza de un ballet en el que la muerte bailaba con todos. Agilidad, fuerza, experiencia y valor, se desplegaban sangrando en diversos encuentros hasta que solo quedó uno.

—Cherók gana el combate —anunció Lukashenko mientras la enorme mole levantaba tres de sus seis brazos a la par que lanzó un rugido que provocó expresiones de asombro y temor entre el público—. Si entre vosotros aún queda alguno dispuesto a enfrentarse a él, que hable ahora.

Todos se miraban entre sí intentando adivinar si entre ellos habría alguien lo bastante loco como para enfrentarse a un demonio de dos metros y medio de alto, con dos toneladas de peso, seis brazos, cuatro patas tan fuertes que parecían troncos y un conocimiento del combate que adquirió desde el día de su nacimiento.

—¡Vamos alimañas! ¡Que alguien se atreva! —bramó Cherók con

aquella voz semejante a un trueno—. ¡Sangre y muerte!

Su grito de guerra fue seguido de una ovación que parecía dispuesta a tirar el cielo abajo. Verushka respiró hondo antes de hacer la tontería que llevaba un rato rondándole la cabeza.

—¡Yo te desafío!

A su alrededor, se hizo el silencio. Intentó que nadie notase cómo le temblaba el cuerpo mientras que los que estaban a su lado se alejaban discretamente.

—¿Tú? —La risa de Cherók fue acompañada por la de varios de los demonios—. No pienso mancharme las manos con cagarruta humana.

Miró entre el público a ver si alguien más digno aceptaba el reto cuando le volvió a llegar la voz de Verushka.

—¡Esta cagarruta humana tiene más valor que todos los que hay aquí y te desafía de nuevo! ¿O es que acaso el gran vencedor tiene miedo de enfrentarse a mí?

El rugido que aquellas dos toneladas de masa asesina lanzó en ese instante, provocó que parte del público cayese al suelo aterrorizado.

Verushka no gritó, no se movió. Intentaba dar una apariencia tranquila a su cuerpo mientras en su interior todo temblaba. Todo su ser ansiaba correr, alejarse de allí y dejar pasar esa estupidez que estaba haciendo. Su cerebro no dejaba de repetirle que cerrase la boca y ella misma se sorprendió cuando un primer paso la acercó a la enorme mole.

—¡Eso es, mestiza, acércate! Voy a hacer que te reúnas en el olvido con tu patético padre y la golfa de tu madre.

Acostumbrada como estaba a un trato vejatorio, los insultos no hicieron mella en ella. Levantó la cabeza mirando a Lukashenko, en primera fila, cuya expresión inalterable no dejaba entrever si se sentía impresionado por el valor que estaba mostrando o no. Aun así, si en algún momento había querido cambiar su suerte esta era su oportunidad.

Caminó por el pasillo que le hacían los demás demonios con paso lento a medida que avanzaba hasta la arena. Ni siquiera estaba preparada cuando, nada más poner el pie en el centro de combate, Cherók cargó contra ella.

Fue la adrenalina la que espoleó su cuerpo permitiéndola ser un segundo más rápida que su rival. Al lanzarse hacia la derecha, pensó que con la velocidad que la había atacado tendría tiempo a posicionarse a su espalda y aprovecharse de la situación. No contó con que, sorprendiéndola, su enemigo iba a realizar un barrido con uno de sus brazos y la alcanzó de lleno en el pecho.

Voló casi siete metro antes de caer al suelo. Una persona normal habría muerto del impacto pero ella, no era una persona normal. Su parte demoníaca se sobrepuso con la dureza acostumbrada entre los suyos. Lanzó un gemido lastimoso intentando levantarse a pesar del dolor que desde el tronco se extendía por todas sus extremidades.

—¡Eso es, mátala! —gritó uno de los espectadores.

—¡Acaba con esa paria! —chilló otro.

Mientras se acercaba a paso lento, Cherók levantó uno de sus brazos arrancando una ovación a la multitud.

Dejó que la súcubo se levantase mirándola divertido, mostrando unos colmillos capaces de arrancar la piel de sus huesos. Tan solo un atisbo de sorpresa se reflejó en sus ojos cuando la súcubo cargó contra él.

Esperó con paciencia hasta que la tuvo al alcance de sus brazos para dar otro barrido con la intención de volver a lanzarla por los aires. Habría conseguido su objetivo si la muchacha no se hubiese lanzado al suelo esquivando aquel ataque.

Verushka acalló el grito que a punto estuvo de escapar de sus labios cuando sintió sus rodillas despellejarse. Lo que de verdad importaba, lo que en realidad quería, era situarse debajo de aquella mole frente a lo que consideraba eran sus partes.

Cuando golpeó, deseó fervientemente no haberse equivocado.

Esta vez el grito de Cherók no lanzó ovaciones entre la multitud, sino expresiones de sorpresa.

Verushka salió de debajo un segundo antes de que este cayese al suelo gimiendo. No tenía tiempo que perder. Si quería sobrevivir al combate, cada instante contaba. No le costó subirse al lomo del monstruo y le cogió la cabeza.

—Despídete.

Con todas sus fuerzas, giró sus brazos haciendo presión hacia la izquierda para romperle el cuello.

Por desgracia la hazaña iba a ser más difícil de lo que creyó en un primer momento. Todo en aquella mole eran músculos. Incluyendo el cuello.

El sudor resbalaba por la cara de Verushka provocando que sus ojos escociesen, la tensión de sus brazos estaba al límite y el grito que estaba emitiendo parecía destinado a hacer estallar sus pulmones. Pero todo dejó de importar cuando sintió cómo uno de los seis brazos la agarró por el tronco, levantándola sin dificultad en el aire.

—¡Vas a sufrir por esto! —prometió Cherók—. ¡Nadie me toca y vive para contarlo!

Verushka quiso gritar pero no podía. Sentía los huesos romperse a medida que la mano de aquel gigante la iba exprimiendo como si fuese un limón.

El único consuelo que la quedaba, era que por lo menos sería una muerte relativamente rápida.

—¡Mátala! —se oyó gritar desde algún punto del público—. ¡Acaba con ella de una vez!

Sí, se notaba el amor que desprendían por ella. Había sido una locura pensar que tenía una oportunidad de impresionarles. ¿Qué había pretendido lograr con esa estupidez?

Su cuerpo crujió de mala manera cuando, tras lanzarla al aire, chocó contra el suelo.

Allí, tirada delante de todos, oyó acercarse a paso lento su propia muerte. Si quería seguir viva un poco más tenía que hacer algo. Tenía que moverse.

Lo intentó.

Intentó levantarse. Apartarse de lo que sabía que estaba por llegar. Pero era inútil. Por mucho que se esforzara sus articulaciones no respondían.

Tosió contra el suelo dejando escapar un chorretón de sangre por la boca que manchó el pie del demonio que tenía enfrente que lo apartó asqueado.

Iba a decir algo para señalar lo obvio pero las ideas desaparecieron de su mente. Al cogerla Cherók de la cabeza, ni siquiera la importó ya. Solo quería que terminase.

Sin soltar su cabeza, el demonio agarró con otra mano su cuerpo y empezó a tirar. Al igual que romper un cuello, la decapitación era bastante efectiva a la hora de acabar con alguien. Con el efecto añadido de conseguir mayores aullidos de satisfacción entre esos monstruos deseosos de sangre.

—Me has manchado.

Incluso el viento se detuvo. Nadie dijo nada, nadie se movió. Verushka incluso se atrevería a insinuar que notó cómo a Cherók le temblaba el pulso mientras la sujetaba

—¡Suéltala!

La súcubo cayó al suelo de bruces cuando la enorme mole cumplió la orden al instante.

No se movió cuando vio a Lukashenko acercarse a ella. Todo le dolía demasiado y era inútil cualquier intento de escapar. Si la hubiesen preguntado media hora antes, habría apostado que de estar en una situación así estaría muerta de miedo. Ahora, por el contrario, no era así. Más que miedo sentía cansancio.

Quizás debería haber entrenado un poco más antes de intentar hacer esa locura. Era una pena derrochar tanto esfuerzo para acabar muerta de todas formas.

—Os echaré de menos, mi señor —comentó Verushka de manera irónica mirándole a la cara—. Siento que mi sufrimiento os obligue a lavaros el pie.

La máscara de crueldad que puso el demonio elevó sus facciones en una mueca despectiva.

—Lo habitual en estas situaciones es que se me ruegue piedad.

—Y estoy convencida de que disfrutáis en el proceso de negarla, mi señor.

La sonrisa sádica que apareció en la cara de Lukashenko confirmó lo que todos sabían. Verushka consiguió sacar las fuerzas suficientes para ponerse de rodillas frente al temible demonio.

—Mi vida os pertenece, he perdido el combate y si queréis quitármela es vuestra. —Incluso en la suave caricia que sintió Verushka sobre su cara, notó el poder que emanaba su amo.

En ningún momento dejó de mirarle. Ni siquiera cuando la tocó. No iba a dejar este mundo como una humana temblorosa. Era la hija de un poderoso demonio capaz de invadir su estúpido castillo. La misma sangre que fluía por sus venas había sido capaz de matar al hermano de Lukashenko.

Ni siquiera alguien como Cherók era digno de matarla. Ella, la mestiza, moriría a manos del más fuerte de todos ellos. Estiró el cuello orgullosa esperando su destino. La muerte sería su recompensa y la esperaba gustosa.

—¡Un combate espectacular! —chilló Lukashenko alzando los brazos hacia la muchedumbre—. ¡Cherók se alza victorioso!

El grito que arrancó fue ensordecedor. Uno a uno, todos los presentes empezaron a golpear el suelo con la pierna derecha en señal de respeto. El sonido rítmico que alcanzaron acalló cualquier murmullo o voz que viniese de entre las filas hasta que todo lo que se podía oír allí era aquel estruendo incesante.

Cherók levantó sus seis brazos gruñendo de satisfacción logrando que los vítores retumbasen aún más alto.

—¡Soy invencible! —chilló enardecido.

Todos le aclamaron. Miró a la súcubo que continuaba de rodillas con la mirada clavada en el suelo. Alargó la mano para coger su cabeza y aplastarla entre sus dedos cuando sintió que Lukashenko le sujetaba del brazo.

—¿Invencible? ¿Una mestiza te tumba en el suelo de un solo golpe y te consideras invencible?

—¿Señor? —titubeó la enorme mole.

—Te atreves a dejar marcas en uno de mis trofeos, ridiculizas a mi hueste diciendo que el más fuerte de todos es un demonio humillado por una mestiza humana ¿y estás orgulloso?

—No esperaba el golpe mi señor, fue muy rápida.

—¿Una humana que no te avisó antes de golpear? Qué horror, fue muy descortés por su parte. ¿No crees?

Las risas que empezaron a sonar detrás de Cherók le pusieron más nervioso de lo que ya estaba.

—Me dio un golpe bajo, solo por eso me tumbó. Ella no tiene la fuerza necesaria para derrotarme.

—¿Y si la hubiese tenido? —Guardó unos segundos de silencio mientras miraba a todos los congregados allí—. Cherók el invencible, al que pueden derrotar si se tiene algo más de fuerza que un humano corriente. ¿Cómo crees que haría quedar ese rumor a mi ejército?

—No volverá a pasar mi señor.

—¿Por qué? ¿No vas a enfrentarte más a ningún humano? ¿Les tienes miedo? ¿O es que quizás en el próximo combate escogerás a una de mis estatuas de oro para que sea entretenido el enfrentamiento? ¿Crees que podrás permanecer de pie contra una de ellas más de cinco minutos?

—Mi señor...

—Te he hecho una pregunta. Responde —ordenó.

Al mirar alrededor, Cherók notó que todos esquivaban su mirada. No sabía cómo había pasado de ser un héroe al derrotado en un momento. Al hablar le tembló la voz.

—Sí, mi señor, podré derrotarla.

Lukashenko soltó el brazo del demonio y cogió del pelo a Verushka levantándola del suelo y arrancándola un grito más de sorpresa que de dolor.

—Es la última de la estirpe que osó desafiarme, su padre se rindió ante mí de rodillas con la esperanza de salvarse. Miradla bien, es el destino de los que se oponen a mí. —La levantó por encima de su cabeza sin ningún tipo de esfuerzo—. Una mancha. Eso es todo lo que queda de su nombre. ¿Recordáis lo que prometí aquel día?

—¡Sí, señor! —gritaron todos al unísono.

—¡Prometí no olvidar nunca a mis enemigos! ¡Prometí haceros poderosos! ¡Prometí un ejército que hiciese temblar a todos! —Aumentaba la voz a medida que hablaba haciendo vibrar las emociones de todos los presentes—. ¿Y qué me encuentro? Que a uno de los nuestros es capaz de ridiculizarlo la hija mestiza de uno de mis enemigos. ¿Qué pensáis que dirán de nosotros si se llega a saber? ¿Os lo imagináis?

Dudaron una milésima de segundo. A la primera voz enseguida le hizo eco la segunda y una tercera no tardó en unirse hasta que solo sonó una única palabra flotando en el aire.

Muerte.

—Mi señor —interrumpió Cherók—, será un placer acabar con esa mestiza por vos.

Al mirarle, Lukashenko puso una expresión confundida en la cara.

—¿Por qué? No todos tenemos miedo a los humanos. Sé que son rivales duros para ti, pero el resto de los reunidos somos demonios y no caemos de rodillas ante ellos. —Sonrió de manera cruel—. Les prometí hacerles fuertes. Alguien tan débil entre nosotros nos perjudica.

Soltó a la súcubo que tan pronto cayó al suelo se volvió a poner de rodillas.

—Mi señor —susurró con voz lastimera Cherók—. Por favor, mi señor, piedad. No volverá a pasar.

Era curioso oír aquella voz atronadora pidiendo clemencia. Lukashenko le miró con asco antes de dirigirse a Verushka que no osó levantar la vista del suelo.

—Tenías razón, me gusta que supliquen. —El golpe arrancó de cuajo la cabeza de la enorme mole que se derrumbó—. Adelante.

Esa palabra bastó para que todos los presentes se lanzasen sobre el cadáver absorbiendo su esencia vital. Los más débiles debían conformarse con chupar la arena del suelo mientras que los más fuertes arrancaban la carne, aún caliente, de sus huesos.

Aún con los gritos de la carnicería, la cálida voz de Verushka llegó clara a Lukashenko.

—Mátame.

—¿Qué has dicho?

—Mi señor, he sido derrotada, no os soy de ninguna utilidad. Matadme.

Al acercarse, la súcubo levantó su cabeza para enfrentarse al demonio. Nadie miraba a Lukashenko a la cara.

—Cada cual soporta su carga, tu castigo es vivir. Si lo prefieres puedo convertirte en una estatua de oro para que decores mi salón. ¿Es lo que deseas? —La chica negó con la cabeza—. Eso me parecía.

—Mi señor...

La interrumpió con un gesto de la mano dirigiéndose a sus demonios.

—¡A partir de hoy nadie tocará a la mestiza! Se acabaron los juegos y los abusos. El que lo haga, responderá ante mí. —Ninguno dijo nada, no hacía falta, al mirarla de nuevo habló en un tono seductor—. No te enfrentes a más demonios, porque vivirás. Vivirás mucho tiempo. Te lo garantizo.

# CAPÍTULO 12

La niebla que se formó cuando llegó al mundo humano cubrió toda aquella habitación provocando en el hombre un miedo sobrehumano que Gelson, no acostumbrado a provocarlo, paladeó con gran placer.

—Heme aquí. He venido por tu voluntad para complacer y concederte cualquier cosa que ansíes. A cambio, solo pido tu alma. —Usó un músculo interno para potenciar el volumen de su voz logrando un efecto fantasmagórico a pesar de los graznidos que se le escapaban al hablar.

—Dios, qué feo eres.

La sonrisa se le congeló en los labios. Tras una eternidad evitando este mundo y poniendo su voz más tenebrosa, aquel gordo seboso sin pelo en la mitad de su cabeza y que estaba temblando hacía menos de un minuto, lo primero que dice cuando le ve es ¿Dios, qué feo eres?

Apretó la mandíbula con fuerza intentando aparentar indiferencia ante el insulto.

—¿Prefieres que cambie de forma?

—Hombre, desearía que tuvieses las curvas de Angelina Jolie.

No le hizo falta saber siquiera quién era esa mujer. La mente del camionero le transmitió la imagen que necesitaba. Con unas sacudidas, fue modificando su anatomía a la par que conseguía el cuerpo deseado.

Una larga melena de pelo castaño comenzó a crecer, tapando la mitad de su cara a medida que está se estilizaba en una apariencia menos deforme y más humana. Ropa ajustada fue cubriendo su figura a medida que el cuerpo alcanzaba la altura necesaria. No dolía, no sentía nada, no tomó más de unos pocos segundos pero el cambio que vio en la forma de mirar de aquel despreciable, le repugnó.

Gelson se miró las manos abriendo y cerrando los dedos intentando analizar cómo funcionaban. Cuando más o menos entendió cómo iba esa parte del organismo, empezó a caminar dirigiéndose a la puerta. Agarró el pomo pero se detuvo cuando el mortal se dirigió a él.

—¡Espera! Aún no te he dicho lo que quiero.

El demonio sacó una sonrisa con aquella cara angelical por la que el camionero vendería su alma si hacía falta.

—Claro que sí. Has pedido que yo adquiera esta forma. Nos veremos cuando mueras y... —Abrió la puerta con energía, en su lengua algo pugnaba por salir—... feo lo será tu padre.

La voz con la que habló seguía siendo la suya. El deseo había sido solo adquirir la forma así que no se molestó en añadir ningún detalle. Salió de la habitación con rabia pensando en la mejor manera de empezar a buscar a la súcubo. Con los problemas que eso iba a acarrearle, ya le estaba dando dolor de cabeza.

Se puso en cuclillas y dio un gran brinco con intención de examinarlo todo desde el aire. A duras penas se elevó unos centímetros del suelo. Puso un gesto irritado en la cara antes de volver a intentarlo. A su espalda, el ruido que hizo la puerta al abrirse dejó paso al camionero que al verle, le miró incrédulo. Lo intentó una vez más.

—Este cuerpo no vale para nada —maldijo Gelson.

Frustrado, adoptó de nuevo su verdadera forma antes de saltar por la ventana y perderse.

Aquel hombre se quedó mirando cómo se perdía en el horizonte sin poder quitarse de la mente a la famosa actriz dando saltos de rana.


—Llevamos ya dos horas dando vueltas por este polígono —se quejó Deán por decimotercera vez en cinco minutos—. Tenemos que elegir una cualquiera para poder empezar ya mi entrenamiento. Se está haciendo tarde.

—Hay que tener cuidado. El lugar debe estar abandonado de verdad.

El tono de misterio con el que le dijo, hizo que el muchacho se acercase a ella y bajase el tono.

—¿Te refieres a demonios? ¿Crees que podría haber alguno por esta zona? —empezó a mirar a su alrededor como si de un momento a otro pudiesen saltarle encima.

—No solo demonios. —Echó un ojo al adolescente que ni siquiera había notado cómo la tomaba del brazo asustado—. Podría haber hombres lobo, vampiros, basiliscos, brujas, cíclopes... Cualquier cosa puede estar escondida entre esas paredes. —Verushka volvió a consultar su mapa, sin dejar de buscar entre los edificios los números de dirección—. Incluso tal vez nos encontremos a uno de esos que solo viven por esta zona.

El nerviosismo en el muchacho era evidente.

—¿A qué te refieres? ¿Es que acaso hay más cosas aquí?

—¿Cómo los llamáis? —Hizo una pausa melodramática —A sí, ya sé, vagabundos.

Cuando notó que Deán no la seguía, se giró a mirarle.

—¿Es que me estás tomando el pelo? —preguntó.

—Quizás —le picó Verushka con una sonrisa.

—¿Sí o no?

—Quizás.

—Joer —se quejó—. Yo solo quiero saber si esos monstruos existen.

La súcubo le miró molesta.

Aunque la broma le había hecho gracia, la palabra que había usado la molestó mucho. Por lo que ella sabía, muchos humanos eran peores que ninguno de los seres a los que había nombrado y no por ello se consideraban unos monstruos.

—Ahora me dirás que como el planeta os pertenece no hay espacio para más criaturas.

—No me refería a eso y lo sabes —se excusó el muchacho—. Siempre sacas mis comentarios de contexto. Yo solo quería saber si existían de verdad esos... esas criaturas.

Verushka analizó el entorno intentando hacer memoria y averiguar dónde estaban.

—Existen muchas cosas que tú aún no conoces. Así qué deberás tener una mente abierta y ser precavido si no quieres perdértelas. —Al acercarse a él, colocó una mano en su hombro—. Mira, si no hubiese sido por ese hechizo es probable que nunca te hubieses cruzado con nada sobrenatural, la mayor parte de los vuestros no ven a uno de los míos en su vida. Pero ahora, tendrás que aprender que no hay nada imposible y que no debes llamar a nadie monstruo a la ligera.

Le dejó pensando en eso mientras echaba un ojo a uno de los edificios medio abandonados que había en aquel barrio. Lo cierto es que, aunque le gustaba tomarle el pelo, la única razón por la que estaba tardando tanto es que quería encontrar algo lo bastante apartado para que nadie les molestase.

—¿Has visto alguno?— oyó que la preguntaban a su espalda.

—¿Alguno de qué?

—Algún vampiro, algún hombre lobo, siempre creí que solo existían en la televisión.

Verushka volvió a comprobar el número del edificio antes de lanzar un suspiro malhumorada.

—No, pero soy una chica precavida. Estos sitios abandonados son estupendos para vivir entre vosotros y lejos de vosotros a la vez. —Se paró y señaló el edificio—. Este parece seguro y no está tan lejos. Voy a entrar, me aseguraré de que de verdad está vacío y si le doy el visto bueno, comenzaremos a traer las cosas que necesitamos.

— Entendido. Te espero aquí.

—Vale. —Miró a Deán como si de pronto fuese a pedirle que la acompañase pero cambió de idea—. Echaré un vistazo rápido. Si ves cualquier cosa extraña corre, si no he aparecido en quince minutos corre y si una mosca merodea cerca de tu oído, huye.

—Entendido, jefa —ella le miró indecisa.

No le gustaba dejarle solo en aquellos parajes desiertos aunque tampoco es que pudiese estar siempre pendiente de él. Lo mejor sería ir y volver cuanto antes de ese viejo edifico.

*«No te preocupes. Seguro que estaba exagerando.»*

Quizás. Pero ese *«seguro»* que había en la frase no era para tomárselo en broma.

A medida que pasaban los minutos no se hubiese atrevido a apostar si seguía creyendo lo mismo.

Los cristales del edificio hacía bastantes años que se habían quebrado, toda la estructura en sí misma parecía a punto de derrumbarse. Sus paredes, de ladrillo negro, dejaban claro que un incendio se había ensañado con ellas. Las pintadas que la decoraban parecían galimatías sin sentido.

¿Y si era un conjuro?

El miedo comenzó a corroerle las entrañas. ¿Habían pasado ya los quince minutos? ¿Debía correr como le había dicho o entrar a buscarla?

*«Claro, un demonio versado en el arte de la guerra desaparece dentro de un edificio y tú, con tu gran habilidad para el combate, entras detrás para salvarla.»*

Bueno, tampoco había que ponerse irónico.

La única respuesta que le llegó del fondo de su cabeza fue una sonora carcajada.

Sabía de sobra que no tenía la fuerza necesaria para vencer a lo que fuese que habitaba allí dentro, para eso se iba a entrenar. Aunque ahora tampoco es que fuese un completo inútil.

*«Si hay una criatura dentro podrías relatarle El Rey Lear, así puedes mantenerla ocupada mientras te destripa.»*

Se sintió ofendido. Cierto que no era el mejor libro del mundo y puede que Shakespeare ya no estuviese de moda, pero a él le gustó.

*«¿Sabes...?»*

—Oh, cállate —masculló entre dientes—. Tampoco es que tú seas de mucha ayuda.

Un ruido sordo silenció la respuesta que sabía que iba a recibir. Algo sonó contra la puerta como si quisiera echarla abajo.

Deán se agachó entre un cubo de basura y una farola que no alumbraba dejando hasta de respirar en un intento de captar el más mínimo detalle.

Lanzó un grito cuando una mano le agarró del hombro a su espalda.

—Te dije que salieras corriendo. —Silenciosa como una pantera, ni siquiera la había oído acercarse—. Si te digo algo, hazlo. Te mantendrá vivo más tiempo.

—Me has asustado —protestó el adolescente poniéndose en pie.

Verushka ni siquiera le miró mientras se quitaba el polvo que se había adherido a su ropa.

—Parece que no lo suficiente. Si no, me habrías echo caso.

—Ya claro —se escudó —¿Y cómo lo has visto?

Al mirarle, intentó aparentar que estaba seria.

—Parece que no ha entrado nadie en algún tiempo, así que no veo problemas en que lo utilicemos como base de operaciones para tu entrenamiento.

Cuando el chico comenzó a dar saltos de alegría, ella rompió a reír sin poder aguantarse más.

—Entonces ¿está todo listo? ¿Podemos empezar?

—No, me gustaría pasar por donde Nerf —comentó Verushka—. Vi que tenía varias cosas que podemos utilizar.

Mientras se alejaban, Deán no puedo evitar echar un vistazo hacia atrás deseando empezar.


—Y ahí estaba yo sin saber qué hacer o dónde esconderme. —Los dos jóvenes rompieron a reír—. Al final, lo único que se me ocurrió fue irme con mi dignidad dañada e intentando que nadie me viese.

Hacía ya una hora que Deán y Verushka habían llegado a la tienda y en todo ese tiempo, Nerf no había dejado de contar batallitas. En sus ojos había un hermoso brillo producto de la alegría que esos dos muchachos le estaban regalando.

—No puede ser —comentó Verushka llevándose una mano a la boca para tapar su sonrisa—. ¿La dejaste allí tirada sin más? ¿Sin ninguna explicación?

El anciano asintió con la cabeza.

—Era una mujer encantadora, sofisticada. Demasiado. Estaba seguro de que nunca comprendería que la razón por la que iba con el culo al aire era que había estado jugando con unos niños. Así que me dije que mejor me hacía el duro a parecer un payaso.

—¿Funcionó? ¿La volviste a ver? —Preguntó Deán esperanzado.

—No. Lo intenté, pero ella se negó en redondo. Su ego de princesa mimada había sido dañado aquella noche y nunca me lo perdonó. —Lanzó un sonoro suspiro que le llenó de nostalgia—. Ya hace más de veinte años de eso, hay que ver cómo pasa el tiempo. —Consultó el reloj de cuco de manera distraída—. Aunque bueno, no creo que hayáis venido a estas horas para oírme divagar sobre mi pasado, así que ¿qué queréis?

Verushka echó un vistazo a la colección de armas

—En realidad estamos trabajando en una cosa y nos vendría bien algo de material.

El viejo siguió sus ojos hasta las espadas y cuchillos que andaba mirando.

—Espero que no estés pensando en nada peligroso, tengo una política muy estricta respecto a estas mercancías. La gente parece olvidar que incluso el cuchillo más pequeño sirve para causar daño.

Un bufido divertido escapó de los labios de Verushka. Podía decirle trescientas formas distintas de matarle usando solo las cosas más inofensivas de la tienda.

—Estoy interesada en otras cosas. —Revisó la lista que tenía en su memoria aclarándose—. Podemos empezar con doscientas pelotas de tenis, algo de cuerda, gomas, velcro, dos de los maniquís que tienes muertos de risa y unos patines.

La manera en la que Nerf la miraba dejaba clara su confusión.

—¿Tantas cosas necesitas? No estoy seguro de si tendré todo lo que me pides.

—Sí, seguro que sí.

Verushka ya lo había visto todo. A excepción de las pelotas de tenis que esperaba guardase más en el almacén, todo estaba por allí. Siguió blandiendo su sonrisa hasta que el viejo dependiente se alejó a buscarlo.

—¿Para qué queremos todo eso? —preguntó Deán cuya expresión era dubitativa.

La chica se giró a mirarle.

—Es el material con el que empezarás a entrenar.

—¿Con pelotas y maniquís?

—Lo sé —respondió encogiendo sus hombros—, estoy segura de que hubieses preferido llenar el edificio con espadas y cuchillos, pero Nerf no va a vendernos tanto.

Aunque lo había dicho a modo de broma, no estaba segura de que Deán no la hubiese tomado en serio cuando se acercó con respeto para examinarlas.

—¿Crees qué tengo alguna oportunidad?

—Alguna oportunidad ¿de qué?

—De aprender. Nunca he sido muy diestro para defenderme.

—Pero eso es porque nunca te he enseñado yo.

No le respondió. Estaba impaciente por intentarlo pero una parte de sí mismo seguía teniendo esa duda. Ni siquiera sabía a qué había venido esa tontería de querer aprender a pelear. Él era bueno corriendo. Debía esforzarse en ser más rápido, tan solo eso.

Iba a decir algo cuando sus ojos se posaron en una espada separada del resto. Estaba dispuesta en la estantería superior, mucho más lejos que ninguna otra. Estiró su mano para alcanzarla y se maravilló con su peso. Era ligera. Mucho. Al inspeccionarla con más detenimiento le dio la sensación de que era antigua. Llevaba varios grabados indescifrables que subían enredándose entre sí formando la empuñadura. En ella, todo aquel galimatías se unía en la parte superior creando la cabeza de un león que, con la boca abierta, dejaba escapar un filo curvo, fino y afilado.

—La he recibido esta misma mañana —oyó que decía Nerf a su espalda con los brazos repletos de trastos—, es la espada de Alejandro Magno.

Al moverla, Deán se sintió poderoso.

—Alejando magno —repitió con un cariño reverencial.

No se volvió ni cuando oyó el estropicio que formó Nerf al dejar todas las cosas sobre una banqueta cercana.

—Ya lo sé, pero te mueres porque te pregunte quién es ¿a que sí?

Casi podía dibujar la sonrisa en el rostro del anciano cuando oyó que le respondía.

—El guerrero más inteligente y valiente de toda la historia. Conquistó el imperio Persa, el Sirio, Egipto, Gaza, incluso Mesopotamia. Cuentan que no solo fue invencible en batalla, sino uno de los conquistadores más inteligentes de la toda la historia. Son miles las leyendas que hablan de sus logros y sus fracasos. —Cuanto más hablaba más emocionado se sentía—. Y esta, es la misma espada que utilizó para resolver el enigma del nudo Gordiano.

—¿El nudo gordiano?— preguntó Verushka fascinada.

Nerf se volvió hacia ella orgulloso de haber captado su atención.

—Cuenta la leyenda que un campesino llevaba a sus mulas, ¿o eran bueyes? Nunca me acuerdo, bueno, no importa. La historia dice que aquel nudo para evitar los robos era tan bueno, que nadie era capaz de desatarlo.

—Entonces ¿qué pasó?

—Corrió la voz de que el que lo consiguiese, conquistaría Asia. Así que cuando Alejandro se enteró, decidió probar suerte. Le pusieron frente al carro donde pasó los siguientes dos minutos pensando mientras la gente sonreía con condescendencia al ver en él solo a un muchacho. ¿Sabes lo que hizo? —cuando Deán negó con la cabeza, Nerf alzó el brazo sobre su cabeza y lo bajó con fuerza—. Cercenó el nudo por la mitad. A nadie se le había ocurrido y según él, si lo cortaba también estaba desatado.

—Es una forma de verlo —aceptó Verushka.

—¿Una forma de verlo? Conquistó toda Asia así que la profecía no se equivocó. Tan solo esperó el momento de que llegase alguien dispuesto a hacer lo imposible.

Deán miraba al viejo con admiración.

—¿Y esta es la misma espada? ¿Se puede saber entonces cómo has podido hacerte con ella? —Al moverla, podía sentir el alma de un rey guerrero recorriendo sus venas.

—Tengo mis contactos —alegó Nerf con orgullo—, llevaba tiempo detrás de ella y por fin la he conseguido. No tengo intención de venderla pero, si alguien la quiere, podría ofrecerme medio reino.

Le guiñó un ojo con malicia antes de coger todo lo de la banqueta y llevárselo al mostrador.

Con paciencia, Verushka esperó a que se alejase antes de hablar.

—Supongo que te habrás dado cuenta de que esa no es la auténtica espada de Alejandro Magno ¿no? —El muchacho la miró como si hubiese dicho una herejía—. ¿Ves el filo? Limpio. Este juguete no ha cortado ni mantequilla. La que le interesa, debería estar mellada por el uso.

Tras examinarla, Deán observó que tenía razón.

—Pues que chasco va a llevarse cuando se entere. Le he visto muy ilusionado con ella. Será mejor no decírselo.

—Me da a mí en la nariz que él ya lo sabe.

—¿Entonces...?

La chica se encogió de hombros sin querer responder.

—¿Qué vamos a hacer ahora? —comentó Deán dejando la espada en su sitio.

—Tú irte a casa, ya me encargo yo de todo esto.

—¿Cómo piensas pagarlo?

—Con tarjeta.

—¿Tienes tarjeta? —preguntó extrañado—. ¿Se puede saber cómo la has conseguido?

—Eso no te interesa. Como te he dicho, vete a casa. Mañana a primera hora te despierto, estate listo porque pasaré pronto.

Resopló demasiado cansado para discutir con ella.

—¿Qué es pronto?

—Un sinónimo de que ya deberías estar durmiendo.

*«Vale, una cosa es que hayas decidido entrenar y otra muy distinta que nos obligue a madrugar. Deberías dejárselo claro desde el principio.»*

Debería, pero seguro que no era buena idea quejarse antes de empezar. Se despidió de Nerf con aire ausente mientras daba por sentado que mañana, se arrepentiría de haberle pedido que le enseñase a luchar.


—El pie izquierdo ladeado —gritó Verushka lanzándole otra pelota—, no dejes que te golpeen. El equilibrio es lo más importante.

—Vaya. Y yo que pensé que lo más importante es que no me hiciese daño —protestó Deán sobre los dos botes de pintura en los que estaba subido—. ¿No puedes lanzarlas más lento? Solo es mi primer día.

En su cuerpo, varios moratones comenzaban a vislumbrarse como los fallos que había tenido en su entrenamiento.

—Déjate de tonterías. La que no puedes parar, limítate a esquivarla —le gritó lanzando otra bola.

El entrenamiento estaba resultando mejor de lo que había creído. De hecho, lo encontraba bastante divertido. Apuntó con cuidado a su entrepierna antes de lanzar la siguiente.

—Venga, no te rindas ahora. Lo estás haciendo bien.

Deán acababa de esquivar por los pelos la que iba dirigida a su cabeza. Siguiendo la secuencia a la que le había acostumbrado, la siguiente debería ir contra sus pies. No estaba preparado cuando vio que se dirigía a otro punto de su anatomía.

Fue su mano derecha la que se movió sola  sobre sus caderas y la golpeó desviándola sobre su hombro izquierdo sin que llegase a tocarle. El sudor de su frente resbalaba por su cara cegándole, lo que no impedía que buscase la siguiente amenaza.

No llegó. En su lugar, sus oídos captaron el sonido de los aplausos.

—Bravo. Tras cuatrocientos catorce lanzamientos, por fin has parado uno. —Verushka se agachó a recoger la pelota que había golpeado—. Una gran victoria.

—Joder ¿y si me llegas a dar?

—No te di.

—Pero ¿y si lo hubieses hecho? No me hubiese levantado en una semana.

—Te hubiese ido a visitar a tu cama, pero por suerte has hecho un buen trabajo.

—He fallado más de cuatrocientas veces. Yo a eso no le llamo un buen trabajo.

—Pues lo es.

El corazón de Deán aún martilleaba acelerado pero aquellas palabras le provocaron una cálida sensación en su cuerpo. Se pasó la mano por la frente enjuagándose el sudor. Las piernas casi no le sujetaban de lo que le estaban temblando cuando se bajó de los botes.

—¿Tú también entrenabas así?

Verushka rió con cierta amargura.

—No, yo lo hacía con las piedras que me lanzaban. —Se agachó a coger las cazadoras que habían dejado en el suelo—. Si le pides amablemente a un demonio que te apedree no suele poner muchas pegas.

— Pero ¿con piedras? ¿Y si te daba alguna?

Sonrió.

—Me dieron, me dieron más de cuatrocientos catorces lanzamientos antes de poder esquivar el primero. —Inconscientemente se pasó la mano por la cara con el dolor de un recuerdo—. Tengo la habilidad de curarme rápido, si no fuese así estaría llena de cicatrices.

—Debió de ser duro.

—Es una forma de verlo. —Intentó no dejarse arrastrar por el pasado forzándose en sacar una sonrisa—. Podía haber sido peor.

—¿Sí? ¿Cómo?

—Podían haberme lanzado pelotas de tenis sobre botes de pinturas. Hacer eso te da un aspecto ridículo.

La cara que puso Deán bien se merecía la carcajada que lanzó Verushka. Con un pequeño saltito se acercó a él y le agarró del brazo para restar importancia a lo que había dicho.

—Eso pasó hace muchos años y ahora mismo lo que me apetece, es que me invites a un helado.

—¿Ahora? Pero si es pleno invierno. Además, antes debería ir a casa a ducharme, estoy empapado —se quejó.

La súcubo señaló un pequeño cuarto al fondo.

—Ducha con agua caliente y ropa seca.

Deán estaba estupefacto.

—¿Aquí? ¿Cómo es posible? —La sonrisa orgullosa con la que le premió su amiga le respondió—. ¿Has pensado en todo?

—Salvo traerme una máquina de helados. Tuve toda la noche para ir acondicionando este sitio.

Al sonreírle, fue como si todo el dolor que sentía de los pelotazos desapareciese sustituido por una agradable sensación en el pecho.

«Me cae bien.»

—A mí también —respondió con la fuerza de la costumbre.

Se llevó la mano a la boca cuando se dio cuenta de que no había sido ella la que le había hablado y que le estaba mirando extrañada.

—Me refiero a que a mí también me gustaría ir a por un helado.

Esa maldita voz.

Por suerte, Verushka no esperaba ninguna respuesta coherente. Cada vez estaba más acostumbrada a las rarezas del muchacho así que tan solo levantó el dedo índice señalando el cuarto del fondo.

—A la ducha. Tenemos que irnos.

El habitáculo no debía tener más que cuatro metros. Era un antiguo baño del que sobresalía una tubería con una ducha nueva. El sitio había sido limpiado a conciencia y no había ni rastro del polvo del que hacía gala el resto del edificio. Sobre un taburete al lado de una mesa, había una muda de ropa limpia esperando por él.

Sí, había pensado en todo.

Al desnudarse se miró en el espejo que había sobre el lavabo examinando las marcas que le había dejado. Era normal que llevase el cuerpo lleno de golpes, pero esta vez los moratones eran distintos. Se pasó la mano por las costillas donde un hematoma estaba cogiendo mal aspecto y lo tocó. Aunque dolía, era un dolor agradable.

Abrió el grifo maravillándose de que el agua saliese caliente. Se quedó quieto disfrutando de la sensación, dejando que se relajasen sus adoloridos músculos apoyando la cabeza contra la pared.

Lo estaba haciendo, se estaba entrenando duro. Solo era el primer día pero se sentía diferente, poderoso e imparable. Estaba seguro de que podría con ese entrenamiento y con todo lo que le echasen encima.

Se quedó quince minutos antes de cerrar el grifo y salir. Se merecía ese tiempo de descanso. La ropa que Verushka le había escogido era nueva. Se puso unos vaqueros oscuros, un jersey ajustado y unas zapatillas blancas con cordones. Más tarde tendría que preguntarle cómo es que sabía su talla.

La imagen que el espejo le devolvió no parecía la de él. Su aspecto era el de otro chico mucho más alto y más guapo. Al salir, se sonrojó cuando la súcubo le recibió con un silbido.

—Mucho mejor —comentó dando una vuelta a su alrededor mientras le examinaba—. Deberías dejarme a mí vestirte a partir de ahora, creo que tengo buen gusto.

Por si estaba poco nervioso, cuando Verushka le pasó la pelota de tenis para arreglarle el cuello del jersey, notó cómo su cuerpo se negaba a responderle y permanecía rígido.

—Me siento algo raro. No sé, quizás debería ir a casa y vestirme con mi ropa.

—Oh, vamos, no seas tan quejica.

—Es que no me siento cómodo. Así no soy yo.

El suspiro de la chica sonó irritado.

—Dicen que el hábito no hace al monje. Así que incluso con una toalla después de salir de la ducha eres tú mismo.

—También dicen por ahí que aunque la mona se vista de seda, mona se queda.

—Puedes tomártelo si quieres como otra parte de tu entrenamiento. Se llamará ejercicio de confianza.

—Y el ejercicio de confianza ¿consistirá en ponerme todo lo que tú me digas?

—Y en invitarme a un helado.

—De acuerdo, un helado —concedió con una sonrisa.

—Y que sea de chocolate. —El tono de niña pequeña que usó, le dio un aspecto humano que no era habitual en ella.

Verushka lanzó un bufido y empezó a caminar. Cuando el muchacho la alcanzó, le miró con una sonrisa orgullosa al ver que aún llevaba la pelota de tenis en la mano.

# CAPÍTULO 13

La casa estaba atestada de utensilios que la madre de Deán había preparado para llevarse al día siguiente. En cada habitación telas, figuras y distintos objetos sobrecargaban todo en una vistosa exposición de colores y olores.

—¿Qué pasa aquí? —saludó Deán con curiosidad.

En la sala, unas cortinas azul celeste descansaban sobre una alfombra marrón colocada contra una esquina mientras un millón de cojines en tonos rosas, grises y azul metálico iban invadiendo los sofás.

—¿Ya habéis llegado? ¿Qué os parece? —preguntó Ivette intercambiando una foto de un marco marrón a otro en plata—. Tengo una posible venta y voy a intentar darles duro al ojo.

Con cierto desconcierto Verushka miró a su amigo.

—¿En el mundo humano está permitido que te agredan para venderte las cosas? —susurró.

—No ¿por qué lo dices?

—¿Y por qué tu madre va a pegarles en un ojo? ¿Es una de esas vendedoras agresivas?

El chico la sonrió.

—Es solo una expresión, luego te explico —siguiendo la conversación con su madre la comentó—. Está todo perfecto. Tanto, que me gustaría este cojín para mi cuarto.

Cogió uno color gris pálido que tenía aspecto cómodo, que su madre le arrebató al instante.

—Nada de eso. Los necesito todos para la presentación de pasado mañana, creo que van a vender la casa de Park Avenue. Si lo consiguen, me han prometido una jugosa compensación.

En el centro del salón, descansando sobre un mantel blanco, había un conjunto de flores con las hojas de color verde oscuro y estrechamente liguladas. Destacaban especialmente por sus pétalos de un rojo brillante y márgenes ondulados. Cuando Verushka las vio, se sintió irremediablemente atraída por ellas.

Ni siquiera se dio cuenta de que sus pies se habían adentrado en el salón hasta que notó cómo se inclinaba sobre las flores para aspirar el aroma que emanaban.

No podía explicarse la calma que la transmitió aquel gesto. A su mente, vino una imagen donde un hombre con voz sensual susurraba palabras tiernas en su oído. Sus mejillas se encendieron cuando le acarició la cara con su mano izquierda con más cariño del que nunca había sentido. A su lado, se sentía segura y querida.

—Veo que te gustan mucho —le dijo Ivette conmovida.

Verushka sintió como si la arrancasen de un momento importante.

—Lo siento, no debería tocar nada.

—No pasa nada —contestó—. ¿Te gusta la flor que he escogido? No es muy común.

—Me encanta. ¿Cuál es?

—Lycoris Radiata. Me gusta mucho como se ve.

—Es muy bonita —concedió.

—Tenemos un dicho en mi profesión, todo lo que quieras que se vea bien, se verá mejor con flores. —Arrancó una del ramillete y, apartándole un mechón de la cara, se la colocó a Verushka en el pelo—. Creo que te queda perfecta.

—¿En serio? —No sabría decir por qué ese gesto le pareció tan importante—. Muchas gracias.

—No hay de qué. Aunque estoy segura de que no habéis venido a verme trabajar. ¿Queréis algo de comer?

—Claro —respondieron los muchachos al unísono.

Al igual que la otra vez, el olor fue lo primero que provocó un gruñido en el estómago de Verushka. Nunca hubiese imaginado que con unos pocos toques y tiempo al fuego, algo tan sencillo como el pescado cambiase tanto de sabor. Era indudable que los humanos tenían ciertas ventajas que jamás se había planteado. Lo que tenía que hacer era memorizar todo para que cuando volviese al infierno sin duda...

El tenedor se detuvo a unos centímetros de su boca.

Cuando volviese al infierno.

Le parecía tan irreal estar ahí ahora mismo. Como si no fuese más que un sueño que de pronto fuese a terminar y que al despertar, la dejaría sola de nuevo.

Solo con pensarlo ya no tenía tanto apetito. Apartó el plato como si estuviese satisfecha. Al mirar a madre e hijo una ola de sentimientos y sensaciones la embargaron. Ella nunca había tenido esa comunicación con nadie, era un demonio y no dejaba de repetírselo intentando matar unos sentimientos que no debería tener.

Sentada en esa mesa, analizándose, se sintió completa. Era algo que nunca había experimentado y que la hacía sentir bien.

¿Qué pasaría cuando cumpliese el trato y tuviese que volver?

Echaría de menos este lugar, no solo por la comida. Miró a Deán que charlaba con Ivette de manera distraída sabiendo que pensaría en ellos muchas veces.

Se sorprendió cuando, al tocarse la mejilla, encontró una lágrima fugitiva. Miró por si la habían visto recogiéndola con dos dedos antes de limpiársela en el pantalón.

Algo no iba bien, algo estaba cambiando y no estaba segura de que le gustase. Los demonios no tenían sentimientos y ella era uno de ellos. Debía cerrarse. Obligarse a ser fría y mortal. Debía concentrarse, mostrarse distante y no dejar que nada la importase. Cogió el tenedor y se obligó a masticar al meterse otro trozo de pescado en la boca.

Un par de días después de aquello fueron diez los lanzamientos que Deán logró parar con cierto esfuerzo. A pesar de eso, en lugar de estar orgulloso el muchacho tenía el semblante triste.

—¿Qué te pasa? —preguntó Verushka cansada de esa actitud—. ¿Se te ha muerto el gato o qué?

El chico se la quedó mirando como si intentase buscar las palabras exactas antes de hablar.

—Es que es raro. Nunca nadie se había tomado tantas molestias por ayudarme. Quería agradecerte que te esforzases tanto.

—No entiendo. ¿A qué te refieres?

—Estaba pensando que ha tenido que venir una chica del infierno para preocuparse por mí. Gracias por molestarte en ser mi amiga.

La frase buscó un corazón que ella no tenía y se cerró al instante. No quería ser cruel, pero Verushka habló antes de pensar.

—Yo no me molesto en ser tal cosa. No te confundas. Me vendiste tu alma y te apoyaré, pero no somos amigos.

Pudo apreciar la mueca de dolor que puso el muchacho y se arrepintió de haber sido tan brutalmente honesta.

—Sí, bueno, gracias de todas formas —respondió con un encogimiento de hombros.

Se dio la vuelta para irse a la ducha y Verushka, al agarrarle del brazo, tuvo que hacer fuerza para sujetarlo.

—Perdona. No quería haber dicho eso.

—Sí, sí que querías. Es justo lo que sientes y es la verdad. He tenido que vender mi alma para sentir que por fin tengo una amiga.

—Eso no es lo que quería decir y lo sabes.

—Sí era eso. —Al volverse para mirarla, tenía los ojos empeñados en lágrimas a punto de derramarse—. ¿Tan horrible es estar conmigo?

Le soltó. No quería sentir que la estaba destrozando verle así.

—Me gusta estar a tu lado, me gusta mucho. Creo que no me lo he pasado tan bien nunca.

Deán se negaba a mirarla a la cara.

—Lo dices solo por hacerme sentir mejor.

Con el índice de la mano derecha, Verushka hizo sobre su pecho la señal de la cruz.

—Te lo juro, que vaya al infierno si miento. —Deán la miró boquiabierto.

Verushka, sonriendo de manera pícara, le lanzó un puñetazo suave al estómago. Para su sorpresa, Deán lo atrapó antes de que llegase a golpearle. Lanzó un segundo golpe a su hombro como distracción mientras alargaba el pie para pisarle y dejarle quieto en el sitio.

El muchacho agarró la mano que había usado girando sobre sí mismo obligándola a darle la espalda y que apoyase el pie para no perder el equilibrio.

Sorprendida, Verushka lanzó su codo con fuerza hacía la cara para alejarle y que soltara la presa.

Funcionó.

Cuando se vio libre, se dio la vuelta avanzando un paso para golpearle en la mandíbula con una patada. El golpe no iba fuerte, no quería hacerle daño. Aunque no debió de haberse tomado la molestia de frenarlo ya que cuando llegó a su objetivo, Deán había echado el cuerpo hacía atrás para esquivarla y aprovechó para coger impulso y lanzarse sobre ella.

Era un ataque torpe y previsible que pudo cortar agarrándole del brazo y tirando con fuerza para dejar que la misma inercia lo alejara.

—¿Dónde has aprendido eso? —preguntó curiosa.

—Tuve una buena maestra y un millón de horas extra que me tiré viendo películas de kung fu.

Dejó de hablar cuando lanzó un puñetazo que la súcubo no quiso parar y se limitó a esquivar con un giro para posicionarse hacia la izquierda donde sabía que el chico flaqueaba. Aunque podía haber arremetido contra él, Verushka no se molestó y dejó que, por una vez, fuese Deán el que llevase la iniciativa.

De manera gradual fue aumentando la complejidad de la lucha a medida que las maniobras y los movimientos se volvían más precisos. Como si fuese una esponja, Deán absorbía el conocimiento a medida que peleaban de manera cada vez más seria.

—Me estás sorprendiendo —comentó la chica tras esquivar un puñetazo que iba hacia su cara—. No sabía que fueses capaz de algo así.

Le agarró del cuello y aprovechó a situarse a su espalda para poder empujarle de nuevo y apartarle de ella. En ningún momento pudo prever que sus palabras hubiesen emocionado tanto a Deán que giró sobre sí mismo con una patada dirigida a su pecho dispuesto a tumbarla.

Su primera intención fue esquivarle hacia la izquierda para jugar un rato más con él cuando, sin previo aviso, en lugar de dejarse arrastrar por la inercia Deán saltó con todo su peso hacía la izquierda.

No supo qué pretendía con aquella maniobra pero antes de ser consciente, el instinto de depredadora se impuso.

En lugar de dejarse aplastar, lanzó el puño izquierdo con fuerza atajando la jugada y golpeándole en la cara.

Deán cayó al suelo provocando un ruido sordo cuando su coronilla golpeó el pavimento. Al mirarle, tenía el labio roto y le caía un hilillo de sangre por la barbilla.

—Lo siento Deán —se disculpó Verushka inclinándose sobre él para examinarle—. No he podido evitarlo, me sorprendiste.

El chico estaba desde el suelo mirándola atontado. Con la mano derecha tocó la herida y se quedó mirando aquel rojo fuerte que había en la punta de sus dedos.

Verushka se llevó las manos a la boca sin saber qué hacer ni qué decir para consolarlo cuando Deán empezó a reír.

—¿Me has visto, me has visto? ¿A qué parezco Bruce Lee?

Hablaba con tanta emoción que parecía no dar importancia al hecho de que le hubiese roto el labio. Más tranquila, le ofreció su mano y le ayudó a levantarse.

—Me alegra ver que no te he hecho daño.

—Me han hecho cosas peores. Además, gracias. Gracias de verdad. Estoy aprendiendo mucho contigo.

En su voz notó más emoción de la que nunca había visto. Cuando la abrazó, se quedó paralizada.

—No ha estado mal, ya luchas como un gatito del infierno —bromeó, sintiéndose algo incómoda por la cercanía—. Incluso ha habido un momento en el que parecía que solo era un ovillo de lana entre tus fuertes zarpazos.

—En ese caso ¿qué te parece si lo dejamos en perro del infierno? Deán Anderson, el perro del infierno —una risita nerviosa escapó de sus labios.

Al coger su mochila se encontró con que Verushka lo estaba mirando pensativa.

—Suena mejor Deán Anderson, el minino salvaje. —Se rio cuando le dedicó una mirada entre enfadada y divertida—. ¿Seguro que no quieres seguir entrenando? Ya has visto de lo que eres capaz si te esfuerzas.

—No, las clases son lo primero. —Al hablar, la lanzó su mochila que ella atrapó al vuelo—. Y repito lo de antes, gracias.

No le respondió, tan solo le dedicó una sonrisa.

Mientras caminaban tratando de temas banales, Verushka no dejaba de dar vueltas a la cabeza a un pensamiento. No sabía si de verdad eran amigos o no. El deseo la obligaba a permanecer a su lado hasta que lo concluyese y no estaba segura de lo que pasaría después. Pero en estos momentos, se sentía agradecida por la compañía.


El miércoles apenas había amanecido cuando Ivette encontró a su hijo ordenando la mochila. Estaba silbando una canción que no supo reconocer mientras pululaba por toda la habitación como si flotase sobre el suelo.

—Te ves bien —comentó provocando en el muchacho un respingo de sorpresa—. No sé lo que estás haciendo, pero te sienta de maravilla.

Le pasó la mano por el pelo dando los últimos retoques al peinado desordenado que lucía.

—Me siento muy bien. —Las palabras brotaron tan sinceras que se sorprendió—. Te quiero mucho, mamá.

Aquella frase arrancó una expresión preocupada a su progenitora.

—¿Estás bien?

—Sí, es solo que sentí la necesidad de decírtelo.

—Derrochar tanto amor y esos madrugones ¿no tendrán nada que ver con una pelirroja llamada Veru? —No hizo falta que la respondiese, su cara ya se lo confirmaba—. Me alegra verte así.

—A mí también.

—Anda venga. Será mejor que te vayas a desayunar si quieres llegar a donde quiera que vayas tan temprano en las mañanas.

Cuando Deán la sorprendió con un beso, el amor que la transmitió la hizo sentirse extraña.

—¿Seguro que estás bien?

—Estoy mejor que bien.

—De acuerdo pero prométeme que si tienes una enfermedad terminal me lo avisarás antes —bromeó.

—Te lo prometo.

Cuando Deán salió de casa, aún se sentía pletórico. Necesitaba deshacerse del exceso de energía o morir por sobredosis de entusiasmo en sus venas. Incluso su barrio dejó de parecer aquel lugar triste y miserable que cada mañana se presentaba al abrir la puerta. Si bien era cierto que a algunos edificios no les vendrían mal unas capas de pintura, no era un lugar tan malo para vivir como siempre le había parecido.

Un soplo de aire que le golpeó, le hizo pensar que el viento del destino por fin estaba cambiando. Lejos de aquella nube de pesimismo que siempre sentía, podía notar a la alegría luchando por instaurarse en su día a día. Era como si por fin tuviese algo de suerte.

Todo había cambiado desde aquel día en su cocina cuando invocó a Verushka. No es que hubiese dejado de tener miedo, ir a clase seguía causándole ese frío por debajo de su espina dorsal, pero ya no era un suplicio que tenía en mente durante todo el día.

Ahora, por el contrario, sentía la necesidad de levantarse cada mañana y ver a su pequeña demonio personal.

*«Hay gente que tiene tigres, leones o tarántulas. Tú tienes un demonio de mascota.»*

Sonrió. Su mascota era mejor que todos los tigres y tarántulas del mundo.

«*Me gustaría saber lo que opina ella de que la compares con animales de compañía.*»

—Pero si has empezado tú —protestó feliz.

«*Pero seguro que mi opinión no es tan importante para ella como lo es la tuya.*»

—Estás como una cabra.

«*¿Cuál de los dos es el que habla solo?*»

Touché.

No iba a coger el autobús. Tenía ganas de andar, de pensar, de recorrer el mundo entero caminando si hacía falta. Miró el reloj, tenía tiempo de sobra para llegar si no se entretenía mucho por el camino. Además, servía de excusa para seguir ejercitándose. No todo iba a limitarse a esquivar pelotas.

Por primera vez se metió por varios lugares que normalmente habría esquivado sin inmutarse. Ni siquiera le incomodaba saber que estaba yendo hacia clase. Si ahora mismo se presentaba Carlos y su pandilla, les iba a dar lo que se merecían.

Es verdad. Si se les ocurría ponerle una mano encima, recibirían de lo lindo. Ración doble por listos.

Y esos pensamientos no tenían nada que ver con la sensación de euforia que le estaba acompañando, sino de que ya estaba harto de ellos. Había un momento en la vida de todo campeón en el que se tenía que decir basta y el momento era este.

No supo qué fue lo que le advirtió de que debía echarse al suelo y rodar pero no dudó. Se había acostumbrado a hacer caso a su instinto y no iba a empezar a quitarse esa manía ahora.

Al levantarse, se había raspado un poco la rodilla derecha y le dolía la izquierda. Ni siquiera sabía a qué había venido esa tontería. Le había dado la impresión de que Verushka le había lanzado una de sus pelotas desprevenido aunque a su alrededor, el callejón estaba desierto.

«*Cuidado.*»

La voz en su cabeza nunca tuvo la urgencia con la que habló en esta ocasión.

Se apartó de donde estaba de un salto. Para su sorpresa la pared a su lado reventó, dejando un hueco enorme en el lugar que antes ocupaba.

—¿Qué está pasando? ¿Quién es?

Nadie respondió. Por más que se esforzaba no veía a nadie.

Más por instinto que por saber lo que hacía se movió hacia la derecha. Esta vez, sin embargo, dudó una milésima de segundo más de lo necesario. Como resultado, sintió cómo algo le rozaba y le lanzó volando contra la pared. Cayó al suelo sobre una pila de cartones que, por suerte, amortiguaron su caída.

Aunque estaba acostumbrado a recibir palizas, aquel golpe había sido sin duda muchísimo más fuerte de lo que nunca nadie le había pegado. Ni siquiera encontró aliento para poder gritar. Se quedó en el suelo sujetándose el pecho, con la impresión de que ahora mismo debería estar muerto.

«*Cuidado.*»

El pánico se apoderó de él.

¿Cuidado?

¿Cuidado de qué?

Allí no había nada, no veía nada.

¿De qué debía tener cuidado?

Se levantó sujetándose todavía el pecho. Tenía que concentrarse en saber lo que ocurría. Buscar algo, lo que fuera.

A su alrededor no había nadie. El callejón estaba desierto aunque allí dentro sentía la presencia de algo peligroso. Un resoplido burlón le puso la piel de gallina. No había nadie. Pero allí había algo.

Fue entonces cuando lo vio. Era una mancha difusa que se movía hacia él a toda velocidad. No sabía si estaba tan desesperado que aquello era producto de su imaginación pero notó algo raro en la forma en que la luz rebotaba contra esa mancha en lugar de atravesarla. De alguna parte sacó la energía necesaria para quitarse de en medio.

A pesar del dolor que sintió cuando se movió, se alegró hacerlo cuando vio cómo la pared sufría un golpe destinado a él.

—¿Qué eres tú? —preguntó dubitativo—. Te aviso desde ahora que sé defenderme.

Algo parecido a una risa flotó en el aire. Aquella mancha se movía como si estuviese decidiendo entre atacar o no.

Deán estaba acostumbrado a soñar. No necesitaba que algo fuese real para verlo y a lo mejor por eso, cuando sus ojos empezaron a dibujar una forma, a pesar de la ausencia de cuerpo, no se sorprendió tanto.

Los dos segundos que necesitó para ver el contorno borroso de la criatura parecieron horas. Lo que en un primer impulso le había parecido duda entre atacar o no, eran los esfuerzos que hacía por sacar un brazo del agujero en la pared en que se había quedado aprisionada.

Años de práctica avisaban a Deán de que sería una idea excelente salir corriendo de allí lo antes posible, pero no podía. Mirar se estaba convirtiendo en un vicio del que no quería privarse.

Las partes, antes borrosas, se volvieron cada vez más nítidas dando un aspecto sólido al ser que le había atacado. Un color verde fue cubriendo la piel de aquel monstruo que curiosamente tenía un aspecto semejante al de un reptil. La idea de enfrentarse a un lagarto de unos dos metros de largo con brazos tan fuertes que reventaban paredes a puñetazos, no era tranquilizadora.

Como si se hubiese dado cuenta de que podía verle, aquel ser se le quedó mirando con unos ojos llenos de ira.

Fueron las piernas de Deán las que decidieron que hacer cuando el lagarto golpeó con tanta furia la pared que se liberó de la presa. Cuando de un impulso el monstruo le pasó por encima interponiéndose entre su salida y él, cayó de espaldas al suelo aterrorizado.

Con la delicadeza de una bailarina de ballet, el lagarto extendió su garra hacia él con unas uñas que podrían desgarrarle con facilidad al menor movimiento levantándole como si fuese más ligero que una pluma.

Un olor a podrido inundó las fosas nasales de Deán cuando aquel monstruo habló con voz inhumana.

—¿Dóóóndeee eeestááá? Diiimeee dóóóndeee eeestááá.

No le respondió. Aquel estúpido humano tenía los ojos llenos de pánico y parecía no entenderle.

—Noootooo suuu oooloooor eeen tiii —Al hablar, la lengua bífida aparecía de entre sus colmillos otorgándole un timbre mecánico.

—No sé a quién te refieres.

Aunque la voz de Deán era apenas audible, la criatura pareció no tener problemas en entenderlo. Cuando le agarró del cráneo y comenzó a apretar, Deán supo que no saldría vivo de ese callejón.

—¡Eeel deeemooooniiiooo aaal queee iiinvoooocaaasteee, diiimeee dóóóndeee eeestááá ooo teee maaaataaaaaréééééé!

Habló en tono lento a medida que sus garras ejercían más presión, provocando que el muchacho gritase preso del dolor.

—¡No sé de qué me hablas, te lo juro!

—¡Dooondeee eeestaaa laaa súuucuuubooo! —le susurró al oído mientras su lengua bífida le acariciaba la oreja.

Verushka. Aquel ser quería matar a Verushka.

—No te lo diré.

—Eeen eeeseee caaasooo nooo siiirveees deee naaadaaa.

El dolor aumentó hasta cuotas insospechadas según iba apretando su cabeza.

Deán podía sentir cómo su cráneo luchaba por no romperse. Lo único que pudo hacer era rezar porque todo terminase pronto. Un chorretón de sangre le salpicó en la cara deslizándose con rapidez por sus mejillas.

Cerró los ojos y se abandonó, aunque en lugar de ver venir la muerte sintió cómo la presión que sentía en su cabeza desapareció.

Tanto el lagarto como el chico miraron hacia abajo para ver un brazo salir del pecho del monstruo. Los labios del reptil se movieron como si fuese a decir unas últimas palabras, pero el espasmo que sufrió cuando el brazo desapareció en el interior de sus tripas transformó aquello en una especie de gorgoteo.

Cayó al suelo sobre Deán, que sintió que algo estaba sujetando aquel peso muerto. A pesar de todo, sentía cómo sus músculos y sus huesos se quejaban ante la masa de aquel demonio. Miró el sol mientras se repetía que no era un mal día para morir. Desde la consciencia, una voz dulce le llegaba en un galimatías que le sonaba familiar.

—No te muevas Deán, no se te ocurra moverte y sobre todo, no tragues.

Sintió un gran alivio cuando le quitaron el cadáver de encima. Alguien le estaba pasando algo por la cara y por el interior de su boca. Fuese quien fuese lo hacía con rudeza. Quería quejarse, decir que le estaban haciendo daño, pero era incapaz de pronunciar palabra.

Abrió los ojos negándose a perderse en la inconsciencia. Se quedó mirando a la chica que tenía enfrente. Incluso en aquel callejón la luz dotó de magia a su piel y los rizos pelirrojos que le caían por la frente, no ocultaban la expresión preocupada de sus ojos.

—¿Has tragado algo? ¡Joder Deán, habla! ¡Sangre! ¿Te ha entrado sangre a la boca?

No respondió. Verushka le propinó un fuerte bofetón mientras repetía la pregunta. Por fin encontró en el chico un signo de reconocimiento en su mirada. Repitió la pregunta.

Deán negó con su cabeza.

Sabiendo eso pudo respirar más tranquila.

—¿Te encuentras bien? —le preguntó angustiada—. Casi no llego.

Miró a su alrededor buscando al monstruo que le había atacado.

—¿Qué pasó?

—Te atacó un demonio. —Su voz preocupada era tan suave que parecía deslizarse por el aire hasta sus oídos—. ¿Cómo estás?

Eso era el monstruo. Un demonio. El recuerdo de lo que le había pasado le abordó de lleno.

—No le dije nada. —La chica le miró de manera extraña sin saber a qué se refería—. Te buscaba, pero no le dije nada.

—¿Que me buscaba? ¿A mí?

Asintió.

—Bueno, no nos preocupemos por eso ahora. —Verushka tenía la culpabilidad plasmada en la cara—. Debe ser el compañero del monstruo con el que acabé el otro día.

Aquel espantoso dolor estaba empezando a pasar. Ahora, incluso pudo notar cómo sus pensamientos se despejaban.

—¿No puede ser el mismo del otro día? Dijiste que aquí no morís. ¿Y si ha vuelto a por ti?

De manera inconsciente Verushka miró al lugar donde debería haber estado la criatura antes de responder. Todo había ya desaparecido.

—Lo dudo, una vez morimos en este mundo, pasa un tiempo antes de que podamos volver.

O eso creía. Recordar la cara de su compañero llena de sangre la hizo desear haber prestado más atención a esos detalles.

—Si te buscaba a ti ¿porque vino a por mí?

En eso había fallado. Podía mentirle o no según su criterio, pero lo cierto era que merecía saberlo.

—Estoy acostumbrada a camuflarme. Aunque quieras, no es tan fácil encontrarme. Nunca se me ocurrió pensar que tú también estabas en el callejón. Lo siento. ¿Cómo te encuentras?

—Me duele todo, creí que iba a matarme.

De hecho, Verushka, percibió cómo el cuerpo le temblaba de manera visible. Le miró impresionada.

—Estoy orgullosa de ti. Empezaste con pelotitas y ya esquivas sin dudar a criaturas peligrosas. Debo ser mejor maestra de lo que pensaba. ¿Cómo te sientes?

—No sé ¿dolorido?

La chica sonrió.

Tuvo que ayudarle a levantarse del suelo y sujetarle cuando las piernas le fallaron. Al examinarle, Deán no tenía ni rastro de la pelea salvo un par de moratones que estaban apareciendo.

—Supongo que me agradecerás que el entrenamiento haya servido para algo —le comentó intentando distraer su atención—. Me gusta ver que mis consejos no son en balde.

—¿He estado bien?

—¿Bien? Has estado increíble, el mejor alumno que he tenido.

—Eso lo dices porque soy el único.

—Puede que tengas razón.

—¿Has tenido alguno más? —indagó.

—No.

—Entonces ¿Cómo que quizás tenga razón? La tengo y punto —bromeó. Luego, como si se le acabase de ocurrir, preguntó—: ¿Qué hubiese pasado si la sangre hubiese entrado en mi boca? Parecía preocuparte bastante.

Le miró dubitativa antes de continuar con la conversación.

—Es muy venenosa para los seres humanos, hubieses muerto en cinco minutos. Y ahora ¿qué te parece si nos dejamos de tanta muerte y vamos a clase? Nos espera un día lleno de tareas.

—Acaba de atacarme un demonio —protestó atónito—. No puedes obligarme a ir a clase. Estoy en shock.

—¡Vamos! No puedes usar eso de excusa.

—Pero, me ha golpeado muy fuerte —señaló un cardenal que empezaba a salirle en el pecho mientras Verushka le arrastraba por el brazo.

—A la escuela. Un chucho del infierno puede que no aguante estos arañazos, pero un gatito salvaje como tú puede con esto y más.

El chico gimoteó mientras, muy a su pesar, sacaba pecho orgulloso. Al agarrarse de su brazo para caminar, Verushka sintió cómo Deán se erguía aún más.

No sería hasta mucho más tarde cuando se preguntase cómo aquel humano había sido capaz de ver a un demonio que no quería ser visto.

# CAPÍTULO 14

En las clases de matemáticas de la señorita Robinson, las horas siempre pasaban rápido para Deán. Los cálculos mentales le ayudaban a alejarse del presente viajando a un lugar donde los números y la lógica, tenían poder sobre todas las materias.

Estaba resolviendo uno de los ejercicios, cuando el sonoro timbre que anunciaba el final de la clase rompió su armonía interior quitándole la concentración.

Enfadado, lanzó el lapicero sobre el pupitre mientras el júbilo se propagaba como el fuego entre el resto de los alumnos que escapaban juntos rumbo al descanso.

Buscó con la mirada a Verushka, que ni siquiera se giró a mirarle cuando salió de clase con unas compañeras.

—Gracias por esperar —musitó ofendido.

Se planteó la posibilidad de ir tras ella, pero le faltaba tan poco para resolver la ecuación que casi era mejor acabarla y no llevar trabajo extra a casa.

Podía oír a la profesora acercándose a su espalda y rezó para que no le entrase esa vena maternal que tenía cuando se empeñaba en conseguir que saliese al patio con el resto de sus amigos. Entre otras cosas, porque no tenía amigos con los que salir.

Sintió cómo depositaba sobre sus hombros las manos de manera cordial, dándole un improvisado masaje.

—Deán. —Al pronunciar su nombre se estremeció de manera involuntaria—. Has sido un chico muy malo.

No supo si era el tono o que le estuviese tocando de aquella forma lo que provocó que un escalofrío recorriese su columna vertebral.

—No sé a qué se refiere, yo creo que...

Las palabras murieron en su boca cuando al mirarla, descubrió que la mano que tenía en su hombro era una garra. El grito que iba a emitir murió en sus labios  cuando la zarpa le apretó el cuello impidiendo la entrada y salida de oxígeno. Con brusquedad, lo levantó de la silla y le dejó colgando en el aíre.

—Yooo nooo puuueeedooo moooriiir, soooyyy eeeteeernooo.

La forma que tenía ese ser de alargar las sílabas se clavaba en su cerebro como una letanía al sufrimiento.

Haciendo un esfuerzo enorme, agarró con sus manos aquella garra del reptil en un intento de que aflojase la presión que estaba ejerciendo en su cuello. Era inútil, aquella bestia tenía más fuerza en un solo brazo, que él en todo su cuerpo.

El pánico se fue apoderando de Deán a medida que la falta de aire en sus pulmones aumentaba. Empezó a patalear en un intento de librarse de lo que parecía una muerte segura aunque el miedo a asfixiarte desapareció cuando el monstruo abrió sus mandíbulas y las cerró sobre su cara.

El terror brotó de lo más profundo de sus entrañas cuando despertó con un grito que sobresaltó a todos sus compañeros. La señorita Robinson corrió preocupada, para encontrarse con la palidez fantasmal que lucía su alumno.

—Deán ¿estás bien? —El muchacho se apartó al contacto de la profesora como si tuviese la peste—. ¿Es que te pasa algo?

Que si le pasaba algo...

Un sudor frío bañaba su cuerpo cuando empezó a ser consciente de que todo había sido una pesadilla. Con timidez, se forzó a mirar a su tutora a la cara.

—Esta noche dormí mal —se excusó—, supongo que me habré quedado traspuesto.

*«Bien dicho. Porque estoy seguro de que eso es mucho más creíble que lo de que un lagarto te está acosando en tus pesadillas porque se enfadó después de que tu amiga, a la que invocaste del infierno, lo matase justo antes de entrar en clase.»*

—Si quieres, puedes ir al baño a refrescarte —le concedió la profesora comprensiva.

Agradecido se levantó, apoyó las manos en su mesa e incluso llego a dar dos pasos cuando notó que las piernas le fallaban. Todo el sonido desapareció. El aula por completo, incluyendo a sus compañeros, comenzó a girar a toda velocidad provocándole una fuerte sensación de vértigo.

Se sorprendió cuando alguien le agarró impidiendo que cayese al frío suelo.

—Yo lo llevo. —En la dulce voz de Verushka le pareció notar un toque de preocupación.

Aunque era más alto que ella, no pareció que tuviese ningún problema en cargar su peso. El camino por el pasillo lo hicieron en silencio hasta llegar al baño.

Deán se refrescó sintiendo el agua extrañamente irreal. Tuvo que agarrarse al lavabo para no volver a caer.

—Gracias por traerme, no hacía falta.

La chica restó importancia al comentario con un movimiento de su mano izquierda.

—No hace falta darlas. ¿Estás bien? —le preguntó.

—No, estoy cansado. —La imagen en el espejo le enseñó unas ojeras que no sabía que tenía—. Tengo miedo.

Entre las blancas baldosas de la pared una mancha llamó la atención de Verushka que la miró intentando no concentrarse en la sensación que estaba notando en su interior.

—Era un demonio y saliste bien parado. Podría haber sido mucho peor si no hubiese llegado en ese momento.

—¡Exacto! —El muchacho se giró y todo el miedo que sentía se transformó en rabia—. ¿Qué habría pasado si no llegas a venir?

—Tranquilo...

—¡Y una mierda! —Golpeó con fuerza la mano que la súcubo había puesto sobre su hombro—. ¡No quiero morir! ¿Lo entiendes?

—Deán,

—¡¿Cómo me libro de todo esto?! ¡No quiero saber nada de demonios! ¡No quiero perder mi alma! ¡No quiero que nada de esto me pase! —chilló con rabia—. ¿No lo entiendes? Por favor, somos amigos, tienes que ayudarme.

Como si aquella fuese la primera vez que le veía, Verushka se fijó en sus zapatillas grises desgastadas por un uso excesivo, su pantalón vaquero de color azul oscuro con manchas diseminadas por todas partes, la camiseta con el dibujo de un superhéroe del que desconocía el nombre. El pelo con aquel peinado raro que no le acababa de sentar bien, unos ojos de color verde que la miraban suplicantes y una mueca en la cara que rayaba la desesperación. Jamás le había parecido tan indefenso, tan niño, como en ese momento.

Sin decir nada, Verushka salió del baño y cerró la puerta tras de sí en silencio. Nadie en esos pasillos vacíos la miraba en ese momento. Sintió el frío de las baldosas cuando se dejó caer al suelo y se apoyó contra la pared. Echaba de menos el jersey que había dejado en la silla de clase. A lo mejor debía ir a por él mientras esperaba. Era un jersey bonito. No quería dejar de pensar en él. Si pensaba en el jersey, o en el frío, no dejaría salir a flote la impotencia que estaba sintiendo.

Humana. La palabra, de por sí sola, la había considerado siempre un insulto. La extraña unión de sus progenitores había dado como resultado el nacimiento de una mestiza. Su nacimiento.

Durante siglos, la sangre que corría por sus venas la obligó a sentirse asqueada de la manera en la que sus congéneres la trataban. Maldijo un millón de veces a los demonios y muchas más veces su vida. No fue la falta de valor la que le hacía parecer repugnante la idea de explorar el mundo de su madre. Eran estúpidos, ignorantes, ególatras, psicóticos en el mejor de los casos. ¿Qué más podía decirse de una raza capaz de intercambiar algo tan valioso como el alma por algo tan nimio como un deseo?

A pesar de eso los seguía espiando, preguntándose dónde estaría el límite en aquellos mortales. Cuál sería su final. Por eso descubrió otro tipos de humanos que le gustaban, auténticos guerreros que luchaban contra lo imposible por mucho que su causa estuviese perdida.

Muchos de esos hombres que admiraba, habrían palidecido ante un ser como el que desafió a Deán. Pero él no solo había sobrevivido; a pesar del miedo y la posibilidad de morir, demostró ser lo bastante fuerte como para serla leal.

¿Y qué hacía?

En lugar de estar orgulloso lloraba como alguien derrotado, asustado. Había hecho algo increíble con lo que pocos podrían soñar y no era suficiente.

La sirena anunció un descanso entre las clases. Antes de que alguien la viese Verushka se levantó, echó un último vistazo a la puerta cerrada y se alejó de allí con paso lento.

En el interior del baño, el espejo ofrecía a Deán una imagen de sí mismo decepcionante. Los ojos rojos, pómulos hundidos y la nariz inflamada. Por algún motivo, aún podía sentir el aliento del lagarto sobre él como si fuese a aparecer de pronto.

Al imaginárselo, se le erizó la piel.

—¡Maldita sea! —Acompañó al grito con un puñetazo contra la pared en lugar de contra el espejo como fue su primera intención—. ¡Joder, joder, joder!

El dolor que le recorrió la mano le hizo agarrarse la muñeca arrepintiéndose de lo que acaba de hacer.

Lo que había pasado hoy se lo había imaginado diferente. En las mil veces que le habían atacado en sus fantasías, siempre conseguía derrotar a los monstruos, impresionar a Verushka y ser un héroe.

Había fallado. A la hora de la verdad no había estado a la altura. Había tenido miedo, de hecho seguía teniendo miedo y no podía perdonárselo. A pesar del entrenamiento, el lagarto se había deshecho de él como si solo fuese una mosca.

Si no fuese por la súcubo, a estas horas, estaría muerto.

*«¿De qué te sorprendes? Solo llevas cinco días entrenando.»*

—No sé qué quería, solo esperaba que por una vez fuese distinto.

*«¿En cinco días?»*

—No lo sé —respondió lanzando un suspiro cansado.

Quizás estaba siendo demasiado duro consigo mismo. Exhibió una sonrisa triste al espejo que la imagen se apresuró a devolverle. Tenía que esforzarse más, tenía que ser más fuerte.

Al salir de los baños se sorprendió de no encontrar a su amiga. Fue a buscarla a clase, su refugio en las horas del descanso, pero no la encontró. Supuso que se había adentrado en las peligrosas profundidades del patio, donde sus compañeros se enfrentaban a la dura tarea de socializar entre ellos.

Atravesó con miedo los pasillos hasta llegar a la puerta. La luz del sol entraba a raudales por el marco.

*«Sigue adelante y abandona toda esperanza mortal.»*

No tenía gracia. Se detuvo unos segundos a contemplarla. Las peores pesadillas que había tenido, siempre empezaban con aquella puerta.

*«Curioso ¿no crees? Sobrevives a un lagarto gigante y ahora tienes miedo de salir y que unos niños te peguen.»*

Tenía razón. De sus labios empezó a nacer el atisbo de una sonrisa. Era para morirse de risa. Era un caballero capaz de enfrentarse a dragones pero que luego corría ante lagartijas.

Respiró y exhaló varias veces. Cuando con paso firme reunió el valor para avanzar, dejó atrás un fantasma que le había abrazado tan fuerte todos estos años que no notó cómo le estaba ahogando.

Sonidos de risas y juegos inundaron sus sentidos. Nadie se giró a mirarle. No hubo una multitud ansiosa de sangre que buscase matarlo. A su alrededor, su pequeño triunfo permaneció ajeno a todos.

En el fondo, más que aliviado, se sintió un poco decepcionado. Era duro descubrir que el mundo no giraba alrededor de sus acciones.

Buscó a Verushka entre la multitud sin llegar a verla. Las risas y los gritos que le rodeaban, le parecían fuera de lugar en el sitio al que tantas veces había temido. Había temido pero ya no. Nunca más. Había vencido a un monstruo peor que un lagarto en aquel patio. Puede que nadie más lo notase pero ahora mismo, era un héroe.

Pero estaba equivocado, su proeza no pasó desapercibida para todos. Carlos se sorprendió al encontrarle fuera de la seguridad de las aulas, donde podía resguardarse bajo la protección de los profesores. Hizo una seña a sus dos amigos que comprendieron, sin necesidad de decir palabra, y se acercaron por la espalda del desprevenido muchacho.

Deán ni siquiera vio a Adam hasta que le empujó haciéndole caer al suelo como un saco de patatas. Una mano le agarró del pelo y le obligó a levantarse.

—¿Qué haces aquí mequetrefe? —comento burlón Carlos—. ¿Acaso te has perdido?

Aunque le dolía aquel tirón, no era nada en comparación con lo que había sentido esa mañana.

*«¿Acaso no es solo un chico como tú?»*

Sí, pensó, solo que es tres veces más fuerte y con amigos que siempre le apoyaban.

—Déjame en paz —le pidió—, no te he hecho nada.

—¿Qué has dicho, caraculo?

—¡Yo creo que este quiere dormir caliente esta noche! —Luis agarró a Deán del brazo retorciéndoselo por la espalda—. Vamos pardillo, a ver si tienes huevos.

No quería gritar, eso solo conseguía encenderles más. Tenía que fingir que lloraba como siempre hacían, así le soltarían. Esta vez, sin embargo, las lágrimas no acudieron tan fáciles como las otras veces.

—¡Te he preguntado lo qué has dicho! —le estaba chillando Carlos.

Al no obtener respuesta, el mexicano hecho el brazo hacía atrás y dejó caer el puño con fuerza sobre su cara.

—¡Responde! —ordenó.

¿Cuántas veces le habían chillado? ¿Cuántas otras le habían golpeado? El  ardor en la cara era demasiado familiar, aunque no tan atroz como recordaba.

*«No hay nada peor que mirar el interior del alma de una persona que acepta su propia derrota sin sobreponerse.»*

Esa frase dolía por la sinceridad que conllevaba. No recordaba donde la había oído, pero estaba seguro de que en aquel entonces no comprendió la profundidad del pensamiento.

En lugar de los gimoteos acostumbrados, una sonrisa cubrió su cara.

—¡¿De qué narices te estás riendo, subnormal?! —chilló Carlos—. ¿Te estás burlando de mí?

Decidido a borrar por las malas aquella mueca burlona, echó el puño hacia atrás.

En ese momento fue como si todo el mundo se ralentizase. Los gritos de la gente, el ruido de los coches, incluso la luz de sol pareció más densa, más palpable. Carlos le miraba con aquella expresión de furia perpetua en su cara lanzándole un puñetazo que no acababa de llegar.

Cuando estaba a punto de alcanzarle, Deán tan solo tuvo que ladear su cabeza  y dejar que el puñetazo pasase por el lado alcanzando de lleno a Luis.

El pobre muchacho recibió tal golpe en la cara que salió volando hacia atrás de espaldas.

Carlos miró boquiabierto a su amigo y soltó otro puñetazo que Deán esquivo sin dificultad agachándose. Furioso, el mexicano empezó a disparar golpes a toda velocidad sin alcanzar su objetivo con ninguno de ellos.

Con el espectáculo, los demás chicos empezaron a acercarse formando un círculo a su alrededor. Unas voces empezaron a oírse animando a uno u otro rival. Deán se negaba a quedarse quieto. No dejaba de moverse bailando de izquierda a derecha con todo el suelo a su alcance. Era demasiado espacio para que aquel ejercicio se considerase un reto. Iba a echar de menos los botes de pintura.

A cada segundo que pasaba adquiría más seguridad a medida que  una y otra vez esquivaba los golpes de Carlos. Cerró el puño. Dejó pasar otro ataque que se quedó corto por milímetros. Con el puño aún cerrado, se imaginó lanzándoselo contra el estómago del mexicano. Tenía la guardia baja y le alcanzaría. Pero decidió que sería mejor esperar a otra oportunidad donde lo tuviese mejor.

No tardó en llegar cuando el mastodonte, cansado ya de arremeter contra él, se impulsó demasiado en un puñetazo y Deán pudo escabullirse con agilidad hasta su espalda. Necesitó de toda su fuerza de voluntad para no aprovecharse de la situación y hundirle el codo en la nuca.

Sin que le hiciese nada, Carlos se sobrepuso y volvió a cargar contra él con furia.

Estaba seguro de que podría haberle seguido esquivando si un golpe justo detrás de la rodilla, no le hubiese hecho perder el equilibrio y caer al suelo.

Adam, cansado del espectáculo, había decidido intervenir. Tan pronto vio que había cumplido su objetivo, se apartó para dejar paso a su líder que propinó otra patada a Deán que lo tiró boca abajo.

—¿Qué te creías que iba a pasar? —decía Carlos a medida que seguía dándole patadas—. ¡Eres un mierdas y así se trata a la mugre!

En esa posición Deán no era capaz de moverse y golpe tras golpe, se los fue comiendo todos.

Al intentar levantarse, una de las patadas le alcanzó en la cara y se quedó en el suelo protegiéndose.

—¡Dejadle en paz! —De entre la multitud, Verushka salió intentando detener la paliza que estaba recibiendo—. ¡Parad!

Podía haberse lanzado contra ellos, podía haberles partido en dos, incluso romperles el cuello para que todos aquellos mocosos aprendiesen la lección. Pero le había prometido a Deán no hacer daño a nadie y si en estos momentos cedía a la tentación, no podría frenar a la bestia que habitaba en ella.

Se posicionó delante de Carlos que la dedicó una mirada arrogante.

—¡Te salva tu novia, capullo! —dijo el muchacho mientras le escupía a la cara—. Vámonos de aquí, esto ya no es divertido.

La multitud les abrió paso mientras se alejaban pavoneándose.

—¡Que te den! —le gritó Verushka luchando en su fuero interno por no despedazarle—. ¿Estás bien? —preguntó a Deán ayudándole a levantarse.

Tenía un aspecto lamentable. Su ropa se había ensuciado, tenía marcas en los brazos y la cara se le empezaba a hinchar. Tuvo que calmar la rabia que sentía intentando controlar sus impulsos que pugnaban por salir.

Sonó la sirena que anunciaba el final del descanso disolviendo los corrillos de personas que estaban charlando sobre lo que les había parecido la pelea.

Ni ella ni Deán se movieron mientras la gente se alejaba.

—¿No vas a clase? —la preguntó el muchacho—. Te van a poner una falta si llegas tarde.

—¿Por qué? ¿Por qué no hiciste nada? —La explosión con la que habló Verushka era una muestra de la furia que sentía—. ¿Qué narices te pasa?

Lo primero que hizo Deán fue cubrirse la cara cuando tuvo la impresión de que la súcubo podía lanzarse sobre él en cualquier momento. Al ver que solo se limitó a chillarle, se relajó y bajó las manos.

—No sé —dijo encogiendo los hombros impotente.

—¡Te he visto, sé que te has dado cuenta de que podías haberle golpeado en varias oportunidades! ¿Por qué no hiciste nada?

—No lo sé.

—Sí que lo sabes. —La manera gélida de tratarle hacía juego con el tono duro con el que hablaba—. Me lo debes. Estoy aquí ayudándote, me estoy preocupando por ti, te he enseñado a defenderte y cuando surgió la ocasión no has hecho nada. Así que lo mínimo que puedo exigirte, es una respuesta de por qué.

Deán se volvió a encoger de hombros. Tenía la mirada fija en el suelo y las manos en los bolsillos. Empezó a alejarse rumbo a clase sin decir nada. A los pocos metros se paró en el sitio, como si se arrepintiese. Cuando habló, lo hizo sin girarse a mirarla.

—No me atreví.

—¿Cómo? —preguntó curiosa.

—No pude, me faltó el valor. —Las palabras escaparon de sus labios a regañadientes—. Ni siquiera sé cómo he llegado a esquivar esos golpes. Solo podía pensar en lo que me pasaría cuando me alcanzase.

A medida que hablaba movía las manos frotándolas entre sí. Los golpes le dolían, pero no tanto como la humillación que estaba sintiendo.

—¿Se puede saber qué es lo que quieres? —le interrogó Verushka—. Me dijiste que te enseñase a defenderte y ahora que tenías que hacerlo, me dices que tienes miedo. Dime Deán Anderson ¿Qué diablos quieres?

El muchacho cerró los ojos y levantó la vista al cielo para sentir el calor del sol en su piel.

—Solo quiero que me dejen en paz.

—Pues seguro que así lo consigues. —Verushka estaba tan furiosa por verle resignado, que ni siquiera se dio cuenta del veneno que escupía al hablar—. Esperar que la vida te trate bien por ser buena persona, es como pretender que un toro no te ataque por ser vegetariano. Y ahora dime ¿volvemos a clase o quieres llorar un poco más por lo injusta que es la vida contigo?

—¿De qué vas? —chilló Deán.

—¡De qué vas tú! —gritó Verushka—. Le tenías, podías haber cambiado las cosas con un solo golpe. Te quedaste quieto a propósito.

—¿Y a ti que narices te importa?

—¡Porque tú me invocaste, ¿recuerdas?! —Todo a su alrededor se estaba volviendo rojo y la cabeza le dolía horrores.

—¿Y de qué me ha servido? Para que a mis problemas se le añadan el de que me persigan demonios. Yo solo quería que todo terminara, así que por mí, puedes irte al infierno si quieres.

Verushka exhaló el aire en una especie de bufido. Un temblequeo en la pierna derecha era el único tic del tremendo esfuerzo que estaba haciendo por contenerse.

—De ahí me sacaste. —Aunque habló en un tono bajo, la amenaza escondida en sus palabras helaba la sangre—. Deberías tener cuidado con lo que deseas, podría convertirse en realidad.

El color abandonó la cara de Deán. El sabor de la bilis que le llegó hasta la garganta le provocó una arcada mientras miraba al demonio que había invocado. Su pelo rojo parecía resplandecer con los rayos de sol dando la apariencia de que estaba envuelta en llamas. Sus ojos le taladraban con una dureza que no había visto hasta ahora. A pesar de su belleza, su semblante serio daba una sensación de peligro.

Verushka se dio cuenta de que si seguía allí perdería el control, así que se dio media vuelta y se alejó.


Ambos eran ajenos a que desde un árbol cercano, Gelson les estaba mirando sin perderse un detalle. Con un impulso de sus ancas, saltó por encima de los árboles y extendió sus alas negras rumbo al sur, hacia un cementerio que había visto cuando sobrevoló esa zona.

El letrero a la entrada de su destino, rezaba «*St. Raymonds Cemetery*». Se posó con la agilidad de la experiencia sin dejar de revivir la escena que había visto. Le había parecido raro que un demonio, incluso una mestiza como la súcubo, guardase su rencor en lugar de destrozarlo todo.

No sabía bien a que venía todo ese embrollo, pero sí que reconoció las ansias homicidas en la chica en cuanto aparecieron en sus ojos.

Con un solo pensamiento, el mensajero ordenó a su cuerpo mutar de aspecto. Pasó del medio metro que tenía a un metro y setenta y tres centímetros en los diez segundos que tardó en adquirir su apariencia humana. No esperó a estar totalmente formado. En el momento en que sus piernas se formaron, comenzó a moverse hasta llegar a caminar con la elegancia practicada tras observar a las féminas de esa especie.

Cubriendo su piel, aparecieron unos pantalones de pitillo blanco y una blusa transparente de color azul marino con estrellas blancas que dejaba entrever un sujetador negro de encaje. Avanzó con paso rápido ignorando las lápidas, testigos mudos de que Angelina Jolie paseaba entre ellas.

Le costó casi quince minutos dar con lo que estaba buscando. Un grupo de personas estaban reunidas alrededor de una de esas cajas de madera donde se empeñaban en esconder sus restos. Nunca acabaría de entender esa costumbre humana.

Era normal que intentasen ocultarse estando con vida, pero, ¿para qué ocultar a los muertos en una caja si luego les ponían una gran lápida con los detalles de muerto? Era como esconderte para luego ponerte una gran flecha sobre tu cabeza que dijese, si me buscas estoy aquí.

Se apoyó en un árbol con el ánimo de esperar a que el grupo terminase antes de acercarse.

Le gustaba el sitio. Aquel sería un bonito lugar para pasear si no se hubiesen empeñado en llenarlo todo con esas feas losas de mármol. El olor de las flores, el sonido del silencio, la paz que se respiraba en ese sitio, era algo a lo que podría acostumbrarse.

Habían transcurrido diez minutos cuando el tono monocorde del cura, y la fuerza con la que el sol le estaba dañando los ojos, le empezó a irritar. Con un chasqueo de los dedos, hizo aparecer unas gafas oscuras. Pero incluso así, estaba empezando a tener calor e impacientarse. No tardó ni dos minutos en cambiar de idea y dirigirse hacia esas personas.

—¿Falta mucho para que acabe esto?

Aunque había intentado susurrar, el graznido en la voz de Gelson provocó que todos los que le rodeaban se girasen.

—¿Perdón?

Humanos, además de malolientes, sordos.

—Que si falta mucho para terminar. Es que llevo un rato ahí esperando y tengo calor.

La mujer con la que hablaba, la miró de arriba abajo sin creerse la falta de respeto que estaba demostrando en el funeral de su padre.

—¿Es una broma? —preguntó entre indecisa y ofendida—. ¿Te crees que este es un momento para bromas?

—No, qué va, es solo que necesito hablar un momento con el cura ese de ahí. ¿Crees que tardará mucho?

Las personas empezaron a hablar unos con otros mientras susurraban señalándole. Al sentirse observado, Gelson levantó su mano derecha.

—Hola. Espero que os lo estéis pasando bien.

—¡Padre Elton! —La hija del difunto no disimuló su irritación—. Creo que esta... persona, necesita hablar con usted. No se preocupe, ya esperamos nosotros.

—No sabes lo mucho que esto significa —agradeció Gelson a la mujer con una sonrisa sincera—. Padre, ¿podemos hablar un momento en privado?

Sin saber bien a qué se debía todo eso, el cura accedió nervioso mientras los asistentes empezaron a dar muestras de enfado.

—Si me disculpáis un momento. —El eclesiástico provocó un murmullo de irritación que fue ganando voz a medida que se alejaban—. Espero hija mía, que tengas una razón para causar un daño así a esta buena familia.

—Claro que sí, padre. He venido a este mundo con una misión. Me ha costado encontrarle pero por fin le localicé —habló dejando que su músculo interno modificase el tono de su voz intentando que sonase más fantasmagórico—. Tenemos planes para usted y estoy dispuesto a llegar a un acuerdo.

—Creo que no te entiendo, hija mía.

—Seguro que sí. —Asegurándose de que nadie les veía, Gelson dejó que su forma humana desapareciese en medio de una neblina mientras adoptaba su verdadero yo ante el asombro del sacerdote—. ¿Elton, verdad? Hemos hecho planes para ti. Tranquilo, nada con lo que no puedas. Tan solo tienes que pedir lo que sea que ansíes y te lo concederé al instante a cambio de esa alma tuya que ni siquiera usas.

—¿Quién o qué eres? —musitó acobardado el cura.

Aquel tío era idiota. ¿Acaso necesitaba una enciclopedia con fotos?

—Un demonio. Ya sabes, malos, fuertes, poderosos, dispuestos a intentar una y otra vez que el apocalipsis llegue en un día de estos. Pero no tienes por qué preocuparte de eso, solo dime lo que deseas y yo te complaceré.

Sin poderlo evitar, en lo primero que pensó el padre Elton fue pedir un Porche. Siempre había querido uno. Antes de meterse en el mundo de la iglesia, le hubiese gustado ser piloto de carreras. Desterró al instante la fantasía de su cabeza odiándose en el acto por ser tan materialista.

—No quiero nada de ti ni de tu amo. —Escupió con efusividad las palabras—. ¡Dile a tu señor que no obtendrá nada de mí!

Con una sonrisa, que más parecía una mueca, el pequeño demonio se acercó un poco más a él.

—No lo entiende padre. Tendrá lo que siempre soñó sea lo que sea. Así que ¿cuál es su deseo?

El desprecio en la mirada del hombre se hizo patente en su voz.

—Lo que deseo es ¡que te vayas al infierno!

Tan pronto habló, un agujero negro apareció en el suelo absorbiendo el aire alrededor del demonio mientras este se debatía intentando sujetarse sin conseguirlo.

—¡Maldito desgraciado! ¿Qué has hecho? —le recriminó el mensajero con aquella voz terrorífica—. Te arrepentirás. Mi amo me vengará. Esto no quedará así. ¿Me oyes? ¡No quedará así!

Para ser sinceros, el padre Elton no estaba seguro de lo que había hecho. El sacerdote miraba anonadado cómo la criatura era atraída hacia ese abismo oscuro hasta desaparecer de este plano de existencia para que, un segundo después, se hiciese el silencio.

Cuando la gente que había oído los gritos fue corriendo hasta donde estaban, no había rastro de la bestia.

—¿Qué ha pasado? —le preguntó un hombre preocupado—. ¿Está bien padre?

—Creo... creo que he salvado al mundo — respondió tartamudeando inseguro—. He salvado a todos.

Sabía que nadie le creería nunca, ese era el destino de los héroes. A pesar de todo, Elton sonreía orgulloso.

# CAPÍTULO 15

La única pega de la recolección de almas es que no era raro que aquellos demonios incapaces de crear portales a voluntad, se quedasen vagando por el mundo humano. Dejarse matar nunca era fácil y podían pasar siglos enteros mientras encontraban un portal que les llevase de nuevo a su hogar. Cuando a Gelson se le ocurrió aquel atajo, fue mejor que si le hubiese tocado la lotería. No solo tardaba poco en volver a su hogar, sino que en el proceso se llevaba un alma pura cuyo propietario era feliz entregándola.

Llevaba algún tiempo usando ese truco y lo había ido perfeccionando añadiéndole pequeños detalles; como el agujero que le succionaba, el aire perdiéndose en su interior, las maldiciones o gritos, la promesa de venganza... el efecto era espectacular. Los curas fueron heredando la costumbre de contar a sus colegas más cercanos, cómo vencieron al maligno cuando la tentación llamó a sus puertas. Una manía que todos los que le oían, tenían la costumbre de querer repetir.

Sin duda era la mejor manera de tener una fuente inagotable de almas y viajes rápidos al infierno. El único inconveniente que seguía existiendo consistía en tener que ir a ese apestoso planeta.

Gelson se sacudió intentando quitarse el polvo que se le había adherido al pelo de su cuerpo. Aquella dichosa peste se pegaba a él como si usase pegamento.

¿Cómo podían vivir en un mundo tan asqueroso?

De un brinco, llegó a un pequeño río cuya corriente no era muy fuerte. Se metió dentro refrescándose y dejando que el agua le limpiase. Se quedó observando el cauce pensando. La noticia de que un varón acompañaba a la súcubo no le iba a hacer gracia a su señor.

Tener que ser él el que le diese la noticia, no era demasiado halagüeño. Muchas veces los mensajeros pagaban las consecuencias de las malas nuevas que transmitían como si fuesen culpa suya.

A la mente le vino el recuerdo de su hermano. Él fue quien le enseñó la mejor manera de coger las corrientes de aire y el modo en que tenía que saltar para ganar unas valiosas milésimas de segundo. Era con diferencia el más inteligente de toda la familia, como demostró que viese con tiempo la traición que iba a cometer el compañero de su padre.

Intentó prevenirle. Todos habrían ganado si se le hubiese escuchado, pero padre era demasiado impulsivo. Que dudasen de su liderazgo, o de los aliados que escogía, se premiaba con una paliza. Ni siquiera paró de golpear a su hermano cuando Gelson se echó encima intentando calmarle. Cuando llamó a gritos al resto de sus hermanos para que intentasen hacerle entrar en razón, en su lugar, solo consiguió irritarle aún más.

Ninguno se molestó en hacer nada. Padre siguió pegando a esa masa sanguinolenta de carne y sangre que había sido su hermano hasta que los chillidos se apagaron.

Un momento después, toda la familia a excepción de él se lanzaron a devorar lo que quedaba del cadáver.

Como si careciese de importancia que antes hubiese sido un miembro de su familia, le encargaron deshacerse de los restos que no pudieron comerse. No le fue fácil, ni siquiera podía levantarlo, por lo que lo tuvo que arrastrar por el suelo dejando un rastro tras de sí.

Ninguno le quiso ayudar. Bromearon indicándole que si se comía las sobras, tendría menos peso que mover pero se negó en redondo a hacerlo. Lo empujó como pudo alejándolo de la zona en que vivían hasta tirarlo al agujero que tenían reservado para la basura.

Siempre le habían dicho que los Radreoure no se podían sentir, que nada les delata hasta que empiezan a comer. Los que padre había encerrado allí, estaban bien alimentados. Eso los había vuelto mucho más grandes que los que acostumbraban a aparecer por si solos.

Gelson se quedó mirando aquellos ojos sin vida que parecían seguir intentando entender lo que había ocurrido a medida que los Radreoure daban buena cuenta de su cena. Solo informó de algo que parecía obvio y pagó caro su mensaje.

El olor a podrido que llenó la zona era enfermizo. A pesar de todo, Gelson se negó a dejar de mirar. Los demonios no lloran y menos por alguien que ya estaba muerto. Incluso sabiéndolo, el pequeño mensajero sintió en su interior una puerta abriéndose hacia el odio más acérrimo hacia toda su familia.

Hoy por hoy era incapaz de recordar el nombre de su hermano, pero aquel olor aún perduraba en su memoria. Un mensaje obvio y acabó en la basura y padre solo era un aficionado en comparación con Lukashenko.

Dejó que fuese el aire quien le secase saltando con todas sus fuerzas en un intento de escapar de sus recuerdos. Permitiendo que su cuerpo flotase a la deriva cerró los ojos un instante mientras sopesaba lo que tenía por delante. Aún tenía que presentar su informe, lo cual siempre era peligroso, así que podía perder unos segundos más disfrutando de la altura.

Era hermoso. Su mundo visto así era un lugar de una belleza increíble. No solo por el cielo cubierto con aquellas puertas brillantes; también estaban las montañas, los bosques, los ríos. Desde ahí arriba todo parecía mejor, en especial el aire que respiraba. Olía a limpio.

Muy a su pesar, movió las alas aprovechando una corriente para cambiar su rumbo y dirigirse a la fortaleza. Solo necesitó dos brincos para presentarse ante la puerta del castillo.

El dibujo de un Lukashenko más joven fue mutando hasta adquirir la apariencia de una cara.

—Mira, mira, ¿quién está aquí? Si es nuestro idiota preferido. —La onda telepática que le mandó al cerebro era tan despectiva que dolía.

—No tengo tiempo para esto, tengo un mensaje que entregar. Así que déjame pasar.

—Sí, claro, en cuanto digas la contraseña.

El pequeño demonio se planteó la posibilidad de saltar hasta una de las ventanas y atravesarla. Incluso sintió en sus pies la dulce sensación que tenía antes de volar, pero hacer saltar la alarma y que todas las defensas y demonios del castillo se activasen por su culpa, no era buena idea. Eso sin contar con los hechizos que protegerían esas entradas.

—¿No podrías simplemente dejarme pasar como a todos?

—Sí, aunque, casi mejor hago mi trabajo ¿no crees?

—¡¿Qué haces tú aquí?! —El fuerte grito tras la espalda de Gelson provenía de Liwakt, un gigantesco ser que al hablar, llenaba el aire con impresiones de un terror indescriptible—. Deja de perder el tiempo jugando y entra con tu informe.

Sabedora de que el poderoso demonio no era partidario de las bromas, la puerta se abrió sin más. Con más de cuatrocientos kilos, aquel demonio estaba lo bastante loco como para renunciar a su magia para destrozarla si osaba interponerse en su camino.

Por los pasillos nadie les interrumpió el paso teniendo tan cerca al poderoso demonio. Su bien merecida fama de impredecible, hacía que pocos quisieran interponerse en su camino. No se separó de él hasta llegar a la sala del trono donde le esperaba su señor.

Sin miramientos, Liwakt le puso una mano sobre su cabeza y le obligó a arrodillarse más de lo que sus ancas podían soportar.

—¿La has descubierto?

Lukashenko ni siquiera le estaba mirando. Se entretenía jugando dando vueltas al anillo en su mano derecha.

—Sí, señor, está en el mundo humano —Gelson bajó la mirada al suelo cuando notó como le afectaba la noticia.

—¿Está sola?

—No, amo, está al lado de un humano. Creo sin temor a equivocarme que es quien la conjuró.

—¿Qué ha deseado? ¿Fuerza? ¿Poder?

Sin poderlo evitar, Gelson intentó aplastarse contra el suelo rezando para que no le culpasen a él por la falta de información.

—No, señor, ese humano sigue siendo muy débil. Tampoco he visto que tenga dinero o disponga de poder. No sé cuál fue su deseo, solo puedo asegurar que la súcubo no se despega de su lado.

A pesar de no levantar la vista, notó el momento en que su señor se levantó del trono. No se atrevió a moverse  a medida que las pisadas le indicaban que tan cerca estaba. Todo su cuerpo le pedía saltar a toda velocidad huyendo lo más lejos posible de allí.

Ignoró esa sensación.

Se quedó quieto a pesar de la impresión de peligro que flotaba en el ambiente.

—¿La han tocado? —Aunque el tono era neutro, no podía ser más mortal—. Ese humano ¿la ha tocado?

—Mi señor, no he visto nada. Pero podría asegurar mi vida a que no.

El cuerpo de Gelson tembló involuntariamente cuando Lukashenko se acuclilló a su lado.

—Acepto la apuesta. —Su voz estaba carente de toda emoción—. Así que esa desagradecida se está escondiendo con los humanos. Vigílala, cualquier daño que ella sufra lo pagaras tú.

—Como ordenéis señor —Gelson estaba retrocediendo con la cabeza gacha cuando la voz de Lukashenko volvió a sonar otra vez.

—Llama a Mardröm, que se encargue de devolverla a su lugar.

El pequeño mensajero se encogió en el suelo más que antes sin que esta vez el dolor fuese una molestia.

—Como ordenéis —respondió Liwakt.

Sin nada más que hacer, Gelson se alejó con rapidez dejando que miles de pensamientos entraran y salieran de su cabeza a la vez.

¿Cómo se suponía que iba a protegerla de cualquier daño con aquel carnicero yendo en su busca?

Resignado, se arrastró como un moribundo condenado a muerte alejándose del lugar. Buscó una puerta que le llevase al mundo humano mientras a su mente regresaba el olor del cuerpo de su hermano, sin dejar de preguntarse cómo iba a hacer para defender a un monstruo de otro.

# CAPÍTULO 16

Aunque habían pasado veinticuatro horas de la discusión, desde el incidente, Verushka se había negado a dirigirle la palabra o mirarle siquiera. Quizás por eso precisamente hoy, el ritmo lento al que transcurrían las clases se había vuelto demasiado pesado para que lo aguantase.

En lugar de atender, Deán pasaba el rato observando a la súcubo sin que ella diese muestras de notarlo o de que le importase.

Ella no lo entendía. Ya tenía bastantes problemas para mantener relaciones con personas normales y corrientes ¿cómo se supone que tenía que disculparse con un demonio cuyo único aliciente para permanecer en el mundo era conseguir su alma tan pronto muriese?

*«Vete a saber, si no averiguas cómo hacer que te perdone, puede que no tenga la paciencia de esperar y te mate para ahorrar tiempo.»*

Un escalofrío recorrió su columna. No era una idea tan descabellada. Se quedó mirando a través de la ventana cómo dos nubes chocaban formando el aspecto curioso de un bulldog inglés. Había leído en algún sitio que en el pasado habían enfrentado a esos perros contra toros en unas arenas sangrientas. Sin embargo, el que se dibujaba en el firmamento, tenía aspecto tranquilo, sereno. La modorra con la que flotaba allí en lo alto le incitaba a unirse a él en su descanso.

—Señor Anderson ¿cree que estaría mejor fuera disfrutando de la espectacular vista que proporciona el infinito azul del cielo? —La voz de Jack, su tutor, le devolvió con rapidez a la realidad—. Por nosotros no se prive, salga. Disfrute de los placeres de la vida. Deje el estudio a los que tengan interés en aprobar.

A su alrededor, todo el mundo se giró para mirarle. Pero de todos ellos, fueron los ojos de Verushka los únicos que consiguieron encender en sus mejillas un calor intenso y sofocante.

—Lo siento.

—¿Que lo sientes? ¿El qué, que mis clases sean más aburridas que quedarse mirando el cielo?

—Sí, digo no. —Los nervios y la velocidad a la que el tutor le hablaba le hacían dudar de sí mismo y tartamudear.

—En qué quedamos ¿sí o no?

—Sus clases no son aburridas.

—¿Está seguro? Mira que le dejo ir a la calle si quiere.

—De verdad, no son aburridas.

Durante un instante Jack se planteó seguir torturando al pobre muchacho, pero ya se había divertido bastante.

—De verdad, me alegra contar con tu aprobación para poder seguir con la materia. —Buscó con la mirada a algún otro alumno distraído—. Como iba diciendo, aplicaciones prácticas. Verushka, ¿podrías darme algún ejemplo?

—No, profesor —respondió sin apartar sus ojos de los de Deán.

—Si mirases hacia delante, quizás sería más fácil para ti concentrarte. A no ser que la respuesta a mis preguntas estén en la cara de tu compañero.

Aunque algunos alumnos le habían mirado con odio alguna vez, lo que vio en la chica cuando clavó su vista en él le puso la piel de gallina.

—Está bien. —La muchacha imprimió un tono musical en su voz que no disminuyó el nivel de amenaza que transmitía a medida que se giraba hacia el frente—. Pues desde esta postura tampoco es que se me ocurra nada, profesor.

Tenía algo peligroso, algo primitivo. Jack no lograba entender la respuesta física tan irracional a lo que estaba ocurriendo que sentía en su cuerpo. Ella no debía de pesar más de cincuenta kilos así que ¿por qué tenía la imperiosa necesidad de dejar todo e irse corriendo?

Intentó calmar los latidos de su corazón que, misteriosamente, se había acelerado hasta alcanzar un ritmo que rayaba el pánico. Cogió los papeles que tenía sobre el escritorio y probó a ordenarlos, repitiéndose la orden mental de que debía calmarse.

No fue sencillo. Cuando sus cuerdas vocales se decidieron a obedecer, habló evitando mirarla directamente.

—Un ejemplo sería el viaje a Las Américas. En abril de mil cuatrocientos noventa y tres, Colón fue recibido por los Reyes Católicos de España, a los cuáles explicó su llegada por el oeste al nuevo continente que él creía que era la India.

—¡Menudos idiotas paletos —comentó Carlos en voz alta riendo a carcajadas—, se creían que el mundo era plano!

—Carlos, por favor —le reprendió el profesor—. Si tienes algo que añadir levanta la mano.

—¿Qué? —gruñó a modo de respuesta—. ¿Acaso no es cierto? Eran unos imbéciles.

—No es cierto —interrumpió Verushka con voz gélida—. Es un mito inventado en el siglo diecinueve el creer que en la Edad Media la gente pensaba que el mundo era plano.

—Ya, seguro.

—Por favor —musitó lanzando un bufido—, la mayor parte de la gente en Europa y Asia, sabían que la Tierra era redonda. Este conocimiento se tenía desde hace dos mil quinientos años. Lo que aún no se sabía muy bien era el verdadero tamaño del planeta. Confusión que precisamente convenció a Colón, de que si navegaba hacia poniente, podía llegar a China.

Fue más que nada su buena suerte lo que le topó con un continente que no se esperaba a medio camino, de lo contrario nunca hubiese llegado vivo. Así que antes de llamar a alguien idiota, infórmate. Idiota.

—Eso es mentira —la imputó el chico.

—A ver, centraos —ordenó Jack en un intento de apaciguarles.

Ignorando totalmente al profesor, Verushka continuó hablando como si tal cosa.

—De buenas a primeras podría citarte el Surya Siddhanta. Es un texto hindú del siglo veinte antes de Cristo que incluye un poema llamado *«Circundando la Tierra»* y en el cual se da por sentada su redondez. Por otra parte, al planeta se concibe como flotando en un espacio exterior de características más sutiles que el aire en el poema épico de Etana, que recoge tradiciones sumerias aproximadamente en el siglo veintisiete antes de Cristo; lo mismo, en una versión del siglo quince antes de Cristo del Libro egipcio de la Morada Oculta y en el más tardío Libro de Enoch, un libro hebreo del siglo dos por si estás interesado. La teoría de la relatividad, respecto al espacio curvo, fue enunciada por Einstein en mil novecientos dieciséis pero tuvo sus antecesores, como Heráclito entre el año cuatrocientos setenta y cinco y el quinientos cuarenta antes de Cristo y Zenón de Elea, en el siglo sexto antes de Cristo. Por la misma época, Pitágoras afirmaba que la Tierra era esférica. Al igual que hicieron Anaximandro, entre el quinientos setenta y cuatro y el seiscientos once antes de Cristo y de Heráclites del Ponto, entre el trescientos quince y el trescientos ochenta y ocho antes de cristo. Estas teorías se volvieron a tomar en serio con Copérnico, entre mil cuatrocientos setenta y tres y mil quinientos cuarenta y tres. ¿Necesitas más datos?

Carlos miró al profesor con la esperanza de que rebatiese algo de lo que había dicho pero este, boquiabierto, ni siquiera sabía bien cómo debía actuar.

Jack revisó los papeles que tenía en la mano como si pudiese encontrar alguna de las respuestas que había escuchado.

—Pues sí —concedió sin atreverse a afirmar ni rebatir nada decidiendo que sería más seguro continuar la clase con normalidad—. Es más, con Colón, la tripulación incluso estuvo a punto de amotinarse.

—Cierto —confirmó Verushka—. Pero estaba hablando de las aplicaciones prácticas.

Como si hubiese olvidado la pregunta, revolvió entre sus apuntes hasta recobrar el hilo de la clase.

—Como decía antes en su viaje, entre todas las cosas que trajo, venía la patata. —Miró a los estudiantes que tras el jaleo anterior estaban en silencio escuchando—. Era un tubérculo que fue traído como una curiosidad botánica y que acabó siendo alimento para animales.

—Pero ¿qué tiene eso que ver con aplicaciones prácticas? —preguntó

Elisabeth.

Jack le dedicó una sonrisa.

—Resulta que en la búsqueda de un atajo a un continente, Colón descubrió una planta que evitó la hambruna y la muerte durante siglos. Es algo muy bueno pero ¿alguien se atrevería a afirmar que Colón fue allí por patatas? —Esperó unos segundos a ver si se atrevían a responder, cuando no lo hicieron continuó—. No. Aunque no siempre, las aplicaciones prácticas suelen ir después de los descubrimientos y por lo general son insospechadas. Otro ejemplo sería las radiografías...

Cuando la sirena interrumpió su discurso, sintió la liberación de una carga tremenda. Recogió sus pertenencias y la tensión acumulada le hizo abandonar el aula a toda velocidad. Ni siquiera se disculpó cuando tropezó con Nick tirándole sus cosas al suelo.

Aunque la gente empezó a murmurar cuando le vieron salir en aquel estado, no perdieron el tiempo en marcharse también. Pero ni Verushka ni Deán hicieron amago de seguirles en ningún momento.

Eran dos estatuas vivientes perdidas en su propio mundo. Una vez a solas, Verushka se acercó al muchacho con el puño cerrado. Estaba luchando con todas sus fuerzas para que la ira que había ido creciendo desde ayer no la dominase por completo.

—Eres tú quien elige la forma en que deseas vivir, humano —soltó esa palabra como si fuese un escupitajo—. Siento haber intentado hacerte cambiar y darte la oportunidad de defenderte.

Deán escuchó el tono con el que le hablaba mientras notaba cómo los ojos se le llenaban de lágrimas. Guardó silencio reuniendo el valor para levantar la cabeza y mirarla.

—¡No pude! ¿Entiendes? —se mordió el labio, agotado—. ¡No fui capaz! Sé lo que querías, lo que pretendías que hiciese. No he dejado de darle vueltas en ningún momento. Es algo que llevaba soñando años pero ¿y si fallaba?

La mueca de desprecio que brotó de la chica era cruel, tan dañina que le hizo sentir vergüenza de sí mismo cuando se dio cuenta de lo patético que sonaba.

—¡Si lo que esperas es compasión, no la tendrás! Para nosotros, la cobardía no es digna de compasión, sino de desprecio. —Se acercó a él sin dejar de mirarle a los ojos—. Yo misma te sacaría las tripas si estuvieses en mi mundo.

Cerró el puño con fuerza mientras notaba que toda la sangre de su cuerpo subía a su cabeza. Sintió que se mareaba mientras hacía caso omiso de lo que le decían sus instintos asesinos. Estaba convencida de que nunca había tenido tantas ganas de matar a alguien como en ese momento. Estaba segura de que nunca tendría más ganas que las de ahora. Comprobó su error cuando Deán volvió a hablar.

—Me han llamado cosas peores que cobarde. —Guardó silencio como si paladease la palabra antes de dedicarla una sonrisa sincera con un encogimiento de hombros.

—¿Eso es todo lo que tienes que decir? —gritó Verushka presa de una furia absoluta.

Como si le hubiesen golpeado, Deán se encogió en su silla. Agachó la cabeza avergonzado mientras se arrepentía de haber abierto la boca.

—¿Que te han llamado cosas peores? ¿Es que eres idiota?

Verushka deseaba con todas las fibras de su ser golpearle. Sus dedos se abrían y se cerraban anticipando el placer de romperle el cuello. No se giró a mirarle cuando se precipitó fuera del aula, lejos de la tentación.

Avanzó por los pasillos hasta la parte de atrás de la escuela a paso rápido. No quería correr el riesgo de perder el control con ninguno de esos niñatos que estaban pululando por ahí como si no hubiese nada mejor que hacer. Atravesó el patio sin cruzarse con nadie y empujó la puerta de servicio para salir.

Cerrada.

Tiró de ella con un poco más de fuerza pero no se abrió.

¿Por qué tenía la impresión de que el universo estaba confabulando contra ella para sacarla de quicio?

No tenía ni fuerzas ni ganas de dar la vuelta al recinto. Tensó las piernas y con un solo impulso, saltó por encima de la valla. Cayó con elegancia entre unos contenedores llenos de basura y reciclaje. Calculó a ojo cuánto podían pesar. ¿Quinientos kilos? ¿Dos toneladas? Era poco, ahora mismo necesitaba más.

Se arrepintió en el acto cuando le metió tal patada a uno de ellos, que salió volando contra un Ford aparcado enfrente. La violencia del golpe reventó las ventanillas que saltaron hechas trizas y aunque no volcó, la alarma empezó a sonar con fuerza advirtiendo que pasaba algo.

—Perfecto, Verushka —se reprendió a sí misma—, tú sobre todo esfuérzate en no llamar la atención.

Empezó a alejarse antes de que el sonido atrajese a los curiosos. Con un poco de suerte, de la que últimamente andaba escasa, nadie la habría visto.

Cuando sintió que ya estaba lo bastante lejos, se apoyó en una esquina y se llevó las manos a su sien frotándosela con delicadeza. El pecho parecía a punto de explotarle. El dolor subía por su garganta hasta sus mandíbulas, que tenía tan tensas y apretadas que, de un momento a otro, se romperían por la presión que estaba ejerciendo. Aunque no era nada en comparación a cómo sentía la cabeza en estos instantes. No es que le doliese, es que era la madre de todas las jaquecas del universo.

Cuanto más tiempo pasase allí más vueltas le daría a aquel asunto y más le dolería la cabeza, así que sintió que era un buen momento para ir a dar una vuelta.

Las calles de la ciudad parecían darle la bienvenida con una variedad de olores y colores sorprendente. A medida que paseaba, explorar cada rincón la fue calmando poco a poco.

En una terraza, una mujer cultivaba flores tan vistosas que le extrañó que no la atacasen con algún tipo de defensa natural que tuviesen contra los agresores. No acababa de entender del todo este mundo; la diversidad de posibilidades, colores y olores. La cantidad de gente que podía pasar a tu lado en un solo día sin que nadie te atacase.

Eso era otra cosa.

Los humanos parecían tan sumamente pacíficos, que una parte de sí misma se encontraba insegura. La experiencia le decía que nunca nada es tan idílico como aparenta, pero ninguno de ellos la había molestado desde que hizo su aparición.

El no poder prever dónde iba a atacar el próximo enemigo, la estaba volviendo loca. Sin embargo, otra parte en su interior estaba procesando y aceptando aquella información como una esponja. Se sentía en casa por primera vez en su vida. Feliz. Como si hubiese extrañado, sin saberlo, andar entre los humanos.

Era extraño sentir en su interior cómo sus dos mitades le regalaban sensaciones diferentes. En el infierno, su mitad humana había pasado casi todo el tiempo aletargada sin molestarla. Pero desde que había pisado este plano de existencia, luchó contra su sangre demoníaca sin descanso e iba adquiriendo fuerza haciéndose oír a un ritmo alarmante.

Lo que más le molestaba ahora mismo, era tener que devolver las constantes sonrisas que le dedicaban aquellos con los que se cruzaba. No estaba de humor para mantener su fachada de chica simpática, así que se fue alejando de las zonas más transitadas buscando algo de privacidad.

No le costó encontrar lo que tanto necesitaba. En esas calles, el contraste de colores y olores era distinto al del resto de la ciudad. Eran más oscuros, menos agradables. Las personas caminaban con prisa y la cabeza gacha sin dedicarle ni un vistazo. Se sorprendió al encontrar en ellos la misma mirada cansada que mostraba Deán cuando le conoció.

Pensar en él la hizo enfurecer de nuevo y aumentó el paso.

—Hola, guapa. ¿Te has perdido?

Estaba tan distraída que ni se había percatado de acercarse a esos cinco chicos de poco más de veinte años hasta que casi se chocó con ellos.

Se apoyaban en la pared admirándola divertidos sin nada mejor que hacer que pasar el rato. Su apariencia era descuidada y salvaje. Reconoció la mirada de depredadores que tenían mientras la examinaban.

—¡No, sé perfectamente donde estoy! —respondió Verushka en un tono agresivo que intentaba recalcar que ella no era una víctima fácil.

El más alto de ellos se interpuso en su camino cuando pretendió avanzar.

—¡Oye! ¿Así agradeces que nos preocupemos por ti?

—Está bien chicos, gracias por vuestra preocupación —suspiró intentando mostrar un tono indulgente—. Ahora si me perdonáis, voy a seguir mi camino.

—¿Y si no te perdonamos? ¿Te quedarás con nosotros a jugar un rato?

Verushka sintió que una mano le agarraba del culo y dio un golpe rápido con el brazo para retirarla.

Falló.

Con ese movimiento solo consiguió que los chicos se riesen de ella como bobalicones. Empezaron a rodearla. No pudo evitar el bufido que escapó de sus labios antes de dirigirse a ellos.

—Muy bien, ha sido gracioso. Ya os habéis divertido. Ahora, me gustaría seguir mi camino.

—¡Mira John, se está divirtiendo! —El comentario del chico a su izquierda arrancó una sonrisa al que le había cerrado el paso.

—Ya te dije que esta chica tiene pinta de saber lo que es bueno. Vamos a hacer que te diviertas un poco más antes de que te vayas a casita. ¿Vale, guapa?

—De verdad, hoy no tengo un buen día. —La voz de la súcubo bajó un par de notas.

Sonaba suave. Afilada.

—Tranquila sabemos cómo hacer que mejore. ¿Verdad chicos?

—Seguro que sí —contestó uno a su espalda.

Verushka ni siquiera le miró. Tan solo se concentró en el tal John clavando su mirada en él con una advertencia muda.

—Solo quiero que me dejen en paz.

—No te preocupes, hermosa. Jugamos un ratito y luego ya podrás presumir con tus amigas de lo bien que te lo pasaste.

En su mundo ya nadie osaba mirarla. Por muy fuerte, ágil o listo que se creyesen, pesaba más el miedo que tenían a provocar la furia de Lukashenko que cualquier otra cosa. Todos sabían que tocarla sería como firmar la sentencia de muerte a sus familias y amigos y al final, ser sometido a tortura. Pero los humanos no temían a ningún rey del infierno, ellos podían hacer lo que quisieran sin temor a represalias. Sin duda aquí estaba sola.

Una sensación de excitación comenzó a embargar todo su cuerpo. ¿En serio se creían a la altura?

Ni siquiera hizo amago de resistirse cuando la agarraron del cuello intentando inmovilizarla. Eran humanos. Había prometido a Deán intentar no hacerles daño, pero esa dichosa promesa le estaba tocando las narices.

—Esto no está bien, por favor dejadme. —Su tono fue neutro, suave, sin un asomo de miedo —. Por favor. Basta.

Cuando se rieron se sintió humillada.

—Dios, eres preciosa — El tal John recorrió con las manos el contorno de sus pechos, le excitó mucho que en ningún momento la vio apartar sus ojos—. Te gusta. ¿Verdad que sí? Ya sabía que tenías pinta de zorra.

La expresión en la cara de aquel hombre era la de un neandertal. Solo le faltaba babear mientras la acariciaba para darse cuenta de que había perdido por completo sus neuronas.

Ella le dirigió la más hermosa de sus sonrisas.

—Sí, creo que me va a gustar.

Levantó su rodilla contra la entrepierna del chico imprimiendo en el golpe solo una minúscula parte de su fuerza. No había terminado de caer al suelo cuando Verushka echó la cabeza hacia atrás y oyó un fuerte crujido, seguido del grito que manó del chico que la tenía agarrada. Supuso que sería una nariz rota.

Sin permitirse ni un segundo de descanso, alzó la mano y la estrelló contra la garganta del rubiales que tenía a su izquierda. La miraba boquiabierto y todavía la agarraba del brazo cuando intentó gritar, pero de su boca no salió ningún sonido articulado. Más bien parecían gorgoteos bastante desagradables y patéticos.

La súcubo se enderezó a la vez que giraba hacia la derecha donde aún quedaban dos de los cinco chicos en pie. Ambos muchachos la miraban atónitos intentando asimilar cómo había dejado fuera de combate a tres hombres que la doblaban en tamaño en menos de dos segundos.

—¡Boo! —dijo alzando sus manos a la altura de la cara.

En ese momento fueron conscientes de que tenían piernas y empezaron a correr como si tuviesen enfrente al mismísimo demonio. Bueno, en cierta forma así era.

A sus pies, John se agarraba sus partes gimiendo. No corría mejor suerte su compañero que, con la nariz rota, empapaba el suelo con su propia sangre.

Verushka sonrió con dulzura.

—No me hagas daño —suplicó el chico al que había golpeado en la garganta.

El sonido de su voz era rasposo y forzado.

Verushka le agarró del pelo y le obligo a levantar su cabeza.

—No te preocupes, solo quería darte las gracias. Teníais razón, ha sido bastante divertido. No sabes cómo lo necesitaba.

Lo empujó hacia atrás sin preocuparse por el gemido de dolor que acompañó el golpe contra el suelo. Por fin podía estar segura de que si ponía a Deán enfrente, no lo iba a matar. Los sollozos de los tres chicos que dejaba a su espalda solo consiguieron acentuar la belleza de sus facciones al sonreír alejándose.

A pesar de que había un Deán, este mundo también tenía sus cosas buenas. Respiró sacando pecho disfrutando de la sensación mientras sopesaba su siguiente paso.

Quizás era el momento de volver. Por el tiempo que había pasado fuera Deán ya estaría en casa y lo mejor que podía hacer era hablar con él cuanto antes. La sensación al volver sobre sus pasos fue más placentera que cuando se internó en esas callejuelas.

Al pasar junto a una pareja de enamorados, el chico se la quedo observando hasta que sintió el golpe en las costillas propinado por el codo de la que parecía su novia. Verushka no pudo evitar reírse ante la situación.

Cada vez le gustaba más este plano de existencia. Nunca había sentido una libertad tan grande como la que estaba experimentando. Puede que no llegase a comprender del todo a la persona que la había invocado, pero no le iban a faltar personas a las que vapulear cuando se le agotase la paciencia.

Cuando tocó el timbre de su casa, no la sorprendió que nadie acudiese a abrirla. El sonido de la música allí dentro sonaba tan alto, que lo que hubiese sido una sorpresa es que la escuchasen.

Tras sopesarlo decidió que no era buena idea tirar la puerta abajo de una patada, por muy divertido que le pareciese. Además, estaba de mucho mejor humor y no tenía prisa porque alguien se lo volviese a estropear.

Rodeó la casa hasta que encontró la ventana de la cocina abierta. Se deslizó con gracia felina asegurándose de que nadie la viese entrar aunque, a decir verdad, casi le preocupaba más mancharse con la pila de platos sucios que estaban en el fregadero.

La música que había oído provenía del cuarto de Deán. Cuando entró, le vio con la cabeza enterrada bajo la almohada con la canción de *«Die Young»* del grupo Black Sabbath, sonando a todo volumen. El cantante se dejaba la voz en aquella estrofa que bien podía haber sido una profecía.

*«Así que vive el presente.*
*El mañana nunca llega.*
*Morir joven, morir joven.*
*¿No ves lo que se avecina?*
*Morir joven, vas a morir joven*
*Alguien detuvo tu caída.»*

¿Era así como pensaba? ¿Era eso lo que creía? ¿Por eso la había invocado? ¿Para intentar detener su caída? ¿De eso tenía miedo? El chico estaba tan sumergido en la autocompasión que ni siquiera había notado su presencia.

Apagó la minicadena.

—Hola. —Verushka espero unos instantes, pero no obtuvo respuesta por su parte—. ¿Estás bien?

—No

—Bueno, he venido para animarte. Si lo deseas puedo volver a la escuela y hacer picadillo de matones ahora mismo.

Una risa desde debajo de la almohada dio paso a una cara llorosa y sonrojada cuando sacó la cabeza de su escondite.

—Serías capaz ¿verdad? Si tú quisieras, podrías hacerles picadillos a todos juntos tú sola. —En su voz había un ligero toque de envidia.

Verushka le acarició el pelo con cariño.

—Solo pídelo y te hago un batido con lo que quede de sus restos. Nadie se mete contigo salvo yo.

—Lo siento —susurró Deán.

—¡Joder, deja de disculparte! ¿No te das cuenta de que disculpándote no vas a arreglar las cosas?

Aunque no quería haber levantado la voz, verle tan sumiso la frustraba.

—Sí, tienes razón, lo siento.

Verushka elevó la vista al techo mientras ponía los ojos en blanco.

—¿Qué te parece si en lugar de obligarme a matarte por sacarme de quicio me llevas al sitio que dijiste el otro día en clase?

Deán no daba crédito a lo que acaba de oír.

—¿Ahora?

—Sí, ahora.

—Pero estamos peleados y todo eso. ¿En serio quieres ir?

Por su voz parecía que no diese crédito a sus palabras.

—Claro, tengo curiosidad por saber a lo que llamáis diversión.

—¿Conmigo? ¿Quieres ir conmigo?

—Hombre, pero solo porque me sentiría muy rara si se lo pido a tu madre. —Deán, literalmente, pegó un brinco para salir de la cama con el humor cambiado—. Entonces ¿qué? ¿Cuándo vamos?

—¿Qué te parece mañana o pasado?

Ese cambio en él, era contagioso. La chica lo notó a medida que una sonrisa llenaba su cara cuando asintió.

—¡Perfecto! Ya tenemos un plan —Se agachó y agarrando unas zapatillas, se las lanzó para que las cogiese al vuelo—. Anda, vamos, muévete, me apetece pasear. Esto de estar en casa con música tan lúgubre me está deprimiendo.

—Es buena música —se quejó Deán.

—Sí, claro, vas a morir joven, vas a morir joven. Tú sigue así y yo misma te sacaré el mal gusto a patadas.


A lo lejos, Gelson les espiaba con nerviosismo sin llegar a entender cómo era posible que la súcubo hubiese pasado de su estado de furia a uno tan relajado que incluso se permitía reír con el humano. Estaba seguro de que a Lukashenko no le iba a hacer ninguna gracia las noticias que tenía.

# CAPÍTULO 17

A pesar de tener las puertas cerradas, la canción «*Just Dance*» de Lady Gaga se oía por toda la acera cercana al local de moda. Los asiduos del bar ya se consideraban miembros de una gran familia unidos no por los lazos de sangre, sino por la necesidad de ser aceptados y tener un sitio al que escapar de una vida monótona y cotidiana.

Tras un corto coqueteo que se había extendido a lo largo de toda la noche, Pamela Leiter seguía a Frank en la que esperaba fuese su primera incursión, pero no la última, al sótano de aquel lugar.

El curtido camarero de casi metro noventa con sus tejanos de marca y una camiseta que resaltaba las horas que dedicaba al gimnasio, era el dueño del local. Con una noche de trabajo a su espalda, se había dedicado las últimas horas a seducirla para tener un poco de diversión en su rato libre.

—¡Dios! Qué ganas te tenía —gimió Pamela tan pronto cerró la puerta y el chico se lanzó a besarla en el cuello—. Aún no puedo creerme que esté a punto de hacerlo contigo. Mis amigas se van a morir de envidia.

Cuando Frank se separó, el gimoteo que escapó de sus labios la hizo parecer más niña de lo que ya era.

—Tranquila, no querrás que tu primera vez sea algo rápido y sucio. Te tengo preparadas algunas sorpresas.

—¿En serio? ¡Me gustan las sorpresas! —exclamó ilusionada.

La sensualidad con la que los rizos rubios adornaban sus hombros desnudos y el inicio de sus juveniles pechos, ayudado por aquel ajustado vestido que definía todas y cada una de las curvas de su cuerpo, la hacían verse como una afrodita del deseo.

De los labios de Frank brotó una sonrisa. Se había acostumbrado con rapidez a las niñas de papá que entraban a su bar. Todas querían ser especiales y estaba más que dispuesto a complacerlas, revolcándolas en su cama.

Se acercó hasta un panel de madera que movió con cierta dificultad dejando al descubierto una puerta de acero. Sacó del bolsillo una llave, analizando el rostro de la chica mientras abría. Había perdido gran parte de su seguridad.

—¿Qué hay ahí dentro? —preguntó con nerviosismo.

—Te prometí algo inolvidable. No esperarías que eso fuese en un colchón en el suelo de mi sótano. ¿A que no? —Esperó unos segundos calculados en los que la dejó dudar de sí misma—. Si prefieres dejarlo lo entiendo, no todas las chicas están a la altura.

Notó cómo el desafío se clavaba en el orgullo de la muchacha cumpliendo con su objetivo.

—Por supuesto que quiero, es solo que soy muy curiosa.

Sus valientes palabras quedaban desmentidas a cada paso dubitativo que daba hacia la habitación. Mientras la miraba, Frank se tuvo que girar para que no viese como sonreía.

En un gesto caballeroso la dejó pasar delante, más para mirarle el culo que como educación. Con sus diecisiete años, Pamela estaba acostumbrada a magreos rápidos a escondidas en algún rincón cualquiera, por lo que se asombró con aquel cuarto.

Alumbrada tan solo por unas lámparas con forma de vela dispuestas por todo el cuarto, los catorce metros de habitación la hacían parecer más espaciosa de lo que era en realidad. La luz era absorbida por el negro con el que estaban pintadas tanto las paredes como el suelo, dando la sensación de que la estrella roja de cinco puntas sobre la que descansaba la cama flotaba sobre un vacío absoluto.

Pamela iba a retroceder cuando sintió una mano a su espalda que la invitaba a entrar, empujándola con suavidad. Cuando Frank cerró la puerta, habló con cariño seduciéndola con el tono ensayado de su voz.

—Este es mi cuarto de sueños, aquí vengo a pedir cualquier cosa que quiera realizar en mi vida. Por ejemplo, ayer mismo pedí que una mujer impresionante se fijase en mí. —Pasó una mano por la mejilla de la chica y la notó temblar con el contacto—. Así que ya sabes, solo tienes que pedirlo y descubrirás que en este cuarto se harán realidad tus deseos más íntimos.

—¿De verdad?—preguntó en un tono que a pesar de su esfuerzo sonó más asustado que sensual.

—Claro pequeña, pienso complacerte como no lo hará nadie más en tu vida. Será una noche que jamás olvidarás.

La muchacha examinó el cuarto. No se sentía cómoda en él, pero no podía salir como si tal cosa ahora que todas sus amigas la habían visto bajando con Frank. ¿Qué dirían de ella? Aunque tenía un nudo en el estómago, exhibió una sonrisa tirante y caminó de forma sensual hacia la cama. Se puso sobre ella en la misma postura que había ensayado toda la semana frente al espejo e intentó transmitir un leve atisbo de erotismo a través de sus palabras.

—¿Así que has montado todo esto solo para mí?

—Es un cuarto para complacerte a ti y solo a ti.

Sus ojos se desviaron de manera imperceptible a la misma sujeción donde había tatuado una muesca por cada chica a la que había seducido entre esas mismas sábanas.

¿Cuánto tardaría en conseguir que se agarrase a ella?

Pamela, creyendo cada palabra que salía por la boca de ese ángel carnal, gimió de placer mientras movía su cuerpo de manera sensual para el deleite de su espectador.

—No me gustan las camas tan puras. ¿Me ayudas a cambiarlo?

Una corriente eléctrica recorrió su cuerpo cuando Frank se acercó y la besó en la boca. Había merecido la pena esperar para disfrutar ese momento.

—Antes dime. —El tono de voz duro que usó el camarero rivalizaba con la suavidad con que sus manos recorrían impacientes su cuerpo—. ¿Hasta dónde estás dispuesta a llegar por mí?

—¿Cómo?

—Hasta donde llegarás esta noche por mí.

—Hasta el final —respondió segura de sí misma.

—No cariño, no me entiendes. Eso quizás les sirva a los niñatos a los que estás acostumbrada. Yo quiero más.

—¿Qué más quieres? —preguntó curiosa a la par que dejaba escapar un gemido cuando Frank introdujo la mano por debajo de su vestido rozando su ropa interior.

La mueca de desprecio y deseo en aquel hombre permaneció invisible en Pamela que tenía los ojos cerrados disfrutando de la caricia íntima. La dejó esperando ansiosa por cada roce permitiendo al placer extenderse más allá de sus expectativas.

Los labios de ella buscaron su boca ansiando saciar un fuego interno que amenazaba con quemar su sentido común. A medida que el camarero seguía con las caricias, los suspiros se convirtieron en pequeños gemidos.

Entre todas las cosas que Frank sabía hacer en esta vida, esta era una de las que más le gustaban. Ahora estaban en su terreno, habló con la seguridad de quien sabe que la decisión ya está tomada.

—Quiero que te entregues por completo, que hagas por mí hasta lo imposible si te lo pido.

—Lo haré. —Ella misma fue la más sorprendida cuando las palabras salieron de su boca mientras suspiraba—. Estoy preparada para lo que quieras.

—De acuerdo, demuéstralo. Dame tu mano. —De golpe sacó las manos de su vestido dejándola cerca del placer definitivo.

Aunque la muchacha se sorprendió y estuvo a punto de quejarse, notó en la mirada del chico que no era buena idea. Con cierta reticencia, extendió su brazo.

Frank la cogió con firmeza, tirando de ella hasta sentarla en el suelo al lado de la cama.

—¡Espera! ¡No, no, no, no! —El miedo que sintió cuando el chico sacó una navaja de su bolsillo le hizo perder la magia del momento—. No me hagas daño, por favor. No me hagas daño.

—Tranquila, extiende tu mano.

—¡No quiero, no me hagas daño! —exclamó asustada.

—Está bien, si quieres te puedes ir. —La habló con dureza, marcando sus dedos en la muñeca de ella—. Pero si lo haces, no vuelvas a mirarme a la cara. ¡Dijiste que harías lo que te pidiese! Odio que me mientan.

—Pero es que...

—¡Tú decides! ¿¡O eres mía del todo o cruzas esa puerta sin atreverte a volver a mirar atrás!? —Con un toque de resignación añadió—. Creí que eras especial, que lo nuestro era especial.

Durante unos interminables segundos Pamela no dijo nada. Él ni siquiera la quería mirar.

—Soy tuya —habló con timidez, como si a su voz le diese miedo salir.

En el fondo así era. Tenía miedo, pero no podía echarse atrás. Frank le gustaba mucho. Se ruborizó cuando sintió que le agarraba de las manos y la miraba con la cara llena de esperanza.

—¿En serio?

—Toda tuya, para siempre. Para todo lo que quieras.

Cuando le cogió de la mano, en la cara de Pamela solo se veía reflejada la más absoluta entrega. El filo de la navaja penetró con facilidad aquella piel blanca, provocando un pequeño corte en la palma de la mano donde salieron unas gotas de sangre.

—¡Llamal andïal junero asiak oscum tru!

Frank arrastró la mano de la chica como si solo fuese una herramienta y no la extensión del cuerpo de otra persona. Restregó su sangre por el suelo mezclándola con la pintura roja con que estaba dibujada la estrella

—¡Llamal andïal junero asiak oscum tru! —repitió poniendo énfasis en cada palabra.

—¿Qué haces?

La ignoró.

Por muy buena que estuviese esa mocosa, ella no tenía cabida en ese momento.

—¡Llamal andïal junero asiak oscum tru! Señores de los infiernos oíd mi suplica y aceptad en sacrificio el amor de esta mujer que voluntariamente se entrega a mí por primera vez en vuestro honor.

Aunque Pamela estaba temblando, cuando los labios de él le robaron un beso todo dejó de importar. Sintió cómo su cuerpo se encendía al contacto con sus manos, mientras la levantaba para arrastrarla de nuevo a la cama.

Un agradable cosquilleo fue su recompensa cuando los labios de Frank recorrieron el contorno entre sus pechos mientras la quitaba el vestido.

Llevaba tiempo queriendo dar rienda suelta a sus fantasías con aquella niñata. Ese fue el motivo por el que le entraron unas ansias homicidas cuando llamaron a la puerta.

—¿Quién es? —susurró ella con la respiración ligeramente agitada y un rubor extendiéndose por sus mejillas.

—¡Y yo qué mierda sé! ¿Te crees que tengo telepatía? Pero sea quien sea, esta despedido.

Cuando abrió la puerta, Pamela pudo reconocer al camarero que solía atender la barra cuando Frank no estaba. La manera en la que el muchacho la miró la hizo ruborizarse mientras cogía la sabana para taparse.

Con un carraspeo, su jefe le indicó que fuese breve. El muchacho le dirigió unas palabras al oído y vio cómo el músculo de la mandíbula de Frank se iba tensando.

—Dame un momento pequeña, tengo que subir. —Ella hizo un gimoteo que ignoró mientras cogía su cazadora—. Los capullos vienen un viernes a la noche a ver cómo tengo los papeles, como si no tuviese otra cosa que hacer en mi puñetera vida que atenderles.

—¿Tardarás mucho?

—Adiós guapa —se despidió el ayudante a toda velocidad mientras Frank cerraba la puerta sin responderla.

El sonido de la llave desde el otro lado la avisó de que estaba encerrada. Allí dentro, el silencio que se formó era opresivo.

Para no pensar se centró en el color de las paredes que de alguna forma, la arrastraba llevando su estado de ánimo a un vacío que no se podía llenar entre esos muros. Angustiada, se tumbó sobre la cama abrazándose las piernas mientras los segundos se volvían horas.

—Joder Frank, no tardes.

—¿Es ese tu deseo? —La voz que sonó, llenaba la habitación dificultando averiguar desde donde había venido.

Le había visto cerrar la puerta y no le había quitado ojo desde entonces. ¿Por dónde había entrado?

—Frank ¿eres tú? —Pamela se giró de un lado al otro sin llegar a ver a nadie allí dentro.

—No, no lo soy.

—No estoy para bromas Frank, sal y deja de hacer el tonto.

Era imposible que hubiese alguien, no había un hueco donde esconderse. A lo mejor eran unos altavoces que...

Dejó de pensar cuando la risa de aquella voz llenó el espacio entre esas cuatro paredes.

—Por favor, si Frank te hiciese esto tendría un tétrico sentido del humor. ¿No crees? Aunque claro, su sentido del humor no es lo más interesante de él. —El aire pareció electrificarse—. Lo mejor de tu querido amigo es la capacidad de sacrificio ajeno que puede provocar.

Pamela siguió la voz hasta una esquina donde una figura parecía estar mirándola sin moverse ¿cuánto llevaba ahí? ¿Cómo es que no la había visto antes?

—Él no me haría daño.

—No entraré en discusión —comentó restando importancia a la afirmación de la chica.

La sombra se movió con elegancia hasta un lugar donde pudo captarle la luz.

Al verle, Pamela se quedó sin aliento. Frank era un chico guapo pero al lado de aquel Adonis con el rostro cincelado en mármol, quedaba a la altura de Quasimodo. Tenía el pelo tan negro como la mirada que le estaba dedicando. Su traje oscuro, hecho a medida, marcaba las formas de un cuerpo escultural. Se estaba acercando a ella con la majestuosidad de un depredador nato atravesándola con aquellos ojos grises.

Cuando Pamela fue consciente de que lo estaba mirando con la boca abierta, la cerró. La sonrisa que aquel ángel le estaba dedicando, la hizo sentirse dichosa. Tenía la impresión de que algo tan sumamente hermoso no podía ser humano.

Sentirlo tan cerca, hizo que se moviese incómoda en el sitio. Por algún motivo, una parte de sí misma podía sentir un aura de maldad que emanaba de aquel hombre. Era tan fuerte que la impelía a salir corriendo de allí sin girarse. A pesar de todo, otra parte más irracional, más antigua y maleable de sí misma, la indicaba que podría quedarse a jugar como nunca en su vida había soñado.

—¿Quién eres? —le preguntó curiosa

—Eso no es importante. En cambio, tus deseos sí que me interesan.

—Ahora vendrá mi novio. —Ni siquiera sabía cómo aún era capaz de pensar en él, con la forma tan exagerada que tenía su cuerpo de reaccionar frente al desconocido—. Tendrás problemas si te pilla.

—Me arriesgaré. Después de todo fue él quien me invocó.

—¿Invocarte? —Le costaba respirar, la cercanía de aquel individuo la impedía concentrarse en las palabras que parecían propensas a escurrirse por algún hueco en su cerebro.

Para su desgracia, su mente solo era capaz de retener imágenes donde se entregaba por completo a ese hombre saciando todos sus apetitos como si le fuese la vida en ello. Y por la forma en que la miraba, parecía como si aquel chico fuese capaz de ver sus pensamientos y le divirtiesen.

Con una lentitud exasperante, acercó su boca hasta ella.

Para su frustración, se detuvo cuando solo faltaba un centímetro para besarla.

—¿Te das cuenta de que estás casi desnuda frente a mí? —Sonrió cuando la chica cogió uno de los cojines intentando taparse.

—Déjame vestirme —susurró Pamela mientras una parte de su yo interno suplicaba porque dijese que no.

No la respondió, ni siquiera se molestó en girarse. La muchacha le miró a los ojos. Cuando comprendió que no iba a darla intimidad, se apartó el cojín y comenzó a ponerse el vestido. Una oleada de deseo la invadió mientras hacía verdaderos esfuerzos por no arrancarse cada prenda para exhibirse ante él. A pesar del apetito sexual que iba invadiendo cada fibra de su ser, intentó componerse como mejor pudo ante el escrutinio atento de aquel hombre que en ningún momento apartó su mirada.

—¿Te sientes mejor ahora que estás vestida? —la preguntó con tono irónico tan pronto acabó de arreglarse.

—Sí. —No pudo evitar volver a ruborizarse, parecía que los ojos de aquel Adonis aún podían ver a través de su ropa—. ¿Quién eres?

—El demonio al que habéis invocado.

Pamela frunció el ceño ante aquella broma tan mala. Se alisó el vestido con las manos intentando aparentar tranquilidad.

—Sí, claro, un demonio, muy bueno. ¿Así es como Frank se ríe de sus amigas? Dile que se vaya a paseo.

No había ni el asomo de una sonrisa en la cara del chico. Si aquello era una broma, él era el mejor actor del mundo.

Toda su piel se erizó con el contacto cuando el desconocido puso un dedo sobre su barbilla y la obligó a mirarle a la cara.

—¿Te parece una broma hacerme venir para nada? —El tono era tan dulce como peligroso.

Aquellos ojos. Aquellos ojos podían inducirla a la locura si lo deseaba.

—No. —La palabra escapó de sus labios con timidez.

—Buena respuesta. Ahora, hagamos un trato. Yo deseo tu alma ¿qué pides a cambio?

No podía ser cierto.

—Yo no te invoqué, fue Frank.

—Pero la sangre era tuya, él fue solo un medio para traerme hasta ti. Además, si me permites la confianza, eres mucho más guapa.

Su mirada la penetró como si fuese capaz de leer los secretos que escondía dentro de su alma y satisfacerlos. Lo sintió tan cerca, que el aroma que desprendía se clavaba en sus fosas nasales aumentando el erotismo que transmitía.

Un deseo, ¿por qué no un beso? Cuando saliese Frank de las sombras para acabar con aquella broma, podía decirle que era mucho más inteligente que ellos y les había descubierto. Pero ¿y si no salía? ¿Y si quería ver hasta dónde llegaba? Esa situación podía irse con facilidad de las manos.

Tenía que pensar en otra cosa, aunque su cabeza parecía querer concentrarse tan solo en una. En su cuerpo, las hormonas funcionan con energía extra. Todo su ser clamaba por que la tomase, incluso sin saber siquiera su nombre. Hasta la respiración se le estaba acelerando con solo imaginárselo. Pensar, tenía que pensar. A la mente le vino la fantasía de pedir que la amase toda la vida. Menuda idiotez, solo conseguiría que aquel estúpido juego provocase la risa tonta de los implicados. Tenía que ser algo imposible para acabar cuanto antes con esa broma.

—Deseo ser famosa.

—Concedido —lo dijo en un tono tan solemne que no se dio cuenta de que le había creído hasta que se percató de que estaba aguantando la respiración.

Pamela miró de izquierda a derecha intentando ver algún cambio. No pasó nada.

No quiso admitir que en el fondo estaba un poco decepcionada. Sin darse cuenta, su tono de voz al hablar sonó más despectivo.

—Bueno, señor de los infiernos ¿voy a tener que esperar mucho? ¿Qué seré? ¿Actriz, cantante?

Aquella sonrisa que antes había encontrado arrebatadora, ahora parecía una mueca de desprecio.

Desde que Frank la había encerrado, no se percató del silencio que la rodeaba. De todas formas, las notas a todo volumen de la canción que sonaba penetraron incluso en aquellas paredes insonorizadas. No era capaz de reconocer la tonada de la melodía. Aun así, le estaba poniendo la piel de gallina.

Dedicó una mirada interrogativa al hombre que seguía allí de pie, sonriendo.

—Tranquila, tu deseo requiere algo de tiempo. No serás actriz, ni cantante, ni modelo. Te harás muy famosa al ser la única superviviente de la terrible tragedia de esta noche. —El tono de su voz era macabro.

Por debajo de la puerta, el humo que empezó a filtrarse fue llenando poco a poco la habitación. Por primera vez Pamela miró al desconocido con terror.

—¡Yo no he deseado esto! Dije que quería fama, no un incendio. —Sus pensamientos volaron hacia la muchedumbre que había arriba—. ¡Páralo, detente!

El hombre analizó lo que acaba de decirle.

—Esta noche estoy generoso y tú, estás de suerte. Te propongo otro trato. Puedo hacerte muy famosa siendo la única víctima de este accidente. No morirás, pero sufrirás terribles dolores de por vida. Creo que es un trato justo, ¿qué te parece?

—¿Qué clase de dolor?

—No sé, seamos originales. —Se acercó y con la punta de un dedo le retiró un mechón de pelo—. Te quemaré esta preciosa cara y uno de tus ojos, el otro lo conservarás para que puedas ver el asco y la compasión con que la gente te mirará. De la piel... casi no conservaras nada. Eso sí, dejaré intactos tus nervios para que ningún calmante pueda parar el dolor.

La expresión de horror de la chica le hizo reír.

—¡No! No quiero sufrir, por favor.

—¡Eh! ¡No te preocupes! Todavía sigue en pie tu deseo así que los de arriba morirán, incluyendo a tu hermana y todas vuestras amigas. Creo recordar que te seguían esperando. Puede que incluso deje vivir a Frank, aunque si no quieres no pasa nada. Esa rata de cloaca creo que no se lo merece. Eso sí, es tu decisión.

La desesperación de la chica estaba marcada en su rostro.

—¡No quiero sufrir, por favor, no quiero sufrir!

—No hay problema, pídeme que los mate a todos y lo haré sin hacerles sufrir.

—¡No! — gritó fuera de sí—. ¡No puedo!

—¡Pídelo!

—¡No puedo!

—Vale, está bien. —El hombre avanzó hasta la puerta y de una patada, la arrancó de su sitio arrojándola contra la pared del fondo—. Tú verás lo que tardas en decidirte.

El fuego penetró con fuerza en el cuarto devorando las paredes a su paso. El calor era palpable, atenazó sus pulmones provocando que cada bocanada de aire fuese dolorosa. A pesar de eso, aquello no era lo peor. Sin la barrera de la puerta, los gritos de agonía provenientes del piso de arriba eran perfectamente audibles. Aquel sonido atravesaba sus tímpanos, provocándola un dolor físico.

—Mátalos a todos.

El demonio pareció volver a centrar su atención en ella y se acercó con una peligrosa sonrisa en los labios.

—No te he oído. ¿Qué has dicho?

—Mata a todo el mundo.

—¿Quiénes son todos? Debes especificar, si no me das detalles a lo mejor me confundo. ¿Quieres que ponga fin a toda la humanidad?

Los ojos de la muchacha se inundaron de lágrimas, no sabía si a consecuencia del humo o de la conversación con el demonio. Tuvo que hacer varios intentos antes de lograr que la frase saliese de sus labios.

—¡Mata a mi hermana y mis amigas, mata a Frank y a todos los que están arriba! ¡Mata a todo el que está arriba por favor!

—Si me lo pides por favor, es imposible que pueda negarme. —Los gritos cesaron de repente.

Pamela levantó la cabeza con la cara descompuesta por el dolor. En la mirada que dirigió a aquel ser había una súplica muda.

Nunca, en sus diecisiete años de vida, creyó ser capaz de identificar a su hermana con solo un grito. Pero sí que fue capaz. A este se le unió otro chillido y otro más, hasta que el aire se llenó de una música sobrecogedora que llenó sus oídos.

Al tirarse al suelo de rodillas la pierna izquierda se le despellejó, pero no le importaba porque ni siquiera lo había sentido. Todo lo que podía sentir eran sus propias manos tapándose las orejas en un intento de acallarlo todo.

Era inútil.

—¡Detente! ¡Para! ¡Mátame a mí!

—Me estas volviendo loco —añadió el demonio mostrando unos dientes perfectos—. Teníamos un trato; que si matas a este, que si ahora quiero que muera aquel, que no que mejor acaba con todo el mundo, ahora que la que se quiere morir soy yo... Decídete. No tengo toda la eternidad.

Pero ya no le oía, su mente se había roto y estaba más allá de él en este momento.

El demonio la dejó hundirse en su miseria mientras los gritos se apagaban junto con el fuego. No habían pasado ni cinco minutos. En el aire, solo se oían los sollozos ahogados de la destrozada muchacha.

—¿Ves que fácil ha sido? —la indicó—. Yo siempre cumplo.

Con un movimiento de su mano, las llamas se hicieron dueñas del cuarto invadiendo aquel rincón del bar.

Pamela comenzó a chillar histérica.

—¡No, no, no, no! Me dijiste que si pedía que los matases a todos me dejarías vivir —gritó presa del más absoluto horror.

—Claro, yo siempre respeto los pactos. —Su sonrisa se hizo más amplia que antes si aquello era posible—. Y como estoy muy generoso, he decidido cumplir todas tus peticiones. Estate tranquila, no morirás.

Los gritos llenaron la habitación cuando las llamas empezaron a besar la piel de la chica.

Gritó. Gritó hasta que sintió como sus cuerdas vocales se le desgarraban. A pesar de eso, escuchó con claridad en su cerebro la risa del demonio.

Cuando todo cesó, el hombre metió la mano derecha en el bolsillo del pantalón y caminó por la habitación mientras las llamas le cedían paso apartándose, para luego cerrarse otra vez sobre la inerte muchacha.

Ya se oían las sirenas cuando llegó a la calle.

—Siempre me ha gustado la carne a la brasa —comentó inspirando con fuerza, disfrutando de la libertad con la que gozaba en ese mundo.

# CAPÍTULO 18

Tumbada sobre la colcha de su cama, Ivette miraba a su hijo con los brazos apoyados sobre la nuca.

—Sí, esa también te queda bien —le señaló.

—Seguro que lo dices para que lo deje ya —comentó Deán con nerviosismo, arrojando la camiseta que se estaba probando sobre la montaña de las que ya había desechado—. No lo entiendes, tengo que estar perfecto.

—Tranquilo, es normal que estés nervioso en tu primera cita.

—¡No es una cita! —exclamó.

Su madre comenzó a reír lo que provocó que Deán pusiese los ojos en blanco frustrado.

—¿Estás seguro de que no lo es? Entonces ¿por qué estás tan nervioso?

—A veces me pregunto por qué no me independizo.

—Porque al emanciparte, no tendrías el desayuno preparado cada mañana. —Ivette se levantó de la cama, escogió una camiseta gris con rayas horizontales rojas y una sudadera azul oscuro junto con unos jeans del mismo color—. Así estás perfecto.

Deán la miró sin estar convencido del todo, pero podía pasarse el resto de la tarde probándose conjuntos o salir ya de ese círculo vicioso.

—Gracias.

—Estás muy guapo pero...

—¿Pero qué? —exclamó preocupado—. ¿Me falta algo más?

—Tan solo no se te ocurra vestirte sin ducharte y échate colonia. Las chicas valoramos mucho esas cosas.

—Lo sé, lo sé —concedió—. No has criado a un guarro.

Aún se oía la risa de Ivette cuando abrió el grifo de la ducha. Estaba nervioso. Mucho más nervioso de lo que le gustaba admitir. Sentir el agua en su piel le ayudó a relajarse.

Tras secarse, se echó gomina en el pelo intentando darle un nuevo look. Aquello provocó que adquiriese un aspecto más caótico que de costumbre.

Aunque todos los días de su vida por un motivo u otro tenía miedo, hoy además estaba nervioso. Su corazón latió desbocado cuando oyó el sonido de la puerta indicándole que se le hacía tarde.

—Ya ha llegado Veru —le informó su madre entrando al baño—. Dios mío ¿pero qué pelos te has puesto? —Con unos ligeros retoques de sus manos, logró domárselo—. Mucho mejor. Vamos anda, date prisa, no la hagas esperar.

Mientras iba hasta el salón, los latidos de su corazón fueron aumentando el sonido hasta hacerse ensordecedores. Poco le estaba faltando para irse corriendo al cuarto y esconderse debajo de la cama.

Al entrar, en el salón, Verushka estaba mirando el mundo exterior a través de la ventana. El sol aprovechaba los pocos momentos de luz que le quedaban para regalar sus últimos rayos y permitir a Deán ver su pelo brillar como fuego líquido. Llevaba puestos un pantalón vaquero ajustado de color azul oscuro, con una blusa negra y complementada con unas botas negras que tenían poco tacón.

Al volverse para mirarle, el brillo en los ojos de la chica hizo que su corazón brincara feliz.

—¿Ya estás listo? —La voz musical con la que pronunció la frase, le hizo sentirse mal por hacerla esperar.

—No, digo sí. —El popurrí de palabras que tenía en la cabeza solo le dejó formar una frase sincera—. Estás impresionante.

La muchacha sonrió halagada.

—Gracias. Tú también.

Ya cruzaban la puerta cuando el decimoctavo presidente de los estados unidos de América, Ulises S. Grant, le saludó en un billete de cincuenta dólares que le estaba tendiendo su madre.

—No te lo gastes todo en los primeros diez minutos —le pidió—, y sobre todo no vengas tarde.

—No mamá —la prometió cogiendo el dinero—; muchas gracias.

—Tranquila señora Anderson, se lo traeré pronto a casa —bromeó Verushka.

—Llámame Ivette, por favor —la corrigió—. Anda, portaos bien y divertíos.

Ambos asintieron mientras salían por la puerta. La súcubo tiraba disimuladamente del brazo de Deán impaciente por ver su primera feria.

Al llegar, lo primero que la llamó la atención fueron las luces. Miles de bombillas iluminaban la noche de Nueva York con rojos brillantes, azules eléctricos y amarillos flúor que decoraban las docenas de atracciones que había en el parque.

La súcubo miraba a su alrededor pasmada. Nunca se había imaginado un sitio parecido. Tanto niños como adultos disfrutaban de las maravillas que los feriantes ofrecían en sus puestos. Todo tipo de personas anunciaban con altavoces o a voz en grito diversión, comida, juegos malabares e incluso sorteos. Algunos de los asistentes abandonaban el puesto sin llevarse nada y otras veces, rodeados de premios que constataban su buena suerte, pero todos lo hacían con una sonrisa.

Deán dejó espacio para que Verushka admirase el lugar, disfrutando de cada una de sus reacciones ante el gentío. Estaba seguro de que aunque le había explicado mil veces en qué consistía una feria, no se esperaba una experiencia como esta.

Se emocionó aún más cuando se detuvo delante de su atracción favorita, los autos de choque.

—¿Por qué cuando se pegan los unos con los otros la gente se ríe? En las noticias no parece tan gracioso.

—Son coches de mentira, aquí el riesgo de un accidente serio es casi inexistente. De hecho, es muy divertido. ¿Te apetece probar?

Verushka lo meditó unos segundos y asintió.

—¿Puedo conducir yo?

—Claro, es muy fácil.

Mientras esperaban la cola para poder montar, Deán le explicó el funcionamiento de los coches.

Verushka apenas entendió nada, excepto que tenía que meter la moneda con el sonido de una trompeta y que el coche arrancaría solo. Tenía ganas de preguntar por qué los de las calles necesitaban una llave y en cambio éstos, con una simple moneda arrancaban sin problemas.

Cuando les tocó el turno, no tuvo mucho tiempo de analizar esa peculiaridad. Deán se sentó con ella y en cuanto metió la ficha comenzaron a moverse.

Aquel volante no dejaba de dar vueltas solo y al parecer, en cuanto vieron que era presa fácil, los golpes empezaron a sucederse. Tardó un poco en cogerle el truco pero cuando lo consiguió, empezó a ser ella la que perseguía a los coches para vengarse.

Se obcecó tanto con un niño, de no más de doce años, que provocó una aglomeración en una esquina mientras rompía a reír sin parar.

Se lamentó cuando la música paró y el coche dejó de funcionar.

—Tenías razón, está genial. Creo que soy una conductora excelente.

—Sí, pero no te emociones demasiado. Con los coches de verdad no es tan fácil.

—¿Podemos repetir, por favor? —preguntó con aquel tono de niña pequeña.

—Si quieres sí, pero te aviso que hay mucho más por ver. —El muchacho señaló el resto del parque con un gesto de invitación—. Esta noche, aprenderás lo que es divertirte.

—Está bien —concedió impaciente —Tú guías.

Deán la llevó a otra atracción donde unas vías llevaban vagonetas en distintas subidas y bajadas a toda velocidad. Mientras esperaban, la chica contemplaba absorta cómo las personas entraban en aquellos vagones entre nerviosos e impacientes.

Se quedó observando el letrero con letras rojas y azules de *el ratón vacilón* que anunciaba la mejor montaña rusa de todo el continente. Estuvo analizando en qué se parecía una montaña rusa a aquel artilugio hasta que les tocó el turno.

La pareja de enfrente les dejó pasar ya que la chica dijo que ir la primera le daba miedo.

—Cobardica —susurró Verushka impaciente.

—De hecho, yo preferiría ir en la cola —susurró Deán—, ir delante da mucho más miedo.

—¿En serio vas a obligarme a sacarte las tripas para que me hagas feliz y montarte delante?

La cara de espanto que puso Deán la encantó.

—No, claro que no.

—Pues ya te estás montando.

Se rió de manera disimulada cuando vio que el muchacho se sentaba titubeando.

En cuanto arrancó, la sensación en las curvas y en los descensos la hizo chillar de emoción. Incluso levantó los brazos en varias ocasiones dejando que la adrenalina diese rienda suelta a sus instintos.

Aquello era fantástico. Una maravilla. Podía estar todo el día allí dejando que la sensación de vértigo cada vez que subía y bajaba la proporcionasen esa sensación de euforia que tenía.

Cuando la atracción terminó, Verushka estaba segura de que nunca en su vida había gritado tanto. No dejaba de comentar lo que la había impresionado la velocidad que alcanzaban los vagones y la sensación de que de un momento a otro se iban a salir o a caer. La encantó.

—Quiero repetir.

—No creo que yo pueda volver a montar —contestó Deán.

—Pero si me ha encantado.

—Lo sé, poco más y me dejas sordo. Yo hace tiempo que no iba en el primer vagón y no recuerdo la última vez que mi estómago bailó tanto como ahora.

—¿Y eso? ¿Tanto te gustaba la música?

—No, eso significa que me mareé un poco y tengo el estómago algo revuelto. Deberíamos comer para asentarlo. —Deán señaló a un puesto de perritos calientes—. ¿Te apetece uno?

—Nunca los he probado.

—Pues vas a alucinar —comentó pagándole al chico—. Dos por favor con kétchup, mayonesa y mostaza.

Verushka le miró a la cara dubitativa antes de atreverse darle el primer mordisco. El sabor que estalló en su boca, activó sus papilas gustativas mientras gemía de placer.

Deán comenzó a reír.

—Me parece que sí que te gustan.

—Son increíbles. ¿Puedo pedirme otro?

—Claro. —Le dio el dinero al dependiente—. Otro perrito caliente por favor.

Le hizo gracia la manera ansiosa con que su amiga lo mordió.

—¿Sabes?, —le confesó Verushka—. Jamás pensé que los perros supiesen tan ricos. ¿Qué tal están los gatos?

Una señora que pasaba al lado, se les quedó mirando escandalizada al escucharla.

—Esta no es carne de perro —la explicó Deán mientras la cogía de la mano y la alejaba de allí.

—¿Seguro? Está muy bueno. ¿Qué es entonces?

—Carne de cerdo o de pollo.

—Entonces ¿no deberían llamarse cerditos calientes, pollitos calientes o algo así?

—No suena igual.

—Y la carne de perro ¿cómo sabe? ¿También hacéis salchichas de estas con ellos? Si saben la mitad de buenos que esto entiendo porque algunas personas los tienen en su casa.

—Los criamos como mascotas, no para comerlos.

Verushka frunció el ceño, confusa.

—¿Nadie come perros?

Lo tuvo que pensar antes de responder.

—Sí, algunas personas. Pero no creo que nadie en todo New York lo haga.

—Pues yo intentaría cocinarlos. Si solo con el nombre esto sabe así, no quiero ni imaginar cómo tienen que estar bien hechos.

Deán intentó borrar la imagen mental que se creó en su cabeza con aquellas palabras. Le gustaban los perros demasiado para hacerlos a fuego lento.

Decidió mejor acercarse a otro puesto y compró un postre que Verushka miró con curiosidad.

—¿Cómo se llama esto?

—Algodón de azúcar. No puedes ir a una feria y no comerte uno. Es una tradición.

La chica miró aquel palo que sujetaba una especie de nube rosada sin atreverse a comerlo. Al tocarlo con los dedos, lo notó pegajoso.

Desde luego, nada que ver con los perritos calientes. A pesar de todo, la cara risueña de Deán la animó a probarlo.

—Joer, pero si está buenísimo. —Verushka le quitó el palo y cogió otro trozo mientras seguían andando—. Que dulce. ¿Y qué se supone que es eso de ahí? —preguntó señalando una circunferencia que no paraba de dar vueltas.

—Una noria. ¿Te quieres montar?

—Sí, claro. ¿Por qué no?

La chica avanzaba dando saltitos emocionada.

A medida que se acercaban, el pensamiento de Deán de que estaría encerrado con ella en un cubículo con las mejores vistas de la feria, le aceleró el corazón. Siempre había creído que era el mejor sitio para besar a una chica y puede que esta fuese su mejor oportunidad para hacer algo especial.

Verushka se había puesto a la cola y no dejaba de mirar los vagones que se elevaban hacia el cielo lanzando exclamaciones.

Cuando ella le miró con esa sonrisa, la piel de Deán se erizó. Las manos se le llenaron de sudor a medida que la fila les acercaba más y más a la atracción.

*«No te preocupes, todo va sobre ruedas. La cita, las luces, la noria, ella. El momento es perfecto.»*

Pronto les tocaría el turno de subir y no veía el momento de salir corriendo de allí. Era una locura. Estaba a punto de declararse a un demonio. Pero cuando le cogió de la mano para montarse donde les tocaba, llegó a la conclusión de que por lo menos ella era el demonio más hermoso que existía en todo el mundo.

Estar tan cerca le hizo sentirse embriagado. La noria comenzó a moverse y poco a poco se elevaron hacia el cielo. Verushka no paraba de mirar hacia fuera impresionada.

—Es precioso, Deán —le comentó—. Puedo ver toda la ciudad.

—Lo sé. —Carraspeó en un intento de llamar su atención—. Es muy bonito, pero verás, yo...

—Es lo más hermoso que he visto nunca.

*«Dile que no puede compararse a su sonrisa.»*

El pulso de Deán se disparó cuando a aquel pensamiento se le unieron los ojos de Verushka que se giraba a mirarlo.

—Deán ¿estás bien? —preguntó extrañada—. Te noto muy pálido.

*«Sí, dile que nunca habías estado mejor que cuando estás con ella.»*

—¿Deán? —La chica empezó a preocuparse cuando vio que temblaba ligeramente—. ¿Te encuentras mal? ¿Quieres que pida que paren?

*«Dile que te gusta, que estás enamorado.»*

—Yo... —El semblante del muchacho estaba totalmente pálido—. Creo que me ha sentado mal la cena.

*«Cobarde.»*

No le respondió.

Miró a Verushka que parecía preocupada por él. Quería decírselo, confesarla que le gustaba desde aquel día en que apareció en su vida. Que cada momento a su lado era único y que jamás se hubiese imaginado estar tan feliz como cuando estaban juntos. Quería decirla todo eso y más, pero no estaba preparado para un posible rechazo de su parte.

Ella era un demonio. Estaba acostumbrada a seres fuertes, musculosos y poderosos. Y en cambio iba a recibir una declaración de amor de un humano, un chico débil y cobarde.

Al bajarse de la noria, intentó calmar su preocupación señalando a un hombre que empezó a expulsar llamaradas por su boca mientras la muchedumbre lanzaba exclamaciones de asombro.

—¿Quieres ir a verle?

—¿Quién es? ¿Le tengo que saludar por algún motivo en especial?

El chico negó con la cabeza.

—Es un faquir. La gente suele mirarlos por las cosas curiosas que son capaces de hacer.

Al examinarle, a Verushka le dio la impresión de que aquel hombre estaba intentando apagar las llamas con agua, pero debía de ser un líquido inflamable que al contacto con la antorcha provocaba aún más llamas. Para ella, era más divertido ver las caras del gentío que la actuación. Después de todo, ese truco lo había visto realizar mil veces en seres que de verdad echaban fuego por la boca.

—De acuerdo, vamos a acercarnos.

Sobre un escenario improvisado con cinta adhesiva en el suelo para delimitar la zona, un malabarista que llevaba una especie de camisa de metal con cascabeles jugaba lanzando tres cuchillos en complicadas combinaciones con la pericia que daban los años.

A los tres cuchillos se le unió un cuarto, un quinto y un sexto mientras sus manos hacían gestos sin dejar caer ninguno. Mientras los cuchillos volaban por el aire, fue a una mesa y siguiendo con su actuación, cogió una botella y comenzó a beber como si no pasase nada mientras con una sola mano los seguía manteniendo en movimiento. Cuando la gente empezó a aplaudir, Verushka miró la expresión jovial de Deán y aplaudió con muchas ganas.

El número continuó con un payaso acercándose al malabarista. Tras unas complicadas piruetas en las que se suponía que le estaba entorpeciendo, se dedicó a perseguirle con distintos artilugios tales como un bate o tenedores gigantes. La gente reía y aplaudía cada vez que el malabarista conseguía zafarse sin que perdiese el control de los cuchillos en el aire.

En un momento dado el payaso lanzó una risa de malvado que resonó en los altavoces y cogió de la mesa donde estaban los enseres una motosierra. La arrancó con un ruido ensordecedor y la lanzó sin avisar provocando que la muchedumbre lanzase un grito.

Con una habilidad sorprendente, el profesional de los cuchillos se agachó en el último segundo y levantó la mano agarrando la motosierra en el aire y lanzándola, la unió a los cuchillos en sus piruetas. Hasta Verushka se quedó sin aliento con aquella demostración de maestría. A cada instante pensaba que sería ese el momento en que perdería algún miembro, pero no fue así.

Aquel sorprendente malabarista fue complicando sus movimientos cada vez más, haciendo que toda la gente estallase en un entusiasmo general con una ovación a base de aplausos. Incluso Deán y Verushka se unieron aplaudiendo tan fuerte que les dolieron las manos.

La súcubo se sentía feliz y contenta. Se lo estaba pasando muy bien, por lo menos hasta que vio los ojos del malabarista y se quedó helada. En ese instante, ambos se reconocieron como las bestias que eran.

La función siguió desarrollándose con normalidad. Aunque ahora, los ojos del malabarista y ella se encontraban en una batalla silenciosa. Los cuchillos y la motosierra volaban en una danza mortal, mandando un mensaje claro.

Cuando acabó el espectáculo, Verushka fue la única de las presentes que no aplaudió. Todo lo que había sentido momentos antes rodeada de humanos había desaparecido, sustituido por algo frío que empezaba a apoderarse de su ser.

—Deán ¿me puedes traer otro algodón de azúcar? —le pidió.

—¿Sabes que no es bueno para la salud comer tanto dulce? Te pueden salir caries. ¿A los demonios os salen caries?

—Por favor, Deán —Ni siquiera le miraba—. Te prometo que no te pediré nada más a lo largo del día.

Si el muchacho hubiese estado atento se habría percatado de que algo había cambiado. De que la chica sonriente que había disfrutado aquella tarde con él había desaparecido, suplantada por aquel ser que habitaba en las cavernas del infierno. Por desgracia para él, solo deseaba tener una excusa para complacerla y verla sonreír.

Se marchó corriendo y al no girarse, no pudo comprobar el cambio efectuado en su compañera que con un andar felino empezó a caminar entre las dos atracciones menos transitadas.

A medida que Verushka se adentraba en una zona industrial abandonada, las sombras la acogieron como a una más mientras se alejaba del mundo humano. No tenía miedo a la noche, había sido su aliada durante casi toda su existencia y ahora eran amigas íntimas.

Las farolas de la zona si no estaban reventadas, hacía tiempo que se olvidaron de cambiarles las bombillas. El asfalto por el que se movía contaba con unos boquetes derivados del uso excesivo que antaño debió de sufrir la carretera que separaba ambos lados de la calle.

En un rincón apartado, escondió las botas para que no la molestasen ni la delatasen. Aunque había aprendido a caminar con tacón, hacerlo en silencio era algo más complicado. Le gustaría quitarse también aquella ropa que la restaba movilidad, pero lo más seguro era que se metiese en problemas si alguien la veía.

Todo parecía desierto. Barajó la posibilidad de adentrarse en una de las casas abandonadas para buscar a su presa, pero hacerlo sería perder parte de la ventaja que le proporcionaba estar al aire libre. Una cosa era un ödla que había vivido encerrado en un portal durante quién sabía cuánto tiempo, y otra bien distinta, era este demonio que se atrevía a mostrarse ante todos como si tal cosa.

Un tintineo la hizo agacharse justo a tiempo de esquivar el cuchillo que se clavó contra una pared de cemento.

—¿Es así como saludas a las chicas? —gritó la súcubo—. No debes tener muchas amigas.

Tenía los músculos de su cuerpo en tensión preparados para cualquier sorpresa. El mismo tintineo la volvió a avisar del ataque del hombre que se estaba lanzando contra ella.

Rodó sobre sí misma intentando poner una mayor distancia de su agresor, pero no le fue posible. Como si se tratase de su propia sombra, la siguió en cada movimiento blandiendo sus cuchillos y lanzando peligrosos tajos que cortaban el aire.

En cuanto vio la oportunidad, Verushka le lanzó un cubo de basura para romperle el ritmo y conseguir algo de distancia.

Aquel cabrón era rápido, aun así la maniobra funcionó. Cuando retrocedió para esquivar el improvisado lanzamiento, la permitió separarse lo justo para analizar la situación.

Frente a ella estaba el malabarista que había visto en la función mirándola con ojos golosos.

—Hacía tiempo que no encontraba ninguna presa digna de alimentar mis cuchillos. —La voz armoniosa que estaba usando aún tenía ese tono destinado a las masas—. Te mueves bien para ser un futuro cadáver.

—Gracias, me entreno a menudo para evitar que me maten locos como tú. —Se lanzó intentando pillarle por sorpresa con un golpe bajo destinado a hacerle perder el equilibrio.

Su adversario, con una rapidez fuera de lo normal, saltó a un lado y lanzó otra puñalada que le hubiese abierto el costado si no hubiese girado sobre sí misma para evitarla.

A pesar de todo consiguió agarrar la mano de su rival antes de que pudiese recuperarse y se impulsó para aumentar la velocidad a la que lo lanzó contra la pared.

Fue inútil, el hombre apoyó los pies sobre el muro y subió girando en el aire para caer al suelo con una pirueta antes de lanzarse de nuevo contra ella.

La estaba arrinconando contra una pared. A Verushka no le quedó más remedio que arriesgarse y le dio una fuerte patada en la mano para que apartase el cuchillo.

Acertó. Aprovechó el hueco que había dejado para escaparse de la esquina y le señaló con un dedo intentando controlar su respiración acelerada.

—No lo haces mal, pero sabrás que las armas humanas no pueden matarme. Como mucho conseguirás enfadarme y créeme, no quieres verme cabreada.

El hombre sonrió. Le hizo una seña con el dedo en su sien a modo de disparo y se lanzó sin previo aviso.

Más por reflejos que por habilidad, Verushka dio un salto y extendió su pierna con fuerza alcanzándole en plena cara. Iba a aprovechar su ventaja cuando el malabarista le lanzó uno de sus cuchillos y tuvo que moverse hacia la izquierda perdiendo la iniciativa que necesitaba.

—Eres una zorra. —El hombre lanzó un escupitajo con sangre—. ¿Quién te dio derecho a golpearme en la cara?

—Fuiste tú el que se acercó. Tengo la fea costumbre de no dejarme matar. Además, esos cuchillos pueden destrozarme la ropa y esta blusa me costó muy cara.

El feriante sacó con calma otro de sus cuchillos del cinturón mientras le dirigía una mirada llena de odio. El sonido que provocó al restregar sus armas la una con la otra destrozaban los nervios.

Se pasó la manga de su túnica recogiendo la sangre que manaba del labio roto. Al igual que una hiena acecha a una presa moribunda, comenzó a caminar dando vueltas alrededor de ella.

—Te voy a dar una sorpresa — se jactó pavoneándose con orgullo—, te garantizo que estos cuchillos sí que pueden matarte.

Verushka le miró extrañada. Fue entonces cuando observó el arma clavada en la pared preguntándose cómo podía haber estado tan ciega. Ningún cuchillo humano atravesaría el cemento. Le recorrió un escalofrío por la columna vertebral al darse cuenta de la amenaza a la que se estaba enfrentando.

—Es imposible —gimió la súcubo con miedo—, ningún demonio puede tocar el yuak sin perder su esencia.

—Ese es mi don. No importa lo que haga, mis poderes siempre vuelven. El contacto progresivo al yuak, me hizo inmune a sus efectos. Por suerte para mí, mis víctimas no cuentan con esa ventaja.

Cuando el hombre se lanzó al ataque, Verushka prefirió la prudencia de alejarse a la posibilidad de que la rozase siquiera. Si aquel metal la tocaba, perdería todos sus poderes y esa idea era aterradora.

A medida que evitaba sus puñaladas, la iba arrinconando con una lentitud exasperante. Era frustrante no poder hacer nada para evitarlo.

—¡No es justo, enfréntate a mí como un guerrero de verdad! —le recriminó.

La risotada que soltó su enemigo al verla en aquel estado de desesperación la hizo sentir humillada.

—¿Acaso los demonios capaces de matar con el pensamiento luchan como guerreros de verdad? ¿En qué se diferencian ellos de mí? Considero a mis armas como una extensión de mí mismo y si no te parece bien, siempre puedes presentar una queja.

Cortó su túnica dejando al descubierto la camisa de metal que había mostrado en la actuación. El tintineo que la había avisado de sus ataques, eran aquellos cascabeles que usaba para llamar la atención.

—Por si te lo estás preguntando querida —le informó—, la respuesta es que sí. También está hecha de yuak. Me gustará ver cómo te defiendes de alguien a quien no puedes tocar.

Avanzó hacia ella convencido de que huiría. Pero no sabía bien a quién se enfrentaba.

En lugar de seguir la lógica, Verushka dio un puntapié a una botella vacía de cerveza que había por el suelo lanzándosela al pecho. No alcanzó su objetivo, pero durante el segundo que necesitó el malabarista para seguir al proyectil con la mirada la perdió de vista lo suficiente como para encontrarse con el puño de la súcubo en su cara.

—Nunca me han gustado los chulos que se lo tienen tan creído. —Había tenido cuidado de no tocar la camisa, pero aun así, las manos le temblaban de los nervios—. Podemos dejar esto en tablas o si lo prefieres puedo matarte de una manera dolorosa.

El odio que desprendía la mirada del feriante, le decía que ni siquiera se lo iba a pensar. Verushka lanzó un bufido mientras se preparaba para el siguiente ataque.

—¿Qué te dije de pegarme en la cara? —la chilló malhumorado—. Vas a pagar por esto.

—Lo siento, si te quitas tu chaleco antidemonios te prometo que será un placer romperte las costillas.

—¡Zorra!

—¿Es que no sabes más insultos?

—Claro que sí. ¡Puta!

Verushka sabía que si se conseguía enfadar lo bastante a un rival, se le podía obligar a cometer errores al dejarse arrastrar por la ira. Pero no ocurrió lo mismo cuando aquel hombre se lanzó a por ella.

Al contrario de lo que pensó que conseguiría en un principio, su enemigo demostró ser paciente, con movimientos precisos. Llevaba la lucha a su terreno mientras la iba arrinconando contra una esquina. Cada amago que realizaba intentando escapar de la trampa en la que se había metido, era contrarrestado con un corte preciso.

Todo era inútil. Versado en esa táctica de combate que había utilizado durante siglos, el feriante anticipaba cada uno sus movimientos con facilidad.

—Déjame salir. —En toda su existencia Verushka jamás había usado un tono tan impotente—. Esto no es justo. Por favor, déjame ir.

En aquella mueca que puso el hombre no había compasión.

—Es horrible ¿verdad? —Guardó uno de sus cuchillos en el cinturón y con la mano que dejó libre le hizo un gesto para que se atreviese a intentar pasarle—. La sensación de que nos roben la esencia nos da más miedo que la propia muerte.

Era una medida desesperada, lo sabía, a pesar de eso tenía que intentarlo. La otra opción era quedarse quieta y esperar a que terminase con ella y eso no iba a ocurrir.

Entre todas las criaturas a las que se había enfrentado ninguna tenía ni por asomo la velocidad y la agilidad que ella poseía. Esperaba que esta vez no fuese una excepción y pudiese sorprender a su rival dejando la trampa sin ratón.

Dejó que su enemigo ganase algo de espacio a propósito moviéndose de manera torpe mientras se acercaba a la pared. Cuando notó el muro en su espalda, apoyó en él la pierna derecha y se impulsó hacia su izquierda, la mano en la que su adversario llevaba el arma.

Incluso ella misma se sorprendió de la velocidad que consiguió sacar de sus músculos y cuando el arma se movió para interceptarla, ya estaba preparada para cambiar de rumbo. Dejando su peso en la pierna izquierda empujó su cuerpo con todas sus energías hacia la derecha. Había sido una maniobra rápida, muy rápida. Así que le pilló por sorpresa sentir en la boca del estómago como se hundía un puñetazo que la tiró al suelo.

Un dolor agudo recorrió su cabeza cuando el malabarista la agarró por el pelo y la obligó a ponerse en pie alzándola por encima de su cabeza. Tuvo que reprimir las ansias de darle una patada en la cara ante la posibilidad de que bloquease su ataque con el brazo y tocase por error el yuak.

—¿Te crees que ibas a engañarme? ¡Nadie escoge nunca el lado del cuchillo! —Con una sonrisa depravada puso el arma a la altura del cuello sin llegar a tocarla—. ¿Un último deseo?

Tan concentrado estaba en la súcubo, que no percibió la silueta que se había acercado a ellos hasta que la tuvo encima. Esos dientes clavándose en su muñeca le hicieron soltar el cuchillo con un grito mientras que de un manotazo, mandó volando a su atacante.

—¡Deán! —gritó Verushka al ver cómo su amigo salía despedido tras intentar salvarla.

—¡Maldita zorra! —rugió el feriante.

Como si fuesen infinitos, sacó otro cuchillo de su cinturón con la mano aún sangrando. Verushka no se dignó en mirarle. Su vista estaba clavada en el chico al que había visto dudar ante un matón de instituto y que ahora yacía en el suelo tras intentar salvarla de un demonio.

Cuando el muchacho levantó la cabeza y sus ojos se encontraron, Verushka descubrió que el tiempo que dura un latido podía ser una eternidad. Deán seguía vivo a pesar de haber volado seis metros y chocar contra la dura pared. Incluso cuando ella muriese, sabía que él tenía una oportunidad de escapar si empezaba a correr. Era un superviviente nato. Un minino del infierno. Cerró los ojos orgullosa.

# CAPÍTULO 19

El yuak era algo que aterraba a cualquier demonio más que la propia muerte. Perder su esencia era dejarles vulnerables ante el más indefenso de sus enemigos y ser tan débil ante aquellos a los que en plenas facultades se hubiese vencido sin problemas, solía ser sinónimo de torturas inimaginables durante una eternidad o dos. Pero nada de eso era nuevo para Gelson. Él no había sido fuerte en ningún momento de su vida y no temía tanto al Yuak como a la ira de Lukashenko.

Cuando se lanzó contra aquella mutación capaz de usar el vil metal, fue plenamente consciente de lo que hacía. No tenía ninguna oportunidad de vencerle en un combate de frente, era demasiado endeble para una lucha al nivel que había presenciado entre Verushka y su enemigo. La única ventaja con la que contaba, era su velocidad. Aun así, sabía que solo tendría una oportunidad y debía ser suficiente.

No fue consciente del intercambio de miradas entre la súcubo y el humano. Tampoco es que le importase mucho, su única misión era evitar que la chica sufriera ningún daño y eso era lo que iba a hacer. Cuando se movió, fue como si todo a su alrededor se detuviese. Como si el mundo fuera el que iba más despacio y no él el que iba más rápido. Embistió por detrás de las rodillas al feriante con todas sus fuerzas consiguiendo que perdiese el equilibrio.

Sorprendido, el malabarista cayó al suelo de rodillas justo frente a Verushka. La súcubo no necesitó más. Con un rápido giro de muñecas le rompió el cuello.

El mensajero y la súcubo se quedaron mirándose un segundo.

Antes de que el cadáver de su enemigo llegase al suelo, el pequeño demonio ya estaba tomando impulso para desaparecer.

—¡Dejadla en paz! —chilló una voz a su espalda.

—¡Deán espera! —exclamó Verushka.

Ya era tarde. Con el trozo de madera que había recogido del suelo, alcanzó por sorpresa a su objetivo golpeándole con fuerza en la cabeza.

Al muchacho aún le dio tiempo a sonreír orgulloso antes de perder el conocimiento y caer al suelo.


Ya era más de medio día cuando se recuperó. El sonido de unas voces penetraba en esa especie de neblina mental con la que se había despertado.

Al intentar abrir los ojos, la luz encendió en sus pupilas tal sensación de vértigo y dolor que no pudo reprimir una maldición.

Ni siquiera el sonido de pisadas acercándose le dio el valor para volver a intentar abrirlos.

—¿Quién está ahí? —preguntó alarmado.

—Soy yo. —Se calmó un poco al reconocer el tono de Verushka—. ¿Te encuentras bien?

—Mis ojos, me duelen mucho. Creo, creo que no puedo ver.

Sentir cómo le cogía de las manos tranquilizó al muchacho casi tanto como el timbre de su voz preocupándose por él.

—Déjame mirar. —Con cariño, las apartó de su cara—. No abras los ojos de golpe. ¿Ves algo de luz a través de tus parpados?

—No puedo abrirlos, me duelen.

—Tranquilo, a pesar de tenerlos cerrados ¿ves algo de claridad?

Algo de claridad... ¿Pero no veía que tenía los ojos cerrados? Le dolía la cabeza y su cita con ella se había ido al traste. Eso era lo que más le fastidiaba.

—Deán, enfrente de ti hay una ventana. ¿Puedes ver algo de luz?

Suspiró.

—Sí. Creo que sí.

—Eso es bueno. Has estado inconsciente un rato pero enseguida estarás bien.

—¿Qué ha pasado? —la preguntó.

— Ayer me salvaste la vida.

Había tal agradecimiento en aquella frase, que se sonrojó. Sin embargo, algo en esa frase no le terminó de gustar.

—¿Has dicho ayer? ¿Qué hora es?

—Creo que más de mediodía.

Con aquella información, Deán brincó de la cama como si fuese un resorte. Probó a abrir los ojos de nuevo. Esta vez la sensación de dolor y vértigo no fue tan intensa como el miedo que comenzó a invadirle.

—¡Mi madre va a matarme! Prometí estar en casa a las doce de la noche como muy tarde.

Verushka se cruzó de brazos intentando dar una apariencia seria a pesar de la sonrisa que tenía en la cara.

—Lo que no consiguen dos demonios furiosos, lo hace Ivette por saltarte el toque de queda. —Deán la lanzó una especie de resoplido mirándola con rencor—. Reconócelo, tiene su gracia.

—No, no la tiene. —La intensidad con la que le miraba fue más de lo que pudo soportar antes de que su corazón se desbocase latiendo a toda velocidad—. Sé lo que estás pensando y te aseguro que estoy bien.

—Me alegro —contestó pasándole la mano sobre el pelo para acariciarle la cabeza—. Has sido muy valiente.

—No soy valiente —murmuró con una sonrisa tímida—, era solo que necesitabas mi ayuda.

—Lo cual te convierte en mi héroe. —Le hizo gracia ver lo rojo que era capaz de poner a ese chico—. Mira, ven, me gustaría enseñarte algo.

Al levantarse Deán se tambaleó un poco, pero dio las gracias al cielo por sus malestares cuando Verushka le sujetó ayudándole a mantenerse en pie. Salieron del cuarto con cierta torpeza y le llevó a una sala donde se quedó sin habla.

Clavado en la pared con un líquido negruzco cubriendo su cuerpo, un ser con cabeza de borrego y cuerpo de conejo le miraba con aprensión. Su cuerpo flotaba suspendido de unos tentáculos que salían donde deberían estar sus manos y que permanecían clavados a la pared con cuchillos.

Mientras analizaba a ese ser, Verushka miraba a Deán con orgullo.

—Este es el demonio al que dejaste fuera de combate. Por algún motivo me ayudó cuando estaba a punto de morir.

—Ningún humano puede pillar a Gelson —musitó el maltratado ser como si aquella afirmación le hubiese ofendido—; son muy lentos. Tan solo tuvo suerte y me logró sorprender.

Con un rápido movimiento, Verushka golpeó al demonio con violencia.

Deán tuvo que apartar la vista.

—Si te ayudó ¿por qué le haces esto? —preguntó.

No quiso mirar cuando sonó otro golpe de la súcubo antes de que se decidiese a contestar.

—Quiero saber por qué lo hizo, este mentecato es tan débil que no creo que tuviese en mente matarnos a los dos. Tiene que haber algo más que se niega a decirme. —Arrancó un quejido lastimoso al prisionero al agarrarle del cuello—. ¡Habla! —le chilló.

El golpe que precedió a la petición le dolió incluso a Deán. Él se había enfrentado muchas veces a esa misma situación. La gente parecía incapaz de comprender que por mucho que chillasen, el dolor no permitía concentrarte lo bastante como para entender qué era lo que se esperaba de ellos.

Otro grito siguió como consecuencia de un nuevo golpe y otro más antes de que el tic en la pierna de Deán se hiciese casi insoportable.

—¡Déjale! —exigió con más fuerza de la que pretendía—. ¡No te hablará mientras sigas así!

La súcubo le miró enfadada. Él no entendía lo importante que era conocer las respuestas a sus preguntas. Era posible que sus vidas dependieran de ello.

—Bicho repugnante.

El asco con que destilaron las palabras en la boca de la súcubo, hicieron estremecer al único humano de la sala. Cuando se dirigió a él, una parte de la ira que sentía se transmitió en su forma de hablar

—No te confundas Deán, nosotros no somos humanos. Las reglas de tu mundo no sirven para seres como yo. Si insistes en agarrarte a ellas, solo conseguirás que nos maten.

Salió de la habitación dando un portazo. El ruido de los tacones alejándose fue el único sonido que reinó entre esas cuatro paredes durante los dos primeros minutos.

Ambas criaturas se analizaron.

Aunque Gelson le había visto en multitud de ocasiones, esta era la primera vez que se mostraba ante él. El demonio se preguntó qué sentiría poniéndose en su lugar. Una cabeza de animal, un borrego para ser exactos, el cuerpo con un tamaño que rozaba lo ridículo para pertenecer a una especie que sembraba el terror con solo pronunciar su nombre.

Demonios.

Sí, pero un demonio de no más de medio metro, con tentáculos en lugar de manos que parecían creados para asustar a los niños pequeños. Esa posibilidad de aterrorizar a los más jóvenes de la especie humana acababa cuando las ancas de su anfibio preferido daban saltos para hacerles reír. Y por si fuera poco humillante, ahora estaba atado y cubierto de sangre.

Gelson quiso apartar la mirada como tantas otras veces, pero ese toque masoquista que acompañaba al odio que sentía por el mundo, no se lo permitía. Necesitaba saber la reacción del muchacho. Ver el asco, vergüenza o la indiferencia en su cara sería su gasolina para recordar el escalón al que pertenecía.

Cuando Deán dirigió las manos a su malherida cara apartó la cabeza en un intento habitual de evitar que dañasen sus ojos. Su vista era algo sin lo que no podría vivir. El dolor que sintió extendiéndose por sus extremidades no duró mucho, solo hasta que el chico logró quitarle los cuchillos que hacían de sujeción. Cuando el demonio tuvo valor de levantar la cabeza para mirar al humano, lo único que halló en él fue curiosidad.

Sin darse cuenta, Deán había cometido un error garrafal. Él solo necesitaba un segundo para huir y antes de caer al suelo ya había examinado la habitación preguntándose cuál de todas las salidas usar.

—Gracias.

Todas las articulaciones de Gelson se detuvieron. Se quedó mirando con sus ojos redondos y negros enfocando la vista en aquel muchacho, pensando que había oído mal.

—¿Qué has dicho? —preguntó con aquella especie de graznido con el que hablaba.

—Gracias por salvar a Verushka. Siento lo que te ha hecho.

Sonaba sincero. En sus ochocientos cuarenta y siete años de vida, era la primera vez que se le agradecía algo. Joder, también era la primera vez que alguien se disculpaba.

Aquel cristal con el que los humanos parecían querer forrarlo todo era muy frágil. No era la primera vez que lo atravesaba sin hacerse un rasguño. Tenía la imperiosa necesidad de huir antes de que la súcubo volviese a dejarle enganchado a la pared. Solo de recordarlo se encogió.

Entonces ¿por qué cuando llegó a la ventana se empeñó en intentar abrir la manilla?

En ningún momento aquel humano hizo amago de seguirle o tratar de impedírselo. La sensación de incomodidad que sentía, le pedía a gritos que desapareciese de un salto como era habitual en él. La manilla dejó de resistirse y la ventana se abrió dejando paso al aire exterior. Apestaba.

Con calma, el demonio se apoyó en el alfeizar de la ventana. Al mirar hacia atrás Deán movía la cabeza de arriba abajo, como si le diese permiso para marcharse. El muy tonto. Él no necesitaba permiso, podía irse cuando quisiera porque era imparable.

—Han enviado a Mardröm.

Lo siguiente que Gelson sintió fue el aire acariciando su cuerpo.


—¿Que has hecho qué? —gritó Verushka cuando se enteró de lo que había pasado.

—Lo solté.

—¿Estás loco? ¿Acaso era asunto tuyo? ¿Quién te dio permiso para hacer eso sin consultarme?

—¡Te salvó la vida!

—¡Y quiero saber el motivo! ¿Te crees que lo hizo porque le caigo bien?

—¡No me importan sus razones, sino sus hechos!

—¡Y una mierda, la razón importa más que la acción!

—Te salvó la vida. —La voz empezó a fallar a Deán cuando la adrenalina inicial minó sus convicciones haciéndole dudar.

—¡Y yo quiero saber por qué alguien, a quien no le importo, está dispuesto a jugarse la vida por mí! ¿Crees que en el infierno existen los buenos samaritanos? ¿Que todos los días hay algún demonio que se levanta diciendo «hoy seré bueno»?

—No sé —respondió encogiéndose sobre sí mismo seguro de haberse equivocado—. Lo siento.

Ni siquiera la vio moverse. Verushka se puso frente a él haciéndole perder el equilibrio y acabar en el suelo.

—¡¿Qué te dije de disculparte?! ¿Acaso sentirlo va a hacer que mi prisionero vuelva? ¿Va a conseguir que seas menos estúpido la próxima vez que te deje solo? Si es así, mis disculpas. Estoy segura de que tus disculpas habrán merecido la pena.

Cuando creía ser capaz de enseñar algo a este chico, la demostraba la futilidad del esfuerzo haciendo una tontería como la que acaba de hacer. Acababan de perder su mejor baza para descubrir lo que pasaba.

—Si sirve de algo —la dijo Deán—, fui yo quien le dejó inconsciente. Así que a fin de cuentas era mi prisionero.

Ante aquella contestación, Verushka le miró sin saber muy bien cómo responder.

—¿Cómo has dicho? —Lanzó un bufido, pero no pudo contener una ligera sonrisa—. ¿Se supone que al ser tu prisionero tienes derecho a soltarlo? —Ver cómo el chico se encogía temeroso no le proporcionó ningún tipo de placer esta vez—. Creo que lo mejor es que vayamos a tu casa. Seguro que tu madre está preocupada.

Al salir Deán se sorprendió de estar en su barrio. Ni siquiera se había planteado donde estaban hasta ese momento, pero ahora que vio la casa abandonada del señor Erfow se sintió un poco más seguro.

—¿Es aquí donde vives?

—Me temo que sí. Ni te imaginas lo que me costó hasta que me deshice de los antiguos inquilinos. Se empeñaron en no querer irse.

—¿Qué? —Los ojos parecían a punto de salírsele de sus orbitas—. ¿Qué es lo que hiciste?

Cada vez que se enfadaba de esa manera, Verushka lo encontraba más y más gracioso.

—Tranquilo, es una broma. Estaba deshabitada. Simplemente me colé en su interior.

Aquello no pareció tranquilizarle.

—¿Y qué pasa si te pillan viviendo ahí?

—Que tendré que enseñarles las escrituras de propiedad.

Cuando el muchacho la miró asombrado, una parte de sí misma se sintió orgullosa.

—¿La casa es tuya?

—Sí, aunque ¿preferirías que durmiese en la calle? Hace un poco de frío en las madrugadas.

—No, es solo que...

—Lo sé. —Le interrumpió levantando su mano—. Ahí está tu casa. Dale recuerdos a tu madre cuando la veas y pídele disculpas.

Ya se alejaba cuando Deán recordó algo.

—Se me olvidaba, antes de irse el... —Tardó un segundo en buscar la palabra adecuada. ¿Bicho? ¿Borrego?—... demonio, dijo algo así como... —hizo una pausa intentando recordar—. Que viene un tal Marlon.

—¿Marlon?

Intentó hacer memoria. Una idea apareció en su cabeza y no le gustó ni un poco

—¿No sería Mardröm? ¿No dijo ese nombre? —Parecía alterada solo de pensarlo.

—Sí, creo que sí. Sus palabras fueron «han enviado a Mardrörn» —Deán comenzó a moverse inquieto—. ¿Sabes quién es?

Verushka estaba mirando al suelo concentrada en sus pensamientos y tuvo que repetirle la pregunta.

—Es la mano derecha de Lukashenko. —Deán siempre había creído que la súcubo no le temía a nada, pero ahora le parecía preocupada—. Debemos prepararnos en serio, aunque no sé si lo mejor sería...

Negó con la cabeza y comenzó a alejarse de él, dejando la frase a medias.

Aunque Deán sentía curiosidad, lo primordial era dejar los asuntos de los demonios a los demonios y centrarse en entrar en casa y descansar, así que no la detuvo.

En el interior de su hogar todo estaba demasiado silencioso. Tanto su cuarto como el de su madre estaban vacíos. Al entrar en la cocina, una frase cortante a su espalda le dejó quieto en el sitio.

—¿Quieres morir?

El sudor frío que empezó a manar a través de los poros de su piel calaba su camiseta haciéndolo sentir sucio. El muchacho se giró sintiendo que aquel tembleque en sus manos había comenzado por su espina dorsal apoderándose con rapidez de todo el cuerpo.

—Deán Anderson, ¡te he preguntado si quieres morir!

—No —logró musitar.

A unos pasos de distancia estaba la puerta por la que, de no estar temblándole las piernas y bloqueada por aquella masa de furia dirigida, habría intentado huir. Dio un paso hacia atrás, sintiendo el obstáculo de la nevera.

A lo mejor, Verushka recordaba que había dejado la frase a medias y volvía para ayudarlo. Sabía que aquella posibilidad era muy remota por no decir imposible. Esta vez nadie iba a salvarlo.

—¡En toda mi vida pensé estar así frente a ti!

—Lo siento —se disculpó.

—¡Oh sí muchacho! ¡Ya creo que lo vas a lamentar, y por mucho tiempo!

—Yo solo...

—¿Te he dicho que hables? —le interrumpió.

—Perdón.

—¡Que te calles! ¿Acaso no te das cuenta del lío en el que estás metido? —Como si se hubiese dado cuenta de que necesitaba calmarse antes de hacer una tontería, Ivette se tomó unos segundos para respirar—. ¿Dónde narices estuviste toda la noche? ¿Qué estuviste haciendo?

*«Salvando a un demonio de otro.»*

—Con Verushka mamá, el tiempo se pasó muy rápido y no nos dimos cuenta de la hora.

—Claro, pero ¿el sol no te dio una pista de que se te estaba haciendo muy tarde? ¿O es que ni siquiera te diste cuenta de que estaba amaneciendo?

*«Hombre, estabas inconsciente en el interior de una casa. Es bastante difícil que te hubieses dado cuenta de que amanecía, dile que algo de razón tiene.»*

—Lo siento mamá.

—¡Estas castigado!

—No es justo —reprochó—. ¿Por cuánto tiempo?

—¡Hasta que te jubiles!

—¡Mamá!

—¡Vete a tu cuarto y no salgas hasta que yo te lo diga!

No había lugar para una réplica, Deán se dio la vuelta e intentó tirar la casa de un portazo.

Se sobresaltó cuando su madre volvió a abrir.

—¿Quién te crees que eres? ¡Mientras estés en mi casa ni se te ocurra volver a cerrar así!

No hacía falta que dijese nada. Con solo verla aparecer ya se había arrepentido del gesto. Ivette, demostrando quién era la que mandaba en casa, salió del cuarto dando un portazo.

Aquello era demasiado. Deán se tumbó apesadumbrado bocabajo. Con suerte, si no levantaba la cabeza, el edredón se le acabaría metiendo en la boca y moriría asfixiado. Así acabarían sus suplicios.

En teoría solo quiso tener una cita con Verushka. Él no había planeado perder el conocimiento en una pelea tras salvarla. Estaba más que harto. No importaba cuánto se esforzase, si se trataba de él el mundo era un lugar injusto.

Las horas pasaban demasiado lentas encerrado entre esas cuatro paredes sin hacer nada. Aunque por lo menos así le daba tiempo a rumiar contra todo y contra todos. Su mala suerte empezaba a ser legendaria, deberían hacerle una estatua o darle un título.

Cuando su madre le llamó desde la sala, salió del cuarto con pereza arrastrando los pies. Aún no estaba listo para otro enfrentamiento así que le daría la razón en todo y aceptaría cualquier castigo. Total, de todos modos iba a terminar castigado.

No había oído llamar a la puerta así que lo que menos se esperaba al entrar en la sala era que Verushka estuviese sentada justo al lado de su madre.

Buscó en su mirada alguna señal de lo que estaba pasando pero como si lo hiciese por fastidiar, solo daba muestras de un inusitado interés por la programación televisiva.

—Quería pedirte disculpas —comentó Ivette arrepentida—. Verushka me ha contado lo que pasó ayer y aplaudo tu comportamiento. Lamento haberte chillado, tenía que haber confiado más en tu criterio y tu forma de ser. Estoy muy orgullosa.

*«Control mental, esa súcubo es capaz de dominar la mente humana.»*

—No pasa nada mamá, tenía que haberte llamado.

—No, en serio. No pasa nada, lo entiendo. Quiero que sepas que a partir de hoy mi confianza en ti es absoluta y que cuando necesites algo sabré escucharte.

Aquello era imposible. Deán miró a la súcubo buscando respuestas que no le dio al negarse a devolverle la mirada. Cuando su madre se levantó y le besó en la frente, abrazándole, le dejó anonadado.

Una vez más intentó atraer la mirada de Verushka sin que se notase, pero estaba tan absorta ante la televisión que no le hizo caso. El muchacho hizo acopio de paciencia mientras esperaba a que su madre se separase y les dejase a solas antes de lanzarse a preguntarle.

—¿Cómo lo has conseguido? ¿Tienes poderes mentales?

Esa idea no paraba de rondar su cabeza. En la expresión confusa de Verushka, vio que no le entendía

—Mi madre estaba furiosa y yo castigado. ¿Cómo lograste que se pusiese a darme besos y abrazos?

La chica le dedicó una sonrisa.

—Simple. Le conté lo bien que te portaste conmigo ayer.

—¿Que se lo contaste?

Dudaba mucho que hubiese decidido decir lo orgullosa que estaba de él porque hubiese descubierto que su querido hijo había acabado en medio de una pelea entre demonios.

—Sí. Le dije que ayer cuando te pedí por favor que me buscases algodón dulce, un chico me ofreció un vaso de algo que al cabo de un rato me sentó mal. Cuando perdí el conocimiento me llevaste a un hospital donde confirmaron que me habían drogado. No te despegaste de mí en toda la noche y cuando desperté, te supliqué por nuestra amistad que no se lo contaras a nadie. —Hizo una parada melodramática—. Me sorprendí cuando tu madre confesó que lo cumpliste, que incluso aceptaste un castigo sin decirla nada de lo que pasó. Así que le pedí que no fuera tan estricta contigo, que todo había sido culpa mía.

La sonrisa traviesa que tenía en la cara le daba un aspecto tierno.

—¿Le mentiste?

—Más o menos. Tan solo evité contarle cosas que tú no querías que supiera. Aunque si no te gusta... ¿tengo que recordarte tu gran afición por el rugby?

—Es diferente.

—Sí, sí, sí. —Con un movimiento rápido de muñeca le lanzó una pelota de tenis que Deán agarró al vuelo—. Ahora que te han levantado el castigo deberíamos ir a entrenar. Ayer quedó en evidencia los fallos que ambos cometimos.

No pudo negarse.

Además, su cuerpo le pedía que se moviese. Que sacase tiempo para gastar energías. No tardó mucho en prepararse y salió a la calle con una gran sonrisa. Con Verushka a su lado, sentía que el mundo era suyo.

La pelota rebotó justo contra la esquina de su derecha tomando un ángulo que no había previsto y volviendo contra él. Tan concentrado estaba en ella que ni siquiera percibió cómo el siguiente lanzamiento iba directo contra su hombro. El dolor no le causó tanta impresión como la mirada de reproche que le lanzó Verushka.

—¡Otra vez el mismo error, siempre pierdes de vista a tu enemigo! Así no me extraña que hagan de ti un pincho moruno.

Deán se retiró el sudor que se deslizaba hasta sus ojos, creándole una sensación permanente de escozor.

—¡La pelota rebotó, estaba volviendo! —gritó intentando excusarse mientras bajaba de los botes de pintura.

—¡A quién le importa que vuelva! Los movimientos simples no necesitas verlos para esquivarlos. Sabías que iba a volver, podías esquivarla sin mirar, céntrate en tu rival. Él sí es un peligro, se aprovechará de cualquier descuido para tomar la delantera. ¡Sube otra vez!

—Necesito descansar —se quejó.

—Ya descansarás cuando estés muerto. ¡Ahora vuelve a subir y concéntrate! No quiero que pares hasta que hayas esquivado treinta ataques seguidos sin fallar.

En lugar de subirse, se sentó en uno de los botes y aprovechó para atarse el cordón de la zapatilla.

—Te diré un secreto, los humanos necesitamos descansar cuando estamos hechos polvo.

—No me mientas por favor. ¿No sabes que cuanto más se le exige al cuerpo mejor responde?

—¿Y tú no has oído hablar del agotamiento físico?

—Estás a años luz de morir por agotamiento —añadió Verushka lanzando un bufido.

—¿Por qué arriesgarse?

Intentó que sonase divertido, pero la cara de su entrenadora demoníaca personal distaba mucho de que le hiciese gracia el comentario.

—No entiendes la gravedad de la situación.

—Lo que sí entiendo —comentó levantándose con cara de pocos amigos—, es que mañana tengo clase y no puedo ir agotado.

Verushka le miró sin saber qué hacer para que comprendiese lo que podía llegar a pasar. También ella estaba cansada, pero no podía quitarse de la cabeza el nombre de Mardröm.

—¿A quién le importan las clases? Tienes que entrenar. —El tono fue quizás un poco más duro de lo que pretendía.

—Pues a mi madre, a mis profesores, a mi futuro, a mí...

No supo qué replicar. No importaba que Deán no entendiese el peligro que corría, que no estuviese preparado para lo que iba a pasar, era su vida y tenía la potestad de elegir.

Lanzó un bufido y le tiró su mochila.

—De acuerdo —le concedió—, pero me vas a invitar a un helado.

Deán gruñó algo sobre injusticias y su casi inexistente paga, pero en el fondo agradeció el respiro.

# CAPÍTULO 20

El Baskin Robbins, como toda buena heladería que se precie, tenía puesta una tonadilla pegadiza demasiado feliz. Entre los treinta y un sabores que había allí, Verushka eligió ración triple de chocolate con nata y virutas de chocolate negro por encima. Deán eligió la tarrina de fresa y vainilla sin ningún aderezo.

Eligieron la mesa situada lo más lejos posible de la puerta para que la corriente, cada vez que alguien entraba, no les molestase.

—No sabéis la suerte que tenéis los humanos de poder disfrutar de estas maravillas siempre que queráis —añadió Verushka metiéndose otra cucharada de helado en la boca—. Le daría un premio al inventor del chocolate.

Interesado, Deán lamió la cuchara mientras sopesaba la pregunta que le iba a hacer.

—¿Qué se suele comer en el infierno?

—Bueno, mi dieta suele consistir en pescado crudo. Alguna vez he comido araña, pero no me acaba de convencer su textura, y sobre todo serpientes. Serpientes tienes hasta que te salgan por los oídos.

—¿Y no cultiváis plantas o criáis animales?

La súcubo lanzó una sonrisa triste.

—Yo no; vivo sola en mis cuevas. —Degustó otra cucharada antes de seguir hablando—. No es muy normal que los demonios se dediquen a la agricultura o la ganadería aunque, por lo que tengo entendido, Lukashenko ha conseguido que algunos demonios adquieran esa costumbre.

—¿Cómo?

—No lo sé, no me importa. La lógica me dice que son demasiado débiles o cobardes para hacer otra cosa.

—¿Y eso?

—Algo tienes que hacer para vivir. Supongo que pedirán protección, algo de esencia o quién sabe, quizás tan solo necesitan sentirse integrados en una sociedad que los mataría.

—¿Para qué los matarían?

—¿En serio te crees que necesitamos un motivo para hacerlo?

La idea era demasiado cruel.

—Y ¿son felices viviendo así?

—Nunca me dio por preguntarles. Las cosas allí abajo funcionan diferentes. En el fondo todo... —Se quedó ensimismada en mitad de la frase mirando la televisión—. Por favor ¿te importaría darle más volumen? —le pidió al chico de la barra.

Deán se dio la vuelta mirando al aparato donde un anciano de unos sesenta y pico años hablaba con movimientos llenos de energía.

—La oí tan claro como la oigo a usted señorita —le estaba diciendo a la presentadora—. Era la voz de una chica loca, oímos cómo le pedía al fuego que acabase con todos.

—¿Pero está seguro de lo que dice? —La presentadora, con una minifalda demasiado corta, mostraba un semblante serio—. Es una acusación muy grave.

—Sí; esto que ha pasado no ha sido un accidente, alguien lo ha provocado.

—Entonces, ¿afirma que la primera impresión de la policía de que el fuego comenzó como un terrible accidente, es incorrecta?

—Sí; así es. La voz sonó muy clara, como si la persona estuviese a mi lado. No vi a nadie, pero entendí con claridad que alguien gritaba ¡mátalos a todos! —Elevó la voz imitando lo que había oído, agitando uno de sus brazos como para enfatizar el horror de lo que había escuchado—. Gigante y yo pensamos que era una broma hasta que vimos las llamas.

Al acariciar el chihuahua que descansaba en su brazo, Deán supuso que aquel era «*Gigante*». La gente brillaba por su originalidad.

—Muchas gracias a ti también —añadió la presentadora acariciando la cabeza del pequeño animal—. Ya han oído señores espectadores. Lo que al principio se creyó un terrible accidente, puede ser algo mucho más horrendo que se ha cobrado ya la vida de más de cuarenta personas y ha dejado al borde de la muerte a la que parece ser Pamela Leiter. Una joven de diecisiete años para la que la huella de esta noche ha dejado una marca que nunca podrá ser borrada.

Cuando dio paso a la siguiente noticia, la súcubo siguió comiendo su helado metida en sus pensamientos.

—No —dijo de pronto en voz alta.

—¿No qué? —preguntó Deán.

—Estás pensando si la razón por la que me interesaban las noticias era que la causante de eso fui yo. Así que, respondiendo a tu pregunta, no.

—¡Yo no estaba pensando eso! —intentó excusarse.

La chica le miró de manera evidente.

—Seguro que no —comentó restándole importancia—, de todas formas, tiene ese toque que le da Mardröm a los deseos.

Escandalizado, Deán se acercó a ella bajando el tono de voz por si alguien les pudiese llegar a oír.

—¿Qué clase de psicópata es ese demonio?

La chica le miro extrañada.

—¿A qué te refieres?

—¿A qué ha venido todo eso? Han muerto cuarenta personas. Eso es algo muy fuerte. ¿Quién desearía algo así?

—No hace falta que nadie lo desee. Con Mardröm nunca se sabe lo que puede pasar. Pero desde luego parece su firma, lo que confirma la información que conseguiste de nuestro amigo el borrego.

—¿Deberíamos estar preocupados?— la voz de Deán falló al final.

— No voy a mentirte. Sí; ese cabrito es algo más que un grano en el culo. Además, no entiendo por qué le han enviado precisamente a él.


El chirrido de los frenos del autobús resonó con fuerza mientras todos los pasajeros, menos uno, rezaban por su vida. A cada momento que aquel conductor novato dedicaba a la carretera, parecía destinado a hacerlos volcar.

En el penúltimo asiento del autobús, al lado del pasillo, Carla, una mujer poco agraciada de unos treinta años, sostenía en brazos a un pequeño bebé. El nerviosismo se había extendido de asiento en asiento contagiando a todos hasta llegar a ella. En una curva pronunciada, agarró con fuerza la mano del desconocido que estaba a su lado mirando por la ventana.

—Disculpe —pidió en un susurro intentando acomodarse de nuevo en su asiento.

Al fijarse en el hombre que estaba a su lado, se encontró con unos ojos grises como la piedra que no dejaban de mirarla. Se ruborizó al darse cuenta de lo guapo que era.

—No se preocupe, ¿se encuentra bien?

—Sí, gracias —respondió removiéndose incómoda mientras acunaba al niño que había dado muestras de querer despertarse.

—Mi nombre es Mardröm. ¿Cuál es el suyo? —comentó extendiendo la mano.

La mujer se le quedó mirando unos segundos desconcertada. Sabía que no era bonita y llevaba un bebé en brazos lo que disuadía a cualquiera, en las ya de por sí pocas posibilidades que tenía, de entablar amistad. Estrechó su mano con la izquierda ante la posibilidad de despertar al niño.

—Carolina, aunque todos me llaman Carla, mucho gusto. —No supo por qué tocar a ese hombre le produjo una sensación de incomodidad—. Veo que a ti no te afecta la temeridad de nuestro conductor.

—No. ¿Desearías que condujese bien?

—Me conformaría con que se diese cuenta de que no es solo su vida la que está en juego —comentó, mientras dirigía una mirada elocuente al niño entre sus brazos.

—Algunos humanos no se dan cuenta del poder y la responsabilidad que tienen entre sus manos.

—Y que lo digas, hoy en día le dan el carnet a cualquiera.

Por la ventana, la diversidad del paisaje circulaba como movido a cámara rápida mientras Mardröm lo admiraba.

—¿Sabe si falta mucho para llegar a la ciudad de New York?

—Un rato aún.

El desconocido puso una mirada tranquila y volvió a su labor de contemplación.

Cuando vio que no iba a volver a hablarle, Carla intentó sacar un biberón de una mochila a sus pies. Un bache provocó que escapase de sus dedos y rodó por el suelo hacia el asiento que estaba delante.

Puso cara de que el fin del mundo estaba cerca.

—Disculpe, ¿le importaría pasarme el biberón?

El chico que se giró no tendría más de veinte años. Al ver aquella cara llena de granos que le miraba sonriente, puso una mueca de asco que no se esforzó en ocultar.

—¡No me toques, so fea! —Cuando se agachó y recogió lo que le había pedido, se lo tiró con fuerza—. Y ten más cuidado la próxima vez. Ni se te ocurra volver a molestarme.

Se giró riendo hacia su compañero contándole cómo el líquido del biberón se había derramado sobre la pobre infeliz.

—¿Me permite ayudarla? —la voz de aquel guapo acompañante era suave y seductora.

Carolina se sonrojó ante la preocupación del desconocido. Intentó recordar si alguien le había hablado así alguna vez, pero no fue capaz.

—Veo que aún quedan caballeros, ¿te importaría sujetarlo? —pidió mientras le tendía al niño.

Mardröm, mano derecha de Lukashenko, extendió sus manos para cogerlo. Sus ojos grises se clavaron en los marrones oscuros que tenía aquel pequeño ser que olía a excrementos sucios y orines. Lo sentía tan pequeño y débil que cualquier movimiento brusco por su parte, podría haber sido letal.

—¿No desearía lastimar al chico de enfrente?

—No veo por qué. No le culpo. El trabajo de una madre es educar a sus hijos así que no es culpa de él. Además, la vida trata a cada uno como se merece así que supongo que, en el fondo, tengo que compadecerlo.

—A ti no veo que te trate demasiado bien. ¿No venderías tu alma por ser más hermosa?

La mujer esquivó su mirada avergonzada.

—Hubo un tiempo en el que sí.

Antes de recoger a su bebé, sonrió con indulgencia al ver cómo aquel hombre lo sujetaba. Al mecer al niño, el amor que desprendía el uno por el otro hizo sentir intranquilo al demonio.

—¿Y ahora?

—Ahora vino este campeón y me enseñó que lo único importante en esta vida es ser feliz.

—No te entiendo.

—Solo deseo que mi hijo sea feliz, que siempre esté sano y le vaya bien en la vida, que no sienta ni descubra lo feo del mundo. Joder, sí que vendería mi alma al diablo si me prometiese eso.

El tiempo pareció detenerse para Mardröm. Quiso sacar aquella mueca a modo de sonrisa que le gustaba lucir, pero fue incapaz. Aquel recipiente de crear babas seguía mirándole, riéndose ante los sonidos que aquella mujer articulaba para él.

Las marcas que la chica tenía en sus muñecas se hicieron visibles cuando levantó al niño para abrazarlo. La mujer, a pesar de toda una vida de sufrimiento, era feliz. Y el bebé la miraba como si aquellos granos en la cara solo la hiciesen más hermosa a sus ojos.

¿Quién era él para juzgar al mundo por su manera de cuidar a los suyos?

Cuando llegaron a la estación ella se levantó intentando evitar sonrojarse con la atenta mirada que aquel hombre todavía tenía puesta en ella.

—¿Sabes, Carolina? Es un buen deseo. Tu hijo será feliz y estará tan sano como su madre. Hoy, invita la casa.

Se levantó cogiendo la pesada mochila donde ella guardaba las cosas del niño y la cargó.

—Gracias —musitó ruborizándose.

—Vamos, la acompaño hasta abajo.

Fue dándole las gracias a cada paso mientras se abrían paso entre la gente. Cuando devolvió la mochila, se alejó sin girarse ni despedirse.

No le comentó que su hijo no volvería a enfermar, ni que tendría una suerte más allá de lo normal. Tampoco dio explicaciones sobre por qué aquellas feas marcas en sus muñecas, al igual que los defectos de su cara, habían desaparecido. Solo se alejó rumbo a su misión sin volver la vista atrás.

# CAPÍTULO 21

—No creo que sea buena idea —le estaba diciendo Nerf con aquel tono indulgente—. Ten en cuenta que las mujeres, por algún motivo de la naturaleza, son diferentes a nosotros por mucho que nos pese.

—Pero si es súper chula —protestó Deán revisando la pequeña estatua donde un dragón miraba un mundo dentro de una burbuja de cristal—. Me encanta, no hay más que verla para enamorarse.

—Confía en mí, tengo algo de experiencia con las chicas.

—¿Pero con las de ahora o las del Neandertal?

La mirada traviesa que le dedicó, le hizo reír.

—Muy gracioso. Aquí donde me ves, he conquistado tantos corazones como gotas de agua tiene el mar —Mientras hablaba, su puso a rebuscar algo debajo del mostrador —. Sí, aquí está.

Incluso Deán tuvo que reconocer lo hermosa que era aquella pieza de artesanía cuando puso sobre el mostrador una rosa de cuarzo cuyos pétalos rosas, eran el reflejo fiel de la pureza. No debía medir más de veinte centímetros y la manera en la que la luz la atravesaba, parecía dotarla de vida propia.

—¿Estás seguro de que esto le gustará? —Aquella flor parecía tan frágil que solo con mirarla podía romperse—. ¿Cuánto vale?

—Diecisiete dólares con cincuenta centavos.

Sin que se notase, el viejo dependiente arrancó la etiqueta donde se leían los ciento setenta dólares que valía.

—Es un poco cara. ¿Estás seguro de que le gustará?

—Entre nosotros hay confianza. En el caso de que no le guste, cosa que creo imposible —añadió en cuanto vio la mueca que puso el chico—, me la puedes devolver y te rembolsaré tu dinero.

Deán miró la flor analizando los pros y contras de esa decisión. Era realmente bonita, estaba seguro de que le iba a gustar, pero no era un dragón. Lo meditó un minuto indeciso.

—Está bien, me la llevo.

Con cuidado, el viejo dependiente empezó a envolver el regalo en un papel verde oscuro.

—Esa chica te gusta mucho, ¿a que sí? —La sonrisa cómplice del anciano, acrecentó el color de las mejillas de Deán—. La magia del primer amor consiste en nuestra ignorancia de que pueda tener fin. ¿Te conté alguna vez que me enamoré perdidamente de una bailarina?

—No, ¿qué pasó?

—¡Ah! Toda una belleza. Rubia como el sol, ardiente como el fuego, dulce como el azúcar y las mejores caderas de todo el mundo. Fue ella la que me enseñó a dominar el tango. —Dio varios pasos como si todavía pudiese oír la música—. Recuerdo que tenía solo diecinueve años y toda una vida por delante.

—Entonces ¿has sido joven alguna vez? —El guiño de malicia que Deán lanzó a su amigo, se ganó un resoplido.

—¿Quieres que te lo cuente o no?

—Sí, sí. Es que hoy estoy inspirado.

—Pues no pienses demasiado que con tan poco cerebro no creo que sea sano.

La risa del chico le agradó.

—Bueno, cuéntame. Espero no arrepentirme cuando sepa los trapos sucios de alguien a quien creía decente.

Antes de que tuviese la oportunidad de responder, la campanilla de la puerta tintineó anunciando la entrada de un nuevo cliente. Deán se giró sobresaltado esperando que Verushka no le pillase in fraganti comprando su regalo.

En la entrada, un hombre curioseaba entre los distintos artilugios que se exponían con aire despreocupado. Sintió una punzada molesta en su interior cuando aquellos ojos grises le taladraron, dejándole paralizado en el sitio. El individuo, al verle, avanzó sin prisa hacia él.

Debía medir por lo menos metro noventa, moreno, delgado, aunque con una apariencia salvaje. Llevaba un abrigo de cuero negro desabrochado hasta las rodillas que ondeaba en el aire a cada paso que daba de manera hipnótica.

A medida que se acercaba, le dio la impresión de que la tienda empequeñecía.

Desde que tenía memoria, Deán había creído contar con un sexto sentido que le avisaba cuándo tenía que huir. Era su sentido arácnido particular que le evitaba la mayor parte de los problemas a los que solía enfrentarse. Por primera vez cuando aquella sensación le avisó, no pudo hacer nada. Ni siquiera parpadeó, fue como si todos los músculos hubiesen olvidado su funcionamiento a la vez.

—Buenos días, caballero —comentó Nerf con aquella voz de vendedor consumado interponiéndose entre los dos—, sé exactamente lo que busca un hombre en su posición. Ha entrado al lugar adecuado.

Mardröm se sorprendió cuando aquel viejo le agarró del brazo y con suavidad, pero con firmeza, prácticamente le arrastró a ver un montón de antigüedades.

Tan pronto el anciano se interpuso, el vínculo que mantenía quieto al chico desapareció como si nunca hubiese existido.

—Bueno Nerf, te dejo. Otro día estamos —le gritó Deán yendo hacia la puerta a paso acelerado.

A su espalda, el dependiente mostraba con orgullo los diferentes libros que tenía en las baldas sin percatarse de que el hombre apenas le prestaba atención.


—Te juro que era él —le dijo por centésima vez a Verushka en menos de cinco minutos—. No sé cómo lo sé, pero estoy seguro de ello.

La súcubo estaba paseando con grandes zancadas por todo lo largo de la habitación preocupada.

—Aún no estamos preparados. —En su cara, el ceño fruncido le hacía una graciosa arruga en la frente.

—Pues listos o no, me encontró. Y no parece el típico que se da por vencido si le pedimos amablemente que se vaya.

La chica evitó mirarle directamente.

—Es a mí a quien busca. Mantente lo más lejos posible y si tienes suerte, quizás salves tu vida.

—¡No pienso dejarte sola!

Por la forma en que la gritó, más parecía que le estuviese torturando que haciéndole un favor.

—¡Escúchame! —chilló—. ¡El juego se ha acabado, Deán! Ahora nos toca algo de la realidad que llevo tiempo queriendo que veas. ¿Crees que Carlos es un problema en tu vida? Pues andas muy equivocado. Porque cuando Mardröm acabe con nosotros, tú desearás volver a tu vida anterior y yo no haber cruzado jamás esa puerta.

—Pero...

—No hay peros que valgan —le interrumpió—, dijiste que era muy importante para ti acabar tus clases, lograr ese futuro al que persigues. Pues mantente lo más lejos posible de mí para que puedas hacerlo. Deja que los demonios nos matemos entre nosotros. ¿De acuerdo?

—Quiero ayudarte.

—¡No puedes! No lo entiendes ¿verdad? —Verushka se movía arriba y abajo pensando a toda velocidad—. He cometido un error monumental. Por un momento creí que le daría igual si estaba en las cuevas o venía a este mundo, pero subestimé la sed de venganza de Lukashenko. Ahora entiendo que no solo es invencible, sino implacable. Su palabra es ley y yo la he quebrantado.

—Podemos luchar —murmuró Deán sabiendo de antemano cuál sería la respuesta.

—Yo tal vez, pero tú no. Eres humano. Deán, puedes morir. Nunca me perdonaría que te pasara algo por mi culpa y si permaneces cerca de mí, no solo tendré que preocuparme de que te pase algo, sino que reducirás mi radio de acción y conseguirás que nos maten a ambos.

Tenía razón. Él solo sería una molestia.

—De acuerdo, me voy entonces.

La miró esperanzado de que dijese que no. Que se lo impidiese porque juntos podían...

—Será lo mejor.

—Pero es que...

—Adiós Deán.

No había nada más que decir.

Salió a la calle y puso rumbo a su casa sintiéndose la persona más débil y miserable del mundo. El sol del día parecía reírse de su estado de ánimo, otorgándole una sensación de bienestar en la piel que su cuerpo no quería sentir.

¿Acaso era un ser tan inútil que lo único bueno que podía hacer por los demás era quitarse de en medio para no molestar?

*«Sí.»*

Aunque había hablado con su voz interior muchas veces, la claridad del desprecio con el que esta vez se dirigió a él le hizo sentir repulsión por sí mismo.

*«Ella intenta entrenarte, hacerte más fuerte. ¿Recuerdas? Pero necesitas descansar para no morir por agotamiento tras media hora de ejercicio cuando la situación requiere un esfuerzo.»*

El cargo de culpa fue creciendo en su interior. No podía irse a casa.

—Lo siento.

*«¿Sentirlo ayudará en algo?»*

—No —respondió.

*«Entonces ¿qué tal si mejor haces algo de provecho?»*

Estaba de acuerdo, pero ¿el qué? Se sentó entre dos coches esperando alguna buena idea. Aún recordaba aquel momento cuando Verushka apareció ante él para concederle un deseo.

*«Fue un buen momento para pedir súper fuerza.»*

Empezó a reírse solo.

—Sí, es cierto, pero lamentarlo ahora no me ayudará en nada.

*«¿Qué te parece súper inteligencia? Conseguirías un buen plan.»*

—Nada. —Sonrió—: Mejor súper fuerza.

Aquel hubiese sido un buen deseo. Si tuviese la oportunidad de volver al pasado ¿lo cambiaría? Aún podía notar el tacto del libro entre sus dedos, los nervios de aquella noche cuando invocó los poderes de la naturaleza intentando tener la fuerza que tanto ansiaba. La decepción que había sentido al día siguiente y la desesperación con la que invocó a Verushka.

—¡Hey! Hola mocoso. —El muchacho soltó un gemido cuando Mardröm le cogió del pelo levantándole por los aires—. Te estaba buscando. Gracias por esperar. Ando tras una amiga que tenemos en común ¿Sabes dónde está?

El dolor y el miedo estallaron en su interior.

—¡Déjame! ¡Suéltame!

El demonio acercó su nariz y empezó a olfatearle.

—Veo que sabes de quién hablo. Mejor nos ahorramos las pequeñas mentiras innecesarias. —Se sentía un aura maligna envolviéndole que crecía a pasos agigantados—. Tu ropa huele a ella. ¿Sabes dónde está?

—¡Ella no te ha hecho nada! —le gritó a pesar del miedo que le estaba invadiendo—. ¡Déjala en paz!

— No siento tu alma, así que supongo que eres el que la invocó. ¿Qué le pediste a cambio? A lo mejor podemos hacer un trato. ¿Quieres ser rico? ¿Famoso? En esto último tengo algo de experiencia reciente.

Su risa era hiriente y burlona.

—No quiero nada de ti —respondió escupiendo todo el desprecio que pudo darle a sus palabras.

—Escúchame mocoso y presta atención. ¿Qué tal tener súper fuerza? Es algo con lo que todo el mundo sueña. ¿Hacemos un trato?

Le dio la impresión de que se había dedicado a espiar sus pensamientos antes de abordarle. Le horrorizó imaginar cuánto tiempo le había estado mirando sin que él lo supiera.

La sonrisa del demonio provocaba un miedo visceral en sus entrañas que no podía controlar. Aquello que tenía en la cara era una mueca carente de toda emoción. No, era algo peor, causaba terror. Supo al instante que cualquiera que se atreviese a tener un trato con él firmaría su sentencia de muerte.

Deán ni siquiera se tranquilizó cuando le dejó en el suelo. Por eso intentó dotar a su voz de un tono seguro, que no diese muestra alguna de debilidad.

—¿Podrías hacerme más fuerte que el más fuerte de los demonios?

—Sí claro. —Ni siquiera lo dudó—. Solo tienes que pedirlo. Me dices dónde está la chica y yo te haré tan fuerte que ningún demonio osará jamás ponerte un dedo encima.

Era una tentación.

¿Podría protegerla siendo así?

No; si eran capaces de otorgarlo ¿no sería posible que con solo fuerza bruta no se les pudiese matar? Tomó aire antes de hacer la estupidez que iba a hacer.

—¿Me darás lo que desee, sea lo que sea?

—Sí.

—Deseo que nunca más vuelva ningún demonio a molestarla. Que la dejéis en paz para siempre.

La sonrisa de Mardröm se borró por completo.

—Lo siento. Lo que me pides es imposible.

—Quieres hacer un trato ¿no? Pues eso quiero. Que ella esté bien siempre y a salvo de todos vosotros.

Al acercarse aquel ser, una sensación de poder comenzó a aplastar la seguridad del muchacho.

—En realidad intentaba ser amable. No tienes tu alma, no tienes nada con que negociar, pero tu deseo me da una idea bastante aproximada sobre ti. — Mardröm sonrió y sus ojos se iluminaron durante un segundo—. Aunque en realidad ya no te necesito para nada, acabo de descubrir dónde está.

¿La había visto?

¿Habría salido a la calle?

¿Les habría oído?

Fue instintivo, se giró a mirar la casa donde estaba para confirmar algo que ya sabía. Allí no se veía a nadie.

—No es verdad. No lo sabes.

—Es cierto. Me has pillado. Te mentí. No tenía ni idea de dónde estaba hasta ahora. —Sus ojos adquirieron un aspecto cruel—. Así que muchas gracias por ayudarme a encontrarla y ahora, pasemos a saludarla.

Le agarró del brazo tirando de él hacia la casa que había mirado.

Con una sola patada, destrozó la cerradura y lanzó la puerta contra la pared del fondo. El golpe rompió la mesita sobre la que descansaban los jarrones que tenía. Deán pudo reconocer en el suelo ramos de Lycoris Radiata, la flor que le había regalado su madre, que ahora adornaban un jarrón hecho añicos.

—¡Verushka cuidado! —chilló el muchacho deseando que la diese tiempo a escapar.

Acostumbrado como estaba a luchar contra demonios de toneladas en peso, cuando Mardröm lanzó al molesto humano lo hizo como si fuese una mosca. El crujido hueco que sonó cuando el cráneo chocó contra la pared fue música celestial en sus oídos.

—Estoy seguro de que ahora desearías haber hecho el trato —comentó burlón examinando el cuerpo en el suelo.

Se giró hacia el pasillo y empezó a caminar con lentitud mientras examinaba todo.

—¿Verushka? ¿Estás por aquí?

Nada se movió. Echó un último vistazo al cuerpo del humano maldiciendo el no poder matarlo una segunda vez por las molestias que le había ocasionado.

Al pasar por la cocina la desestimó ya que ni siquiera tenía puerta y, aparte de los muebles lógicos, no tenía nada más para esconderse. Las cuatro puertas que tenía el pasillo tras el recibidor estaban cerradas.

Así que la súcubo quería jugar al escondite.

Cambió sus andares a otros más vigorosos y avanzó hasta el primer cuarto. No se molestó en abrir la puerta. La reventó sin necesidad de tocarla haciendo que se estrellase contra la pared del fondo.

Aquella habitación, con las paredes color gris ratón, parecía un estudio. Un escritorio en forma de L cubría la pared del fondo, mientras que unas estanterías a su derecha dejaban al descubierto los libros y cuadernos con los que iba a clase. Un sofá y una silla era el resto del mobiliario que había en ese lugar. No había ni rastro de la chica allí.

Siguió avanzando. En la siguiente recámara encontró un baño vacío y en la siguiente, un cuarto lleno de un líquido negruzco que supuso sería el fruto de algún desafortunado demonio que se hubiese cruzado con ella.

Le pareció interesante que tuviese ánimos para andar buscando y cazando demonios en el mundo humano. Se recordó mencionar a Lukashenko ese pequeño detalle cuando la llevase de vuelta.

Solo quedaba una habitación. La última. Con un movimiento de su mano, la puerta voló mientras él se internaba esperando algún tipo de ataque que no llegó. Otro dormitorio. En este, sus paredes eran rojo sangre a juego con la colcha de la cama de color rojo también. Se acercó hacia el único armario de la habitación y lo abrió de golpe.

Estaba vacío.

Era imposible. El chico había mirado hacia esa casa cuando le tendió la trampa.

¿Acaso le había engañado?

No era posible, solo era un niño. Uno de esos jóvenes humanos sin inteligencia. Estaba muerto y no podía estar seguro al cien por cien pero le habría encantado torturarle un poco y que respondiese a sus preguntas. Si realmente le había tomado el pelo, quizás no fuese capaz de encontrar a la súcubo a corto plazo.

La idea de fallar a Lukashenko no era demasiado tranquilizadora. Tenía que estar allí. Volvió cuarto por cuarto destrozándolo todo como si los cuadros y los colchones pudiesen ocultarla. Los hizo trizas con unas uñas que hizo crecer hasta convertirlas en garras.

La ira de la que hacía gala no tenía parangón en este mundo. La maldita bastarda tenía que estar allí. Debía estar allí y, aunque tuviese que tirar los cimientos de aquel lugar, la encontraría.

Al entrar en la cocina agarró la nevera y la lanzó con tanta fuerza, que atravesó la pared introduciéndose en el estudio. Aquella maldita desgraciada se la había jugado. Iba a repetir lo mismo con la lavadora cuando vio la trampilla que había debajo. Sintió la energía del portal antes siquiera de mirarlo. Allí se había construido un espacio especial para ella.

No sabía de dónde habría sacado la súcubo el poder para crear aquello pero ya se lo preguntaría cuando la encontrase.

Bajó por una escalera de mano hasta un lugar que no era de este mundo. Unos muros largos e interminables daban lugar a otros pasillos interconectados entre sí iluminados por su propia energía. No necesitó más que unos minutos caminando para darse cuenta del fin que tenía ese laberinto.

Podía pasarse años ahí abajo buscándola antes de encontrar nada. Se acercó a una pared y al tocarla, notó la corriente de magia que la había creado.

¿Cuánto tiempo habría dedicado esa pequeña metomentodo a construir este lugar?

Aunque en el infierno habían pasado casi cinco meses desde su desaparición, en el mundo humano apenas habían sido dos semanas.

¿Cómo era posible entonces que en ese tiempo hubiese construido algo así?

Dirigió un poco de su propia energía en aquel cauce de poder para interrumpirlo. Al hacerlo, aquella pared prácticamente se desintegró en polvo. Al igual que le pasó a la siguiente y la siguiente. A su paso, fue dejando un hueco cada vez más grande debajo de aquella casa.

—¡Supongo que sabrás que no puedes esconderte! ¿No? —Nadie respondió a su pregunta y empezó a sentirse frustrado—. Te aseguro que me divertiré mucho contigo cuando te encuentre.

No sabía bien por qué pero en este mundo, era propenso a las emociones humanas. Intentó concentrarse en hacer desaparecer la ira que le estaba dominando antes de encontrar a la súcubo y que le hiciese alguna tontería que le enfrentara a Lukashenko.

Como si hubiese estado esperando ese momento, cuando Mardröm destruyó la pared se encontró con que Verushka se estaba lanzando a toda velocidad.

Las órdenes que tenía eran claras, capturarla con vida y si era posible, sin sufrir daño. Así que si hubiese esperado aquel ataque habría reaccionado de otra forma, pero la sorpresa le hizo responder como la máquina de matar que era.

La desintegración del muro solo había dejado un rastro de polvo en el suelo, no necesitó más. Con un movimiento de sus dedos, de allí salieron unas lanzas gigantescas que intentaron empalar al agresor contra el techo.

Lo habría conseguido, si años de vagar por las cuevas del infierno no hubiesen llevado a Verushka al límite de su resistencia. Al dotarla de unos reflejos y una agilidad sobresaliente incluso entre los suyos, consiguió arquear su cuerpo en el aire en una maniobra imposible esquivando la muerte por milímetros.

Mardröm no supo si sentirse impresionado, enfadado o aliviado de que por primera vez alguien escapase ileso de su ataque.

Aún lo estaba decidiendo cuando, nada más tocar el suelo, la chica comenzó a correr en su dirección con un espíritu combativo de los que pocos adversarios podían presumir.

Más calmado esta vez, movió sus manos en un sencillo gesto con el que arrancó de sus cimientos uno de los muros que aún había indemnes y lo intercaló en medio de los dos. No podía lastimarla, si conseguía que entendiese que prefería llevarla de una pieza, sería mejor para ambos.

Pero Verushka no parecía dispuesta a escucharle.

Al ver cómo el muro se movía su primer instinto fue apartarse por si se lo lanzaba. Esta vez sin embargo no era un arma, solo lo estaba utilizando para crear un obstáculo. Al pasar a su lado para posicionarse, lo enganchó con su mano y se dejó arrastrar por la misma magia que movía la piedra soltándose antes de que se fusionase en su nuevo emplazamiento. A escasos metros, su rival se posicionó en una postura defensiva.

Verushka se dio cuenta del error que había cometido al acercarse cuando al intentar moverse, en lugar de avanzar hacia él, voló hasta quedar pegada a la pared a más de medio metro del suelo.

El golpe la hizo exhalar todo el aire de sus pulmones mientras la presión que sentía sujetándola le producía la sensación de miles de agujas que la atravesaban la piel.

—No está mal —concedió el demonio verdaderamente impresionado.

Proviniendo de él, aquellas palabras escondían un halago que la muchacha no llegó a entender.

—Suéltame —le ordenó.

—Tengo órdenes de Lukashenko.

—Y yo hice un trato. Tengo que cumplirlo.

La mueca burlona de aquel ser era cruel.

—Tranquila, puedes darlo por finalizado. El mortal está muerto. Le he roto el cuello.

Aquella frase bastó para inmovilizarla a Verushka más que la propia magia. Una sensación extraña que no podía describir, inundó su pecho con violencia. Quería escapar de esas emociones pero no podía, cada vez las sentía más adentro penetrando la coraza que tenía en su corazón y despertando algo en su interior que la consumía a la par que la alimentaba.

Supuso que aquello que caía de sus ojos era la sangre del golpe que había recibido, porque los demonios no lloraban. Porque ella, menos que ninguno, sucumbiría a su lado humano dejando escapar unas lágrimas de puro dolor.

—Esto no debería haber acabado así —susurró—. Joder Deán, lo que mejor se te ha dado en tu vida es correr ¿y ahora vas y la fastidias?

—¿Qué estas murmurando? —preguntó Mardröm mirándola con curiosidad.

—¿No presumías de lo rápido que eras? ¿De la facilidad con que escapabas de cualquier adversario? Gilipollas. ¿No entendiste cuando te dije que te alejaras de mí? —el dolor que le nacía de dentro la estaba ahogando.

—Te he preguntado que qué estás farfullando —El demonio se acercó para oírla mejor.

No le oía. El sentimiento que la embargaba era demasiado fuerte para que el mundo real se interpusiera. No podía expresar qué era lo que estaba sintiendo. No sabía cómo definir esa sensación de pérdida absoluta que la estaba embargando. Pero aquel dolor dio paso a otra cosa que sí conocía bien: odio.

Con ese odio miró a Mardröm que había cometido el error de haberse acercado hasta ella. Todo poder se podía vencer con fuerza y la voluntad suficiente.

La voluntad ya la tenía.

Toda la rabia, el dolor, la ira, todo lo que tenía escondido en su interior, lo transformó en energía para dotar a sus piernas del poder necesario para abalanzarse contra el cuello de su enemigo. Puede que Deán estuviese muerto, pero a Mardröm iba pagarle un billete directo al infierno solo de ida.

Se apoyó en la pared y empujó.

La tensión acumulada y el esfuerzo que hizo, provocaron que lanzase un grito salvaje que nació en lo más profundo de sus entrañas cuando no pudo moverse. Ni toda la ira acumulada le dio las fuerzas necesarias para separar su cuerpo de aquella pared.

—¿Qué esperabas? —comentó Mardröm riendo.

# CAPÍTULO 22

*«Despierta.»*

La voz penetraba a través de la oscuridad en la que estaba sumido con una molesta persistencia.

*«Debes despertar.»*

No quería. Por fin había encontrado un lugar donde no le dolía nada, donde podía estar tranquilo, en paz. Solo tenía que tener paciencia y esperar.

*«Te necesita.»*

¿Quién podía necesitarle? Aquella molesta presencia solo quería que abriese los ojos para poder seguir riéndose de él.

*«Te necesita.»*

La imagen de una chica pelirroja penetró en su cerebro con tal violencia, que se dio cuenta de que el mero hecho de haberla olvidado era un insulto.

Aunque ella era fuerte, inteligente y ágil, un demonio preparado para matar. ¿Cómo iba a necesitarle? Estaría mucho mejor sola que con él.

*«Despierta. Te necesita. Sabes que te necesita.»*

No fue una súplica, la urgencia del tono le obligó a abrir los ojos al instante sin dudar de la veracidad de sus palabras.

Lo primero que sintió fue un dolor en el cuello que le recorrió toda la espalda.

*«Corre, date prisa.»*

Estaba mareado, pero por una vez no tenía tiempo de analizar sus magulladuras.

Salió corriendo y entró en el primer cuarto que vio. El agujero en la pared de la oficina y la nevera descansando en el suelo, le hicieron estremecerse. Rezó para que no fuese tarde.

Pasó al siguiente cuarto.

—¡Verushka! —gritó Deán.

Nadie respondió.

Uno a uno revisó todos los cuartos cada vez más desesperado. Cuando salió del último, volvió a mirar por todas las habitaciones por si se había dejado algo.

Tenían que estar ahí.

Pensar que quizás Mardröm ya la había encontrado y la había obligado a ir al infierno, era demasiado duro para aceptarlo. Ni siquiera se hubiese parado en la cocina de no haber notado una corriente eléctrica que le puso los pelos de punta.

Atravesó la trampilla sin preguntarse siquiera como es que existía algo así o cuánto tiempo llevaba escondida. Todos sus pensamientos se centraban en una sola cosa.

Ella.

Encontró a su amiga colgando de una pared con aquel demonio a sus pies. Esta vez ni había un palo a mano para poder golpearle a traición, ni creía ser capaz de acercarse lo bastante como para darle un buen mordisco.

*«En la cocina hay cuchillos que podrías usar como armas.»*

Ni siquiera se lo planteó.

Una parte de sí mismo se repetía que ignorar a la voz en esta ocasión era una mala idea. Pero estaba seguro de que si conseguía acercarse lo bastante como para embestirle por la espalda, quizás con un empujón lograse romper su concentración lo suficiente como para que Verushka tuviese la oportunidad de matarlo.

No había dado ni cinco pasos en su dirección cuando el demonio, como si tuviese un sexto sentido, se giró y clavó sus ojos grises en él paralizándolo en el sitio.

—Pensé que te había matado —comentó Mardröm en un tono tan aburrido, que daba a entender que su vida o su muerte carecía de importancia real.

—¡Corre, Deán!

Incluso en esa situación la voz de Verushka consiguió atraer su mirada. Pero no vio que el muchacho la hiciese caso.

¿Por qué siempre hacía lo que le daba la gana?

—¡Maldita sea, corre!

—¡Corre humano, corre! —repitió Mardröm imitándola en un tono burlesco—. ¿En serio crees que podría huir de mí?

—Lo creo.

Leyó en los ojos de la súcubo el orgullo que sentía por aquel muchacho y sonrió

—Vamos a ver de lo que es capaz, te propongo una apuesta. Si el chico logra salir vivo de aquí y permanecer así una hora, te dejaré ir e informaré de que no he sido capaz de encontrarte. Eso te dará un tiempo para que puedas pensar si prefieres huir o entregarte tú misma y así evitarte que...

—¡No voy a jugar contigo! —le cortó Deán.

Como si no le hubiese oído, Mardröm hizo un movimiento con dos dedos que selló sus labios. Al acallar aquel molesto berrinche humano, siguió hablando como si tal cosa.

—Incluso intercederé por ti ante Lukashenko si te pilla. Sin embargo, si al final le cojo... —Analizó la cara de la súcubo en la que encontró una mirada de desafío.

Verushka miró la estatua viviente en la que se había transformado su amigo. Ella estaba perdida, pero a lo mejor a él podía darle una oportunidad.

—No puedes paralizarle —exigió—; ni hacer nada de magia contra él.

—¿Dónde estaría la gracia del juego si hago eso? Incluso estoy dispuesto a darle cinco segundos de ventaja.

Era demasiado arriesgado. Le inundó la necesidad de hablar con él una última vez, pedir su opinión, explicarle lo mucho que había cambiado desde aquel día en que la invocó y lo que pasaba por su mente cada vez que pensaba en él.

Soñó con tener algo más de tiempo para seguir comiendo algodón de azúcar y lanzarle unas cuantas pelotas de tenis más. ¿Qué le pasaría con Carlos? Le hubiese gustado ver cómo se enfrentaba a él, cómo le ganaba y se alzaba victorioso acabando con ese fantasma que durante tanto tiempo le había perseguido.

Extrañaría el pantalón desgastado y las camisetas demasiado grandes que siempre llevaba. Sabía que, después de esto, iba a echar de menos incluso su horrible forma de peinarse.

Ningún humano podía vencer a un demonio en un combate. Aunque Deán era rápido y conocía la ciudad, Mardröm era un cazador nato. Aquel trato podía considerarse un suicidio o un asesinato. A pesar de todo, puede que fuese la única oportunidad para salvarle.

—Acepto.

Antes de abrir la boca, Verushka ya sabía que era un error. Que nunca había que hacer pactos ni apuestas con demonios y que ella ya estaba condenada.

—Esto será divertido. ¿No crees? —La sonrisa condescendiente de Mardröm se clavó en su orgullo.

—Que te den.

El demonio sonrió ante el insulto y con un gesto de su mano derecha, rompió el hechizo que mantenía sujeto al humano.

—¡Suéltala! —gritó el muchacho tan pronto se dio cuenta de que podía hablar.

Mardröm sabía que había oído toda la conversación. Levantó la mano derecha con sus cinco dedos extendidos. Solo tenía ojos para Verushka.

—¡Corre, Deán! —le apuró la súcubo en cuanto se dio cuenta de la situación.

—No pienso dejarte sola.

El demonio bajó uno de sus dedos sin dejar de mirarla.

—¡Joder, maldita sea, corre!

«*No puedes abandonarla.*»

—¡No!

Un crujido sonó a medida que un cuchillo, hecho de su propio hueso, empezó a aparecer a través de la piel del brazo de Mardröm. Verushka se agitó desesperada en la pared intentando soltarse cuando vio que bajaba otro dedo.

Solo quedaban tres.

Por mucho que lo intentase era inútil. No podía moverse.

—¡Maldito seas, deja de hacer el idiota y corre de una vez! —le gritó.

*«Corre.»*

No sabía si había sido la voz, el cuchillo, o que por fin le había entrado el sentido común, pero echando un último vistazo a su amiga pidiéndole disculpas, empezó a correr como alma a la que el diablo perseguía con un arma capaz de rebanarle el cuello.

—¿Nerviosa? —preguntó Mardröm señalando que solo quedaban dos dedos levantados—. El juego está a punto de comenzar.

Su presa corría hacia la trampilla de salida. A Verushka le parecía como si fuese con relativa lentitud para lo que estaba acostumbrada. Solo quedó un dedo recto.

Mardröm cerró los ojos.

Cuando los abrió, se había teletransportado justo enfrente de Deán. No tuvo más que levantar el brazo para dejar que la velocidad del muchacho le empalase.

Una oleada de placer le inundó cuando sintió cómo el cuchillo penetraba la blanda carne del humano, atravesándole. Buscó con la mirada divertida los ojos de la súcubo.

—¡No! —chilló Verushka al ver cómo el arma sobresalía por la espalda de su amigo —¡No!

—Tú pierdes —dijo Mardröm.

—¡Hijo de... —No supo en qué momento sus chillidos se unieron a los del demonio que gritó preso de un dolor absoluto.

Una luz blanca inundó la estancia cegándola, hasta que su cuerpo chocó contra el suelo. Lo primero que pensó fue que se trataba de una trampa, que Mardröm se estaba riendo de ella ahora que había descubierto su punto débil, no la importó. Echó a correr hacia Deán desesperada. Si ese era el motivo por el cual se podía mover, por lo menos le daría un último abrazo.

Nadie le impidió llegar hasta el cuerpo.

Se puso de rodillas examinando el pecho de su compañero en busca de la herida, pero no había nada. En la espalda tampoco vio ninguna señal que indicase que le habían atravesado perforándole el pecho.

Con una tos seca, Deán abrió los ojos.

—¿Estás bien? —preguntó atontado—. ¿Qué ha pasado? ¿Por qué me miras así?

—¿Estás bien? —interrogó Verushka a la vez sin creerse lo que estaba viendo—. ¿Estás bien de verdad?

El chico la miró como si no comprendiese a qué venía tanta preocupación.

—Sí, sí, creo que sí. ¿Qué ha pasado?

La chica miró por el cuarto sin saber bien qué responder a eso.

—No lo sé.

—¿Cómo que no lo sabes? —preguntó visiblemente nervioso—. ¿A dónde ha ido? ¿Por qué ha desaparecido?

—No lo sé. Pensé que te había atravesado con su arma y entonces te cubrió una luz blanca. Cuando pude volver a ver, ya no estaba a tu lado y tú estabas... bien.

Parecía increíble que fuera cierto.

—¿Está muerto? ¿Mardröm está muerto?

Verushka se levantó negando con la cabeza.

—No lo sé, no puedo estar segura.

—Pero se ha ido ¿no? —Deán parecía dubitativo.

—Solo de momento. Si no está muerto, cuando regrese lo hará bastante cabreado.

Suspiró aliviado.

—Nos ocuparemos de eso cuando vuelva.

—Pero es que... —intentó explicarle Verushka.

—Antes de agobiarme con problemas que aún no han llegado —la cortó levantando la mano—, me gustaría celebrar que sigo vivo.

Sonrió de manera sincera cuando la súcubo le ayudó a levantarse.

Le dolía todo. El pecho, la espalda, la cabeza, los brazos, las piernas... Estaba seguro de que si se esforzaba, podría llegar a descubrir cómo era sentir que le doliese el pelo.

Aunque no era para menos. En menos de un mes le había atacado un lagarto gigante, un acróbata loco, un demonio capaz de paralizarle e incluso le habían atravesado el pecho con una daga hecha de hueso.

Fue la voz de Verushka la que le hizo volver a la realidad.

—Creí que estabas muerto.

— Sí, yo también lo pensé —Deán hizo una pausa sin entender del todo lo que había pasado—. Lo sentí. Estaba corriendo y entonces él vino y todo se apagó. No sé cómo explicarlo.

— No te preocupes, ya ha pasado —Verushka sonrió intentando tranquilizarle—. No le demos más vueltas.

Estaba de acuerdo. Cuanto menos pensasen en eso ahora, mejor que mejor.

Se la quedó mirando durante unos segundos, quería preguntarle cómo estaba. Si le había hecho daño o qué es lo que tenían que hacer a continuación. Pero no había dicho ni una palabra cuando se acercó tanto a ella que sus labios se unieron en un beso suave, dulce.

Al instante se apartó, sonrojado, sin entender muy bien qué acababa de hacer.

—Me duele la cabeza —comentó mientras se frotaba la sien—. Va a salirme un buen chichón del golpe.

Bajó la vista avergonzado hasta que sintió cómo un dedo en su mentón le obligaba a levantar la cabeza. Los ojos de la súcubo brillaban con fuerza y cuando acercó sus labios a él, todo dejó de importar.

—Esto no le va a gustar nada a Lukashenko —musitó Gelson espiando desde las sombras.

# CAPÍTULO 23

El fuerte calor y las manchas de sudor que se iban formando en las camisetas de la gente, parecían no afectar al detective Lacroixe. Con su camisa hawaiana ligeramente desabrochada, mostraba un pecho fuerte y marcado que atraía las miradas de muchas de las turistas del grupo que le acompañaban. No es que con aquella barba de dos días que le daba un aspecto peligroso y su pelo castaño no fuese suficiente para atraer a cualquier mujer, sino que además, incluso con la apariencia de turista que le daban los pantalones cortos y las chancletas, era un hombre que no pasaba desapercibido.

Había ido posponiendo aquellas vacaciones hasta que los papeles del divorcio se juntaron con un mal día y un sospechoso se empeñó en ponérselo difícil. Aquel peligroso cóctel provocó que en lugar de acompañarle a la comisaría, terminase en el hospital con la mandíbula desencajada y varias costillas rotas.

Cuando su jefe le ofreció aquel permiso, entendió que no era algo que pudiese rechazar.

—Esto puede describir el ascenso al poder de un personaje de la vida real. Un gobernante que de manera astuta, buscó reforzar su lugar sustituyendo al dios del maíz —explicó Liseth, la guía turística que los acompañaba—. Como prueba tenemos que al contrario de otros hallazgos mayas en donde la creación del mundo se representa con la ubicación del dios del maíz saliendo del corazón de la tortuga, en este nuevo descubrimiento aparece otro personaje sobre la misma.

Al hablar, señalaba el altar de un metro de ancho y uno cincuenta de alto.

—Haber encontrado esto aquí, en el suroeste de Guatemala, es todo un acontecimiento para el mundo arqueológico —indicó Lélia, la hermana de Liseth que les había acompañado todo el trayecto—, porque aporta evidencias sobre el hecho de que la cultura maya pudo surgir en la costa sur de Guatemala y no en el norte como se cree.

Como si aquello fuese obvio para todo el mundo, las personas asentían a lo que estaban escuchando ignorando los cuarenta y dos grados a los que se encontraban.

Un cuarentón calvo con la camisa empapada en sudor, cuyo tedio llegaba hasta lo indecible, creyó bien interrumpirla tras tanta clase de historia.

—Entonces, en todo este rollo de la cultura maya, ¿dónde pone eso de que el mundo termina en el dos mil doce?

—Cariño, no —intentó cortarle su compañera, una chica que difícilmente tendría veinte años y que por la manera en la que él la agarraba demostraba que no era su hija.

—Discúlpenla —añadió el hombre mientras la alejaba con firmeza—, la pobre, aunque adora estas cosas, es tan tonta que no es capaz de entender la profundidad de todo esto. —Hizo una pausa pasando un pañuelo por su frente sudorosa—. Así que según vosotras ¿esto es todo lo que les queda a los mayas?

Se las quedó mirando con una sonrisa estúpida en la cara mientras volvía a secarse la frente con el pañuelo a rayas.

— El parque nacional Tak'alik Ab'aj, tiene una extensión de unos dos kilómetros cuadrados —contestó Lacroixe con voz fuerte y grave—. En este sitio se han sido descubiertos doscientos cincuenta y cuatro monumentos esculpidos y un observatorio astronómico que data de hace unos mil ochocientos años.

Las dos guías le estaban mirando con sorpresa y aprobación cuando la voz del calvo se volvió a hacer oír por encima del murmullo de la gente.

—Sí, ya he visto lo del calendario y todas esas mierdas. Lo que yo quiero saber es cuándo narices vamos a palmarla. —Cuando intentó secarse de nuevo el sudor, solo consiguió extenderlo por toda la cara aún más.

—Eso es una tontería —le razonó Lacroixe—. Los mayas hicieron sus calendarios hasta un tiempo que les pareció razonable. Supondrían que sus descendientes, llegada la hora, repetirían el proceso.

—No lo entiendes, he visto en la tele lo que va a pasar.

La seguridad con la que aquel calvo molestaba sacó de quicio al detective que levantó la voz para responderle.

—Por el amor de Dios, esa es una tontería que se ha extendido a nivel mundial. Es como creer  que porque mi fabricante ha hecho un reloj al que su pila solo le dure diez años, significa que después de ese plazo no habrá más días.

La gente a su alrededor comenzó a disimular cómo se reía.

El hombre, pasándose una vez más el pañuelo por la frente profundamente irritado, decidió quedarse callado. Al ver que la chica que lo acompañaba también estaba sonriendo, le dio un tirón fuerte del brazo para que se comportase. Aunque se quedó callada, la mujer dirigió varias miradas elocuentes a Lacroixe, haciéndole un gesto de simpatía con la cabeza.

Divertido, el detective la sonrió y le hizo un guiño provocativo que la sonrojó haciéndola agachar la cabeza.

El resto de la excursión fue bastante más tranquila y agradable. Ni siquiera pasó nada notorio a excepción de que cada vez con más frecuencia, el detective notaba cómo se clavaban en él las miradas de todo el grupo.

El autobús que les recogió media hora más tarde, tendría por lo menos treinta años por las pintas. Con la amortiguación rota, todos los pasajeros se sujetaban lo mejor que podían en sus asientos dando saltos en cada bache mientras hablaban y reían nerviosos.

Al lado de la ventana, en la segunda fila, Lacroixe se estaba relajando disfrutando del paisaje permitiendo a sus pensamientos que fluyesen libres.

—¿Cómo es que sabes tanto de nuestro país? —El olor que desprendía Lélia cuando se sentó a su lado le resultó tan exuberante como el español que estaba utilizando—. Normalmente las personas conocen la palabra maya de casualidad.

—A la gente le molesta aprender —respondió Lacroixe mirándola a los ojos—. Son tan cortos de miras que se conforma con repetir lo que oyen en la televisión y poco más. —Lanzó una sonrisa triste que la muchacha le devolvió—. En pleno apogeo de la comunicación y nuestra mayor fuente de conocimientos son las películas de ciencia ficción y los chismorreos.

La chica apartó un mechón de su pelo negro que tapaba el brillo de aquellos ojos marrones asintiendo.

—Así que ¿tú no ves la tele?

—Claro, pero también conozco el funcionamiento secreto de los libros. Abrir portada, mirar en su interior y disfrutar de la lectura. —La risa de la chica era tan suave como sus rasgos—. Aunque puede que todo lo que sé se deba a que recuerde lo que me decía mi ex mujer.

—Así que cuando tu ex mujer te hablaba ¿la escuchabas? Debes ser un hombre entre un millón. ¿Ya no estás casado?

Hizo la pregunta mientras le repasaba de arriba abajo con evidente interés.

—No. Ahora estoy soltero.

Desde el asiento de atrás apareció la cabeza de Liseth abrazando a su hermana por el cuello.

—Aprovecha hermanita, es guapo, listo y sin compromiso.

Lacroixe sonrió cuando vio el rubor extendiéndose por las mejillas de Lélia que le miró con timidez.

—Entonces ¿te gusta leer sobre la cultura maya? —preguntó, sintiendo la mirada del guapo americano analizándola.

—No, Susan, mi ex mujer, es arqueóloga. Ella me enseñó el valor del conocimiento. A respetar todas las culturas y etnias no solo del presente, sino a lo largo de la historia.

—¿Y te gusta nuestro país?

Había que reconocer que el español de la muchacha estaba embellecido por la forma en que sus labios se movían al pronunciar ciertas consonantes.

—Mucho, sobre todo las bellezas típicas del lugar. —Ambas hermanas rieron coquetas—. Por lo que he visto son una característica única de esta zona.

La conversación siguió entre risas y bromas hasta que llegaron a la zona donde iban a descansar. Los pasajeros bajaron del autobús con aspecto cansado de tanto traqueteo y calor, dirigiéndose cada uno a sus respectivos bungalós.

Aquellas pequeñas chozas, tenían las necesidades mínimas que podían llegar a necesitar. Un microondas, un colchón, aire acondicionado, aquellos pequeños vicios sin los que nadie, en el siglo veintiuno, podría ya vivir.

Al cabo de varias horas el calor del día se había perdido dejando una noche más agradable cuando Lacroixe salió de su pequeña morada. Casi tan agradable, como la sensación del humo del cigarrillo penetrando en sus pulmones. Estaba orgulloso de que aunque no era capaz de acabar con aquel maldito vicio, aún tenía la voluntad suficiente para salir de casa antes de fumar. Quizás, incluso llegase el día en que le diese las gracias a su ex mujer por enseñarle ese pequeño favor.

Se giró para echar un último vistazo a Liseth y Lélia que descansaban desnudas abrazadas en la cama. Cerró la puerta con pena de perderse el lienzo que aquellas dos hermanas dibujaban sobre sus sábanas.

En el cielo, las estrellas brillaban mucho más de lo que recordaba haber visto nunca en New York. De pequeño, su padre se había empeñado en enseñarle a reconocer todas las constelaciones por su nombre y su lugar en el firmamento. Incluso había llegado a orientarse desde cualquier lugar tan solo mirando la estrella polar. Ahora, al mirar al cielo, solo veía puntos luminosos.

Entre todos los lugares que había en el mundo, en este rincón del planeta era donde más feliz había sido en su vida. Recordar con cariño aquella chica de veinte años de la que se enamoró le provocó un pinchazo en el corazón. Casi podía oírla hablar emocionada sobre todos los descubrimientos que se estaba perdiendo por retenerla en aquella habitación de hotel, a medida que ambos se llenaban de besos.

Se había sentido muy decepcionado cuando ella rechazó acompañarle en este viaje. Había escogido el lugar porque sabía lo importante que le parecería el descubrimiento de ese nuevo altar pero al proponérselo, casi le escupió en la cara.

¿En qué momento de su relación habían pasado del amor al odio?

Dio otra calada al cigarro que no le supo tan bien como la anterior.

El único problema en su relación era que le gustaba ser policía y hacer bien su trabajo. Ni siquiera la había engañado una vez hasta que le dejó de tratar con cariño. Su matrimonio se había roto mucho antes de que le encontrase con su ya no tan querida amiga.

No quería reconocerlo, pero la seguía echando de menos. Y más recordando que, a excepción de las chicas que había ahora en su cama, todo esto del viaje la habría encantado.

Al preguntarla ni siquiera se planteó traerse a su hija para tener una oportunidad de arreglar lo suyo. Y eso que de los dos, Adriana era con diferencia la más madura. Seguro que si se lo hubiese propuesto, se hubiese cogido unas vacaciones de las clases para ayudarle a llevar mejor eso del divorcio.

Ahora, de lo único que podía estar seguro, era que al final venirse hasta aquí solo había servido para remover heridas y que se le abriesen viejas cicatrices.

No tenía que seguir dándole vueltas a ese asunto. Solo tenía que concentrarse en pensar que cuando volviese, encontraría la forma de recuperarlas. De luchar por ellas.

Mientras tanto, su trabajo le ayudaría a mantener la cabeza fría y ocupada. Así que era una suerte que los delincuentes nunca se tomasen vacaciones. Estaba convencido de que al volver tendría tanto trabajo atrasado que no podría ni pararse a pensar cinco minutos.

Era algo que se le daba bien. Con quince años de policía a su espalda, Lacroixe sabía reconocer el peligro unos segundos antes de que pasase algo inevitable. Eso le había salvado la vida en un millón de ocasiones y ayudado a hacer unas notables detenciones. El último pensamiento que le asaltó antes de que todo desapareciese de su mente fue preguntarse si también su sexto sentido se había ido de vacaciones, porque en ningún momento sintió la premonición de lo que iba a pasar.

La noche era cálida sin llegar a ser sofocante, una ligera brisa soplaba acariciando la oscuridad. Había que ser un gran observador para notar que los grillos habían callado su canto, que nada se movía. No hubo gritos, no hubo resistencia, Lacroixe no tuvo ninguna oportunidad.

Lo primero que hizo el demonio cuando ocupó el cuerpo del policía, fue sacar de su bolsillo un anillo grueso de oro con una piedra ónix en su superficie y ponérselo en el dedo anular de su mano derecha. Encajó perfectamente, como siempre lo hacía. La sortija brilló durante unos segundos antes de oscurecerse.

Miró el cigarrillo con curiosidad antes de recogerlo del suelo y acercarlo a sus labios. El ataque de tos que le siguió fue instantáneo.

—Menuda mierda de vicios que tienen —comentó, lanzando con fuerza el cigarrillo a su derecha.

—Me cago en todo. ¡Ten cuidado gilipollas!

Al mirar el origen de la voz, reconoció al hombre calvo que había estado vociferando frente a su altar.

—No sabía que había alguien ahí —se disculpó y sin darle más importancia empezó a alejarse.

—Pues sí, cara chorra, estoy yo —le increpó—. ¿Es que te has dispuesto amargarme el viaje? Maldito imbécil.

Todo sonido ambiental pareció apagarse mientras el que antaño fue

Lacroixe, se giró enfocando a ese calvo petulante en su campo de visión. Estaba inclinado, limpiándose con la mano la ceniza de los pantalones, allí donde el cigarrillo le había alcanzado. Ni siquiera levantó la cabeza cuando le oyó acercarse.

—¿No me has oído disculparme? —preguntó el demonio sin darle ninguna entonación a su voz.

—¿Quién quiere tus malditas disculpas? ¡Púdrete!

El demonio sintió repulsión cuando el sudor que recorría la calva de ese hombre se pegó en la palma de su mano al cogerle la cabeza. Pero no duró más allá del segundo que necesitó para, con un giro de muñeca, romperle el cuello. El ruido ambiental volvió a su cauce cuando se agachó a limpiarse la mano en la ropa del cadáver.

Hacía tiempo que no había estado en este plano de existencia, esperaba que por lo menos sus habitantes hubiesen evolucionado más de lo que habían hecho desde su última visita. Aunque viendo su primer encontronazo, no iba a apostar por ello.

En el bolsillo izquierdo de su pantalón encontró una llave con el número 13 marcado. A paso lento avanzó, dejando que el aire fresco penetrase en sus pulmones. Solo el mundo humano tenía ese olor característico a fuerza y magia, a rebeldía y poder.

Cuando abrió la puerta y vio las dos chicas descansando sobre su cama, una sonrisa apareció en sus labios. Al contrario que sus congéneres, él sí que encontraba apetecibles a las humanas. Sobre todo si estaban dispuestas y disponibles. Cerró la puerta con cuidado, preparado para disfrutar de las delicias locales.

# CAPÍTULO 24

Por mucho que Verushka quisiese negarlo, estaba atrapada en un callejón sin salida. Hacía tiempo que se había quedado sin opciones arriesgando todo a la desesperada, como era su estilo. Ya no podía hacer nada para cambiar la situación. Casi podía sentir cómo su rival se regodeaba de la encerrona en la que se había metido ella solita.

Era inútil, posponer lo inevitable era de necios, así que con gran pesar hizo su última jugada, aquella que sería su fin.

—¡Jaque mate! —exclamó con orgullo Deán—. ¿Otra partida? Dicen que a la tercera va la vencida.

La chica observó el tablero y suspiró rindiéndose a la evidencia, los juegos de mesa no eran su fuerte.

Antes de tener oportunidad de responder, la sirena que anunciaba el final de las clases sonó, sorprendiéndoles en su escondrijo.

—Así que esto es a lo que llaman hacer novillos —dijo Verushka estirándose.

—Sí, de los cuales como te dije, no hay que abusar.

—Pero es mucho más divertido que ir a clase —comentó la súcubo haciendo un puchero—. ¿No podemos hacerlos más a menudo? No digo que toda la semana, pero por lo menos cuatro días de cada cinco.

El chico la miró anonadado.

—Nos suspenderían. Y tú no quieres que me suspendan.

Verushka se quedó jugueteando con la puntera del pie dando ligeros golpecitos en el suelo mientras miraba al techo disimulando.

—¿Sería tan malo?

—¡Oh vamos, no me fastidies! ¿Quieres que repita el curso por quedarme contigo jugando al ajedrez?

La cara que puso fue de ofendida.

—Oye, aquí el rarito de los dos que hace pellas para quedarse en el colegio eres tú. Además, reconoce que he mejorado mucho. Un par de partidas más y no volverás a ganarme.

Salieron riendo por el hueco que había en una de las paredes del cuarto de mantenimiento. Después de eso, se aseguraron de dejar bien oculta tras los cartones la entrada a su escondrijo.

Aunque habían estado toda la mañana a solas, Deán no había encontrado el valor para preguntarla repetir la cita. Por alguna razón que desconocía, tenía más miedo a que dijese que no, que a encontrarse en una habitación con Carlos a solas.

Respiró intentando armase de valor. Si quería hacerlo tenía que ser ahora o nunca.

—¿Sa... sa... sal...? —Tuvo que inspirar varias veces para poder pronunciar la frase—. ¿Saldrías conmigo?

—¿Cómo?

*«No me fastidies. Oye a un ser invisible que camina sin hacer ruido a trescientos pasos de distancia y ¿te va a obligar a repetir eso porque no lo ha escuchado?»*

—Que si... —¿Por qué parecía que habían subido de golpe todas las calefacciones del lugar?—. Que si quieres salir conmigo.

—Claro —respondió con naturalidad—. ¿A dónde quieres ir?

—No, no me refiero a eso.

*«Con lo bien que nos había salido cuando estábamos ensayando frente al espejo. ¿No crees?»*

Entre que los ojos de Verushka brillaban como un cielo de verano y que la maldita voz en su cabeza no dejaba de hablar, el nerviosismo de Deán se multiplicó por cien.

Ahora, ni siquiera sabía bien lo que quería decir.

—¿Deán? ¿Te pasa algo? —le preguntó la chica extrañada—. De pronto tienes mala cara.

—No me pasa nada —salvo que al ritmo al que estaba latiendo su corazón pronto le daría un ataque.

—¿Quieres que te lleve a la enfermería?

*«Lo que quiero es que me lleves en tu corazón porque te quiero, dile eso y la tienes en el bote.»*

—Te quiero en el bote.

—¿Cómo?

*«¿Para qué invento frases geniales si me las destrozas en un segundo? Repite conmigo. Verushka, me gustas. ¿Quieres ser mi novia?»*

—Me gustas...

*«Respirar, es muy importante no olvidarse de respirar.»*

—¿Querrías...?

—¿Sí?

*«Ánimo ya la tienes, mira como sonríe.»*

En lo único que podía pensar Deán era en que como pillase al que había tocado la calefacción para subirla la potencia lo mataba.

—¿Querrías... —Respirar, espirar, respirar, espirar, repetir el proceso de manera continuada—. ¿Querrías acompañarme al cine?

*«Cobarde.»*

El corazón le latía a mil por hora y le dolían la comisura de los labios del esfuerzo que estaba haciendo al sonreír de una manera tan tensa.

—Claro. No he ido nunca. ¿Cómo es un cine?

A veces, las preguntas más sencillas eran las que más le costaba explicarle.

—Es como ver la televisión, pero en una pantalla gigante. Puedes comer palomitas y refrescos en cantidades industriales. Si quieres, incluso chocolate.

—¿Chocolate también? —La chica asintió entusiasmada—. Me encanta el chocolate, creo que el sitio va a gustarme.

Al cogerle de la mano para sacarle de allí, Deán descubrió que su corazón aún podía esforzarse el doble de lo que creía. Sentía más calor transmitido por la palma de la mano de Verushka, de la que sintió cuando se le cayó encima agua hirviendo.

El patio estaba lleno de vida cuando salieron a su encuentro. Sus compañeros reían y jugaban como si fuesen partícipes de su alegría.

—¡Deán aquí! —Ambos se sorprendieron cuando a lo lejos vieron cómo Ivette les saludaba.

—Dame un segundo, voy a darle un beso y le digo que nos vamos juntos al cine —le pidió a Verushka.

Deán aceleró el paso cuando vio cómo Carlos, con su grupo de amigos, se acercaba a su madre con ese andar peligroso.

—Señora Anderson, cuanto gusto da verla —comentó el mexicano con doble intención.

Ivette llevaba un traje con la chaqueta de color azul marino, blusa salmón y unos zapatos de tacón a juego. Sonrió agradeciendo lo que había dado por un cumplido.

—Gracias, Carlos ¿no? Sí que has crecido. Con el tiempo que hace que no venía no estoy segura de reconoceros a todos ya.

—He crecido en todos los sentidos. ¿Por qué no te vienes conmigo y compruebas que tan hombre me he hecho? Mis amigos pueden encargarse de tu hijo hasta que terminemos. —Provocó sonoras carcajadas en su grupo ante el evidente sonrojo de la mujer.

Ivette, visiblemente trastocada, observó cómo a su alrededor era el centro de todas las miradas.

—¿Qué has dicho? Creo que no te he entendido.

La cercanía del chico y de aquel grupo, la estaba incomodando mucho.

—Tranquila, para lo que te voy a hacer no te hace falta ser muy inteligente. Ya me encargo yo de todo el trabajo duro.

Riendo, se giró a mirar a sus amigos a tiempo de ver cómo un puñetazo le daba en plena cara tirándole de espaldas. Cuando se tocó la nariz, estaba sangrando.

—¡¿Quién ha hecho esto?!

El grito tenía más de furia que de dolor. Levantó la cabeza para encontrarse con los ojos de Deán clavándose en él, con los puños apretados y odio en su mirada.

—¡Si te vuelves a meter con mi madre te mato!

—¿Que vas a hacer qué?

Antes de levantarse, una patada le alcanzó lanzándolo rodando por el suelo.

—Te lo avisé.

Cuando Carlos fue a hablar, algo le advirtió que no lo hiciese. A su alrededor nadie se movía. Sus amigos se habían alejado mirando con miedo y respeto a su antiguo saco de arena. Debía decir algo, pero las palabras morían en su lengua antes de nacer.

Desde el suelo, vio cómo se acercaba la pelirroja sin disimular la sonrisa divertida que tenía mientras le miraba.

—Vamos, Deán —comentó Verushka agarrándole de la mano con ternura—, tu madre te espera.

Los ojos de ambos muchachos siguieron fijos el uno en el otro durante un par de segundos.

—Tienes razón, no merece la pena —concedió—. No pienso perder mi tiempo con un idiota.

Se estaba alejando de allí cuando, furiosa, oyó la voz de Carlos a su espalda.

—¡Te voy a partir la cara! ¿Me oyes imbécil? ¡Te voy a partir la puta cara!

Deán no se molestó en responder. Con la mano izquierda se negó a soltar a Verushka, así que levantó la derecha con el dedo corazón perfectamente visible mientras se alejaban.

—Muchacho, ¿qué te he dicho sobre los modales? Baja ese dedo —le increpó su madre tan pronto llegó a su lado.

—Lo siento pero se lo tiene...

El abrazo que le dio, cortó la explicación en la mitad.

—Estoy orgullosa de ti —susurró en su oído—. Eres todo un hombre.

Ahora era Deán el que sentía que era el centro de todas las miradas a su alrededor.

—Mamá, ya no es solo que todos nos están mirando, es que necesito oxígeno para vivir.

La mujer se apartó con la satisfacción en la cara.

—Estoy muy orgullosa de ti, pero quiero que comprendas que la violencia no es la solución para todo.

—Lo sé...

—No quiero que ahora vayas por ahí pegando a todo el mundo.

—Lo sé...

—Por eso estás castigado. —Deán la miró con la boca abierta sin creerse lo que acababa de oír—. Esta tarde te quedas en casa sin salir. Eso sí, te haré tu plato preferido para merendar y otro para cenar.

—Es... —No sabía ni lo que decir—. Injusto. Además Verushka y yo...

—Deán —le cortó la súcubo—, no te preocupes por mí, siempre podemos ir otro día.

La miró sin comprender por qué no le defendía de esa injusticia. Al final, bajó la cabeza y siguió a su madre rumbo a casa.

La súcubo les vio alejarse con una sonrisa. Echó un último vistazo a Carlos que estaba rodeado de sus amigos aún tirado en el suelo, y enfiló sus pasos hacia una cafetería que conocía.

En todo el tiempo que había pasado en las profundidades del averno, la oscuridad de sus cuevas la habían transmitido una calma que se repetía a lo largo de los años en la rutina a la que estaba acostumbrada. En todo ese tiempo, nunca había sentido la necesidad de hablar o de compartir algo. Siempre se había sentida la amante perfecta del silencio y la oscuridad. Pero por algún motivo, desde que Deán la había invocado, algo había cambiado en ella.

Cuando el sol salía cada mañana, se encontraba mirando cómo aquella luminosa estrella salía del horizonte dotando de luminosidad y vida todo cuanto tocaba. Los olores y sabores de lo que la rodeaba, la tenían siempre en vilo e impaciente por probar cosas nuevas. La diversidad de personas que podía llegar a conocer en una sola tarde, era apabullante. Y las distintas emociones, tanto buenas como malas, que Deán podía llegar a hacerla sentir la volvían loca.

Desde ese punto de vista, en el momento en que pisó este mundo su mitad humana la había debilitado. Aunque también era cierto que se había sentido más viva en las pocas semanas que llevaba allí, que en los últimos cien años.

Era algo curioso, había necesitado conocer el mundo humano para aprender la diferencia entre vivir y sobrevivir. Aquel estúpido viaje le estaba enseñando más sobre la vida y sobre sí misma de lo que había considerado posible.

Luego estaba Deán. Aún recordaba la cara que tenía cuando se presentó ante él en su cocina. Supuso que conseguir el alma de alguien tan desesperado sería sencillo, pero eso era porque como demonio nunca hubiese contado con lo especial que era ese chico. Una persona que presumía de huir más veloz que el viento de los problemas y que sin embargo, se envalentonaba ante demonios capaces de matarle con solo mirarle. Alguien incapaz de levantar un dedo para defenderse a sí mismo, pero dispuesto a tumbar a un enemigo por defender a los que quería.

Deán era un cúmulo de contradicciones que la sorprendían y él solito, había aprendido a captar su interés más allá de lo razonable. La tenía intrigada, y no dejó de dar vueltas a ese asunto hasta entrar en la cafetería donde su amiga Valeria trabajaba con diligencia.

La joven camarera había venido desde Argentina hacía más de un año siguiendo su sueño de posar como modelo. Por desgracia, su hermoso aspecto tenía un enfrentamiento constante con un carácter agresivo y falto de tacto. Lo que la obligó a cambiar su rumbo laboral al de la hostelería, donde tener que batallar con las manos de sus clientes lejos de sus ceñidos pantalones era su pan de cada día.

Desde que la había conocido, Verushka se había sentido atraída por el magnetismo especial que tenía esa chica. Puede que hablase demasiado rápido, que sus movimientos fuesen demasiado enérgicos, que siempre se creyese la mejor... pero de entre todas las personas que había conocido, era la única que hablaba con naturalidad. Además, tenía esa especie de espontaneidad al hablar que a la súcubo le hacía gracia.

Valeria no tardó en acercarse para charlar como había cogido costumbre.

—¿Cómo te va todo? —preguntó acercando un chocolate caliente con nata y canela por encima.

Antes de tomar el primer sorbo, a Verushka ya se le estaba haciendo la boca agua.

—Supongo que bien. —Tomó un trago y disfrutó de la sensación—. Ha sido un día raro.

—¿Por qué? Cuéntame —pidió—, estoy harta de que solo se acerquen a mí con historias tristes sobre malos matrimonios.

Verushka tomó otro sorbo. Le hacía tanta gracia que siempre se quejase de lo mismo, que no pudo evitar una sonrisa.

—¿Recuerdas el chico del que te hablé? —Valeria asintió ilusionada al darse cuenta del cariz tan interesante que iba a adquirir el tema—. Pues... resulta que el otro día le besé —lanzó un ligero bufido.

Esperaba que soltarlo tan de sopetón le restase hierro al asunto.

—¿Y dónde está el problema? —El buen humor con que le habló, daba a entender que para ella no era tan importante como le parecía—. ¿Te cae mal? ¿Es un prepotente?

—Que va, no es nada de eso.

—Ya sé, no te ha vuelto a llamar —comentó ofendida—. Si es que hay cada capullo suelto.

—No, no. No es eso —respondió en cuanto la dejó hablar—. Es solo que no debería haberle besado.

Su amiga le dirigió un gesto cómplice.

—Eso son los mejores besos. Aquellos que no deben darse.

La súcubo la miró extrañada.

—No lo entiendes, es un buen chico.

—Pues créeme, mejor que haber escogido al chico malo de clase. Te habla la voz de la experiencia, ellos nunca traen nada bueno.

Seguro que no era tan malo como entretenerse besando a chicos a los que se saca más de cien años de edad.

—Es solo que no entiendo por qué lo hice. Lo peor es que encima no dejo de darle vueltas.

—¿Cuánto hace de eso? —preguntó interesada.

—Un par de días. De hecho —confesó—, cada vez que cierro los ojos siento sus labios y no me lo explico.

—¿Y qué tal besa?

La manera en que Verushka la miró, le dio a entender que no daría ningún detalle. Aunque la sonrisa que sacó, hablaba por si sola.

—Estoy hecha un lío.

—¿Te gusta?

Aquella era una buena pregunta. Analizó todo lo que Deán despertaba en ella antes de contestar.

—La mayor parte de las veces lo mataría. De verdad, le cogería por el cuello y lo giraría hasta oír cómo sus vertebras se rompen una por una en chillidos lastimosos. Otras, me conformo con torturarle mirándole a los ojos deleitándome con su sufrimiento y cuando creo que ya sé que es lo que voy a hacer, va y me sorprende.

Valeria la miró sin saber si hablaba en serio o en broma. Al final se decantó por lo segundo.

—¿Sabes que ganarías mucho dinero como novelista negra?

—Es que tú no le conoces bien. —Verushka alargó sus manos como si estuviese estrangulando a alguien—. Te aseguro que muchas veces tienes ganas de agarrarle y apretar para que te deje en paz y es cuando saca esa carita de perrito abandonado y toda tu resistencia se va al garete.

Valeria se acercó a ella como si fuese a confesarla uno de los mayores secretos de la humanidad. En su oído, con una voz extrañamente dulce, le susurró:

—¿Te das cuenta de que estás enamorada?

Aquellas palabras impresionaron a Verushka más que si le hubiesen dado un puñetazo en las costillas, la hubiesen empujado al suelo y la hubiesen dejado tirada en pleno centro de la ciudad.

—¡No es cierto! —exclamó sobresaltada.

¿Qué sabría una camarera del Bronx de los sentimientos de un demonio?

No, la pregunta correcta sería ¿es que acaso los demonios tenían sentimientos?

—No soy yo quien debe decir si es cierto o no. El amor no es una mentira al igual que tampoco es real. Solo es algo que se sabe y eres tú quién tiene que decidir.

Se alejó un momento para atender a un cliente y cuando se volvió a mirarla, Verushka había desaparecido.

En todo el tiempo que llevaba en el mundo humano, a la súcubo nunca se le había hecho una clase tan larga como la que Jack estaba dando en esos momentos. Mientras repasaba sobre el papel los garabatos que había hecho, en su cerebro no dejaban de repetirse las palabras de Valeria.

Ella era un demonio, los demonios no se enamoran, ninguno de ellos sentía nada por esos estúpidos humanos que los invocan. Punto y final, no había nada más que pensar.

Esa camarera de tres al cuarto estaba equivocada juzgándola como si solo fuese una adolescente de diecisiete años con más hormonas que cerebro.

¿Quién querría enamorarse de Deán?

Por favor, Nick era mucho más guapo. Aunque claro, también era falso e hipócrita, solo pensaba en la manera de andarse besuqueándose con todas las que pudiese y ni siquiera atendía en clase. No como su Deán.

¡Por todos los infiernos! ¿Su Deán? ¿Cómo se había colado esa expresión en su cerebro?

Miró con rencor al muchacho que estaba escribiendo en su cuaderno a toda velocidad.

Si por lo menos se peinase bien sería otra cosa. Además, ¿por qué no se peinaba bien? No es tan difícil. Solo tenía que coger el peine, tirarlo por la ventana y dejar de hacerte una línea en el pelo que le hacía parecer más que tonto. Estaba convencida de que si se arreglase un poco, sería tan guapo como...

Se giró mirando al frente.

De pronto sintió cómo la temperatura del aula subía varios grados. No podía ser cierto. Los demonios no se sonrojaban por mucho que notase sus mejillas ardiendo.

Maldita sea, esta clase era una porquería y se quería ir. Aunque claro, si se levantaba ahora todos verían que estaba roja como un tomate.

¿Se habría dado cuenta alguien ya?

Empezó a mirar a sus compañeros que, al sentirse observados, le devolvían las miradas curiosos. Fue la sirena que anunció que la clase terminaba la única razón por la que no se fue de allí corriendo.

Por desgracia, cuando estaba recogiendo sus cosas, Jack se acercó a ella.

—Verushka, si no te importa me gustaría hablar contigo antes de irte.

Antes de responder, los ojos de la súcubo buscaron de reojo los de Deán que ni siquiera la miraba.

—Sí, claro, de acuerdo —respondió.

Se acercó al pupitre del maestro.

¿Había hecho algo mal o es que él había descubierto que estaba pensando en cosas raras?

—¿Estás bien? ¿Te pasa algo? —preguntó Jack interesado—. Te he notado muy extraña hoy, como tensa o ida.

—Estoy bien, —respondió evasiva.

Se preguntó si se estaba volviendo tan trasparente, que todo el mundo estaba empezando a ver más allá de ella.

—¿Segura? Sabes que aunque sea tu tutor, si tienes algún problema puedes contar conmigo.

—Sí, no se preocupe. Es solo que tengo un mal día y no podía concentrarme.

Jack la examinó como si no acabase de creérselo.

—De acuerdo. Pero insisto, si tienes algún problema sabes que mi puerta está abierta. —La examinó de arriba abajo antes de hacer un gesto con la mano dándole permiso para irse.

No se lo tendría que repetir.

Al acercarse a su pupitre, Verushka encontró una nota descansando sobre su mochila.

—Te espero en nuestro escondite —leyó en voz alta.

—¿Dijiste algo? —preguntó Jack.

Negó con la cabeza mientras arrugaba el papel. Si ese maldito engreído se creía que con unas palabras garabateadas en un papel iba a conseguir que le siguiese el juego, se equivocaba. De hecho, no podía estar más equivocado.

Recogió sus cosas intentando aparentar calma y se encaminó hacia donde estaba su escondrijo. Que tuviese el corazón acelerado y se dirigiese casi corriendo al lugar, no confirmaba nada. No es que estuviese impaciente, tan solo quería reprocharle unas cuantas cosas en persona.

Tuvo un mal presentimiento tan pronto entró en el cuarto de mantenimiento y encontró las luces apagadas.

—¿Hola? ¿Deán?

Buscó a tientas el interruptor de la luz. De todas las veces que había estado allí, nunca se había fijado dónde había que darle.

—¿Qué es lo que querías?

Cualquier otra chica habría sentido miedo en un sitio así, pero Verushka no era una chica cualquiera. No fue hasta que escuchó una risa en las sombras que se puso nerviosa.

Fuese quien fuese, aquel no era Deán.

—Me asombras. No esperaba que vinieses tan rápido.

—¿Quién eres?

Sonó el clic del interruptor y la luz bañó todo el cuarto. Sentado contra la pared del fondo con su cazadora de cuero y pantalones vaqueros, estaba Carlos.

—¡Sorpresa! —saludó levantando las manos hacia el techo fingiendo alegría.

Inconscientemente, Verushka retrocedió un paso.

—¿Qué haces tú aquí?

—Ya ves, ¿en serio os creíais que no conocía este cuchitril? —Se levantó acercándose con calma—. Lo único que no sé, es qué hace una chica como tú con un idiota como Deán.

Cuando fue a poner la palma de la mano sobre la cara de Verushka, la chica la apartó con un manotazo.

—¿Qué te dije sobre lo de llamar a la gente idiota? —añadió con violencia.

El tortazo llegó sin previo aviso lanzándola al suelo.

—¿Quién te crees que eres? ¿Acaso piensas que tener esa cara de ángel te da derecho a usar ese tono conmigo? —bramó Carlos mientras la observaba tendida en el suelo sujetándose la mejilla como si no pudiese creer que la hubiese pegado—. Estoy harto de tus jueguecitos. Se han acabado. ¿Lo entiendes?

—Voy a gritar —amenazó Verushka.

La risa del muchacho llenó todo el lugar.

—Tranquila. Con confianza. Grita todo lo que quieras. —El odio que destilaban sus palabras inundó sus facciones—. Ya han salido todos, nadie puede escucharte.

—Por favor. —Los temblores que Verushka sentía recorriendo su cuerpo se acrecentaron—. Déjame ir y haremos como que no ha pasado nada.

—¿No lo entiendes verdad? —Pasó un dedo por la mejilla de la chica que empezaba a adquirir un tono rojizo—. ¿Te crees que me hace gracia cómo me tratas? ¿Que me gusta ese tono prepotente con el que siempre hablas? —Al cogerla del pelo la obligó a mirarle a los ojos—. ¿Qué te da ese llorica para tenerte siempre a su lado? Solo es un idiota. Un perdedor. ¿No lo entiendes?

—Sí —contestó, ignorando los latigazos de dolor que sentía—. Lo entiendo, tú eres el verdadero macho alfa. —Carlos levantó la mano para volver a golpearla, pero se detuvo al escuchar el tono con el que siguió hablando—. No sabes lo que me excita un verdadero hombre que sepa lo que quiere.

El chico la agarró del pelo con más fuerza y tras dudar un instante, la besó. Verushka cerró los ojos y se dejó hacer. Cuando el muchacho la soltó, se obligó a sonreírle.

—Así que te gusta que te dominen. —Toda aquella ira desapareció, sucumbiendo a la lujuria que se abría paso en su cara—. Ya sabía yo que te gusta que te den tu merecido.

—Creo que cada persona recoge lo que siembra. ¿No crees? —comentó Verushka con la respiración agitada.

—Sí —respondió Carlos—. ¿Y qué pasa con Deán?

—¿Acaso tiene que enterarse de lo que pase aquí dentro? —Aquella voz tan sugerente hizo las delicias en el oído del muchacho.

La miró sin creerse la suerte que tenía. Aquella cara de niña buena le miraba con deseo sin disimular. Le pasó la mano por el cuello deleitándose de la suavidad de su piel mientras la oía suspirar de placer. La expresión en el rostro de Verushka era un poema de sensaciones maravillosas que le arrastraban sin control.

Excitado, metió su dedo en la boca de ella que comenzó a lamer como si fuese un helado.

—Buena chica —susurró.

En ninguna de sus fantasías había tenido una imagen tan sensual como cuando miró a la pelirroja de rodillas en el suelo, con la vista clavada en sus ojos. La manera en la que sus labios absorbían introduciéndose el dedo en la boca le llenaba de un placer que no había experimentado jamás.

Lo único que nunca soñó, fue el grito de dolor que soltó cuando Verushka, cerrando con fuerza sus mandíbulas, le arrancó el dedo de cuajo.

En efecto, no la había mentido. Nadie oyó sus gritos.

# CAPÍTULO 25

Aunque no le había desagradado el vuelo, el detective Lacroixe se sintió mucho mejor cuando notó cómo el avión tomaba tierra. Al salir por la puerta, tras meterse la tarjeta que sutilmente le había dado la azafata, agradeció el vientecillo que soplaba subiéndose el cuello de la cazadora de cuero marrón y avanzando con ritmo rápido.

No le costó encontrar una dirección que seguir para salir del aeropuerto rumbo a su destino. En la actualidad todo estaba tan bien señalado, que parecía imposible que alguien se perdiese.

—¡Papa, aquí! ¡Aquí!

Hasta que la molestosa chica no se puso enfrente, no sospechó que la persona a la que le estaba gritando fuera él.

La muchacha debía rondar los quince, quizás los dieciséis años. Su pelo negro cortado en capas realzaba un delicado mentón en una cara risueña. Sus ojos, color ámbar, tenían la inocencia propia de la adolescencia mirándole con cariño y adoración.

—¿Qué tal pequeña?

—Joe papá, ¿acaso no me oías? —Le miró interrogativamente mientras examinaba a su alrededor—. ¿O es que intentas evitar que alguno de tus ligues me vea?

El demonio esperó que la expresión de sorpresa que puso no se reflejase en su rostro.

—No cariño, es que no se me ocurrió que te acordarías de venir a buscarme. Ahora si me permites, tengo cosas que hacer. Intentaré estar en casa para la cena.

Al intentar pasar a su lado, la chica se metió en medio.

—No te lo recomiendo. Mamá ha comprado un juego de sartenes nuevas y sabe cómo usarlas. Estoy convencida de que no dudará en lanzártelas si vuelves a aparecer por la puerta. No es broma, ya lo ha repetido varias veces esta semana.

Ni sabía a qué se refería, ni le importaba.

—Tengo trabajo —la informó lanzando un suspiro.

Había demasiada gente delante como para librarse de la dichosa mocosa como le hubiese gustado.

—Sí, tranquilo. Te tengo una sorpresa —añadió cogiéndole de la mano y arrastrándole—. Me ha traído Bobby, dice que así podías aprovechar y presentarte al jefe.

El demonio se dejó arrastrar por todo el aeropuerto sin oponerse hasta la salida, donde la chica abrazó a un hombre de unos cuarenta y tantos que les estaba esperando apoyado en un viejo Ford gris platino. Al tal Bobby, le resaltaban las abundantes canas que tenía por todo el pelo. Su ropa informal y las gafas de sol que llevaba, parecían darle un aspecto más descuidado del que se esperaría de un policía.

Cuando le tendió la mano, la apretó con firmeza.

—¿Qué tal, cacho perro? ¿Cómo te sentaron las vacaciones? —La voz del hombre era tan dura como el apretón que le había dado.

Dudó un segundo antes de responder cuando tras el apretón, llegó un abrazo que no se esperaba.

—No me quejo. Mucho sol, muchos mosquitos y muchas mujeres.

La chica puso cara de escandalizada.

—¡Papá! ¡Que te estoy oyendo!

—Disculpa, cielo —se excusó guiñando un ojo a su compañero—. ¿Has mantenido segura la ciudad en mi ausencia?

—He hecho lo que he podido. Pero parece que por aquí los problemas se multiplican cada noche que pasa.

Al montarse en el coche, la voz de Robert Plant con su grupo de Led Zeppelin le sorprendió sonando con fuerza en un intento de competir contra el ruido del motor. Con aire ausente, Lacroixe miraba por la ventana examinando los cambios que el mundo había efectuado desde que no lo visitaba.

La cuidada arquitectura resaltaba la imponencia del hombre dominando las leyes de la física en impresionantes rascacielos. La cantidad de automóviles, tiendas y personas que se movían por esas urbes, rondaban lo imposible. Le gustó en especial esa nueva moda femenina que realzaba todos los encantos de los que disponían las mujeres.

Cuando su compañero bajó las ventanillas, Lacroixe se dejó llevar por la sensación del viento acariciando su cara. Normalmente le molestaban los ruidos fuertes, así que se sorprendió cuando descubrió que estaba disfrutando del sonido de la música siguiendo el ritmo con los pies.

Al llegar a su destino Bobby no se molestó en buscar aparcamiento dejando el coche en doble fila, justo frente a la puerta.

—Vamos, ¿o quieres pasarte aquí toda la mañana? —amonestó al que creía su compañero cuando no le vio moverse.

El demonio miró a la niña que se estaba riendo y se bajó del coche. La primera impresión que tuvo al entrar en el edificio, fue que aquello era un hormiguero enloquecido con gente moviéndose a toda velocidad.

—¿Ya has vuelto? Pensé que te quedarías más tiempo sin currar. —El joven que estrechó la mano a Lacroixe no debía tener más de veintidós años.

—Me llamó Bobby por una emergencia, algo sobre una nudista que habías arrestado y que ninguno sabíais qué hacer con ella. Vengo a ofreceros mis servicios como profesional. —El agente le rió la broma—. ¿Sales ya?

—Ojalá; tengo que ir al Herbert Lehman High School. Al parecer, batallar con niñatos será mi castigo por ser novato.

—Ese es mi colegio —le contestó Adriana—. ¿Qué ha pasado?

El policía miró a Lacroixe que asintió con la cabeza autorizándole a hablar delante de la chica.

—No lo sabemos, en la comisaría del Bronx están saturados. Han pedido algo de ayuda de nuestra parte. Pero según tengo entendido, uno de tus compañeros está en el hospital en estado de shock.

—¿Te importa si te acompaño? —Lacroixe tenía un tono de preocupación en la voz—. Es la escuela de mi pequeña. Quiero saber la clase de gente que acude a ese instituto.

Nick asintió sin dudar.

—Claro, no hay problema. Si fuese mi hija yo también querría saber que ha pasado.

—Gracias. Pues si esperas un momento, ahora vengo —añadió dándole una palmada amistosa en el hombro—. Cariño, espérame aquí y no te muevas.

Tan pronto la muchacha asintió, el demonio siguió a Bobby por la comisaría hasta el despacho de su jefe.

El nombre que rezaba en la puerta era Capt. Milton. En su interior, tras una mesa llena de papeles, un afroamericano con los dedos más gordos que había visto en su vida, golpeaba las teclas de su portátil como si estuviese enfadado.

Las paredes, casi ocultas tras un montón de archivadores, tenían el color amarillento de las grandes dosis de nicotina al que se habían visto sometidas en ese cuarto.

Cuando aquel hombre habló, ni siquiera se molestó en mirarles.

—¿Acaso tu madre no te enseño a llamar a la puerta, Bobby?

—Por Dios Milton, he venido en mi día libre. ¿Acaso no es suficiente para que me des algo de margen?

—¿Desde cuándo pedir educación en un agente de policía es no darle margen? —Al levantar la cabeza, sus ojos se fijaron en Lacroixe—. ¿No has venido demasiado pronto? Estoy convencido de que se te volverá a ir la cabeza así que supongo que entenderás que no te dé más oportunidades si la cagas.

—Sí, lo entiendo.

—Muy bien. Deja los problemas que tengas con tu vida al margen del trabajo y no volveremos a tener esta discusión. ¿Está claro?

Lacroixe miró a Bobby sin entender lo que estaba pasando. Hasta que no vio cómo su compañero le hacía la señal de asentir no reaccionó.

—Por supuesto, soy alguien nuevo desde que llegué.

—¿Entonces qué haces perdiendo el tiempo plantado en mi oficina? ¿Quieres que traiga unas bailarinas que te hagan el hula hula y te sientas como en casa? Búscate algo que hacer.

—Sí, jefe.

Tan pronto cerraron la puerta, ambos compañeros se dirigieron una mirada cómplice.

Lacroixe retrocedió buscando al policía al que había pedido esperar y que encontró hablando con su hija en una posición demasiado relajada. Una parte dormida en su interior se llenó de furia cuando vio la escena.

—¡Papa! No veas lo guay que es Nick.

El tal Nick sonreía hasta que miró los ojos de Lacroixe.

—¿Estás ligando con mi hija?

—No señor, para nada. —El novato miró a sus compañeros como si ellos pudiesen testificar su comportamiento—. Ya sabes lo que pasaba, mientras esperábamos le estaba contando batallitas de policías.

—Pues esas historias se las cuentas a tus citas de los viernes. ¿De acuerdo chaval? —le amenazó clavándole el dedo en su pecho—. A mi hija la tratas con respeto.

—¡Papá! —protestó Adriana—. Me estas abochornando.

Fue como si ella no existiese.

—Y te aviso que no es solo mi hija, también es una menor. Si te vuelvo a pillar coqueteando con ella, me aseguraré de que tu amiguito deje de funcionarte de una patada en las pelotas. ¿Te ha quedado claro?

—Sí señor, aunque en ningún momento he intentado...

—No me vengas con chorradas. —Estaba intentando controlarse cuando notó la mano de Bobby en su hombro—. Ahora que hemos llegado a un entendimiento vamos a ese colegio antes de que te parta la cara.

—Sí, claro —respondió Nick intimidado.

El policía no se atrevió a girarse mientras encabezaba la marcha de todos hacia el exterior.

—Vete a casa —le ordenó Lacroixe a Adriana cuando esta intentó montarse en el coche.

—Papá... —La muchacha susurró para que no la oyesen los otros dos agentes de policía—. ¿Primero me humillas y ahora no vas a dejarme ver que está pasando en mi escuela?

—Es trabajo, no puedes venir. —Cuando vio que la chica iba a replicar añadió—: Si por mi fuese, te encerraría en una profunda cueva a mil metros bajo tierra. Así que haz lo que te digo antes de que cumpla mi amenaza.

Aquello no era negociable. Adriana no se atrevió a replicar. Cuando la muchacha le vio montarse en el coche y alejarse, se preguntó qué habría pasado en aquel viaje para que al volver la tratase de esa manera.

En el interior del auto, el ambiente era tenso. El silencio era roto únicamente por el sonido que hacía el roce del anillo en el dedo de

Lacroixe, al cual no dejaba de dar vueltas.

—A todas las unidades disponibles —anunció la radio—, atraco con rehenes en la joyería David S. Diamonds en la cuarenta y siete. Se han oído disparos.

—Perfecto chicos, creo que tendremos una fiesta —anunció Bobby mientras colocaba la sirena que tenía debajo de su asiento sobre el capó del coche—. Agarraos.

Tiró de freno de mano haciendo que el coche invadiese el carril contrario mientras cambia de sentido.

—Tenemos que ir a la escuela —ordenó Lacroixe de mala forma.

—Han dicho todas las unidades y nosotros somos una unidad. El atraco parece serio y no creo que esos críos se vayan a ir a ninguna parte.

Podía haberle roto el cuello y seguir con su objetivo, pero el demonio estaba demasiado ocupado sujetándose al asiento para preocuparse de esas tonterías.

Aunque no podía morir en aquel cuerpo, la forma agresiva en la que el policía estaba conduciendo le mantenía atado y con los ojos cerrados. No quiso abrirlos hasta que, de un frenazo, les anunció que habían llegado a su destino.

El lugar estaba lleno de policías y curiosos que no paraban de intentar ver algo con sus teléfonos móviles bien altos sin dejar de grabar.

—Vale, ¿y ahora qué hacemos? —preguntó Lacroixe observando la manera tan peculiar en la que los agentes se organizaban.

Ignorándole, Bobby se acercó hasta un policía que no dejaba de dar órdenes a los demás.

—¿Qué ha pasado? ¿Podemos ayudar?

Acostumbrado tan solo a delitos menores, Ricardo García, policía encargado de aquel barrio, estaba demasiado nervioso y gesticulaba en exceso al hablar.

—Se han oído disparos ahí dentro, hay un hombre con tres o cuatro rehenes que no nos deja acercarnos. De momento no ha hecho ninguna petición.

—Muy bien chico —le alabó Bobby—. ¿Tu primer atraco?

—¿Tanto se nota?

—Apenas. Intenta que toda la gente permanezca lejos mientras esperamos a que lleguen refuerzos. ¿De acuerdo? ¿Puedes hacerlo?

—Sí, señor.

Agradeciendo que alguien le diese instrucciones precisas, Ricardo se dirigió al gentío alejando a las personas de la joyería, controlando que ninguno se saltase el cordón policial.

—Adoro cuando me llaman señor. ¿Tú no? —le comentó a su amigo.

La cara de Lacroixe distaba mucho de ser la de alguien feliz. Cuando este miró a Nick, lo hizo como si él tuviese la culpa de lo que estaba pasando.

—¿Cuánto tiempo va a pararnos esto? —preguntó. El tono de impaciencia era más que evidente—. Quiero ver la escuela de mi hija.

—Tranquilo cowboy, en cuento lleguen todos y saquemos a los rehenes de aquí, nos daremos una vuelta. Estoy seguro de que al de ahí dentro todo esto se le ha ido de las manos y ya estará deseando rendirse.

—Tengo prisa... —Sin mediar palabra, Lacroixe se dio la vuelta y se dirigió a la joyería.

—¿A dónde vas? —gritó Bobby viéndole las intenciones.

—¿Te crees que voy a quedarme esperando todo el día? Tranquilo, soy un experto negociador.

A medida que se alejaba, sus palabras se hacían más difíciles de entender con la muchedumbre hablando.

—Joder Lacroixe, ¿y si te pegan un tiro?

Cuando el demonio se dio la vuelta murmuró más para sí mismo que como respuesta.

—Pues me busco otro cuerpo después de hacerle tragar su pistola.

Al abrir la puerta de la joyería, el ruido de la alarma sonora indicó su presencia. Le hizo gracia que aquel tipo flaquito, con más pelo en los brazos que en la cabeza, le estuviese apuntando con una pistola.

—¿Quién narices eres tú?

—Si te lo dijese no me creerías. —Lacroixe miró a su alrededor observando la esperanza en la mirada de la gente—. He venido a ver qué puedo hacer por ti. ¿Qué es lo que deseas? Un helicóptero, un millón de dólares, una pistola más grande. Pide.

—No lo sé. —El nerviosismo del hombre era más que evidente por los movimientos confusos que hacía—. No he llamado a nadie, aun no sé lo que quiero. ¿Qué narices haces aquí? ¿Para qué has entrado?

Lacroixe levantó las manos, mostrando que no tenía nada en ellas.

—Para ayudarte, tú solo pide y veré lo que puedo hacer para que todos salgamos ganando.

—Y mientras me decido, ¿qué es lo que quieres? ¿Un rehén? Ya sé cómo va todo este juego, a mí no vas a engañarme. Todo el mundo se queda donde está.

—¿Y quién ha hablado de rehenes? Yo solo tengo prisa por ir a la escuela de mi hija y para que me dejen hacerlo, tengo que librarme de ti. Así que pide algo para que todos podamos irnos.

—¿Quieres librarte de mí? ¡¿Te das cuenta de que tengo el arma y puedo mataros a todos!? —le chilló.

—Esto va para largo, permíteme un segundo. —Miró a uno de los prisioneros, un hombre con gafas que tenía cara de asustado—. ¿Desearías que arrestase a este hombre sin que cause bajas? ¿Me darías tu alma por ello?

El atracador miró al hombre sin saber qué hacer en esa situación. Cuando sus ojos se cruzaron, el rehén negó con la cabeza.

—No, yo no deseo nada de eso. Solo quiero que coja el dinero y se vaya. Quiero salir vivo de todo esto. Yo no hice nada, solo quería un anillo para mi prometida.

El demonio resopló cabreado.

—Menudo atajo de idiotas —les dijo de mala forma—. ¿Es que no veis que solo quiero ayudaros?

Sintió el frío del acero cuando el ladrón le puso la pistola en la sien.

—¿Ayudarles? Has hecho mal en entrar. Ahora tengo un poli de rehén, ponte con el resto antes de que te pegue un tiro.

La manera en la que el detective le miró no era humana. Fue como si su cuerpo destilase pura maldad.

—He matado a millones por mucho menos.

La forma en que lo dijo era tan fría, que el atracador no dudó de que aquello fuese verdad. Él tenía el arma apuntando a su cabeza y sin embargo, algo le decía que el poder era del policía.

Por un momento tuvo la impresión de que lo mejor que podía hacer era apretar el gatillo y terminar con aquello antes de que perdiese del todo el control.

Dudó. No sabía bien por qué, pero dudó. Ni siquiera le dolió cuando Lacroixe le rompió el brazo porque seguía perdido mirando aquellos ojos platinos.

—¿Qué coño ha pasado? —preguntó Bobby en cuando le vio salir.

—Nada nuevo. Tan solo que esta semana van a tener que pagarme horas extra, el trabajo está hecho. Ahora vamos a la escuela.

Se quedó observando cómo atendían a los rehenes y tanto Nick como Bobby miraron a Lacroixe con un nuevo respeto. Ni siquiera importó que en la camilla, cuando sacaron al delincuente, no cesase aquel chillido histérico producido por una locura absoluta.

Tan solo se montaron en el coche y se fueron.

El despacho del director del colegio era tan amplio, que dentro habrían cabido dos oficinas entre sus paredes. El director, William Precis, había decorado las paredes con fotos en las que salía posando en distintas partes del mundo.

Aquel hombrecito, de no más de metro y medio de altura, tenía vida en los ojos. Al hablar, acostumbrado a tratar con padres de niños problemáticos, su voz había cogido la carencia lenta y comprensiva que se esperaba de alguien con paciencia acostumbrado a su posición.

—En serio. Si no ha habido denuncia, no puedo entender por qué ustedes quieren hacer pasar a los chicos por esto —les estaba diciendo a los policías.

—El chaval está en shock —intentó explicar Nick por tercera vez—, haya o no una denuncia formal por su parte, los padres quieren saber qué fue lo que le pasó. Además, urgencias nos ha enviado el parte de lesión asegurando que es una agresión y hay que seguir el protocolo en agresiones.

—Él ya explicó que fue un accidente. Así que no entiendo...

—Me estoy cansando de tanta tontería —bramó Lacroixe de muy mala gana—. ¡Vas a hacer lo que te digamos sí o sí! ¿Lo has entendido?

—Tranquilo. —La voz de Bobby no le calmó—. Seguro que el director está deseando ayudarnos. O lo hace y tardamos un par de horas largas; o te garantizo que pongo la sirena de policía, llamo a unos compañeros y entramos aula por aula buscando versiones distintas de la historia.

—Disculpe —añadió el director intimidado—, no hace falta ponerse así.

—¡Sí o sí. Responda! —le atosigó Lacroixe.

—Está bien, de acuerdo, haré pasar a los niños por el aula. —Se dirigió a su secretaria que desde su mesa escuchaba a escondidas—. Emily, por favor, consigue a los agentes un aula para que puedan hacer su trabajo. —Luego, volviéndose hacía ellos, añadió—: Estaré presente como tutor legal.

Ninguno se quejó.

Tan pronto la secretaria les dejó en una clase vacía, Bobby se encaró con su amigo agarrándole de la pechera de su cazadora.

—¿Estás loco o qué? ¿A qué viene esto? ¿Acaso quieres que nos suspendan a todos?

El demonio miró a Nick que bajó la cabeza evitando un enfrentamiento directo. A continuación, cogió las manos de Bobby y las separó de su cuerpo sin ningún esfuerzo.

—Tranquilo, solo quiero resolver un crimen.

La sonrisa cruel que brotaron de aquellos labios, provocó un escalofrió a los policías.

Tras casi dos horas, llevaban escuchando a más de treinta niños sin que ninguno de ellos dijese algo notorio.

—Esto es una pérdida de tiempo, ninguno sabe nada —comentó Bobby frustrado e irritado—. Son unos críos.

Con las manos en la cabeza, haciendo equilibrios con la silla, Nick se hizo oír.

—Yo tengo una teoría: ¿recordáis a Frank, ese niño regordete que entró de los primeros? —Ambos agentes asintieron a la pregunta de Nick—. Cuando hablamos con él comentó que sus padres le habían puesto a dieta. ¿Y si fue demasiado duro? A lo mejor vio al tal Carlos y se imaginó un suculento bistec.

—Yo creo que deberías dejarte de comentarios absurdos y centrarte en tu trabajo —respondió Lacroixe de mala gana.

Nick se puso en pie profundamente irritado.

—¿A ti que te pasa? ¿Qué tal si tú dejas de lanzar la jodida monedita y nos echas una mano con los expedientes?

Lacroixe agarró la moneda al vuelo y se sentó, dejando que la oleada de odio que le había asaltado se difuminase y no le obligase a hacer una tontería.

—¿Quién es la siguiente? —preguntó.

—Verushka Villegas.

Al entrar, al contrario que los demás chicos, la muchacha caminó mostrando una seguridad innata. Se sentó frente a ellos con una sonrisa en los labios.

—Bien agentes, ustedes dirán. —Al hablar, parecían que las palabras acariciaban los oídos según las pronunciaba.

Fue Bobby el primero que se dirigió a ella.

—Buenos días ¿Verushka, no? Estamos aquí porque no sé si sabrás que uno de tus compañeros tuvo un accidente.

La chica miró al señor Precis, posicionado detrás de ellos, que asintió levemente.

—Sí, algo he oído. Creo que perdió un dedo.

Bobby tosió intentando llamar su atención.

—El problema es que al parecer no fue un accidente. Según las pruebas, alguien se lo ha arrancado de un mordisco.

La chica pareció no mostrar ninguna reacción ante sus palabras. Bobby miró sorprendido a sus compañeros esperando algún tipo de ayuda que no llegó y decidió continuar.

—¿No vas a preguntarme quién lo hizo o decirme la pena que te da como el resto de tus compañeros?

—Si están aquí es que aún no lo saben, de lo contrario no veo lógica en sus preguntas. Pena... —Hizo una pausa de dos segundos mientras buscaba la palabra que quería decir—. Ninguna. Es un cretino y un capullo. Se merecía mucho más de lo que le ha pasado.

—Señorita Villegas —la cortó el director—. Compórtese.

—¿Qué? —Su voz se elevó un poco más de lo que quería—. ¿Acaso quiere que mienta a la autoridad? Si los que están entrando en este cuarto dicen que sienten lo que ha pasado o algo bueno de él, les están mintiendo a la cara.

Nick sintió su corazón acelerarse cuando ella le miró.

—Lo que creo que intentas decirnos es que se lo pudo hacer cualquiera, incluso tú. ¿Es así?

—Si por mi fuese no le hubiese mordido un dedo, me resultaría más gratificante romperle las dos piernas y meterle en una jaula con hienas salvajes.

La risa de Lacroixe sonó sincera y antinatural.

—Qué cosa tan fea acabas de decir para ser una chica tan linda. No está bien ser así, te van a castigar. Además, no tienes por qué preocuparte por ese chico ni por nadie, todo crimen recibe su castigo.

Todas las miradas estaban centradas en ella, quizás fue por eso que nadie más percibió los ojos color platino que la miraban a través del detective.

—Entiendo. —En un momento toda la seguridad que Verushka había sentido desapareció.

Su cara estaba pálida y le temblaba el cuerpo.

—Me alegro. Ten por seguro que toda acción que hagamos trae sus consecuencias. Ahora, puedes irte y dile al siguiente compañero que entre. Deán Anderson.

Al levantarse, Verushka buscó un rastro de aquella mirada inhumana en el policía pero no encontró nada. Era como si lo hubiese soñado, aunque sabía que eso era imposible. Con paso inseguro se dirigió a la salida. Deán estaba esperando detrás de la puerta cuando ella la abrió. Le hubiese gustado avisarle de lo que pasaba pero los policías seguían allí y no quería arriesgarse.

El tiempo que el muchacho permaneció dentro de aquel cuarto se podía medir en eternidades para Verushka. El pasillo no tenía suficiente espacio para lo que sus pies ansiaban caminar.

—¿Qué ha pasado? ¿Qué te ha dicho? —preguntó tan pronto salió su compañero.

—Nada. Me han hecho preguntas sobre lo que ha pasado. Les he dicho que yo no fui. —Su cara cambió por completo cuando un pensamiento entró en su mente—. ¿No habrás sido tú?

Verushka le agarró del brazo con fuerza y le intentó alejar de allí. Deán la apartó de un manotazo.

—¿Qué te pasa? Tenemos que irnos —le increpó la súcubo.

Si Deán notó la urgencia de sus palabras no dio muestras de ello.

—Te he preguntado si has sido tú. Ha venido la policía.

—Esos no son la policía. —El muchacho la miró extrañado.

—¿Cómo que no? Si hasta he visto sus placas.

Cuando ella volvió a hablar, lo hizo en un susurro.

—Acabas de conocer a Lukashenko.

Como si le hubiesen conjurado al pronunciar su nombre, la puerta del aula se abrió y salió por ella el Detective Lacroixe seguido por los otros agentes.

A ojos del adolescente, aquel detective era un hombre como otro cualquiera.

—Parecen humanos —la informó.

*«Supongo que ella sabrá reconocer a demonios mejor que tú.»*

—Te digo que el del pelo castaño y cazadora de cuero, es Lukashenko.

En ese instante, se giró y les miró.

*«¿Casualidad?»*

No podía serlo.

—¿A qué clase de ser le tendrías tanto miedo? —preguntó el muchacho.

—A uno muy malo.

—¿Cómo de malo?

—Solo imagina que Mardröm era un angelito a su lado, un angelito que jamás le desobedecía por lo que le podría llegar a pasar si lo enfadaba.

El recuerdo del poderoso demonio le aceleró el corazón. Puede que las marcas de los golpes hubiesen desaparecido, pero aún estaba muy presente el dolor.

Mientras se alejaban, su cabeza se preguntó si su pasado con Carlos había sido tan malo como él se creía.

# CAPÍTULO 26

El tenue brillo de las luces del bar no impedía que las mujeres entrasen en él. El detective Lacroixe levantó su vaso acercándoselo a la boca ignorando a la imponente rubia, de veinticinco años, que se le había acercado con un vestido negro ajustado.

A la chica le costó varios segundos captar la indirecta y alejarse.

—Vaya, debes ser el único hombre en todo el bar que no se abalanza sobre esa chica como si fuese su última noche en la tierra.

El detective giró la cara y enfocó a una hermosa mujer de unos treinta y pocos con el pelo rubio cobrizo, que estaba sentada a dos taburetes de distancia.

Levantó su copa y le hizo el amago de un brindis.

—Rubia, veintitantos, vestido corto. Se puede llevar a cualquiera del bar. ¿Qué tan especial sería yo en su vida?

La forma en que la mujer le miraba, estudiándole, era cautivadora.

—Estoy segura de que los chicos que salen por esa puerta no quieren ser especiales, tan solo una noche de placer.

—¿Estamos hablando de sexo? ¿Y me lo dices ahora? —Movió su cabeza como si la buscase desesperado—. ¿Dónde está? ¿A dónde ha ido?

La risa de la mujer era suave y dulce. Se levantó y se acercó a él ofreciéndole la mano.

—Ivette Anderson.

—Detective James Lacroixe.

Una corriente eléctrica recorrió la mano de la mujer cuando tocó a aquel hombre.

—Así que eres policía.

—Me has pillado —comentó con tono informal—, serías buena en la unidad. Hay muchos agentes que no son tan sagaces.

—Sí, bueno, lo de detective me dio la pista que necesitaba. —añadió guiñándole un ojo.

—Y yo que pensé que había sido mi aire misterioso a lo Sherlock Holmes. —Levantó la mano atrayendo la atención del camarero —. Otra de lo que quiera la señorita.

—Una mimosa por favor.

—Para mí otro zumo de manzana en vaso de whisky. ¿Qué? —preguntó cuándo se enfrentó a la mirada de Ivette—. No me gusta el alcohol.

—¿Zumo de manzana? ¿En serio?

—Sí, me encanta su sabor.

—¿En serio?

—Sí, de verdad.

—¿Y el vaso de whisky es para?

—Poder echar a rubias que solo desean saciar mis oscuras perversiones y sentirme todo un machote.

La risa de la mujer era embriagadora.

—Brindemos entonces por el zumo de manzana y lo machote que te hace.

Estrecharon sus vasos.

—Ahora que sabes mi secreto, tendrás que contarme algo de ti para estar igualados. No puedo dejarte escapar con esa valiosa información sin que me des algo a cambio.

—Vaya, vaya, y yo que pensé que podría salirme con la mía. Está bien, pregunta lo que quieras.

Lacroixe alargó el momento como si estuviese pensando.

—¿Qué hace una preciosidad como tú en un sitio como este?

La chica rompió a reír sin poderlo disimular.

—¿Esa es tu mejor frase?

—No me juzgues, por lo general no necesito ni hablar.

Ivette le dedicó una significativa mirada.

—De eso estoy segura. —Tomó un trago de su copa—. Necesitaba estar lejos de casa, tomarme un tiempo para pensar.

—¿Un marido controlador?

—No, un hijo que me espera con cariño y amor al que tengo que brindar la más cálida de las sonrisas.

—Sí, suena fatal. —La mujer le empujó con el hombro con suavidad.

—No seas tonto. No es por él, son mis padres. —Vio cómo la rubia de antes se dirigía a la salida con un chico agarrado del brazo—. Mira, se escapa tu oportunidad.

Aunque esperaba que aquel hombre se girase para echar un último vistazo a la chica, se encontró con que esos ojos marrones no dejaban de mirarla con profundidad.

—En estos momentos me interesa mucho más tu historia. ¿Qué les pasa a tus padres? ¿Están bien?

—No, ¿en serio quieres que te cuente mi triste historia un día como hoy? —Bajó la cabeza y llenó el silencio con su voz cuando vio que Lacroixe no decía nada—. Mi padre y yo hace más de quince años que no nos hablamos.

—No querrás hacerme creer que ese es el tiempo que llevas llorando. Estarías deshidratada.

Cuando Ivette se rió, lo hizo con energía. Se sentía rendida ante el magnetismo que emitía aquel hombre. Quiso llevar la conversación hacia otros derroteros pero lo que llevaba dentro la quemaba.

—Tiene cáncer. —Esperó un instante a que dijese algo, pero solo la miraba con atención—. Mi madre me llamó hace tiempo para pedirme dinero, el plan médico que tenían no se quiso hacer cargo.

—Sí, es algo normal. El seguro cubre todo, menos lo que pasa.

La mimosa cada vez le sabía mejor, así que echó otro sorbo antes de continuar.

—Tengo a mi hijo comiendo arroz casi todos los días, vistiendo ropa de segunda mano, con libros de segunda mano, en un barrio de mala muerte y hoy me llama para decirme que no me esfuerzo lo suficiente. Que necesitan más de mí. —Cambió su tono de voz en la que debía ser una imitación de su madre—. No puedo felicitarte el cumpleaños ni las navidades y menos ir a verte porque estamos muy ocupados. Pero, ¡oye! Sí que aceptaríamos tu dinero.

Con amargura tomó otro trago.

—Y tu hijo, ¿cómo lo lleva?

Ivette se removió incómoda en el taburete.

—No se lo he dicho. —Al mirar a Lacroixe a los ojos, no vio ningún tipo de juicio en ellos—. Deán es el hijo perfecto. Un gran chico. Bueno, tierno y dulce. Aunque sé que es algo que creen todas las madres de sus hijos, en mi caso es verdad. ¿Cómo le puedo decir que por encima de sus necesidades he puesto las de unas personas a las que no ha visto y que aun así siempre le han tachado?

La mirada comprensiva del detective caló en ella.

—Pues diciéndole que su madre también es una persona buena, tierna y dulce.

Una risita nerviosa escapó de los labios de Ivette. La manera sensual en que el pelo le acariciaba los hombros, la volvían una mujer muy deseable.

—No me extraña que puedas rechazar a rubias impresionantes. Eres muy bueno.

Lacroixe brindó y tomó otro trago del zumo, haciéndole un gesto para que siguiera hablando.

—¿Cómo es tu hijo?

—No me puedo quejar. Saca buenas notas, nunca me pone mala cara, es cariñoso, sensible y siempre me hace reír.

—Ahora si se nota que eres su madre. —Con una seña, el camarero volvió a rellenar los vasos—. ¿Y de mujeres? Si salió como tú tiene que ser todo un rompecorazones.

—Ni mucho menos. En diecisiete años, solo me ha presentado a una chica. Una tal Verushka.

Si no hubiese estado mirando su copa, si las luces no hubiesen sido tan tenues, a lo mejor hubiese percibido cómo Lacroixe se ponía tenso al escuchar ese nombre.

—¿Cómo es ella?

—Es una chica increíble. Inteligente, sagaz, atrevida, respetuosa. Toda una señorita. Ni siquiera sé cómo mi hijo la ha encontrado, porque una chica así es una joya. Me cae muy bien.

—Entonces ¿no venderías tu alma por que saliese con una de esas chicas ricas que le arreglasen la vida? Creo que es el sueño de toda persona en la tierra.

Ivette negó con la cabeza.

—Para nada. Me gusta esa chica, me gusta mucho. Tiene algo que no tienen las niñas ricas capaces de arreglarte la vida.

—¿El qué? —preguntó intrigado.

—Que le hace feliz. —Tomó otro sorbo de la mimosa cada vez más animada—. Y tú ¿tienes hijas?

—Una y creo que además va siendo hora de ir a casa. Tengo que ser un padre responsable. —Dejó un billete de cincuenta dólares en la barra—. Dale recuerdos a tu hijo de mi parte.

Esa despedida apresurada la dejó descolocada.

—Hasta la vista —se despidió.

Confundida, Ivette sintió la tentación de llamarle. No sabía qué había dicho para que huyese de esa forma, pero lo mejor era no forzar las cosas y dejarle ir. En lo que se refería a ella debía irse a casa. Aunque eso no evitó que se diese la vuelta para deleitarse admirando el culazo del policía mientras se alejaba.

Tan pronto el detective salió a la calle, la llovizna a la que estaba siendo sometida la ciudad le empezó a molestar. Había pensado en ir directo a ver a Verushka, pero no tenía muchas ganas. Necesitaba controlar la situación, ser consciente de todo cuanto rodeaba a aquella extraña pareja.

Levantó una mano y un taxi se detuvo a su lado.

—¿A dónde, señor?

Sacó de la cartera su carnet y leyó la calle en voz alta. El mundo había cambiado demasiado desde que él había caminado por sus calles. Sentado en aquel taxi, examinó la ciudad con curiosidad. A pesar de la hora y de la lluvia, no eran pocos los viandantes que se protegían bajo un paraguas paseando.

¿En qué momento los humanos empezaron a construir esas maravillas?

Casi todos los peatones que había visto caminaban con la cabeza baja sin ver la magnificencia de las farolas, sin reverenciar la comodidad de los automóviles y sin disfrutar la sensación de la falsa seguridad que daba ese momento en la humanidad. Ellos no habían visto las penurias que habían acompañado a su especie a lo largo del tiempo, no habían sentido el miedo a la noche ni al hambre. No habían sufrido las inclemencias del tiempo ni el dolor en los huesos tras dormir empapados al raso.

Pagó con un billete de veinte dólares al taxista que le gritó algo sobre las vueltas mientras se alejaba.

¿En qué momento llegó a ser más viejo que el propio mundo?

Estaba empezando a sentirse sobrepasado con la cantidad de sensaciones y emociones que le llegaban en ese cuerpo humano. Ese era uno de los mayores problemas de la posesión, mezclar esos estúpidos sentimientos con la forma de ser de un todo poderoso demonio.

Tuvo que probar cuatro de sus llaves antes de dar con la que abría su apartamento. Colgó la cazadora en la pared y se quitó la camiseta que llevaba debajo. El fuerte abdomen marcado, al que el verdadero Lacroixe le había dedicado horas de gimnasio, estaba mojado.

Hacía tiempo que se había prometido no volver a pisar la tierra de los hombres, y le haría pagar a Verushka por obligarle a faltar a su palabra yendo tras ella. Había torturas mucho peores de las que ella podría imaginar y tenía intención de ser creativo.

Al entrar en la cocina, frente a la nevera, la dueña de un pantaloncito que apenas tapaba nada meneaba las caderas al ritmo de una música que solo ella parecía escuchar.

—¿Se puede saber qué haces? —preguntó Lacroixe.

Observó divertido cómo Adriana daba un brinco sobresaltada. Uno de los auriculares cayó balanceándose entre sus pechos.

—Joer papá, me asustaste. —Se quitó el IPod del que seguían saliendo unas notas—. Me entró hambre y vine a ver si encontraba algo de comer.

Lacroixe se recostó en la lavadora situada al lado de la nevera, admirando la camiseta con el dibujo de un perrito blanco como conjunto final del pantaloncito.

—Es muy tarde para que comas porquerías. ¿Te preparo un sándwich y te vas a la cama? —la preguntó.

—No te molestes —añadió cerrando la nevera—. En el fondo no me apetece nada. Creo que más bien sentía gula.

Al pasar a su lado, se puso de puntillas y besó a Lukashenko en la mejilla.

—¿Estás segura? —preguntó el demonio admirándola con la mirada.

—Sí, tranquilo. —A Adriana no le pareció extraño que Lacroixe la siguiese hasta llegar al cuarto—. Buenas noches, papá.

—Buenas noches, cielo.

El demonio se quedó allí quieto, mirándola. Sus ojos podían atravesar aquella oscuridad como si fuese de día. Nada la protegía de él. Alargó la mano como si pudiese tocarla, como si fuese capaz de sentir el calor de su cuerpo en la piel. Tan pronto sus dedos la acariciasen, estaría perdida y sin salida.

Pero algo le impedía dar ese primer paso.

—¿Papá? —preguntó Adriana cuando el sonido de la puerta al cerrarse la sobresaltó.

Al levantarse de la cama, estaba sola en casa.

En la calle, la ligera llovizna se había transformado en todo un aguacero. Por las aceras, Lacroixe era el único que desafiaba al tiempo caminando sin ningún tipo de protección.

—Gelson, ven a mí. —Frente a él se materializó un conejo con cabeza de borrego y ancas de rana—. ¿¡Dónde está!? —le gritó—. ¿Cuál es el hogar del humano?

—Sígueme, amo.

No necesitó más de un segundo para materializarse frente a la casa de Deán. A Gelson no le extrañó que Lukashenko no le hubiese retrasado. Era de los pocos que podían igualar su velocidad.

El gran demonio puso una mueca de disgusto ante el lugar. La tierra húmeda, la mala hierba dominando el jardín, la falta de cuidado en las paredes de la vivienda. Ivette no mentía cuando le confesó que no dedicaba ni tiempo ni dinero a su propia vida.

Se acercó hasta la primera ventana que vio, examinando lo que había en su interior. Puso una expresión de furia tan feroz cuando sus zapatos se mancharon de barro, que hizo retroceder involuntariamente a Gelson. Tuvo que revisar otra ventana más antes de  encontrar la habitación del muchacho.

Cuando lo logró, apoyó la mano contra el cristal y empezó a entonar unas palabras en un lenguaje ininteligible. Las uñas de sus dedos parecieron fusionarse con la noche, extendiéndose a través de las rendijas del marco de la ventana hasta llegar a la habitación.

No importaba que no hubiese luz, que las nubes de la tormenta tapasen la luna o que fuese una noche cerrada. La sombra que avanzada hasta el adolescente, parecía nutrirse del tenue resplandor de lo que llamamos oscuridad para volverse aún más negra y grande.

Como si le acariciase entre sueños, fue subiendo por las sábanas cubriendo su cuerpo como un manto. El demonio movía con lentitud los dedos, tejiendo el conjuro hasta arroparlo del todo. Con un suave movimiento de sus pulgares, alargó la oscuridad los centímetros que le faltaban para llenar el espacio que cubría la cara de Deán.

Con un gesto brusco de sus muñecas, hizo que la oscuridad penetrase con violencia a través de todos los poros de su cuerpo. Deán comenzó a convulsionar sobre el colchón moviéndose arriba y abajo con violencia intentando despertar.

Era inútil, el hechizo estaba tejido con la perfección que solo dan los siglos. No duró más de tres o cuatro segundos. Un instante después, la quietud llegó al cuarto.

# CAPÍTULO 27

Cuando el aire volvió a sus pulmones, Deán sintió que no había nada mejor en este mundo que poder respirar. Se sentó en la cama completamente despierto, apretándose el pecho para menguar la molestia que sentía al inhalar.

La sensación de ahogo que había tenido en el sueño había sido demasiado real para su gusto. Se pasó la manga del pijama enjuagándose el sudor de la frente mientras miraba a su alrededor de manera furtiva. Las sombras cubrían cada recoveco de la habitación alimentando de fantasmas inexistentes la estancia.

—¿Qué diablos ha sido eso? —gruñó.

—Diablos desde luego no, solo yo. —Lukashenko sintió un placer indescriptible cuando vio sobresaltarse al muchacho—. Así que tú eres el famoso Deán Anderson. Tenía ganas de conocerte por fin.

Aquel hombre estaba apoyado contra su escritorio, hablándole sin ningún tono en su voz. Toda la oscuridad del cuarto parecía envolverle y alimentar el aura que transmitía a pesar de la distancia a la que se encontraba.

—¿Quién eres? —le preguntó Deán.

—¡Oh, Vamos! —Por un momento pareció decepcionado—. Si incluso me han dicho que eres capaz de sellar un pacto que incluya protección contra demonios. Una mente tan brillante debe saber la respuesta.

Ante la duda del adolescente, el demonio comenzó a caminar hacia él dejando que la luz revelase el rostro del detective que le había entrevistado esa mañana.

—Lukashenko.

—¿Ves cómo eres un niño muy listo? —Deán retrocedió instintivamente cuando el demonio acercó la mano a su cara—. Tranquilo. Solo he venido a hablar contigo de un pequeño malentendido.

—¿Qué malentendido? —la voz le falló, como cada vez que se ponía nervioso.

—Por un error de papeleo, cuando decidiste pedir tu deseo, vino un demonio que no tenía permitido salir del infierno.

—Verushka.

—La misma. Verás, esa pequeña diablesa es mi prisionera y tiene prohibido salir de mis tierras. Nada que a ti te incumba a decir verdad. Pero ya sabes cómo van esas cosas, se escapa una prisionera a la que prometiste una tortura eterna y el resto del averno se cree que te has vuelto un viejo débil y senil. No puedo permitirlo. ¿Lo entiendes hasta ahora?

Deán le miraba sin saber qué decir hasta que vio cómo el demonio, con cara de aburrido, asentía con la cabeza.

—¿Sí? —titubeó.

—Perfecto, genial —aseguró Lukashenko con exagerada alegría—. ¿No te lo había dicho antes? Eres un puto genio. Así que siendo tan inteligente, sabrás que no puedo permitirme que piensen que soy alguien débil. ¿A qué no?

Deán tardó un segundo en responder.

—¿No? —añadió dubitativo.

—¡Fantástico! ¡Lo sabía! Ahora estoy convencido de que siendo tan listo, querrás llegar a un acuerdo para evitarnos problemas a los dos.

—¿Un acuerdo? ¿Qué acuerdo?

A medida que Lukashenko se movía por la habitación, iba cogiendo las cosas a su alcance examinándolas como si realmente le interesasen.

—Aunque no te lo creas, soy un gran admirador de tu trabajo. Hay poca gente con la fuerza de voluntad suficiente como para hacer un hechizo lo bastante poderoso capaz de desterrar a Mardröm. ¿Quién te enseñó?

*«Cuidado.»*

No hacía falta que le avisase. Su sexto sentido se había activado y le prevenía de lo mucho que se estaba jugando en ese momento.

—Nadie, lo vi en una película.

Aquel fallo en su voz le delató de nuevo. Rezó para qué Lukashenko no se hubiese dado cuenta.

—¿Y qué película es esa?

—Una de demonios. —Miró al suelo buscando en el repertorio que tenía almacenado en sus recuerdos—. A los humanos nos encanta el género del terror  y hay cientos de esas pelis. —Aunque ahora mismo no le venía ninguna a la cabeza—. La tengo en la punta de la lengua pero no estoy seguro de cómo se titulaba.

Lacroixe no pudo evitar sonreír ante lo mal que mentía el pobre muchacho. Esto iba a ser fácil, aunque accedió a dejarlo pasar por el momento y centrarse en lo que había venido.

—Seguro que de todas formas fue una gran película. Y, hablando del terror, tan solo espero no tener que llegar a la parte de las matanzas y todo eso. —Notó cómo Deán se encogía cuando se acercó a él—. Pero volviendo al tema principal, esta es tu gran oportunidad.

—¿Mi oportunidad?

Asintió.

—Debido a que el error no fue culpa tuya, estoy dispuesto a concederte no uno, sino tres deseos a cambio de que aquí y ahora rompas el pacto con Verushka. —Mostró una sonrisa seductora de vendedor—. Nada más y nada menos que tres fantásticos deseos. Es un buen acuerdo, tienes que aceptarlo. Oportunidades así no se presentan todos los días.

—No me interesa.

Al hablar, no supo si estaba más sorprendido Lukashenko o él.

Su boca, ante la posibilidad de que la súcubo desapareciese de su vida, fue mucho más rápida de lo que había sido su cerebro o su miedo.

—¿Qué has dicho?

La idea de contradecir al ser que Verushka temía, se le antojó cada vez más peligrosa. No quería, pero...

—Lo siento. —Deán echó la cabeza hacia atrás a medida que vio cómo el demonio abría y cerraba sus puños—. Es solo que estoy contento con ella y no necesito nada más.

Deán chilló cuando la lámpara, que descansaba sobre su escritorio, voló hasta chocar contra la pared justo por encima de su cabeza. El hombre que tenía delante había abandonado todo vestigio de humanidad examinándole con aquellos ojos grises, mientras los objetos de la habitación comenzaban a volar en círculos a su alrededor chocando con todo.

—Estoy convencido de que no sabes la agonía que supone tener a un humano metido en la cabeza gritando constantemente. ¡Ay, mi trabajo! ¡Ay, mi vida! —A medida que hablaba, los objetos empezaron a chocar con más violencia—. O sí, se me olvidaba mí preferida ¡Mi hija, mi hija, mi hija!¿Sabes el mal humor que me pone eso? ¿Lo que significa volver a pisar este mundo después de jurar que no lo haría nunca más?

La multitud de emociones que sintió Deán iban encaminadas al miedo, al terror y al pánico. Solía enfrentarse a este tipo de emociones corriendo más rápido que ellas. Esta vez, sin embargo, el problema estaba metido dentro de la habitación y no había un sitio seguro al que huir.

El sonido del viento que se formó allí dentro parecía el lamento de mil almas en pena. Furiosas, parecía que querían vengarse de la vida desgarrándole los tímpanos con sus gritos.

Deán se llevó las manos a sus oídos intentando parar el sonido. Se tiró de rodillas intentando que la cabeza no le estallase. Y cuando pensó que no iba a aguantar más, llegó el silencio.

Todos los objetos dejaron de volar y cayeron al suelo a la vez. La mayor parte de ellos destrozados.

El muchacho no quería mirar al demonio, no quería fijarse en el traje que llevaba ni en el anillo grueso que tenía en el dedo anular, no quería ver sus zapatos, ni cómo la camisa sobresalía por una parte del pantalón. No quería fijarse, pero era incapaz de apartar su mirada de él, notando un terror en su corazón que le hacía sentirse impotente.

Supuso que era lo que sentía la gente cuando venía a por ellos la muerte en persona. Después de todo, eso es lo que representaba para él Lukashenko. Su propia parca personal.

Aquella situación le parecía tan irreal que no se reconocía. Allí estaba, cabreando a un ser para el que su preciosa vida no significaba lo más mínimo.

Deán tenía que decir algo, llenar el vacío que se había formado entre ellos antes de que el demonio perdiese del todo su control y acabase con todo. Pero no podía, su mente era incapaz de pensar una frase que sus labios pudiesen articular de manera coherente.

¿Qué podía decir?

—Yo, lo siento, pero no sé qué quieres de mí. Estoy bien como estoy. Me gusta Verushka. No deseo nada más. No sé...

Le temblaba la voz, pero podía controlarse. Por lo menos hasta que el detective le agarró con fuerza del cuello y lo levantó sobre su cabeza hasta chocar con el techo. El golpe que recibió casi le hizo perder el conocimiento.

—¿No sabes lo que quiero? Yo te ayudaré a entenderlo. —En su voz había odio, un odio ancestral que amenazaba con consumir al que le escuchaba—. Dime tres jodidos deseos y deja que mande tu alma al infierno. ¿O prefieres que te rompa el cuello y te mande ahora mismo?

Apretó con tanta fuerza que Deán estaba seguro de que no tendría opción de escoger. Intentó aceptar, decir que sí, que le diese tiempo de pensar tres deseos cualesquiera para que le dejase en paz. Pero era inútil. La presión que estaba ejerciendo contra su cuello con una sola mano no le dejaba hablar.

Para él fue un alivio cuando todo se oscureció.

—Bienvenido. ¿Qué tal ha ido? —preguntó Gelson a su amo cuando le vio salir del trance al que se había inducido para entrar en el sueño del muchacho—. ¿Ya está hecho?

Se arrepintió al instante de haber abierto la boca cuando su señor le miró.

—Cuando rompa el pacto lo mataré, lo destruiré, no habrá infierno suficiente para el sufrimiento que le voy a causar.

El mensajero se apartó rápido del paso de Lukashenko en cuento este avanzó en su dirección. Seguirle no era seguro, pero tampoco iba a cometer el error de no hacerlo.

Estaba furioso. Mala señal. Él a lo mejor tenía problemas pero el humano lo iba a tener aún peor. No se molestó en intentar adivinar la forma en la que iba a torturar al pobre chico cuando lo tuviese en su poder, siempre conseguía sorprender a todos.

# CAPÍTULO 28

Cuando la canción de Bryan Adams «*Summer of 69*» despertó a Deán, lo primero que sintió fue un dolor recurrente por todo el cuerpo. A su alrededor toda la habitación estaba impecable, e incluso hubiese pensado que lo de ayer fue solo producto de una pesadilla si no siguiese sintiendo cómo la cabeza se quería separar de su cuello.

Al levantarse, se examinó en el espejo del armario. Allí estaba la prueba. Una marca morada con forma de mano, se extendía por su cuello ahí donde el demonio había apretado. Se podía distinguirse sin problemas todos los dedos de Lukashenko.

Sacó del armario unos pantalones vaqueros negros y unas zapatillas, optó por ponerse un jersey de cuello alto para disimular el moratón en la medida de lo posible y se forzó a sonreír hasta que aquella mueca le pareció lo bastante convincente como para engañar a su madre.

Después de eso, siguió la música hasta la cocina donde se encontró con su madre bailando sin parar mientras preparaba el desayuno.

—¿Mamá?

Cuando se giró, la mujer tenía una sartén humeante en la mano y una radiante expresión de felicidad en la cara.

—¿Te he despertado ya? Lo siento, quería darte una sorpresa. —La sonrisa fue sustituida por una mueca de preocupación al mirarle de manera fija el cuello—. ¿Estás bien? ¿Qué te ha pasado?

Se maldijo por no haberse asegurado de que no se veía antes de ir hasta allí. Deán intentó aparentar indiferencia pero no le fue fácil. Hoy, más que nunca, necesitaba a su madre. Quería que le consolase. Decírselo, contarlo todo. Pero ¿cómo hacerlo?

*«Prueba con: mamá, en los ratos libres en los que no recibo palizas, me entretengo jugando con demonios vendiéndoles mi alma o cabreándolos para ver si me matan.»*

Desoyó aquella broma sin gracia y se odió por tener que mentirla.

—Nada, uno de los chicos que se pasó ayer embistiéndome en el entrenamiento. Se tomó demasiado a pecho que no puede ganarme. —Se sentó frente a un plato lleno de tortitas con sirope de caramelo y se metió una entera en la boca—. ¡Guau! Saben mejor de lo que huelen.

Tenía la esperanza de que su maniobra de distracción funcionase. Hoy no estaba muy bien y si su madre indagaba, se derrumbaría y lo contaría todo.

Le entristeció cuando no fue así.

—¡Pero qué zalamero eres! De todas formas diles que se corten en los entrenamientos o iré a hablar con el entrenador.

—De acuerdo. Se lo diré esta tarde.

La mujer siguió recogiendo mientras silbaba.

—Te noto de buen humor, ¿Te ha pasado algo en el trabajo? —la preguntó.

Como si hubiese estado esperando ese momento impaciente, fue corriendo a la mesa para sentarse junto a él.

—Tuve un día genial.

—Cuéntamelo. Me gustan tus días geniales.

Ivette le sirvió en el plato unos trozos de bacón ligeramente quemados mientras le narraba las andanzas de ayer.

Tras el mordisco inicial, el estómago de Deán le dio su conformidad y se lanzó como un salvaje a devorar todo. La dejó hablar divirtiéndose en uno de esos desayunos familiares para los que habitualmente no tenía tiempo, cuando algo llamó su atención.

—¿Qué has dicho mamá? —preguntó tras un ataque de tos al atragantarse con el último mordisco—. No te he entendido bien.

—Que es perfecto. Sensible, guapo, inteligente. Un hombre que tenía claro sus principios. Me encantó.

—No, eso no. —Puso una mueca de disgusto en la cara al oír, por segunda vez, cómo le describía—. Su nombre, ¿cómo se llamaba?

—¡Ah! Lacroixe. Lo único mejor que su cara es ese acento que tiene cuando habla. Tiene ese no sé qué que te pone la piel de gallina, tú ya me entiendes.

—Sí, te entiendo —comentó mientras sus pensamientos volaban.

—Lacroixe. Me encanta como suena. ¿Francés quizás? ¿Qué piensas?

Cuando Ivette volvió a mirar a su hijo, este se había levantado y se había ido sin decir nada.


—Te digo que fue a ver a mi madre —le explicó a Verushka cuando fue a buscarla.

—También has dicho que sigue viva. Así que ¿cuál es el problema que se supone que tienes? —Se quedó mirando cómo los cereales que se había servido en el tazón coloreaban la leche dándole un aspecto rosado—. Con Lukashenko cerca, cualquier día sin muertes es un buen día.

—¿Cualquier día sin muertes? ¿Y qué me dices de esto? —Deán se bajó el cuello del jersey dejando al descubierto la marca de una mano en su cuello—. Casi me mata.

Verushka ni siquiera levantó la vista. Se quedó mirando el tazón de cereales como si allí dentro pudiese estar el secreto del universo.

—Sigues vivo, felicidades. ¿A que está genial?

Si había algo mejor que el chocolate, era el color rosa. Iba a echar de menos las dos cosas cuando Lukashenko se la llevase de allí.

—¿Solo vas a decir eso? ¿Felicidades?

—Sigues vivo, ¿no? Eso son buenas noticias. Felicidades Deán, el demonio más peligroso del infierno no tiene ninguna intención de matarte.

Te hará algo peor, pensó.

Desde que supo que Mardröm había sido enviado a buscarla, había temido llegar a ese punto. Estaba claro que Deán se equivocaba, el destinatario del mensaje había sido ella en todo momento. Quería demostrarle que no tenía ningún problema en acceder a la gente que la rodeaba y que no dudaría en hacer daño a cualquiera que se interpusiese en su camino.

¿En qué momento le pareció buena idea escapar de su castigo? Ahora no solo iba a estar en problemas, sino que la gente que conocía estaba en un peligro de muerte.

Lo más seguro es que ya tuviese los planes hechos. Puede que incluso alguna que otra tortura en mente. Solo esperaba que las cosas no se pusieran tan feas como sospechaba que se iban a poner.

Metió la cuchara en el tazón y se la llevó a la boca.

—¿Te apetece hacer algo esta tarde?

Deán puso una mueca de disgusto.

—¿De qué me estás hablando? ¿Has escuchado algo de lo que te he dicho? Lukashenko ha estado en mi casa, me ha intentado matar.

—No, Deán.

—¿No qué?

Por la forma en que la chica le miró, se sintió tonto perdido.

—No ha intentado nada. Si él hubiese querido matarte, tú y yo no estaríamos teniendo esta conversación. Si sigues aquí es porque te ha querido dejar ir así que puedes quedarte todo el día lamentándote o salir conmigo a dar una vuelta. Tú escoges.

El silencio en la cocina solo era interrumpido por el ruido de los cereales cada vez que Verushka los masticaba.

—He estado pensando —comentó el chico sin mirarla a la cara—, que quizás podríamos intentar hacer como con los otros. Ya sabes...

Hizo una pausa esperando que se lo pusiera fácil, pero su amiga ni siquiera le miró.

—Podemos intentar matarlo. —Se quedó expectante mirando cómo Verushka metía la cuchara en los cereales y acto seguido se la llevaba a la boca—. ¿Es que no vas a decir nada?

—¿Qué quieres que diga?

—No sé, algo.

—Algo.

La mueca del chico distaba de la del simpático muchacho que siempre tenía.

—Eso no tiene ni pizca de gracia.

—¡Oh, vamos! Sí que la tiene, reconócelo.

Deán comenzó a caminar por la cocina de lado a lado, a toda velocidad.

—Ha amenazado a mi madre. ¿Lo entiendes? A mi madre.

—Lo sé, a mí Ivette me cae genial. Pero solo la invitó a un trago. ¿No es eso lo que hacen los hombres por aquí? De hecho, a mí me han invitado varias veces.

—¿Pero no ves las películas? Era un mensaje. Algo así como decirme que puede llegar hasta los que más amo. Así que o me rindo o...

Verushka lanzó un bufido irritada.

—Si quisiera hacerle daño ya se lo habría hecho. Lukashenko no es un demonio que brille por su paciencia o por su sutileza. Si le apetece algo lo toma, si alguien le molesta lo mata. Es sencillo.

—Quiere que renuncie a nuestro pacto.

La cuchara se paralizó antes de meterse en su boca. Deán ni siquiera se habría percatado de no haberla estado observando.

No podía asegurar siquiera si el temblor que notó en su mano había existido de verdad.

—Pues renuncia. —El tono musical de su voz no ocultó el frío con el que las palabras salieron de su boca.

—No, no quiero.

Verushka dejó la cuchara y separó el tazón de ella sin una pizca de apetito ya.

Cuando levantó la vista para mirarle, en sus ojos había tristeza.

—Deán, te diré esto una sola vez. Lukashenko no es un demonio como a los que me has visto enfrentarme. Él es uno de los grandes. Un rey. Alguien capaz de luchar y sobrevivir contra los más duros. Ayer te hizo una visita de cortesía y no sé ni por qué. La segunda vez que lo haga, porque habrá una segunda vez, no será tan agradable. Si él te lo pidió, debes renunciar al pacto cuanto antes.

Era una pena que le sobrase el desayuno. En el mejor de los casos, volvería a su cueva para siempre y una vez allí, iba a echar de menos esos cereales. Miró hacia la ventana preguntándose qué sería lo primero que la iba a hacer cuando la tuviese de nuevo en su poder.

Cuando Deán habló, atrajo su atención.

—No lo haré. Pudo matarme y no lo hizo. Si como dices no posee paciencia, aquella fue su mejor oportunidad. Estaba dormido y no podía respirar y en lugar de matarme, solo habló.

—Eso ya no importa. No necesita matarte para lograr su objetivo. Deán, esto ya no es un juego.

—No he dicho que lo sea. —Al hablar se posicionó frente a ella lleno de convicción—. Estoy dispuesto a aprender a luchar. Faltaré a clase, no jugaré, no comeré, no beberé nada sin que me lo mandes. Enséñame a defenderme, a defenderte. Estoy dispuesto. Juntos seremos más fuertes.

La chica le dedicó una sonrisa.

—Me encantaría. —Se sorprendió cuando en su interior notó que aquella afirmación era cierta—. Pero no es tan fácil. Lukashenko se ha criado entre guerras saliendo siempre victorioso. No hay nada que un chico de sesenta kilos pueda hacer para dañarle.

—No quiero dañarle, quiero matarle. Quiero que nunca más tengas miedo a nadie, que te dejen tranquila.

—Es imposible.

—También lo era vencer a Mardröm.

Verushka le miró con aprobación. Echando la vista atrás, parecía que aquel muchacho con miedo eterno, incapaz de defenderse, había sido otro. El chico que tenía enfrente tenía en los ojos la determinación de luchar por sus sueños.

—No podemos ganar —afirmó sabiendo que era la verdad.

—Podemos intentarlo.

Verushka rió llenando el aire de música. Cuando quería, Deán era un cabezón de cuidado.

—¿Por dónde sugieres que empecemos?

—Por el libro. —Cuando la chica le miró confundida, las palabras salieron presurosas en un intento de ordenar sus pensamientos—. Lo he estado pensando mientras venía hacia aquí. Si del libro de hechizos saqué el pacto ¿no podría tener algún conjuro más poderoso?

Sí, aquello era una posibilidad. Ella ni siquiera había vuelto a pensar en el libro desde aquella primera noche. La alegría con la que Deán hablaba, era contagiosa.

—Sabes que no podemos ganar —le repitió en un intento de hacerle entrar en razón—; es imposible.

—Entonces no perdemos nada por intentarlo.


Al llegar a casa de Deán, aún flotaba en el aire el perfume de Channel número cinco que Ivette siempre se ponía antes de ir a trabajar.

—No hablarás en serio. Porque si es así yo no pienso tocarlo. Estoy segura de que ese cajón está lleno de gérmenes contagiosos que matan al contacto. Prefiero enfrentarme a Lukashenko que tocar el libro después de esto.

Verushka no pudo dejar de reírse cuando escuchó el improvisado escondite que le había encontrado a su mayor tesoro.

—¿Ahora te vas a poner remilgada? —comentó Deán abriendo el cajón de su ropa interior donde había escondido el manual de magia—. Yo ya probé el hechizo de súper fuerza y no funcionó. Puede que sin darme cuenta hiciese algo mal.

Al tomar el libro, Verushka lo examinó con detenimiento. El tacto de aquel tomo era agradable. Abrió la primera página donde una caligrafía impecable describía con exactitud cómo atraer a la buena suerte. Una tras otra, fue pasando las hojas buscando el poder que la había traído a este mundo.

—¿Este es el hechizo con el que me invocaste? —preguntó señalándole el que Deán había utilizado —Es algo impresionante. No es lo normal.

—¿Por qué no?

—No solo invoca a un demonio, sino que además protege al usuario de cualquier ataque demoníaco que acabe con su vida. Es incluso más fuerte de lo que puedo llegar a sospechar. Por lo poco que entiendo, puede tener más sorpresas. Hay un elemento que no logro averiguar para qué sirve.

—¿Y el resto del libro? —la interrogó.

—Es falso.

—¿Qué? — Deán le arrancó el ejemplar de las manos, incrédulo.

—Que es falso. El único hechizo de todos los que hay que funciona de verdad, es el de la invocación demoníaca. Los demás son un mero bla, bla, bla. Encima a este libro le faltan las hojas finales, pero apostaría tu alma a que son más de la misma palabrería.

Vio la cara de decepción del muchacho y se preguntó por qué lo sentía tanto. Después de todo, solo era ella la que iba a quedarse exiliada durante otra eternidad.

—Tiene que haber otra forma.

—Déjalo. —Hasta ese momento no se dio cuenta de lo cansada que estaba—. El hechizo fue escrito por un demonio, uno poderoso. Lo usaste para invocarme y no hay nada más que podamos hacer.

—Pero podemos...

—No puedo enfrentarme a Lukashenko, Deán. Hemos perdido.

Estaba agotada. En la sien, un martilleo constante la estaba destrozando los nervios y la tensión en su cuerpo se estaba acumulando de mala manera en sus articulaciones.

Lo mejor que podía hacer era irse a casa a descansar, quizás tomar un poco de chocolate antes de que la mandasen de vuelta a su rincón en el infierno.

—Cobarde.

Verushka pestañeó varias veces apostando que había oído mal.

—¿Qué has dicho?

—He dicho que eres una cobarde.

Deán ni siquiera la vio venir. Se desplazó tan rápida, que solo vio un manchón que le agarró con fuerza de la pechera aplastándolo contra la pared.

No pudo evitar gemir cuando el dolor se extendió por el resto de su cuerpo.

—¿Quién te crees que eres? —Verushka sonaba llena de rabia—. Tú no sabes nada de Lukashenko, no sabes de lo que es capaz, no sabes lo que me hará. ¿Qué coño sabes tú de mi mundo?

—Cobarde —consiguió articular a pesar del dolor que sentía—. ¿No es lo que me llamaste? Soy incapaz de defenderme, estoy cansado de recibir palizas, estoy cansado de perder siempre porque soy débil. ¿Recuerdas? Me llamaste cobarde. Dijiste que en tu mundo no habría sobrevivido, que tú misma me habrías matado. Pero mírate ahora, ¿en qué te diferencias de mí?

Mientras hablaba, podía sentir cómo los puños de Verushka se clavaban con más fuerza contra su piel. Sentía que de un momento a otro iba a invadir su caja torácica convencido como estaba de que ni ella misma era consciente de la fuerza que estaba usando.

—¡Lukashenko puede hacer lo que quiera, puede matar o torturar a quien lo desee! ¡Ni siquiera tienes imaginación para la crueldad que puede llegar a desatar!

—Carlos incluso consiguió que vendiese mi alma, que te regalase contento lo más valioso que tenemos los seres humanos. ¿Tu demonio puede lograr algo más cruel que eso?

Cayó al suelo sin fuerzas cuando Verushka le soltó.

—¡Que te den! ¿Me oyes? —le gritó—. ¡Que te den! Ojalá nunca hubiese venido a este jodido mundo. ¡Tú no sabes una mierda de lo que es estar siglos sola, venir aquí y descubrir lo que es vivir solo para hacerte volver a tu miserable existencia!

—¡Y tú no sabes lo que es vivir con miedo cada día! ¡A que cada momento que pase sea una tortura hasta que por fin conoces a alguien y das las gracias de que haya venido a este jodido mundo! —la gritó Deán tan furioso como ella—. ¡Además! Has dicho que ese hechizo lo escribió un poderoso demonio ¿no? Pues ya está, solo tenemos que encontrarlo.

La súcubo tuvo que reprimir el impulso de poner los ojos en blanco ante la sugerencia.

—¿Nunca te rindes? Este enemigo es un millón de veces más peligroso de lo que nunca será Carlos.

—Lo que pasa es que Carlos jamás ha tocado nada que me importe tanto como tú.

Verushka jamás pensó que alguien pudiese llegar a dejarla sin palabras. Observó a Deán que estaba sonrojado y evitaba su mirada incómodo.

Con ademán interesante, la súcubo empezó a pasar las hojas en el libro.

—¿Dónde lo conseguiste?

—¿El qué?

—El libro. ¿De dónde lo sacaste?

—De la tienda de Nerf. ¿Por qué?

—Es un buen sitio para empezar.

El chico la miró antes de asentir. Ninguno dijo nada más. Al salir, fueron por la calle en completo silencio enfrascados en sus propios pensamientos.

—Deán —le llamó Verushka cuando este puso la mano en el pomo de la puerta—, aguarda un momento.

El chico la miró extrañado.

—Lo sé. Siento haberte levantado la voz y...

—Solo quería darte las gracias.

—¿Cómo? ¿Por qué?

No le respondió. Se limitó a entrar en la tienda, con una sonrisa.

Ni siquiera ella misma entendía muy bien lo que acaba de pasar. Solo había sentido la necesidad de darle las gracias en voz alta.

El aire caliente que salió de la tienda cuando abrieron la puerta, les abofeteó con el aroma a viejo característico de ese lugar.

—Hola muchachos ¿cómo estáis? —saludó el viejo tendero—. Me alegra ver que tenéis tiempo para un amigo.

—Hola Nerf —le saludó Deán.

—¿Has venido a ver la nueva colección de dragones que acaba de llegar? Tengo uno que es espectacular. Te va a encantar.

—No, tenía otra cosa en mente.

Pudo ver la desilusión en los ojos del anciano cuando volvió a meter bajo el mostrador la caja con la nueva mercancía.

—¿Y qué es? Si puede saberse.

—Quería hacerte una pregunta.

—Adelante, considérame una enciclopedia parlante.

Deán se mordió el labio inferior.

—¿Recuerdas el libro de magia que me regalaste? —El hombre miró a Verushka antes de asentir con la cabeza—. ¿De dónde lo sacaste?

—No me creerías si te lo dijera.

—Sí, sí, te creeré. Por favor necesito saberlo. Es muy importante.

—De acuerdo, sentaos.

Los chicos se miraron confundidos, no había ninguna silla cerca.

—¿Queréis que os lo cuente o no? Vamos, sentaos.

—Pero...

—No hay peros que valgan —añadió mientras salía del mostrador.

Ambos se encogieron de hombros y se sentaron en el suelo. Nerf, con aire misterioso, se acercó y se puso en cuclillas frente a ellos.

—Hace mucho tiempo, cuando yo era casi tan joven como vosotros, conocí a... digamos un ser. —Esperó un instante examinando la cara de sus espectadores—. Su nombre era Yaltax, un mago proveniente de otra dimensión con más poder del que jamás nadie hubiese imaginado en un hombre. Con un solo movimiento de sus manos podía levantar un muro de fuego donde no había nada y con otro, apagarlo.

—¿Crees que ese ser podía ser el demonio? —susurró Deán a Verushka.

La chica miraba a Nerf con atención. No dijo nada.

—Tenía muy mala fama en los alrededores, un ser engreído y duro. Alguien peligroso. Cuando me lo encontré a punto de perder su vida, no sé qué fue lo que me obligó a ayudarle, pero lo hice. Aquello le impresionó mucho. —Bajó la vista al suelo como si aún fuese capaz de ver la escena en su mente—. Según me contó, era un ser milenario. Había visto de todo en este mundo, pero era la primera vez que alguien se arriesgaba por él. Como regalo, me dio su libro de hechizos. Según me contó, en él estaban escritos todos y cada uno de sus conjuros. Aunque reconozco que yo nunca tuve el poder suficiente para usarlos. Solo un alma pura podría hacerlo.

—¿Cuál es la verdad? —le interrumpió Verushka.

El dependiente la miró confuso.

—¿Cómo?

—Lo que has dicho hasta ahora no ha sido más que una sarta de mentiras y estupideces. ¿De dónde sacaste el libro?

El anciano se volvió hacía Deán sin comprender lo que pasaba.

—No sé, lo encontré con el pedido —añadió con un encogimiento de hombros—. Ni recuerdo el tiempo que lleva aquí.

—Esto ha sido una verdadera pérdida de tiempo —comentó Verushka levantándose.

—¿Se puede saber qué pasa? —preguntó Nerf apreciando la importancia que parecía tener para esos chicos—. A lo mejor puedo ayudaros.

—No pasa nada —respondió Deán con rapidez—. Es solo que queríamos saber qué pasó con las hojas que faltan.

—¿Hojas? ¿Qué hojas?

—Al libro le faltan las páginas finales. ¿Por casualidad no sabrás dónde están?

—No sé, puede que las tenga por aquí tiradas en algún sitio. —Se metió tras el mostrador rebuscando entre viejos papeles—. ¿Para qué las queréis?

—Deán —murmuró Verushka con preocupación—. Allí, mira.

A unos metros de la puerta, se bajaba de un coche un hombre con una apariencia intachable. No le hizo falta ver el fornido cuerpo ni su pelo castaño peinado al estilo despreocupado para reconocer a Lacroixe. Cuando entró en la tienda, el repiqueteo de las campanas parecía ser las precursoras del final de sus días.

—Hola chicos, cuánto tiempo sin veros. —Su voz, fuerte y dura, se acalló cuando oyó murmurar al anciano tras el mostrador—. ¿Qué está diciendo ese viejo?

Aunque la pregunta había sido hecha en un tono de pura soberbia, Nerf no se lo tomó mal, ni siquiera se dio cuenta de que uno de los más poderosos gobernantes del averno estaba plantado frente a él. Tan solo extendió el brazo murmurando para sí.

—Vale, señalando hay que decir, Jarak suc ume este es mi hogar vete donde no molestes más. Menuda tontería, ¿es esto lo que buscabais? —Alzó la cabeza y se preguntó por qué los dos chicos le miraban con la boca abierta—. ¿Pasa algo? ¿Por qué me miráis así?

No respondieron.

Confuso miró a su alrededor, había oído la campanilla de la puerta pero allí dentro solo estaban los tres.

# CAPÍTULO 29

—¿Tú crees que estará muerto? —preguntó Deán nervioso por undécima vez en menos de cinco minutos.

—Ya te he dicho que no lo sé —le respondió Verushka malhumorada toqueteando la hoja que les había dado Nerf—. Ni siquiera consigo entender del todo la complejidad de este hechizo. Creo que se limita a expulsar al demonio cuando invade lo que una persona considera su hogar.

Sin avisarla, Deán le cogió la hoja de sus manos y empezó a examinarla. Levantando la mano, señaló hacia donde ella estaba.

—Así que solo hay que hacer esto y decir Jarak suc ume este es...

—¡¿Qué te crees que estás haciendo?! —gritó Verushka sobresaltada, apartándose de la dirección en la que apuntaba.

—Perdona, solo lo estaba probando. —Evitó mirarla, avergonzado del error que había estado a punto de cometer.

—¿Poniéndome a mí como objetivo? ¿Estás loco?

—Ha sido un accidente.

—Trae —le ordenó arrancándole la página—, es como dar una pistola cargada a un niño pequeño.

Se quedó callada cuando un ruido en la casa les hizo sobresaltarse a ambos.

—¿Quién crees que puede ser? —preguntó Deán sintiendo que su corazón iba a salírsele por la boca de un momento a otro.

Verushka puso una mueca estoica antes de responder.

—No te lo vas a creer. Por la hora, me arriesgaría a apostar que es tu madre. —Se rió con ganas al ver el gesto ceñudo que la dedicó su amigo.

Con cara de circunstancia, Deán abrió la puerta lo justo para intentar ver más allá de las sombras del pasillo. Los sonidos hacían evidente el que había alguien ahí, pero no si era un ser humano o un demonio.

—No logro ver nada —informó a la súcubo—. Quizás deberías salir a ver si Lukashenko ha vuelto.

Al sentir cómo se abría la puerta gritó, contagiando a Verushka a la que el chillido pilló por sorpresa.

—¿Se puede saber a qué viene tanto alboroto? —comentó Ivette con la mano derecha apoyada contra su cintura—. ¿No estaríais haciendo guarradas aprovechando mi ausencia, verdad?

Verushka no podía creer que el miedo que tenía Deán se le hubiese pegado. Se sentía un poco estúpida.

Disimulando, se alisó con las manos su blusa naranja con rasgos amarillos antes de responder.

—No, señora Anderson. Estábamos oyendo ruidos y la confundimos con un ladrón. Eso es todo.

—Ivette —la corrigió—. En fin, no pasa nada. ¿Te gustaría quedarte a cenar con nosotros? —le preguntó acariciando la cabeza de su hijo que hizo una mueca antes de apartar la mano de su progenitora.

—Mamá, sabes que odio que me hagas eso. No soy un niño pequeño.

—Sí, sí, sí —comentó riéndose—, y tienes a tu novia delante. Lo entiendo. Dime Veru, ¿quieres quedarte a comer?

La súcubo intentó esconder la sonrisa que tenía.

—Me encantaría, pero no puedo. Quizás otro día.

Cuando no tenga que averiguar si alguno de esos hechizos funcionan de verdad, pensó.

Pocas magias podían afectar a un ser como Lukashenko, debía averiguar si en el primer vistazo que le había dado al libro, había pasado algo por alto.

—Insisto, no puedes negarte a una petición de este tipo. Hoy voy a preparar un pescado para chuparte los dedos.

Tenía demasiadas cosas que hacer. Éstos podían ser sus últimos días que pasase en la tierra. No más chocolate, no más cafés, no más amigas locas. Tenía demasiado trabajo pendiente si no quería perder aquella vida.

La forma en que la miraba Ivette esperando su respuesta le gustaba. Era sincera. Deán había sacado de ella esa misma forma de mirar. Hacía que todo en su interior desease luchar para conservar este trocito de cielo que había conseguido.

Cuando de su boca salieron las palabras aceptando la invitación, no se sorprendió.

Se sentó en la silla de la cocina mientras madre e hijo discutían en broma sobre tonterías. Les dio las gracias mentalmente por permitirla compartir con ellos todos esos momentos. Por no hacerla sentir nunca una intrusa.

Se preguntó si era algo normal en los seres humanos tratar así a su descendencia. Tal vez, incluso su propia madre lo hubiese hecho de haber tenido la oportunidad. El pensamiento la asaltó de una forma tan inesperada, que se sobresaltó cuando entendió la profundidad del mismo.

Que ella recordase, nunca se había parado a pensar en su propia madre.

—Oye tú, despierta —Deán usó un tono jovial—. Vuelve a nuestro mundo.

—Sí, perdona, dime.

Ivette se reía a carcajada limpia.

—Déjala, ¿no ves que le molesta hablar conmigo?

—No, no —se defendió Verushka—, es que estaba pensando en tonterías y me despisté. ¿Qué ocurre?

Al observar a la mujer, se estaba tomando un poco de agua para calmar el ataque de tos que la había acontecido. La miró con curiosidad.

—Es que verás —la dijo—, necesito una mujer para hablar de ciertos temas porque mi hijo no me entiende.

—Sí, claro, pregúntame lo que quieras —le pidió Verushka interesada.

La mirada pícara de Ivette, resaltó el sonrojo de sus mejillas.

—No es para preguntarte, es para contarle a alguien que el otro día conocí al hombre perfecto. Guapo, inteligente, sensual y con el mejor culo de toda la ciudad.

—Mamá —la intentó interrumpir Deán.

—Calla que estoy hablando de los placeres de la vida con tu novia.

—Ella no es mi novia.

—Por favor, si solo os falta ir al baño juntos. Estáis más pegados que la grasa a una sartén vieja. Pero esa no es la cuestión... —Agarró del brazo a Verushka, feliz como una quinceañera—. ¿Sabes lo bueno que estaba?

—Todos lo sabemos mamá, no has dejado de repetirlo —se lamentó Deán con una sonrisa forzada—. Es como si ya le conociéramos. Te gusta hasta el nombre.

Verushka se preguntó dónde había ido todo el buen humor del que hacía gala Deán hacía unos instantes.

—¡Oh sí! Hasta el nombre es sexy, Lacroixe. ¿Qué tal te suena? Lacrooooixe. —Alargó la «o» intentando fingir un acento francés—. ¿Crees que se podrá gritar durante toda una noche?

—¡Mamá!

Necesitaba que Verushka cortase aquella línea de pensamientos cuanto antes. La miró intentando indicarla que era el momento de hacerlo. Que la pusiese sobre aviso. Aguantó la respiración esperando cuando la súcubo tomó las manos de su madre.

—No veas cómo me alegra que hayas ligado. Pero, ¿estás segura de que es un culo diez? Los pantalones actuales hacen milagros y te llevas muchos desengaños.

El muchacho miró anonadado cómo ambas mujeres se enfrascaban en una conversación sobre culos y chicos guapos. En un momento dado, intentó llamar la atención a su amiga con un gesto al que ella respondió con un encogimiento de hombros. Tuvo que esperar hasta que su madre se levantó al baño para abalanzarse sobre Verushka.

—¿Estás loca? ¿Encima la animas? ¿No te das cuenta de que mi madre está deseando volver a verle?

—¿Cuál es tu idea? ¿Aterrorizarla diciéndole que el hombre que conoció anoche es un demonio que podría matarla en cualquier momento y para el cual no hay defensa posible? ¿O que nos tome por locos y se enfade con nosotros?

—Tenemos el hechizo.

—Sí, que por lo que he entendido sirve si lo lanza alguien en un lugar que sienta como si fuese su propio hogar. Con eso lo expulsas para que vuelva aquí lo bastante cabreado que decida visitarte en el trabajo, en un bar, en el supermercado o quizás paseando con alguien por la calle.

Tenía razón. Si quería protegerla, había que librarse de Lukashenko para que no volviese a molestarles.

—Vale, lo he pillado —respondió malhumorado.

—Además, míralo de esta forma —continuó diciéndole Verushka—, si le tiene miedo o decide empezar a esquivarle ¿no crees que podría llegar a ponerse furioso? Yo en su lugar vendría aquí, tiraría la casa abajo y te obligaría a romper el pacto torturando a Ivette. No necesita ser simpático.

—¡Vale ya te he dicho que lo he pillado! —Alzó la voz con desgana, frustrado.

Esa posibilidad ni se le había pasado por la cabeza.

—¡Qué romántico! —Oyeron decir a su espalda cuando Ivette regresó—. Vuestra primera pelea de enamorados.

—No es una pelea de enamorados —intentó excusarse Deán.

—No —interrumpió Verushka—, es solo un ataque de celos. ¿Te crees que me ha dicho que no puedo poner un diez a ningún culo que no sea el suyo?

Su madre empezó a reírse. Deán fulminó con la mirada a la chica que salió de la cocina agarrada del brazo de Ivette mientras volvían a comentar lo fantástico que era Lacroixe.


La velada había sido encantadora. En todo el tiempo que llevaba en el mundo humano, Verushka no recordaba haberse reído tanto como esa noche. Bueno, para ser sincera consigo misma, en toda su vida creía haberse reído así. Ivette era original, divertida y con un toque de sarcasmo que la encantaba. Fue agradable sentir un abrazo sincero cuando se despidió.

En la calle, apenas había oscurecido. Aunque le apetecía echarse en la cama a repasar opciones, al llegar a la puerta de su casa decidió caminar sin un destino fijo. Necesitaba analizar las sensaciones que había sentido aquella noche.

Aún se le hacía raro haberse acostumbrado con tanta rapidez a esas charlas triviales de amores rotos y conjuntos de ropa. ¿Qué pasaría cuando los únicos seres para conversar con ella fuesen aquellos peces de los que se alimentaba?

Durante muchos años, se había sentido afortunada del castigo que le había tocado. Vivir aislada del mundo no parecía tan cruel como ser convertida en una estatua viviente.

Ahora, no estaba tan segura.

No quería pasarse la eternidad sola en las cuevas como un mero trofeo de una guerra olvidada. Puede que fuese su mitad humana la que pensaba así, pero...

¿Qué le importaba a Lukashenko que viviese en las cuevas o en el mundo humano?

Nadie iba a echarla de menos. En cuanto a ella, quizás los primeros años de vida extrañase la emoción de alguna lucha, pero seguro que terminaba acostumbrándose a vivir como una persona más.

Incluso podía pedirle a Ivette que ejerciese de madre. Le gustaría tener a alguien así en su vida. Por mucho que se esforzaba no era capaz de recordar cómo había sido la suya.

¿Habría sido también así?

¿La habría mirado alguna vez con cariño?

Eso le planteaba más preguntas, como por ejemplo:

¿Y su padre? Sí, había sido un demonio, pero ¿amó a su madre?

¿Y a ella?

¿Por qué permitió vivir a una mestiza si todos sabían que iba considerarse un insulto en su línea de sangre?

Tal vez la suya fue una historia de amor imposible. Tal vez había ocurrido un milagro y estaban tan enamorados el uno del otro, que la dejó existir porque lo más importante no era su estatus como demonio, sino su mujer.

¿Eso era posible?

¿Podía acaso un demonio enamorarse hasta tal extremo de una persona?

No podía ser. Jamás oyó una historia semejante. Aunque lo normal también hubiese sido matar a una aberración como ella.

¿Por qué entonces su padre la dejó vivir?

La humillación de mezclar su estirpe con humanos era tal, que fue el único motivo por el que la dejaron vivir cuando Lukashenko exterminó a los suyos. No solo quería acabar con su padre, quería humillarlo. Destrozar su recuerdo con aquella mancha en su raza. De aquel orgulloso demonio que se levantó contra él, solo quedaba el excremento maloliente fruto de la mezcla de un cadáver al que olvidarían con una humana.

Notó en los ojos un escozor que empezaba a molestarla. Al pasar la mano por su cara, se limpió las lágrimas que empezaban a resbalar por sus mejillas.

Perfecto, una muestra más de la debilidad a la que su padre había sucumbido. A eso se reducía todo, por su culpa ni siquiera tenía la potestad de deambular por el mundo de su madre sin que su castigo siguiese vigente en el infierno.

Furiosa, agarró una bicicleta atada a una farola por una cadena y de un fuerte tirón la arrancó, arrojando la bici con todas sus fuerzas contra la pared.

Apenas oyó el estruendo que causó y tampoco le importó.

—¿Verushka? ¿Estás bien?

Se giró sobresaltada.

A su espalda, con sombrero y un paraguas sin abrir, se encontraba Nerf. El viejo dependiente lucía un abrigo desgastado por el uso excesivo que hacía de él. En la cara, el gesto de preocupación que tenía parecía sincero.

Aquello la hizo sentirse incómoda. No necesitaba que nadie se preocupase por ella, y menos un viejo en la última etapa de su vida. No le necesitaba a él, ni a Deán, ni a nadie de todo el jodido planeta. No eran más que insectos a los que se podía aplastar si la molestaban.

Quiso decirle que se fuera, que estaba bien, asegurarse de que no había visto como la bicicleta se hacía añicos contra la pared. Pero en realidad no la importaba. Estaba harta. Harta y cansada.

No eran palabras lo que quería salir de sus labios. En ese instante su cuerpo pesaba demasiado para seguir en pie y sus rodillas dejaron de sujetarla. Se sintió humillada cuando cayó al suelo y lloró delante de aquel hombre como nunca en su vida había hecho.


El sol de la mañana la despertó en una cama para una sola persona. El cuarto, de un color gris pálido, tenía como toda decoración un cuadro donde una hermosa mujer posaba sonriendo con una picardía que al artista había sabido plasmar.

Al levantarse, el chirriar de los muelles la hizo apretar los dientes mientras sentía una ligera molestia en la espalda. Caminó en silencio acercándose a la puerta y la abrió con cuidado.

El salón que se veía era pequeño, una mesa con dos sillas eran todo el mobiliario que había. En una de las paredes, un pequeño cuadro de no más de veinte centímetros presidía la pared principal del comedor con el mismo retrato de la habitación. El resto de las paredes solo tenían un papel amarillento, mohoso y viejo como decoración.

No le extrañaba que Nerf considerase la tienda su hogar, aquella casa era deprimente.

Salió del cuarto en completo silencio y cruzó el salón rumbo a la puerta de salida hasta que una tabla a sus pies crujió delatándola.

—Buenos días, querida. —Oyó que decía la voz del anciano desde la cocina—. En un momento está el desayuno. Siéntate que ahora salgo.

—No hace falta —dijo en voz alta—. Tengo algo de prisa.

—Insisto.

—¡Maldita sea! —susurró—. ¿Por qué todo el mundo se empeña en que me quede a comer?

—¿Qué has dicho?

—¡Que encantada!

Se acercó a la silla, cogió aquella masa pegajosa que debió de ser en algún momento un periódico y lo tiró al suelo con cara de asco antes de sentarse.

Aquel salón tenía un olor especial. Era como a antiguo mezclado con humedad y aromatizado con aroma del bacón frito que salía de la cocina. La ventana que había, estaba demasiado cerca de otro edificio como para ofrecer algo de intimidad o alguna visión que no fuese la de un conjunto de ladrillos rojos.

Los ruidos que hacía Nerf luchando contra el desayuno, eran poco fiables. Al igual que el humo negro que empezó a salir por debajo de la puerta. No quería parecerle una maleducada al entrar para ayudarle, así que decidió quedarse sentada mirando el cuadro. La mujer pintada en él era muy hermosa sin duda. Su pelo rubio caía seductoramente sobre uno de sus hombros otorgándole una apariencia de pureza. Estaba sentada de lado sobre sus rodillas, en un campo de flores blancas y sonreía con una pizca de picardía y lujuria a la persona que la estaba retratando.

—¿Te gusta?

Verushka se giró a mirar al anciano al que no había oído acercarse. Al volver a mirar el lienzo, lo analizó.

—¿Quién es?

—Una chica a la que el tiempo olvidó. —Mientras ponía los platos en la mesa, una pizca de nostalgia inundó sus ojos—. Alguien que incluso hoy, consigue que mi viejo corazón lata de manera acelerada y juvenil. Pero estoy seguro de que no es eso de lo que quieres hablar. —Tosió hacia un lado intentando ganar unos segundos antes de que la tristeza le arrastrase a un mundo de recuerdos—. ¿Estás bien? ¿Qué te pasa?

En el cuadro, la mujer parecía mirar a Verushka transmitiendo un mensaje que solo ella podía entender. Se concentró en eso hasta que el anciano repitió la pregunta, arrancándola de aquel lugar al que su mente había viajado.

—Estoy cansada. Estoy tan cansada... —Cuando aquella confesión brotó de su boca, los ojos se le llenaron de lágrimas—. Estoy harta de estar sola. Por fin he encontrado mi lugar y me quiero quedar, no me pueden obligar a irme. No pueden.

El dependiente se sorprendió ante la sinceridad y el dolor que transmitía aquella niña. Cuando Verushka se apretó contra él buscando consuelo, la abrazó.

—Tranquila, todo va a salir bien.

—No lo entiendes. —Verushka aspiró con tanta fuerza que de su nariz salió un desagradable sonido—. No tengo opción, sabía que llegaría este momento pero aún no estoy preparada para volver. No quiero irme y no se irá hasta que le acompañe.

—Toma coge uno. —Le pidió Nerf ofreciéndola un pañuelo de papel que tenía en el bolsillo—. Tienes un aspecto horrible.

Con el pelo revuelto y los ojos rojos e hinchados, debía ser cierto. Verushka jamás hubiese imaginado encontrarse así.

—Lo siento.

—Tranquila. No pasa nada, pequeña —respondió el anciano restándole importancia—. Todos tenemos nuestros días buenos y malos.

—Lo siento tanto... —Miró el pañuelo y de pronto empezó a reírse sin parar.

—¿Se puede saber qué te pasa? —preguntó Nerf extrañado de aquel comportamiento.

—Es que acabo de recordar lo mucho que me molesta cuando Deán se disculpa todo el tiempo, y ahora soy yo la que tiene esa manía. —Al dejar de reír, miró a ese hombre a los ojos intentando que viese la verdad que escondía—. No quiero dejarle solo, quiero protegerle. Es un chico increíble, una gran persona que no se merece que le abandone.

—¿Y se lo has dicho?

Ni siquiera se lo había planteado. La súcubo tuvo que agachar la cabeza antes de responder.

—No.

—Pues deberías, ten en cuenta que los hombres somos muy cortos. A veces necesitamos un empujón para descubrir que podemos llegar a ser tan valientes como necesite la chica que nos gusta. —Aunque tenía un aspecto cansado, su sonrisa parecía estar llena de fuerza—. Pero bueno, seguro que ahora mismo estás pensando que qué narices sabrá un viejo como yo de los misterios del corazón, ¿a que sí?

—No, a decir verdad, estaba pensando si es estrictamente necesario quemar el bacón en los desayunos.

Verushka comenzó a reír cuando los ojos de Nerf se abrieron de par en par entendiendo la indirecta.

—¡El desayuno! —La dejó allí saliendo a todo correr.

Desde la cocina, le preguntó a voz en grito.

—¿Te gusta muy quemado o completamente carbonizado?

La chica se rió sin parar.

—Déjalo, me tengo que ir.

Cuando el viejo dependiente salió para abrazarla, no se resistió. En un impulso, Verushka se dejó llevar y extendió sus brazos para devolverle el abrazo.

Era extraño sentir el calor transmitirse de cuerpo a cuerpo. Incluso pudo notar el latido lento y agradable en el interior del pecho cuando apoyó su cabeza.

—Mi pequeña, todo saldrá bien. Prométeme que siempre seguirás tus sueños. Te mereces ser feliz. —Aquella era una voz tan tranquilizadora como dulce—. No te preocupes, ven a verme cuando quieras. Mi casa es tu casa.

Al separarse, Verushka tuvo que reconocer que se sentía mucho mejor de lo que se había sentido en toda la semana.

Aunque Nerf insistió en que podía prepararle algo más para que no se fuese de su casa con el estómago vacío, se negó. Ya había hecho por ella más que suficiente. En cambio sí que aceptó que la acompañase hasta la salida.

Al abrir la puerta, Nerf se encontró con un extraño plantado allí delante.

—Hola, buenos días —saludó Lukashenko sonriendo mientras le agarraba la cabeza y con un giro de muñeca, le rompía el cuello.

Fue como si alguien hubiese detenido el tiempo. Verushka se quedó petrificada mientras Nerf caía al suelo.

El sonido que provocó al hacerlo, llenó los oídos de la súcubo con intensidad. Por algún motivo no podía dejar de mirarlo.

Al pasar, Lacroixe le dio una patada separándole de la puerta para poder cerrarla. Se limpió las palmas de las manos con un pañuelo que sacó de su bolsillo y levantó la cabeza. En ningún momento esperó la violencia con la que la chica cargó contra él.

Sin detenerse a pensar a quién se estaba enfrentando, Verushka corrió presa de una furia asesina.

A pesar de ello, Lukashenko solo necesitó mover un dedo antes de lanzarla volando por el aire. En el trayecto, destrozó la mesa donde iban a desayunar, las sillas donde habían estado sentados y el cuadro en el que la desconocida sonreía arrancando latidos juveniles a un hombre que no se merecía lo que acababa de pasarle.

Atravesó la pared con facilidad.

Con un solo movimiento de su dedo, Lukashenko había roto todas las cosas que poseía la persona más honesta que había conocido.

El dolor físico del impacto le pareció insignificante en comparación al dolor que estaba creciendo en su interior. Todo en su interior era caos, confusión y amargura, pero eso no la impidió levantarse y enfrentarse a él cara a cara.

—¡Mátame, mátame ahora y terminemos con esto! —demandó—. Estoy cansada de este estúpido juego. ¿Es lo que quieres? Adelante, ¡mátame!

El demonio avanzó a paso lento, con el mismo contoneo con el que se acercaría un león a su presa.

—No, no, no y no. ¿Te has olvidado? Tú no puedes morir. Soy un hombre de palabra y prometí tenerte siempre a salvo.

—No quiero vivir eternamente. Por favor, termina con esto ya. Mátame ahora y acaba conmigo. No merece la pena seguir jugando.

Con el movimiento de un dedo, la muchacha salió despedida hasta chocar contra la pared contraria.

El golpe fue tan fuerte que la dejó sin resuello.

—¿Ves lo que me obligas a hacer? —Se acercó con cuidado a la chica tumbada que no daba muestras de querer moverse—. Yo solo deseo que tengas una vida tranquila y feliz. ¿Acaso alguien te está molestando o te hace daño en mis dominios? —Le agarró de la cabeza y la obligó a moverla en una negación—. ¿Entonces por qué me causas tantas molestias? Deja este inmundo lugar y vuelve conmigo a donde perteneces.

—¿Qué es lo que quieres de mí? —consiguió preguntar—. Yo no te he hecho nada. He pagado con creces cualquier pecado que tuviese proveniente de mis padres ¿Quieres que diga que odio al desgraciado que me dio la vida? ¿Que mi madre solo es una ramera que tuvo una hija bastarda que no se merece más que la muerte? ¿O es que acaso quieres algo más específico de mí?

El pinchazo que sintió cuando Lukashenko la miró, fue transformándose en un dolor muy real. Todas las venas de su cuerpo parecían transportar lava líquida quemándole la piel. No estaba segura de si por fin había aceptado su petición de matarla, porque el dolor no hacía más que aumentar.

No iba a soportar mucho más, pero por lo menos todo iba a terminar de una vez. Cerró sus ojos esperando algo que no llegó. Allí la muerte no era bienvenida, solo la esperaba dolor. Como bien demostraban los gritos que salían de su boca.

—No vuelvas a hablarme así —la amenazó Lukashenko—. Nadie osa darme órdenes. ¿Crees que vives mal? Puedo demostrarte que tan equivocada estás. —A medida que escupía las palabras, se acercó hasta situarse sobre ella—. Puedo hacerte tanto daño que entenderás por qué lo llaman infierno.

Verushka, con la velocidad que la caracterizaba, se levantó golpeando con su cabeza la mandíbula de Lacroixe que voló por los aires hasta caer sobre la última de las sillas que quedaba en pie.

Antes de que tocase el suelo, la súcubo ya se había levantado y lanzado en pos de un nuevo ataque para no darle tiempo a reaccionar. Pero fue inútil, ni siquiera vio que se moviese cuando salió despedida contra el muro del fondo.

Esperó el golpe para poder caer al suelo y cargar de nuevo contra él. Esta vez, sin embargo, no cayó al suelo, sino que la dejó bien sujeta. Intentó moverse con todas sus fuerzas antes de darse por vencida.

Por la frente le corría un pequeño reguero de sangre.

—¿Qué os pasa a los hombres que os gusta tanto dejarme sujeta a la pared? ¿Es algún tipo de fetiche sexual? —sonrió ante la manera homicida con que Lukashenko la miró—. ¡Vamos campeón! ¿A qué estás esperando? ¡Termina conmigo! ¡Mátame!

Lukashenko se acercó con una mirada psicótica y la pegó tal bofetada, que la hizo lanzar un grito.

—Te he dicho que no me hables así. Las cosas no salen siempre como se quiere. ¿Por qué tuviste que salir de tus cuevas? Ahora me has enfadado, he tenido que venir a buscarte e incluso me he tenido que vestir con esta envoltura mortal.

—Pobrecito —se burló.

Como si no la hubiese escuchado, el demonio siguió hablando.

—Encima, en lugar de agradecerme los esfuerzos que he hecho por ti, resulta que te sublevas. —Acercó su cara hasta los labios de la súcubo, casi a punto de besarla—. No voy a matarte, pero voy a hacerte muchas cosas malas si no te portas bien. ¿Me entiendes?

A pesar de no poder mover su cuerpo, Verushka sí que controlaba aún los músculos de su garganta.

Como comprobó al escupirle en la cara.

—Adelante, haz conmigo lo que quieras —le desafió—. A ver que sale de un encuentro entre nosotros. Estoy segura de que después de esto, vas a poder dormir mucho mejor a las noches.

Con la mano izquierda, Lukashenko se limpió la saliva de la cara. La restregó por los pechos de Verushka para limpiarse. Sonrió antes de romperle el labio inferior de otro bofetón.

—Maldita zorra mojigata. ¿Ni siquiera aprecias la benevolencia de permitirte vivir como lo haces? ¡Eres un engendro! ¡Te perseguirían, matarían y violarían si no llega a ser porque no permito que te toquen! ¿Y así lo agradeces?

—¡Nunca te pedí ayuda! —le gritó furiosa.

—Tienes razón, tú no la has pedido. A pesar de todo, deberías estarme agradecida —volvió a acercar su cara a los labios de ella.

Sentirla tan cerca provocó en Lukashenko un cúmulo de sensaciones que preferiría no sentir.

—¡Escúchame porque solo lo diré una vez! Vas a hacer que el humano rompa el pacto.

—¿Y si no lo hago?

Lacroixe dirigió una significativa mirada al cadáver de Nerf.

—¿En serio hace falta que responda a eso?

No dijo nada más mientras iba rumbo a la puerta.

—Por favor —suplicó la súcubo a su espalda—, déjalo ya.

Cuando la miró, los ojos color platino no mostraban ningún tipo de piedad ni compasión. Aquel era un sentimiento humano y Lukashenko no lo era.

—No hace falta que te levantes — comentó el detective cuando pasó por encima del cadáver de Nerf.

Como si fuese un accidente, le dio una patada en la boca del estómago. Abrió la puerta y habló sin girarse.

—Tienes dos días. Después me pondré creativo.

Hizo un ligero movimiento de sus dedos y dejó que la gravedad fuese otra vez dueña de Verushka.

Tan pronto se cerró la puerta, la chica avanzó a gatas hasta el cadáver del anciano. Aquellos ojos la miraban sin vida. Levantó su cabeza y la apoyó contra sus blancas piernas mientras le acariciaba las canas.

—Lo siento, lo siento mucho —musitó.

Y por segunda vez, lloró con todas sus fuerzas delante de ese hombre.

# CAPÍTULO 30

Los murmullos iban ganando intensidad entre los alumnos de la clase, a pesar de los esfuerzos de la señorita Robinson en apagarlos. Todos los viernes ocurría lo mismo, una lucha constante entre el cansancio de la semana y la excitación del fin de semana.

Entre las pocas personas que guardaban silencio, se encontraba Verushka. Al contrario que sus compañeros no tenía chismes que compartir, ni buenas noticias con las que sonreír. Toda su atención y pensamientos, estaban centrados en cómo decir a Deán lo que había pasado.

Cada vez que la había pillado escrutándole, el muchacho la sonreía con cariño.

¿Cómo podía decirle que por su culpa habían matado a su único amigo?

A su mente vino el recuerdo de la cara de orgullo que tenía Nerf al mostrar su tienda. El calor de las palabras con las que la abrigó anoche estando mal. Casi podía verlo con ese sombrero y el paraguas tras destrozar la bicicleta.

El pobre dependiente no había desaparecido como ocurría con los demonios. En su lugar, Verushka había tenido la oportunidad de pasarse horas mirando aquel cuerpo sin vida sin atreverse a moverlo.

¿Cómo se lo diría?

Movió la cabeza intentando olvidarlo. Tenía que cambiar la línea de pensamientos o acabaría llorando en mitad de la clase sin poder controlarse.

Había sido ella la que se negó a hacer novillos e insistió en ir al colegio para intentar conservar algo de la rutina a la que se había acostumbrado. Atesoraba esos momentos como si nunca más fuesen a repetirse. En parte, porque estaba segura de que sería así.

¿En qué momento había comenzado a sentir como suyo ese mundo?

Iba a echar de menos muchas cosas de él. Pero sobre todo, extrañaría la forma en que Deán la miraba.

Tal vez nunca más pudiese volver a verle. Lo más seguro era que estos fuesen los últimos instantes que pasasen juntos. Su corazón comenzó a latir de manera irregular acelerando su proceso. Verushka puso una mano en su pecho intentando detener el loco avance al que se veía sometido.

No podía decírselo. No era justo, pero no quería cargar con ello en su último día. No quería recordar a Deán triste y mal.

Una lágrima escapó por sus mejillas y la dejó caer. Últimamente lloraba demasiado.

¿Sería que su parte humana la estaba ablandando o es que acaso las emociones de este mundo la volvían débil?

Si eso era cierto, irse de allí sería lo mejor que podía hacer. En el fondo, Lukashenko le estaba haciendo un gran favor. Después de todo ¿qué le debía a esta gente? ¿Qué fidelidad tenía que rendirle a Deán? Solo era un humano. Tan solo tenía diecisiete años de vida. ¿Cuántos tenía ella? Era imposible, ni siquiera podía pensar en fantasear con la posibilidad de... no, tenía que quitárselo de la cabeza.

El repentino silencio en clase la previno de que algo estaba pasando. Levantó la mirada con desgana. En la puerta, con su habitual cazadora de cuero y una mano en el bolsillo, estaba Carlos. Antes de entrar titubeó al mirarla, pero no fue más que una fracción de segundo que nadie, salvo ella, notó.

Avanzó hacia su pupitre con el amago de una sonrisa falsa en la cara y pasos agigantados. Sacó la mano para chocársela a Luis cuando pasó a su lado y le dedicó un gesto con la cabeza a Adam antes de sentarse.

Al parecer habían conseguido coserle el dedo de nuevo. Un hurra por los médicos del siglo XXI.

—¿Estás bien? —le susurró Adam desde el pupitre a su derecha.

Carlos no le respondió. Con un dedo señalando la pizarra, le ordenó dejarle en paz. Por primera vez en lo que iba de curso, se sentó recto en la silla sin pizca de esa pose de pasotismo que tenía siempre.

Verushka le siguió observando. No dejó de hacerlo hasta que los ojos de ambos se encontraron y Carlos desvió su mirada. Eso bastó a la muchacha para volverse al frente y dejarle en paz.

A partir de ese momento, la clase fue más tranquila y silenciosa de lo que había sido en años. Aunque todos hacían ligeros comentarios, se cuidaban mucho de enfrentarse directamente a la mirada del mexicano. Nadie podía creerse la disposición del chico en permanecer en silencio.

Cuando la sirena anunció el inicio del recreo, fue una sorpresa general.

En un ademán tranquilo, Carlos denegó las invitaciones de sus compinches y esperó a que se alejasen antes de acercarse a Verushka que no se molestó en dejar de recoger sus cosas para volverse.

—¿Puedo hablar contigo un momento? —le preguntó.

La súcubo estuvo tentada de negarse. Ella y él tenían poco de lo que hablar. A pesar de todo, lanzó un bufido antes de aceptar y salir al pasillo lejos de los oídos de los curiosos.

—¿Qué quieres? —preguntó sin ocultar su desagrado.

Con lo incómodo que se sentía, Carlos se esforzó sin éxito en mirarla a la cara.

——¿Por qué no dijiste nada? Podías haberme denunciado.

—No necesito ayuda de la policía. Yo misma sé resolver mis problemas. Además, estoy convencida de que nunca más volverá a ocurrir ningún incidente ni conmigo, ni con Deán.

Ese fue el primer momento en el que Carlos se atrevió a respirar un poco más tranquilo.

—Te lo prometo.

La chica, dando por concluida la conversación, se dio media vuelta volviendo a clase.

—Gracias —dijo Carlos a su espalda.

Si le había oído, no dio muestra de ello. Verushka cogió una silla y se acercó a Deán que la estaba analizando.

—¿Qué quería? —la preguntó sin rodeos.

—Nada. —Usó el tono de no preguntes mientras le cogía un trozo del bocadillo y le daba un mordisco—. He estado pensando —añadió tras un minuto de silencio—, ¿qué te parece si luego nos vamos al cine, a la feria o algún sitio de esos?

Antes de responderla Deán miró a su alrededor por si alguien estaba lo bastante cerca como para oírles.

—¿No deberíamos hacer algo respecto al tema que tenemos con cierto demonio? Imagínate que entra al cine sin estar preparados y organiza una matanza.

—Tranquilo. Tengo un plan. Es infalible. Mañana a estas horas ya no tendrás que preocuparte más por Lukashenko.

El chico la miró impaciente por llenarla de preguntas que no hizo.

La súcubo cogió otro pedazo de su almuerzo y lo mordió sin ganas. No sabía tan rico como otras veces. Miró a Deán con ganas de pedirle que se fugasen, que intentasen esconderse.

Cuando vio que este se la quedaba mirando, le sonrió para que no viese en su interior el dolor que estaba sintiendo. Le iba a extrañar. Le iba a extrañar tanto que de hecho ya le había empezado a echar de menos. Reconoció la sensación que tenían sus ojos y se negó a derramar más lágrimas.

Deán seguía examinándola con esa mezcla de curiosidad y preocupación en la cara. No podía decírselo, no podía decirle nada. Con gesto tierno, le pasó un dedo por los labios para limpiarle una miga de pan que se le había quedado pegada. Ambos se miraron a los ojos. Era tan agradable sentir su piel que no pudo evitar acercarse para besarle.

Una explosión de sentimientos inundó su pecho queriéndola hacer gritar de placer. Como demonio, sabía el peligro de tener deseos. Pero no podía evitar pensar que si su mitad humana tuviese alma, la vendería ahora mismo a cambio de que este fuese su último momento en la vida. Por una vez, quería perderse entre abrazos en mitad de clase y que el mundo dejase de existir. Si ahora moría, sería feliz.

Pero no murió y tuvo que separarse. A medida que lo hacía, sintió como la magia que la había guiado hasta ese momento comenzaba a extinguirse. A partir de mañana, todo terminaría para ambos y no le volvería a ver nunca.

En su interior, la sangre de sus venas se convirtió en puro fuego. Sin poderse resistir, se abalanzó sobre Deán y le besó con tal violencia que la silla en la que estaba sentado calló al suelo con él encima. Si este tuvo intención de protestar o de quejarse quedó en el olvido con esa lengua hambrienta explorando el interior de su boca.

Verushka se sentía distinta a como se había sentido siempre. Ardiente, deseada, impaciente, querida. La boca de Deán no calmaba la sed que sentía, la acrecentaba con una urgencia que necesitaba saciar. Sintió a sus pies estorbándola la pata de la mesa y le dio tal patada, que salió volando hasta chocar contra el encerado.

Ninguno se detuvo a mirar lo que había pasado. Ambos muchachos estaban hambrientos el uno del otro y se negaban a separarse.

En un arrebato, Deán la cogió de sus caderas y se levantó hasta situarla sobre una mesa como si fuese ligera como una pluma. En ningún momento paró de besarla. La agarró con fuerza acercándola a él, mientras sentía su aliento clavándose en su piel. Urgiéndole a tomar más de ella. La adrenalina fluía recorría su cuerpo, exigiendo.

Cuando sus ojos se encontraron en una mirada de aceptación, se sintió completo.

—¡Eh, mirad todos, corred! —señaló una voz desde la puerta del aula.

La voz de Alex y el sonido siguiente de pisadas, les hizo volver a la realidad con más rapidez de la que deseaban.

Deán se separó confuso. Retrocedió un paso nervioso, mirando a su alrededor como si ni siquiera supiese bien que estaba pasando.

En la puerta, un pequeño grupo de compañeros les estaban mirando entre risas y comentarios.

—¿Deán? —susurró Verushka pasando la palma de su mano por su mejilla—. ¿Estás bien?

No sabía cómo estaba. Se separó de ella retrocediendo otro paso más, mientras sus oídos se llenaban con las risas de todos los que le estaban señalando.

—¡Vaya Casanova! —se oyó a Nick por encima de sus demás compañeros—: ¡Tú sí que sabes montártelo en los recreos!

Deán se sintió abochornado. Recogió la silla y fue a buscar su pupitre a donde había volado. Cuando se giró para colocarlo en su sitio, la súcubo había desaparecido.

—¡Verushka, espera! —la llamó soltando su mesa y saliendo a todo correr tras ella.

Oyó a Alex lanzarle un improperio cuando chocó contra él pero no se detuvo.

—¡Verushka!

Por el pasillo, su compañera se alejaba corriendo a toda velocidad. La persiguió tan rápido como pudo.

—¡Déjame! —le chilló la chica sin detenerse.

—¡Para, por favor, espera!

—¡He dicho que me dejes!

Al salir a la calle, acostumbrada a moverse entre obstáculos, ni siquiera se detuvo al pasar a toda velocidad junto a las personas.

Echó un vistazo por encima del hombro y sintió la agradable sensación del orgullo cuando vio cómo Deán estaba más cerca de ella de lo que le había creído posible.

El muchacho se movía con una agilidad innata. Sorteaba a las personas con la experiencia que le había enseñado las múltiples persecuciones a las que se había visto sometido y con una elegancia que Verushka jamás había notado.

Cuando la súcubo tomó impulso para saltar la verja, lo hizo sin esforzarse demasiado. Incluso tardó unos segundos de más en recuperarse del salto para que Deán tuviese tiempo de alcanzarla.

Aunque una parte de su cerebro le gritaba que debía irse corriendo, la otra la contradecía suplicándola porque se quedase. Puede que aquellos fuesen los últimos momentos que pasasen juntos, pero a pesar de todo se estaba divirtiendo. Se sentía llena. Feliz.

Miró hacia atrás para ver cómo lo llevaba. Empezó a cruzar la calle preguntándose si no sería buena idea bajar la velocidad y dejar que la alcanzase por fin solo para besarle de nuevo.

Deán ni siquiera había notado el esfuerzo que hacía la súcubo porque no la perdiese. Estaba dando un doscientos por cien en su intento para no quedarse rezagado. Incluso necesitó más impulso que ella para poder saltar la valla. Fue en mitad de ese movimiento cuando algo en el rabillo del ojo llamó su atención. Sobre la rama de un árbol, pudo reconocer a Gelson espiándoles.

Su sorpresa le descentró y el brazo se le torció crujiendo de mala forma, haciéndole perder el equilibrio.

—¡Deán! — gritó Verushka al verle caer.

Fue un bocinazo lo que la sobresaltó a ella. Al volverse, descubrió que un enorme camión se acercaba a ella a toda velocidad.

Estaba acostumbrada a los ataques por sorpresa... Debería haberlo visto venir... Solo tenía que apartarse del medio... Pero su mente se debatía entre esquivarlo o correr hacia su amigo caído y no fue capaz de ninguna de las dos cosas. Lo único que pudo hacer de manera instintiva, fue cerrar los ojos y apartar la cara para que el golpe no la desfigurase.

El encontronazo no vino de frente como esperaba, sino que sintió cómo la arrastraban casi volando hacia la izquierda hasta que su cuerpo chocó contra una farola. Al abrir los ojos, se encontró con Deán tirado a su lado. Aún la agarraba por la cintura con su brazo izquierdo.

Su cabeza había recibido la peor parte y la sangre manaba de una pequeña herida que se había hecho en la frente.

—¿Estás bien? —la preguntó preocupado—. Háblame Veru, ¿te encuentras bien? Dime algo.

A su alrededor la gente comenzaba a agolparse rodeándolos.

Verushka miraba a su compañero internalizando lo que había pasado. Habría jurado que Deán estaba a diez metros de ella cuando se cruzó al camión. Era imposible que hubiese llegado a salvarla. Le analizó buscando algo extraño en él y solo encontró cómo su brazo derecho le colgaba inerte del hombro.

—Es la primera vez que me llamas Veru... —señaló intentando poner en orden sus pensamientos—. ¿Qué le pasa a tu brazo?

—Me duele, creo que me lo he dislocado. No soy médico pero juraría que no está roto.

La estaba ayudando a levantarse cuando un hombre que no dejaba de gritar se acercó a toda velocidad.

—¡Por Dios! ¿Estáis bien? Os juro que no os había visto, estaba conduciendo y de pronto apareciste en mitad de la carretera.

—Sí, ha sido culpa mía, tranquilo —añadió Verushka intentaba quitarle importancia—. No ha pasado nada.

Cuando notó cómo todos los que le rodeaban les llenaban de preguntas, agarró la mano de Deán y se abrió paso casi a empujones.

—Nos vamos —sentenció.

—Espera, dejad que llame a una ambulancia, tu amigo está mal —les estaba diciendo el camionero.

—No, no te preocupes, estoy bien —respondió Deán sin oponer resistencia a los tirones de Verushka.

Era difícil que le creyesen con el brazo colgando como estaba, pero lo cierto era que apenas si le molestaba.

Tan pronto se alejaron, la súcubo se giró a preguntarle.

—¿Se puede saber qué pasó?

—No lo sé —respondió sincero—, te estaba siguiendo y me desconcentré. Enfrente de nosotros, en lo alto de un árbol, había un demonio espiándonos.

Sin avisar, Verushka cogió el brazo del muchacho y con un rápido movimiento, tiró colocándoselo en el sitio. Se sorprendió cuando Deán no gritó.

—¿No te ha dolido? —le preguntó.

—No. —Él también parecía extrañado—. Apenas lo he notado.

—Tenías un brazo dislocado —dijo más para sí misma que para él—, y cruzaste los diez metros que nos separaban en un santiamén. ¿Cómo lo hiciste?

—No lo sé —respondió confuso—. Solo te vi frente al camión y...

—¡Y qué! —preguntó impaciente.

—Corrí. —Empezó a juguetear nervioso con sus manos—. Tan solo quise correr lo más rápido que pudiese para salvarte y cuando me di cuenta, estaba tumbado contigo en mis brazos. —Su cara mostraba las mismas dudas que tenía ella—. Quizás es que soy más rápido de lo que pensaba.

Aquello no podía ser cierto. Verushka había oído que algunos seres humanos tenían capacidades especiales cuando la adrenalina recorría su sistema nervioso. Pero estaba segura de que la supervelocidad no venía incluida.

Necesitaba caminar. Empezó a ir de una punta a la otra del callejón mientras se concentraba en sus pensamientos. Puede que hubiese personas capaces de correr así de rápidas, pero estaba segura de que Deán no era uno de ellos. Además, hacía menos de una semana no habría aguantado tan estoicamente un brazo dislocado.

A su mente regresó el recuerdo de la forma tan apasionada en que la había besado en clase. Su corazón volvió a acelerarse, pero no se detuvo en ese pensamiento. En su lugar recordó cómo la había levantado desde el suelo hasta la mesa como si no pesase nada.

¿Desde cuándo era tan fuerte?

No se había percatado hasta ahora, pero Deán no era precisamente un Sansón. Algo en él estaba cambiando.

—Quítate la camisa —le ordenó.

—¿Perdona?

La mirada que le echó Verushka acalló cualquier excusa que estuviese a punto de dar. Cuando la súcubo deslizó las manos examinándole cada centímetro de piel en el pecho y la espalda se movió nervioso.

—No te muevas —le pidió.

—Es que me haces cosquillas.

—Pues te aguantas y te quedas quieto. Quítate los pantalones.

El chico se quedó paralizado mientras se sonrojaba.

—No.

—Deán —le amonestó con una mirada de advertencia.

—No.

De un tirón, la chica le arrancó el botón y le bajó los pantalones. Fue tal la impresión, que Deán perdió el equilibrio y se cayó de espaldas al suelo. Desde ahí, lanzó una queja que no pareció surtir efecto.

Verushka ni siquiera le dejó levantarse. Con detenimiento, seguía examinado su piel buscando algo que no le había dicho. Le sacó las zapatillas y los calcetines desoyendo las protestas de su amigo mientras buscaba en sus pies alguna marca.

Fue en el talón derecho donde encontró lo que buscaba. Una pequeña escama verde que no debía medir más de un par de milímetros.

Sin avisarle, le pasó la uña por la planta de los pies provocándole un pequeño corte. Lo sujetó con fuerza impidiendo que se moviese a pesar del grito de sorpresa que lanzó Deán. Con frialdad, pudo ver ante sus propios ojos cómo la herida se cerraba.

—Mierda.

—¿Qué pasa? —la preguntó el muchacho asustado.

La preocupación en él era más que evidente. Verushka le miró analizando lo sincera que debía ser.

—Estás infectado —le miró a la cara preguntándose en qué momento debía de haberle pasado—. La sangre de demonio te ha afectado.

—¿Cómo? —preguntó alarmado.

—¿Has estado cerca de algún ödla?

—¿De algún qué?

Verushka le dejó levantarse y le pidió que se vistiese mientras buscaba en su cerebro la definición más exacta.

—Un ödla, una especie de lagarto gigante muy rápido.

—El que me atacó en el callejón.

Era cierto, lo había olvidado. Pero tras aquella situación le había examinado y no tenía nada de sangre en la boca.

—¿Ha habido algún otro? Haz memoria, es importante.

—Te garantizo que si en algún momento hubiese visto otro lagarto gigante lo recordaría —protestó mientras acaba de atarse la camisa—. Me estás poniendo nervioso. ¿Qué pasa?

—Es que tienes que haber estado cerca de uno.

—De verdad que no. Te lo juro —se defendió.

Cuando se giró, Verushka golpeó la pared con tanta fuerza que hundió su mano en un agujero.

—Si Lukashenko se entera de esto estás perdido. —El chico la miró aterrado sin saber muy bien a que debía tener miedo.

La súcubo lanzó un bufido antes de continuar.

—Es casi un milagro, algo increíble. No solo eres humano, eres un recipiente.

—¿Un recipiente?

—No sé cómo, pero has estado en contacto con sangre de ödla y por algún motivo tu cuerpo la ha asimilado. Eso te ha vuelto más rápido y más resistente al dolor. Incluso te permite regenerar pequeñas heridas.

—Me ha dolido lo que me has hecho en los pies —aludió intentando defenderse.

—Porque me has visto. Estoy segura de que si no hubiese sido así, ni lo habrías notado.

—Vale, soy más rápido, más resistente al dolor y me curo. Eso no es malo —se quedó pensando un segundo—. Quizás eso nos dé la oportunidad que necesitamos para luchar.

—¿Luchar? ¿En serio quieres luchar? ¿Aún sigues con esa tontería metida en tu cabeza? Lukashenko es un ser que ha vivido desde tiempos inmemoriales —intentó explicarle con desgana—; ¿Crees que porque no te duela que te disloquen un hombro no te dolerá que te rompa todos los huesos del cuerpo? ¿Que porque te cures no se reirá mientras te abre surcos en la piel esperando a que se cierren antes de volver a comenzar?

—Sí, pero...

—Sin peros Deán, ha tenido toda la experiencia del infierno para aprender a luchar y torturar todo tipo de seres. —La cara con la que hablaba no podía ser más seria—. Si antes estabas en un lío, ahora estás en peligro. Más vale que no descubra lo que eres.

Aquello no podía estar bien.

—¿Pero qué soy? ¿Qué narices es un recipiente?

—Un arma.

—¿Un arma? ¿Qué tipo de arma?

—No tengo tiempo de explicarlo ahora, vámonos de aquí. Lo más importante es que Lukashenko no descubra lo que eres. Hagas lo que hagas, que no te vea nadie usando tus habilidades.

—¿Y el demonio del árbol?

Verushka se quedó paralizada en el sitio.

—¿Qué demonio?

—Te dije que perdí el equilibrio porque había un demonio espiándonos.

No pudo responder. Lanzó un bufido cabreada por su mala suerte.

—Deán, ¿tú crees en Dios?

—¿Por qué? —respondió el muchacho a la defensiva.

—Para pedirte que reces.

# CAPÍTULO 31

—Te quiero, papá —susurró Adriana besando la mejilla a su padre—. No llegaré tarde, así que nada de traer mujeres a casa después de las cinco.

Aunque era una broma, el gesto ceñudo de la muchacha hizo reír a Lacroixe que sujetó un segundo más de lo necesario aquel cuerpo juvenil contra él.

—No prometo nada —le respondió de buen humor.

La observó alejarse moviendo aquella falda a cuadros contra su cuerpo en lo que le pareció una forma tentadora de retarle hasta que cerró la puerta.

—¿A qué viene esa mala cara? —preguntó mirando al espejo situado a su derecha—. ¿Acaso tú no estabas disfrutando del espectáculo?

—¡Te juro que si la tocas te mataré! —le gritó el verdadero Lacroixe desde el interior de su cabeza—. ¡Te haré pedazos!

Lukashenko se acercó al espejo sonriendo. La imagen, sin embargo, mostraba a un hombre golpeando aquella pared de cristal en un intento desesperado por escapar de la prisión que lo mantenía encerrado.

—¿Cuál es tu problema? —se burló el demonio —¿Acaso no me estoy portando bien?

—¡Devuélveme mi cuerpo, maldito cabrón enfermizo! ¡Devuélveme mi vida!

—¿Quieres que hablemos de tu vida? Tienes una ex esposa que te odia, una hija a la que ves solo algunos días entre semana, un trabajo repugnante del cual están a punto de echarte y eres promiscuo en un intento de llenar el vacío que sientes confundiendo placer con cariño.

—¡No vuelvas a mirar así a mi hija!

—¿Perdón?

—¡Si vuelves a mirarla así...!

—¿Qué harás? ¿Gritarme desde el espejo? —Retrocedió unos  pasos con la expresión cambiada—. Ya sé, cuando consigas recuperar el control de tu cuerpo bajarás al infierno a buscarme para poder arrestarme. Te imagino entrando con una de esas armas tuyas. —Extendió sus dedos en el amago de tener una pistola—. ¡Todo el mundo al suelo, esto es un arresto! ¿Qué te parece?  —le  preguntó  sonriendo—.  Aún  no  conozco  bien  los procedimientos, pero esa televisión que tienes es muy instructiva.

La postura de Lacroixe cambió al otro lado del espejo. Sus hombros cedieron al cansancio, sintiéndose derrotado.

—Por favor, solo quiero recuperar mi vida.

Hastiado, Lukashenko cruzó los brazos lanzando un sonoro suspiro.

—No te vi quejarte tanto con la rubia del otro día. Creo que aunque no lo disfrutaste tanto como yo, te dio morbo mirar. —Su cara ya no era una mueca burlona, en su lugar, una voz fría y calculadora tomó el relevo—. Te voy a dar un consejo. Que sea la última vez que me amenazas. O te aseguro que tu hija conocerá el lado oculto de su padre, como ninguna mujer de las que te has follado hasta ahora ha descubierto. ¿De acuerdo?

Lacroixe no quería, no podía ceder, pero aquel ser no era un matón de tres al cuarto que solo hablase por hablar. Bajó la cabeza apretando sus puños con impotencia.

—De acuerdo —le concedió—. No te molestaré más. Pero te suplico que... —Empezó a difuminarse sobre el espejo cuando Lukashenko le avisó con la mirada de que no debía continuar.

Una vez desapareció, el demonio fue hasta la cocina y se sirvió un vaso con zumo de manzana para brindar por la tranquilidad. Estaría libre de jaquecas el tiempo que aquel maldito humano dejase de gimotear.

La imperiosa necesidad de ir al baño provocaba que le doliese el estómago, pero aún se negaba a desahogarse. El engorro y la humillación de tener que cuidar ese cuerpo le ponía de mal humor.

Ni se inmutó al sentir una corriente de aire a su espalda.

—¿Qué has averiguado? —preguntó sin girarse tomando otro trago.

—Aún no lo ha hecho, hubo un accidente y... —Gelson se quedó sin habla cuando el vaso le golpeó en la cara.

—¡¿Cómo que aún no lo ha hecho?! ¡¿A qué coño está esperando?!

—No lo sé amo. —Se pasó uno de los tentáculos por el hocico donde resbalaba sangre negruzca—. Ella estaba rara. Iba corriendo por la calle cuando...

—¡Me importa una mierda como esté! —le chilló—. Vete a ver al chico. Dile que si no rompe el pacto, mataré a su madre.

—Señor, le dio a la súcubo un plazo, a lo mejor... —Con un movimiento de sus dedos, Lukashenko le envió contra la pared arrancándole un grito.

—¿Te he pedido tu opinión? —Se acercó hasta el pobre mensajero y le cogió del cuello apretándolo—. Te he dado una orden, algo sencillo de cumplir. Tu trabajo consiste en obedecer tan rápido que ya estés en camino con solo pensar lo que necesito. ¿Te ha quedado claro?

Gelson asintió como pudo.

—Así se hará, amo.

Un segundo después había desaparecido. Lukashenko tuvo que buscar otro vaso para servirse más zumo. Iba a ir a la sala a ver la televisión cuando se paró frente al espejo que había en el pasillo y se llevó el vaso a los labios.

—Por cierto, ¿cuándo venía tu hija? —preguntó a la imagen que había reflejada en el fondo brillante de una cazuela en cuyos ojos existía odio y un terror infinitos—. No me mires así, algo tendré que hacer para matar el tiempo. ¿No crees?

Estaba tan habituado a seguir a la pareja que a Gelson no le costó encontrar a su objetivo. Estaba seguro de que conocía todos sus escondites mejor que ellos mismos. Se acomodó en una viga a la sombra del tejado y observó en silencio.

Aún le dolía el hocico del golpe que le había dado Lukashenko. Él no tenía la culpa de que la súcubo se hubiese escapado, no tenía la culpa de que el humano la hubiese invocado y tampoco tenía nada que ver con su manía de quedarse en ese apestoso mundo. Se atrevería a apostar que de todos los integrantes del maldito problema, era el único que había hecho su parte sin errores.

Le pareció extraño oír a Verushka estallar en carcajadas. La distancia no le permitía escuchar de lo que hablaban y eso le dio rabia. No quería que le descubriesen, pero podía ser algo importante y lo mejor sería seguir investigando.

Esa risa era demasiado sospechosa. De ser él el que estuviese en su pellejo, en lugar de reír tendría tanto miedo que no pararía de correr. A lo mejor estaban trazando un plan para... bueno, para algo.

El humano que le había soltado de la pared, hablaba gesticulando sin parar mientras arrancaba más carcajadas a la súcubo. Aún recordaba la sensación tan extraña y cálida que sintió cuando le oyó darle las gracias, aquel lo siento en la misma habitación donde le habían torturado.

Si Lukashenko hubiese descubierto que él les avisó de la llegada de Mardröm, el castigo hubiese sido desproporcionado. Pero no sabía qué tenía aquel chico para que le cayese bien.

No era especialmente hábil, ¿cuántos pelotazos le había visto recibir entrenando en aquel lugar? Tampoco valiente, le había visto huir acobardado cuando aquel otro humano se le enfrentaba. Aunque no le vio dudar cuando se enfrentó al demonio que habitaba en la feria.

Decididamente ese chico era un ser sin par, había que reconocerlo. En un ataque de celos, se confesó que no le hubiese importado ser el demonio elegido para atravesar el portal cuando lo invocó. Tal vez incluso resistiría mejor el mal olor del planeta si también él fuese partícipe de las carcajadas que se oían allí abajo.

También estaba aquel incidente. Había visto a la súcubo bajar la velocidad para que no la perdiese. Pero cuando el camión estuvo a punto de atropellarla, el humano se había movido con una celeridad sorprendente. Casi podía apostar que su deseo había sido súper velocidad, pero entonces ¿por qué no había cogido a Verushka cuando la perseguía? A lo mejor es que delante de los demás fingía ser lento. Había oído de seres humanos con poderes increíbles que llevaban una doble vida ocultando lo que son. No podía estar seguro, aunque de ser así ¿por qué nunca le había visto correr cuando se creía que estaba solo?

Había demasiadas preguntas en el aire, pero solo una era la que más le preocupaba.

¿Por qué no había comunicado algo tan importante a Lukashenko?

Lo del vaso podía servirle de excusa, pero no era la primera vez que alguien le pegaba. Podía haber esperado a que le despachase y darle el dato en ese momento. Entonces, ¿por qué no lo hizo?

Se pasó el tentáculo por el hocico una vez más y saltó de la viga hasta una farola cercana intentando evitar cualquier ruido. A pesar de todo, un imperceptible sonido metálico sonó cuando se agarró al metal. Se quedó rígido mirando a la súcubo, intentando averiguar si había llegado a escucharlo.

Verushka en ningún momento dio muestras de haber sentido nada raro, toda su atención estaba centrada en Deán que no paraba de parlotear. Sin embargo, Gelson, prefirió esperar un par de minutos antes de atreverse a continuar, por si acaso.

Tuvo que agudizar el oído  para ser partícipe de la conversación que estaban teniendo.

—...entonces cuando se dio la vuelta... —Oyó que estaba diciéndole el muchacho—. Descubrió que no me había olvidado. Le había llenado la casa con globos de colores y letreros hechos con rotuladores de colores con el mensaje de feliz cumpleaños mamá en todos ellos.

—¿Y qué dijo ella? —preguntó interesada Verushka.

—Nada, no fue capaz. Se quedó con la boca abierta mientras lo miraba todo sin creerse lo que había hecho. Incluso tenía una tarta de cumpleaños toda rota y fea. Había escrito con nata un «*felicidades*» casi legible. Aunque ahora estoy casi seguro de que sería más un borrón en blanco que una palabra.

A Gelson, la conversación le parecía tan artificial como el sonido de la risa. Al mirarlos, era como si de verdad no les importase estar en el punto de mira de su señor.

Tenían que estar fingiendo. Daba rabia verles así.

—No, ¿de verdad? —Oyó preguntar a Verushka—. A mí es que me parece que después de los primeros doscientos años, el veintisiete de abril pierde la gracia. En especial si estás sola.

—Eso no es posible. Es un día súper importante. ¿Quieres que este año te hagamos una mega fiesta? Te divertirás. Mi madre hace el mejor pastel del mundo. Aunque de momento, ¿qué te parece si te voy dando ya tu regalo?

En sus manos sostenía una cajita, de no más veinte centímetros, envuelta de manera profesional con un papel verde y un lazo azul celeste. El esfuerzo del chico estaba plasmado en su cara por la impaciencia y los nervios con que esperaba que lo abriese.

—¿Es para mí? —preguntó Verushka sin poder creérselo—. ¿En serio?

—Claro. Es un detalle que te compré hace tiempo, pero hasta ahora no tuve la oportunidad de dártelo. —La chica cogió la caja sin saber ni qué decir—. Vamos, ¡Ábrelo! No me hagas sufrir esperando.

Iba a hacerlo, pero se quedó con la boca abierta mirando a Gelson que se había posicionado frente a ella.

—¿Qué haces tú aquí? —le increpó al pequeño demonio.

—He venido a dar un mensaje. Tengo órdenes.

—¡Me importan una mierda tus malditas órdenes! ¡Como vuelva a ver tu fea cara te mato!

Aunque estaba acostumbrado a las amenazas, sus ancas dieron un pequeño salto involuntario hacia atrás al ver la ferocidad con que la súcubo le trataba.

Fue Deán el que la agarró por la muñeca evitando que saltase sobre él.

—Déjale hablar.

—Deán escucha...

—Tan solo deja que diga lo que tiene que decir.

Verushka le miró sin estar segura de si debía acceder o no. Durante un segundo, también Gelson dudó que le hiciese caso. Finalmente lanzó un bufido y se sentó en el suelo.

—Habla, di lo que tengas que decir y vete —le concedió.

Los músculos de sus ancas se movieron inquietos preparados para desaparecer si lo necesitaba.

—Tengo un mensaje para él —dijo señalando a Deán.

El chico le miraba con una sonrisa en la cara.

—Si no rompes el pacto, Lukashenko matará a tu madre.

—¡Maldito bastardo cabrón! —gritó la súcubo poniéndose en pie de un salto—. ¿Quién te crees que eres para amenazarnos?

—Yo no os amenazo —se excusó con sus ojos de cordero—, solo estoy siguiendo las órdenes que me han dado —al menor indicio de problemas iba a saltar y escapar —. Necesito una respuesta.

—¡Que te den por culo! —exclamó la súcubo.

—Necesito una respuesta del humano —enfatizó mirándole.

Verushka se giró. Lo que vio en la cara del muchacho la asustó. Todo asomo de sonrisa había desaparecido, dejando en su piel, pálida y blanquecina, una mueca tanto de sorpresa como de temor ante lo que había escuchado.

Por primera vez desde que se conocían, vio duda en su cara.

Entonces pensó en el lazo tan fuerte que tenían Ivette y él. Suavizó el gesto de su cara y le cogió de las manos. Notaba lo asustado que estaba con el cariz que estaba tomando la historia. No podía culparle por lo que estaba sintiendo y lo que iba a hacer.

—Tranquilo —le susurró, dejando que sus palabras le acariciasen para que pudiesen calmarlo—. No tienes que demostrarme nada. Lo entiendo. Tienes que cuidar de tu madre. Eres el mejor hijo que ha podido desear.

—Necesito una contestación —les interrumpió Gelson.

Ninguno de los dos se dignó en responderle.

Verushka pasó la mano por la cara de Deán y lo sintió como el niño asustado que era. Su piel cálida y suave, agradable al tacto, su respiración entrecortada a causa del esfuerzo de contener las lágrimas.

—No pasa nada Deán, fue bonito mientras duró y todas esas chorradas que se dicen. —Le dirigió una sonrisa comprensiva cuando sus ojos se encontraron, y durante un segundo, el cuerpo tirado de Nerf le pasó por la mente—. Tranquilo, estaré bien. Solo rompe el pacto y olvida lo que ha sucedido.

La tristeza en los ojos del muchacho era infinita.

—No quiero volver a tener miedo. —Apenas se le podía comprender con la voz rota de aguantarse el llanto—. No quiero volver a tener miedo nunca más.

—Tranquilo, lo entiendo. No pasa nada.

—Eres mi amiga... —La lucha moral a la que estaba siendo sometido estaba destrozándole—. No puedo abandonarte.

—Ella es tu madre. —Ya había perdido a su mejor amigo y no podía decírselo, no iba a permitir que muriese también Ivette—. Solo tienes que decir en voz alta, Yo, Deán Anderson, rompo el pacto. Dilo y todo habrá terminado.

El muchacho se pasó la manga de la camisa por la nariz e hizo una sonora aspiración intentando controlar sus temblores. Miró a Verushka con la cara destrozada por el dolor. En ningún momento la muchacha dejó de acariciarle con ternura.

—Yo, Deán Anderson...

Era tal la presión que sentía en el pecho que cayó de rodillas en el suelo.

Verushka se agachó a su lado abrazándole mientras sentía cómo las lágrimas acudían a sus ojos.

—Deán... —No quería que la viese llorar, no podía hacerle eso a él. Tenía que ser fuerte—. Respira, solo respira.

En el abrazo que le dio, sentía el calor de su cuerpo transmitiéndole una sensación de intimidad. Se acercó a su oído y le susurró dándose por vencida mientras las lágrimas llenaban su cara.

—Escúchame, yo estaré bien, siempre he estado bien. Y tú... has aprendido tanto... nunca he estado más orgullosa de nadie. ¿Me oyes? —Le abrazó con más fuerza intentando fundirse con él para siempre—. Eres lo mejor que me ha pasado nunca. ¿Me estás oyendo? Lo mejor.

Se separó de mala gana y le ayudó a levantarse. En su mirada había una determinación que esperaba que le ayudase en el paso que tenía que dar por su propio bien.

—Ahora rompe el pacto y dale un beso enorme a tu madre de mi parte por tener al hijo más maravilloso del mundo.

El chico la miró como si aquella fuese la última vez que pudiese hacerlo.

—Yo, Deán Anderson... —Respiró profundamente mientras miraba a Verushka a los ojos que afirmó con la cabeza, para darle el valor que necesitaba antes de continuar—. Yo, Deán Anderson. No rompo el pacto.

Tanto Gelson como su amiga le miraron con idéntica expresión de asombro mientras la voz del muchacho ganaba fuerza y seguridad al hablar.

—No fallaré a mi amiga y si algo le pasa a mi madre o a alguien que aprecie, dile a Lukashenko que me morderé la lengua tan fuerte que me la arrancaré y tendrá que esperar toda una vida para recuperar a Verushka.

El mensajero, boquiabierto, no sabía si debía reírse ante la amenaza o tomársela en serio. Verushka tampoco sabía cómo debía comportarse y miraba a Deán como si aquella fuese la primera vez que le veía.

—¿Estás seguro? —preguntó Gelson con aquel graznido tan peculiar en él—. Mi señor no es alguien al que se le pueda contradecir o amenazar.

—No, no estoy seguro. Pero sé que no voy a aceptar sus chantajes. Dile que se vaya por donde ha venido. ¿No estáis tan orgullosos de vuestra longevidad? Pues que se siente y espere.

—Esto no le va a gustar nada.

—Sus visitas tampoco son agradables que digamos.

Solo sintió una ligera corriente de aire cuando Gelson desapareció demasiado deprisa como para darle tiempo de arrepentirse.

—Sabes que eso ha sido una completa estupidez por tu parte —le informó Verushka.

—¿Tú crees? Aún me están temblando las piernas.

—De hecho, estoy segura.

—¿Crees que le hará algo a mi madre?

No respondió. Pensó las posibilidades durante unos instantes antes de hablar con voz dudosa, sin dejar de pensar en el viejo dependiente.

—No lo sé. No lleva bien que le respondan, aunque puede que tampoco quiera esperar toda una vida.

—¿Qué podemos hacer?

—Esperar.

Miró el regalo con tristeza y no le pareció el momento idóneo para abrirlo. Lo guardó en su bolso y empezaron a caminar de vuelta a casa.

La ciudad nunca había parecido tan silenciosa como en ese momento.

—¿En serio lo harás? —quiso saber Verushka cuando ya estaban llegando—. ¿Te cortarías la lengua por mí?

—Que descanses —fue la respuesta que recibió con una enigmática sonrisa al dejarla frente a su casa.

—Deán.

Ya se estaba alejando, pero se giró para mirarla con una expresión entre triste y cansado. Estaba hermoso.

—Dime.

—Gracias.

No esperó respuesta. Verushka entró y se apoyó contra la puerta mientras sentía cómo su corazón iba a salirse del pecho. Aquel gesto fue la cosa más bonita que nunca había visto hacer a nadie y mucho menos por ella.

Por desgracia Lukashenko no solo iba a matar a su madre, seguro que también acabaría con él. Nada estaba saliendo como debería. El viaje a este mundo había sido solo un estúpido juego para pasar el rato. Ni siquiera debía haberse enterado nadie. No debería haber sido un problema, todo era culpa de aquel deseo. Si no fuese por eso, habría vuelto a sus cuevas hacía mucho tiempo. Todo estaba yendo mal.

¿Por qué se sentía entonces como si fuese el ser más afortunado de la tierra?


El estruendo que hizo el jarrón al hacerse añicos contra la pared en la que hacía menos de un segundo estaba, sobresaltó a Gelson que se alegró de contar siempre con su velocidad.

—¡Mataré a ese chico! —La arteria se hinchó tanto en el cuello de Lacroixe, que por un momento pareció a punto de explotar—. ¡Le destrozaré! ¡Le destriparé!

Lanzó con fuerza el espejo que había en la pared contra el suelo que al reventar, fue regalando fragmentos por toda la sala.

—Claro señor, se lo merece. —Cuando Lukashenko le dirigió aquella mirada cargada de odio, Gelson se arrepintió de haber abierto la boca.

Pero no era la sangre de un mensajero lo que necesitaba el gran demonio.

Aquel salón era demasiado pequeño para su furia. Así que recogió su cazadora y salió por la puerta con la energía de un volcán. La temperatura en la calle era fría, pero no lo notaba. Todo su ser ardía con rabia ansiando sangre. Algo en su interior pedía a gritos acabar ya con aquel estúpido juego de manera espectacular.

La noche había ido ganando terreno al día permitiendo a las farolas hacer su trabajo. Las personas que se cruzaban con Lacroixe, bajaban la cabeza atemorizadas de los tormentos que sentían en el rostro de aquel hombre. Antes de darse cuenta, sus pies le habían llevado al «*Dorsis*», el pub donde coincidió con la madre de aquel mocoso la otra noche.

Entró.

La suave música le envolvió nada más hacer acto de presencia. Notó cómo los ojos de casi todas las mujeres del bar se quedaban fijos en él a medida que avanzaba. Con el andar de un depredador, atravesó los metros que le separaban de la barra donde descansaba su objetivo.

—La mujer maravilla. ¿Cómo estás? —saludó con el tono de voz más agradable que pudo emitir.

Cuando Ivette se giró, estaba dispuesta a echar a cualquiera de los hombres que la habían entrado esa noche. No esperaba encontrarse de nuevo con aquel misterioso policía francés. Al relajarse, floreció una sonrisa cordial.

—Mucho mejor ahora. ¿Qué tal el día? —La chica sintió una corriente eléctrica cuando al sentarse a su lado, Lacroixe la rozó sin querer.

El detective hizo un gesto al barman para que se acercase.

—Una mimosa y un zumo de manzana en un vaso de whisky —le pidió.

—Tienes buena memoria.

—Cómo olvidarte —añadió con una sonrisa—. ¿Qué tal están tus padres? ¿Y tu hijo?

—No me quejo, he tenido semanas mejores pero por qué negarlo, también peores. —Cuando el camarero le acercó su bebida, le dio un sorbo ligero—. ¿Y tú qué tal has estado? ¿Has venido para intentar olvidar la crueldad que ves a través de tu trabajo?

—No, lo cierto es que entré solo para verte a ti. —Clavó sus ojos con firmeza en ella—. No sabía si tendría esa suerte.

Ivette se removió incómoda en su asiento.

—¿Seguro que no estás a la busca y captura de una de tus rubias? Sé que están a punto de caer por aquí.

—No me gustan las rubias. —Al hablar, las palabras de Lukashenko parecían envolverse a la música para acariciar los oídos—. A mí solo me gustan las mujeres de verdad.

Ivette le miró sin saber qué decir. Su olor, su voz, su cuerpo. Aquel era un conjunto de perfecciones que hacían de él un hombre tan deseable, como imposible de conseguir.

De la impresión, el vaso resbaló entre sus dedos. Cuando el detective, con un movimiento tan veloz que no lo vio, lo agarró en el aire y lo depositó sobre la barra quedó impresionada.

—Gracias —consiguió articular con dificultad.

—¿Tienes algo que hacer esta noche? —Aquella manera de mirarla la tenía atada al taburete—. Prometo que si me acompañas me portaré tan mal que no querrás que me vaya nunca.

El color sonrojado en las mejillas de la mujer, acentuó aún más su belleza.

—Te olvidas de que tengo un hijo que me espera en casa.

—Y yo una hija que hoy duerme en casa de su madre.

La sensualidad que manaba de él era tanta, que quería rendirse. Ivette ni siquiera sabía porque se seguía resistiendo a dejarse arrastrar a donde quisiera llevarla y entregarse a él en cuerpo y alma. Algo le decía que era mejor quedarse allí sentada, donde pudiera controlarse. Quizás se debía a que sus responsabilidades como madre estaban por encima de sus necesidades como mujer.

Al ir a negarse, encontró unos labios que sellaron los suyos. El contacto con su lengua encendió un fuego en su interior que amenazaba con consumirla. ¿Cuánto hacía que no la besaban así? Mejor dicho, ¿cuánto hacía que no la besaban? Su cuerpo chilló en lamentaciones cuando sintió que él se alejaba. Tardó unos segundos en ser consciente de dónde estaba y de que muchas de las miradas del bar estaban clavadas en ella.

— Ha sido increíble —musitó.

—Besar es lo que peor hago. —Sacó un billete y lo puso sobre la mesa.

Cuando el camarero trajo los cambios, los rechazó con un movimiento de cabeza

—Entonces ¿te vienes? —No era una petición, era una orden que la hizo estremecerse de placer.

Ivette aceptó la mano que le estaba ofreciendo y salió impaciente tras él, borracha de sensaciones. La noche que la acogió nunca había sido tan hermosa, las luces de las farolas parecían guiarla en un camino solo para ella. Era como si el momento la hubiese escogido para ser la princesa de un cuento.

Su piel ardió al contacto con los labios de Lacroixe cuando se paró en mitad de la calle para besarla. Echó los brazos por su cuello en un intento de aprisionarlo mientras le invitaba a continuar. Las manos de él en su cintura la agarraban con fuerza, como si temiese que se fuese a escapar. Transmitiendo un mensaje inequívoco. Te perseguiré.

—Tengo un hijo —consiguió articular con una voz llena de dudas y desesperación por tenerle—; no puedo hacer estas tonterías como si fuese una colegiala enamorada.

—No las hagas —señaló Lacroixe sin dejar de besar su cuello—. Detenme, pídeme que pare y lo haré. —Sonrió orgulloso cuando la oyó gemir excitada mientras le agarraba del pelo al contacto de su lengua.

—No puedo. —Intentó decir sin dejar de besarle. Su respiración se aceleraba cada vez más—. Por favor, para. Aquí no podemos, no debemos hacerlo —sintió su cuerpo volar literalmente cuando Lacroixe la levantó en el aire para llevarla al interior de un callejón.

No paró de besarle cuando la puso contra la pared. No sabía qué ocurría, pero ese hombre despertaba un hambre en ella que no sabía que tenía.

—¡Déjame en paz! —gritó alguien a lo lejos.

—Chis —susurró Lacroixe sin detenerse—. No hagas ruido o descubrirán que estamos siendo malos —ambos sonrieron mientras se entregaban el uno al otro.

La voz a lo lejos, volvió a hacerse oír.

—¡Mi padre es policía, déjame en paz!

—Claro bonita. —Se oyó responder—. Solo quiero charlar contigo.

El detective paró, miró hacia la calle y salió del callejón con lentitud.

—¿Qué pasa? —pregunto Ivette sorprendida.

Lacroixe le hizo una seña con la mano de que se quedase callada y se acuclilló mirando fuera del amparo de las sombras. La voz que había gritado, le había resultado levemente familiar.

En el exterior, reconoció a la muchacha básicamente por las piernas bien formadas que tenía. Era Adriana. La seguía un hombre con aspecto descuidado y mala pinta. Debía rondar los cincuenta años y la perseguía con demasiado énfasis en sus pasos.

—¡Por favor, vete! —le pidió la muchacha casi a punto de echarse a llorar.

—Solo quiero saber tu nombre. ¿No podrías decírmelo? Podemos jugar a que yo soy tu papi y tú la niña mala.

Aquel hombre debía pesar unos ciento cuarenta kilos, pero cuando un puñetazo le alcanzó en plena cara, voló con la misma facilidad como si no hubiese pesado nada. Cayó al suelo atontado y con la nariz rota mientras veía avanzar ante él a un gigante.

La patada que le dio Lacroixe en la boca del estómago casi le hace vomitar. La segunda no fue mejor y con la tercera estaba seguro que le había roto alguna costilla.

—¡Papá, para! ¡Lo vas a matar! —Como si no la hubiese oído, se posicionó sobre el hombre y le golpeó la cara con sus puños—. Para, papá, por favor —Adriana retrocedió asustada cuando Lacroixe la miró con unos ojos plateados inhumanos.

Le soltó cuando por fin se dio cuenta de que descargaba su furia con una persona que no se movía. Lanzando un gruñido, el detective se levantó y respiró intentando tranquilizarse. De sus manos goteaba sangre y no sabría decir si era suya o de aquel desgraciado.

—Lacroixe, ¿estás bien? ¿Qué ha pasado? —Ivette, que había salido del callejón, le estaba mirando entre preocupada y asustada de la escena.

Cuando el policía se giró, Adriana se sobresaltó jurando que volvería a encontrar aquella mirada homicida que antes había creído ver, pero se equivocaba.

No podía aventurarse a decir qué había pasado, pero ahora, los ojos de su padre volvían a ser tan humanos como siempre.

—¿¡Se puede saber qué coño hacías tú a estas horas por la calle sola!? —gritó dirigiendo su ira a la pequeña.

—Me enfadé con mamá y le dije que pasaría la noche contigo. —Alzó los hombros y agachó la cabeza en un intento de desaparecer—. Lo siento papá, yo no esperaba que pasase esto.

—¡Nunca, jamás, salgas a estas horas por esta mierda de barrio! ¡Si tienes un problema con tu madre te enfrentas y lo solucionas! ¿Está claro?

—Sí, papá —respondió la muchacha mientras las lágrimas caían bañándole el rostro—, lo siento.

—¿Qué hubiese pasado si no llego a estar aquí? ¿En qué narices estabas pensando?

—Déjala —le pidió Ivette poniéndole la mano en el hombro—. Mírala, está aterrorizada.

Era verdad. Lacroixe tuvo que alejarse unos pasos antes de lograr calmarse. Al cruzar su mirada con el cuerpo tirado del hombre, juró para sus adentros que se las iba a pagar.

—Lo siento Ivette. —Al agarrarla del hombro para acercarla, notó cómo Adriana se ponía tensa con el contacto—. Te presento a mi hija. —La muchacha hizo ademán de saludarla con la cabeza sin saber si debía hablar o romper a llorar—. Espero que me perdones, pero me gustaría llevarla a casa para que se tranquilice. ¿Te parece bien si dejamos nuestra cita para otro momento?

—Sí, claro, no te preocupes.

Ya se estaba alejando cuando al detective se le ocurrió otra pregunta.

—¿Quieres que te acompañe?

—No, vivo cerca de aquí. Tú cuida de tu pequeña. Ya nos veremos en otro momento.

—¿Estás segura? —la mujer asintió—. De acuerdo. Está bien.

Al alejarse, centró la atención en la niña que se acomodaba contra él buscando un hueco en el que sentirse segura. En varias ocasiones estuvo a punto de hacerle tropezar. Había dejado de llorar, aun así se notaba lo mal que debía sentirse.

—¿Estás mejor? —la preguntó.

—No. Vámonos a casa, papá, por favor —suplicó entre gimoteos—, ¿Papá? —Dio un pequeño respingo cuando las manos de su padre la sujetaron de los hombros.

No supo qué le estaba pasando, ni por qué la noche se hacía tan profunda a medida que perdía el conocimiento. Media hora más tarde, Lacroixe la metía en casa llevándola en brazos.

Ni siquiera le preocupaba lo que pudiesen llegar a pensar cuando la ambulancia descubriese en el callejón al pobre hombre.

Los humanos eran predecibles, abrirían una investigación para intentar averiguar lo que había pasado y por qué no le quedaba ni un hueso sano en todo el cuerpo a esa persona. Aunque nunca serían capaces de encontrar al psicópata que le había cortado con tanta habilidad la lengua y los músculos de sus extremidades.

Al depositar a Adriana sobre la cama, sus ojos se desplazaron sin querer hasta el espejo que había allí.

—Gracias —le dijo Lacroixe desde la imagen más allá de la realidad.

Lukashenko hizo un gesto de reconocimiento con la cabeza. Apartó con cariño un mechón que caía sobre la adolescente dormida y pasó la mano por su mejilla. Era preciosa, beso su frente y salió del cuarto en silencio.

# CAPÍTULO 32

En lo más alto de la copa de un árbol, Gelson se entretenía jugando con un pequeño cono que había robado. Ni se le había pasado por la cabeza que los humanos pudiesen llegar a tener algo que le interesase. Pero tras oír a dos mujeres hablando sobre aquel milagro, entró en un supermercado repleto de gente a buscar lo que habían denominado aromatizante. Probó varios de esos productos hasta decidirse por uno llamado Renuzit, que le pareció más llamativo que los demás. Ya no solo por aquella forma de cono que le pareció original, sino que los distintos aromas que tenía le agradaban mucho más que el resto.

Ojalá encontrase algún día al tal Renuzit para darle las gracias por su invento.

Se había atado el pequeño recipiente a una cuerda alrededor del cuello para que la fragancia entrase directamente a sus fosas nasales y le hiciese más cómodo vivir entre los humanos. El olor dulzón de melón, era agradable y adictivo.

Aspiró varias veces sintiéndose mucho mejor ahora que la vida en la tierra era soportable. Desde que había empezado aquella locura, todo habían sido situaciones desagradables y problemas. Lío tras lío en un intento de encajar aquella pequeña travesura de la súcubo.

¿Quién se habría atrevido a imaginar que Mardröm hubiese fallado?

¿Y que Lukashenko en persona hubiese decidido venir a buscarla?

Eran posibilidades remotas y a pesar de todo, habían ocurrido. Por desgracia, eso hacía que el terreno que caminaba fuesen arenas movedizas. Cualquier error por su parte, les serviría de excusa para que se vengasen de la situación a través de él.

Después de todo, la mala suerte con la que nació se negaba a abandonarle.

Examinó la casa de Deán desde lejos, incluso estando seguro de que la súcubo se había ido. Aquel maldito chico, incluso se había atrevido a desafiar a su señor como si tuviese alguna oportunidad. Un humano desafiando a Lukashenko, era la monda.

¿Qué se habría creído? ¿Un Dios? Además ¿qué tenía ese tal Deán Anderson para que incluso Verushka opusiese resistencia a pesar de saber que se iba a enfrentar a un castigo ejemplar cuando regresase?

Porque iba a regresar. De eso estaba seguro. Se llevó el cono a la nariz absorbiendo el olor a melón de manera descuidada.

Desde donde estaba, podía ver al muchacho en la cocina calentándose algo de comer. Gelson tenía órdenes de vigilarle y no acercarse para nada a él. Normalmente eso no habría sido un problema, pero tenía demasiadas preguntas que necesitaban respuestas.

Meditó con cuidado la decisión que estaba a punto de tomar y aunque no era una buena idea, dando una última aspiración a su nuevo juguete, se coló dentro de la casa de un impulso.

—¿Por qué? —preguntó con un graznido sobresaltando a Deán.

El pobre chico ni siquiera supo cómo había logrado no soltar el plato que llevaba en las manos.

—¿De dónde has salido? ¿Qué haces en mi casa? ¿Qué es lo que quieres? —Mentalmente intentó recordar el hechizo para expulsarle, pero estaba demasiado nervioso.

—He salido de la familia Varisom —contestó sin titubear—, he entrado porque sentía curiosidad y tengo que saciarla. ¿Ahora responderás tú a mi pregunta?

—¿Qué pregunta? —Deán se centró en lo que estaba diciendo, intentando superar el miedo y el nerviosismo que le provocaban los demonios.

—¿Por qué?

—¿Por qué, qué?

—Por qué te importa tanto la súcubo. ¿Acaso es porque parece una hembra de las de tu especie? ¿Es eso?

—No entiendo. —Empezó a ponerse rojo cuando la idea de a lo que se estaba refiriendo le vino a la mente—. No, no es solo porque sea una chica, es porque la considero mi amiga. Porque me importa.

—¿Te importa un demonio? Sabes que para ella tú no eres nada ¿verdad? Quizás ahora seas un buen entretenimiento, pero nunca pasarás de ser un mero juguete.

Los humanos morían demasiado pronto para poder cogerles cariño. ¿Cómo podía una especie vivir durante ochenta años y considerarse dignos de recordar? Puede que descubrirlo le causase un shock a Deán, pero la verdad universal era que a ningún demonio le llegaría a importar jamás una persona.

—No lo soy. Le importo. Lo sé. —Los ojos le brillaron al hablar—. El vínculo que compartimos es muy fuerte.

—Solo eres un humano.

Aquellas palabras no estaban destinadas a herir, solo eran una observación de algo obvio. A pesar de eso, notó a Deán encogerse en sí mismo.

—Sí, lo soy.

—Tu vida no es más que un suspiro de la suya.

—Entonces tendré que hacer que merezca la pena. —Dejó sin respuesta a Gelson que analizó aquella frase con seriedad.

Con timidez, Deán le preguntó

—¿Crees que Lukashenko le hará algo a mi madre?

Sin responderle, Gelson se situó sobre la mesa de un brinco. Aunque notó el sobresalto del muchacho cuando lo hizo, reconoció el valor del mismo cuando no se movió.

Extendió con lentitud, para no asustarle, uno de sus tentáculos y lo alargó recorriendo el contorno de su rostro. Aquella era la primera vez que tocaba a alguien. Le agradó descubrir que para lo mal que olían los humanos, eran suaves al tacto.

La sensación pegajosa que dejaba en su cara le parecía a Deán tan desagradable, como restregarse una babosa por la piel. Pero a pesar de eso, no se movió. Se dejó hacer conteniendo sus ganas de correr, gritar o tal vez solo vomitar.

Lanzó un suspiro de alivio cuando dejó de tocarle.

—No sé lo que hará mi señor —le respondió—. Te puedo garantizar que nadie ha osado desafiarle sin arrepentirse. La última vez que le vi, estaba tan furioso que podría hacer cualquier cosa. Aun así, puede que no la mate. Quizás se conforme solo con torturarla.

—¿Quizás? —exclamó Deán horrorizado.

—No me atrevería a apostar, mi amo es alguien muy original cuando le interesa.

—¡Si le hace algo a mi madre...!

—Sí, sí, sí, lo sé —le cortó—. Te arrancarás la lengua de un mordisco. Aunque yo no estoy seguro de que seas capaz, le di tu mensaje. —El chico estaba a punto de echarse a llorar—. Tal vez te salga bien de momento, pero no le detendrá mucho. No soporta cuando alguien le da un ultimátum.

Deán bajó su cabeza con timidez.

—¿Qué más podía hacer? No puedo permitir que se la lleve, me importa demasiado.

—Yo creo que se está quemando.

—No, te garantizo que Verushka lo lleva bien. No la presiono, no la acoso y me aseguro de que siempre sonríe cuando le digo algo. Si solo lo soportase por mí, la sentiría a disgusto y lo sabría.

—No estoy diciendo la súcubo —le informó el mensajero—, sino a tu comida.

—¡Ah!

La sartén a su espalda echaba mucho humo. Tras comprobar que se quedó inservible, tiró la cena de mal humor.

—Perfecto. Mi vida esta genial. No sé si van a matar a mi madre, no sé si voy a poder ayudar a Verushka, mi cena se ha quemado y encima el único que tiene interés por mí, es un pequeño demonio incapaz de ayudarme.

—¿Pequeño?

—Bueno, no eres muy alto —se corrigió titubeando—, aunque seguro que eres muy fuerte y poderoso.

—Te lo garantizo. Podría enfrentarme y vencer al humano más fuerte de vuestro planeta sin ningún tipo de problemas. —Su voz, a pesar de los graznidos, tenía un toque de orgullo herido—. El problema es que mi destreza no está en la fuerza de mis músculos.

—Lo sé, cuando te vi colgado de aquella pared lo noté en tu mirada. No tenías miedo, no querías luchar. Tan solo es algo que aceptaste como normal. Estás acostumbrado a que te traten así, a ser un superviviente que intenta romper la barrera del sonido para poder dejar a todos atrás. Como yo.

—¿Como tú?

—Sí.

Deán sonrió de manera tímida para demostrarle que le entendía.

—Yo no soy un sucio y apestoso humano —respondió Gelson ofendido.

—Estás aquí porque necesitas hablar, porque estás cansado de estar siempre corriendo. Te apetecía descansar y pasar el rato con alguien. ¿Me equivoco?

Nadie respondió, la cocina estaba vacía. Ni siquiera había pestañeado cuando desapareció de su vista. Un ruido en la puerta de entrada le hizo ir corriendo para ver lo que estaba haciendo.

—Hola, cariño —le saludó Ivette dejando su abrigo sobre el sofá del salón—. ¿Qué tal estás?

Cuando el muchacho la abrazó, la dejó paralizada. Había tanto cariño en aquel gesto, que solo pudo extender sus manos y abrazarlo también.

—No sabes lo que me alegra verte mamá. Te quiero.

—¿Qué pasa? ¿Está yendo todo bien? —preguntó preocupada.

—Ahora sí.

La mano de Ivette acarició la cabeza de su pequeño atrayéndole hacía su pecho con más amor del que Gelson había visto en su vida. Espió a la pareja sintiendo envidia.

En el fondo, Deán se equivocaba. No eran exactamente iguales. Después de todo, él tenía a su madre.

Saltó todo lo alto que sus ancas dieron de sí, escapando de aquel lugar. El vacío a sus pies a medida que despegaba del suelo, aumentó el placer que sentía. Extendió sus alas y dejó que la noche le envolviese. Esa oscuridad era la que le había criado, la que le acunó cuando no podía más, la que le acogía sin preguntas ni presiones. Ella era su madre, su compañera y su amiga. Se negó a pensar en nada más mientras perdía el impulso y volvía al suelo, odiando ser un demonio.

El cuarto de Adriana estaba demasiado oscuro para reconocerlo. En un primer momento, la chica no supo bien si estaba en su casa, en casa de su madre o si había pasado algo y aquel era el cuarto de un extraño. Lo que había ocurrido, empezaba a disiparse como si solo fuese un mal sueño o una buena pesadilla.

Los gritos que la habían despertado seguían ahí. No tuvo que concentrarse para recordar los viejos tiempos de casados y reconocer la voz de su madre y su padre discutiendo.

—¡Me importa una mierda lo que ella quiere! Si viene a verte un día que no te toca me la mandas y punto —le estaba gritando Susan—. No quiero tener que venir a tu puta casa nunca más. ¿Te ha quedado claro?

—Si yo lo único que...

—¿Te crees que me importa algo lo que digas? Es mi hija. El juez dictaminó que vivirá conmigo. —La mujer se acercó con paso seguro y le arregló la camisa a su exmarido con una sonrisa cruel—. Te garantizo que mi madre me enseñó a ser mejor zorra fuera que dentro de la cama.

Las manos de Lukashenko empezaron a mover los dedos anticipando la sensación de romperle el cuello a esa bruja. Al mirar al espejo, Lacroixe le hacía señas con las manos rogando por una paciencia de la que no disponía.

—¿Qué pasa mamá? —preguntó Adriana restregándose las legañas de los ojos—. ¿A qué viene tanto grito?

—¿Qué narices te crees que estás haciendo aquí? —La agarró con fuerza de la mano y la arrastró hacia ella—. ¿Sabes el susto que me has dado? ¿Cómo se te ocurre venirte sola a estas horas y no avisarme?

—Ella está bien, está conmigo —añadió Lukashenko intentando echar una mano a la adolescente—. No tienes de qué preocuparte.

Al oírle, la mujer torció el gesto de su cara en una máscara de furia mientras el eco de las paredes repetían sus gritos.

—¡A ti quién te preguntó! Te recuerdo que todos afirman lo buena que soy al permitirte que de vez en cuando la veas. Así que, como sigas tocándome los ovarios, le diré a mi abogado que no sea tan amable como yo.

En el espejo, Lacroixe decía que no con la cabeza. Su frente estaba perlada de sudor y sus nudillos blancos de todo lo que estaba apretando las palmas. El sudor comenzó a resbalarle por la sien a medida que veía cómo el demonio se acercaba a su ex mujer.

—Estoy teniendo mucha paciencia contigo. —Su voz, aunque apenas era un susurro, se tornó peligrosa—. No me hagas enfadar.

La risotada de la mujer no pudo sonar más mezquina.

—Mira, a mí no me vengas con amenazas tontas ni susurros estúpidos. Te recuerdo que estuve casada contigo y conozco todos tus trucos de policía. Así que esas miraditas y amenazas, dedícalas a quien le importe. Por mí, si quieres, puedes irte a la mierda, pero mantén tus manos lejos de mi hija los días que no te toca. ¡Adriana, nos vamos!

—Sí, mamá.

—Adriana vete al cuarto —le pidió Lukashenko sin levantar la voz.

La niña pareció dudar hasta que vio los ojos de su padre y obedeció.

—Adriana he dicho que nos vamos. ¡Ahora! —Fue inútil, la adolescente cerró la puerta dando un portazo—. ¡De qué coño vas! —al girarse y clavar el dedo índice en el pecho de Lacroixe, lo notó más fuerte y duro de lo que recordaba.

—¡A mí no me toques!

El movimiento que la lanzó contra la pared fue tan rápido, que ni lo vio venir. Se quedó paralizada mientras el que había sido su marido la sujetaba sin ningún esfuerzo

—Ahora escucha con mucha atención. Si vuelves a tocarme te mato, si vuelves a gritarme te mato, si vuelves a contradecirme te mato y si vuelves a tratar mal a la niña te haré daño. Mucho daño. ¿Te ha quedado claro? —La forma en que se movió, la manera de dirigirse a ella, la seguridad en sus palabras al hablar, le hizo entender que aquello no era un farol. Iba a matarla—. ¡Te he hecho una pregunta!

—Sí —consiguió articular.

—Muy bien.

Ni siquiera opuso resistencia cuando la lengua de su exmarido invadió el interior de su boca asombrándose al responder con más fuerza y excitación de la que esperaba. Por algún motivo que no llegaba a comprender, ansiaba que la tomase. Que la hiciese suya ahí mismo.

Un gemido escapó de sus labios cuando sintió cómo con sus manos recorría el contorno de sus pechos en el interior de su blusa y no le importó. La respiración se le aceleraba a medida que su cuerpo se llenaba de un fuego que nunca había sentido con ningún hombre.

Oyó que le decía algo, pero su cerebro no llegaba a procesar la información. La realidad había quedado desplazada y solo podía concentrarse en la urgencia con la que su piel ardía. No necesitaba conocer los detalles de lo que le estaba diciendo, siempre haría lo que le pidiese, así que solo había una respuesta posible a lo que sea que preguntase.

—Sí...

Pasaron dos horas antes de que los golpes por la casa cediesen y Adriana pudiese apagar la música que había puesto a todo volumen para dejar de escuchar unos gritos muy diferentes a los primeros.


—¿Ves cómo hablando se entiende la gente? —comentó Lukashenko.

Su pecho musculoso estaba empapado en sudor mientras ella aún le acariciaba

—Ahora irás a ver a la niña y la harás sentirse la chica más afortunada del planeta. Deja el papel de bruja para tu cita de los jueves.

La empujó hacía el suelo donde descansaba el montón de ropa que momentos antes la cubría.

Aunque una parte de su cerebro hubiese querido protestar por la forma en que la empujó, su cuerpo reaccionó al sentir el contacto de aquel hombre volviéndose a excitar. Se cuidó mucho de abrir la boca.

Susan se vistió deleitándose con la forma tan voraz con la que él la estaba mirando. Antes de entrar en la habitación de su hija, llamó a la puerta por primera vez en su vida mientras no le quitaba ojo a Lacroixe.

—Adriana cariño. Despídete de tu padre, nos vamos.

Si la pequeña notó cómo le tembló la voz, no pareció importarle gran cosa.

—¿Ya habéis acabado de discutir?

Aunque la pregunta había sido hecha para su madre, fue Lacroixe el que la respondió.

—Tu madre y yo no discutimos cariño, intercambiamos ideas sobre una mejor educación de pareja y hacia ti. Ya verás cómo no tienes más problemas con ninguno. Si no, solo tienes que decírmelo para que no se repita.

Susan notó la amenaza velada en ese comentario. Acarició la cabeza de su hija prometiéndose no olvidar lo peligroso que sería tratarla mal.

Adriana acompañó a su madre por el pasillo hacía la salida. Pero antes de cruzar la puerta, retrocedió pillando desprevenido a Lukashenko cuando le abrazó.

—Te quiero. Nunca lo olvides. Gracias, papá.

El demonio no supo qué decir. Se quedó helado mientras aquellos bracitos rodeaban su cintura. No reaccionó hasta que ambas mujeres se fueron. Aún seguía con la boca abierta cuando se dirigió al espejo.

—No me extraña que te casaras con ella. Toda una fiera salvaje.

—Tiene carácter —respondió Lacroixe que había analizado todo lo que había visto sin saber cómo debía sentirse—. Gracias por no matarla.

—¿Carácter? Pocos de mis demonios tienen tanto veneno como el que es capaz de lanzar con esa lengua. De todas formas, no creo que te dé más que satisfacciones de hoy en adelante —Aquello provocó que la imagen en el espejo empezara a reírse hasta que casi se ahogó.

—Lukashenko, ¿puedo llamarte así? —Esperó paciente hasta que afirmó con la cabeza—. ¿Puedo preguntarte por qué me escogiste a mí?

El demonio miró al reflejo con curiosidad. No compartía el odio que sus congéneres sentían por la raza humana. Aunque se sentía mal por tener que cuidar ese cuerpo, al mirar a Lacroixe se dio cuenta de la clase de hombre que era.

—Lo necesito.

—Sí, eso lo entiendo, pero ¿para qué?

—Mi cuerpo sigue en el infierno, en la fortaleza donde vivo. No puedo dejar mi reino y venir a este mundo a voluntad, así que te cogí prestado mientras mi verdadero yo sigue allí dirigiéndolo todo.

—Así que simplemente me tocó ser el taxista.

—Sí, supongo que sí —afirmó sonriendo—. No te preocupes. Cuando termine con lo que tengo que hacer, te devolveré tu vida.

—¿Y si descubren lo que le pasó a las personas a las que te he visto matar?

—Supongo que te tocará pagar por ello.

—Pero yo no he hecho nada, estaba de vacaciones. Todo lo has hecho tú.

—¿Hubieses preferido que no protegiese a tu hija? —La imagen de Lacroixe se encogió—. Sí, eso suponía.

—¡Lukashenko! —gritó el policía cuando se estaba dando la vuelta. Aún se le hacía extraño verse a sí mismo y saber que era otra persona—. Gracias por salvarla.

No le respondió. No hizo falta. Él estaba dentro de su cabeza y supo, que apreció el detalle.

# CAPÍTULO 33

A veces nos levantamos de la cama e ignoramos que ese día la historia va a cambiar. Que la suerte, siempre caprichosa, abandona nuestra cama en busca de un nuevo amante.

Esa fue la razón por la que Verushka salió a saludar al sol desde el tejado de su casa. Que le permitiese, en su último día en la tierra, que la acariciase con su cálido abrazo.

La sensación de quedarse quieta observando cómo la luz se abría paso derrotando a la oscuridad, era placentera. Parecía que cada mañana el astro rey se esmeraba en demostrar al mundo que no importaba que tan oscura fuese la noche, que pasase lo que pasase siempre habría esperanza.

No hacía ni un mes que estaba ahí y ya le tenía más cariño a este mundo, del que nunca había sentido por el suyo. La tranquilidad, los olores, el chocolate, la belleza, la diversidad... Puede que fuese su mitad humana la que hablaba a través de sus pensamientos, pero se sentía más plena de lo que había sido nunca en las profundidades de sus queridas cuevas.

En sus primeros años allí abajo, había aprendido a conformarse con esas pequeñas cosas que la llenaban. Comer un día era una celebración que suplía el día que no conseguía nada. La soledad era el regalo por los días en los que había estado rodeada. Hacerse daño era sinónimo de que aún estaba viva...

Aquí, sin embargo, todo era diferente. En este mundo estaba rodeada de magia y sensaciones placenteras a todas horas. Desde el calor del sol, el olor de las flores, el sonido de la música, el sabor del chocolate, el tacto de Deán. Se sobresaltó cuando aquel nombre se coló en sus pensamientos. ¿Qué narices pintaba en su cabeza desde tan temprano? ¿Es que no podía estar a solas ni en el tejado de su casa?

Aquel chico parecía tener una capacidad especial para sorprenderla en todas partes. Parecía que fue ayer cuando decidió acudir a su llamada en un intento de romper su monotonía. Ni siquiera sabía lo que iba a encontrar cuando decidió entrar a este mundo. ¿Cuánto tiempo había pasado desde entonces?

—Pero qué tonto eres — dijo las palabras al viento esperando que él pudiese llegar a comprender lo que sentía.

Sonrió con nostalgia al recordar su cara la primera vez que la vio desnuda en su cocina. El sol estaba demasiado hermoso en aquel cielo perpetuo y quizás era por eso que la asaltaron las ganas de llorar. Aquel chico con una sonrisa y varios ojos morados, había logrado meterse más adentro de su coraza de lo que había creído posible y ahora... ahora iba a perderlo.

La tristeza la golpeó como un puñetazo en la boca del estómago dejándola sin aire. No, de un puñetazo se repondría rápido y reaccionaría en consecuencia, esto era diferente. Más duro de soportar. Aún no estaba segura de si era su mitad humana la culpable de las sensaciones que este mundo estaba despertando, de lo que sí estaba segura era de que no podía luchar contra ellas.

Aspiró el aire con fuerza. Estaba harta de sentirse triste. Era una luchadora y por lo menos recordaba que aún había una cosa que la mantenía contenta. Se levantó del tejado y se sacudió los pantalones vaqueros ajustados que llevaba. Recogió la mochila y se la colgó en los dos hombros. Desde allí, la vista era impresionante. Toda la ciudad dormía a sus pies, aguardando el momento para despertar y llenarse de vida. Nadie la veía.

Lanzando un bufido, tomó impulso y corrió hasta el borde del tejado saltando con todas sus fuerzas. El suelo estaba a tres metros por debajo de ella y la sensación de ingravidez la liberó de la carga emocional que estaba arrastrando.

Cayó sin un ruido. Su cuerpo estaba acostumbrado a ese tipo de movimientos y ni siquiera fue consciente de haberse detenido una milésima de segundo antes de volver a correr. Apoyando un pie sobre la verja de su vecino y con el impulso, saltó el jardín hasta caer fuera de su propiedad sin esforzarse. Pocas cosas en la vida podían compararse a la sensación de volar.

Se movía con pasos silenciosos pero veloces. Estaba convencida de que nadie sabría que un ser del averno corría libre por la ciudad de New York. Aquel pensamiento le hizo gracia. A su entender, consideraba que últimamente las criaturas del infierno que frecuentaban esta ciudad se habían multiplicado.

Los problemas que habían tenido desde que comenzaron su aventura, habían aumentado exponencialmente cada día. Pero por una vez, estaba convencida de que podría con todos. Con Deán a su lado, nada podía salir mal.

Ni siquiera había empezado a sudar cuando llegó a la cafetería donde Valeria atendía las mesas con gran diligencia. Se la quedó mirando recordando el primer día que la vio. Aquel día estuvo tentada de conseguir su alma a cambio del deseo frustrado de ser una modelo famosa. Quizás lo hubiese hecho, de no haber probado antes su chocolate. En lugar de robarle el alma, volvió al día siguiente a ver cómo estaba; ella y su chocolate. Y al otro, y al siguiente. Se dio miles de excusas hasta reconocer que le faltaba algo si no iba a verla todos los días.

—¿Qué quieres que te ponga? —preguntó Valeria cuando su amiga entró a la cafetería—. ¿Lo de siempre?

—Sí, pero ración doble. ¡Ah! Y con nata, que hoy necesito energía extra y buen humor.

—Seguro que así tienes un día dulce. ¿Algo más?

La sonrisa de Verushka iluminó sus facciones.

—¿Podrías echarle también un poco de la cosa esa marrón que le pones? Le da muy buen sabor.

—¿Canela?

—Sí, eso. Hoy va a ser un día especial.

Apretó el asa de la mochila donde había guardado su regalo como un tesoro para poder abrirlo delante de Deán.

Un cliente que la miraba, le dedicó un brindis con su café al que ella premió con una tímida sonrisa.

—¿Puedo preguntarte a qué se debe el derroche de buen humor tan temprano? —le preguntó Valeria cuando le trajo el chocolate caliente.

Verushka disfrutó de la placentera sensación que inundó su cuerpo cuando tomó un sorbo.

—Me gusta el mundo. Puedo imaginarme una vida aquí.

—¿Dónde iba a ser si no? —preguntó con un ligero tono de burla.

—¿Somos amigas?

La pregunta fue tan directa que la camarera se sorprendió un poco al escucharla.

—Sí, claro. Somos amigas. —La súcubo la estaba mirando a los ojos con tanta atención, que se puso nerviosa—. ¿A qué viene eso?

—No estaba segura. Nunca he tenido ninguna y sentía curiosidad por saber qué se siente.

—¿Y qué se siente? —la preguntó.

—Me gusta. Es agradable.

Valeria sonrió.

—Somos amigas —le confirmó—. Una amiga además que prepara un chocolate estupendo —ratificándoselo, Verushka tomó otro trago—. Dame un minuto —le pidió cuando un cliente levantó la mano.

Por lo menos, el demonio que se acercó a Verushka había tenido la paciencia de esperar hasta que su amiga se alejó. Estaba convencida de que debía darle las gracias, no todos habrían tenido esa deferencia. Tomó otro sorbo de chocolate intentando guardar en su memoria el sabor.

—Supongo que no podré acabarlo —le preguntó.

—No, tengo órdenes. Acompáñame.

En la puerta, cuatro personas que no tenían nada de humanos, esperaban impacientes. Tomó otro sorbo antes de dejar la taza en la barra. Su parte demoníaca le decía que esto era una de esas pequeñas cosas que debían alegrarla el día. Un chocolate caliente, que los demonios que habían venido a buscarla no hubiesen hecho una carnicería, que cuando saliese por la puerta Valeria seguiría pudiendo abrir al día siguiente y que el sol continuaría calentando el mundo, aunque no pudiese verlo desde su tejado.

Sobre el mostrador, dejó un billete de veinte dólares como propina. Levantó la mano a modo de saludo cuando su amiga la miró e intentó que la sonrisa que mostraba ocultase el dolor que sentía cuando echó un último vistazo antes de irse.

Las clases no eran lo mismo sin Verushka. No había acudido a su cita de todas las mañanas y ahora faltaba a clase sin haberle avisado. Deán aún no sabía si debía empezar a preocuparse o no, pero era incapaz de dejar de mirar el hueco vacío en su pupitre preguntándose dónde podría estar.

Pocas veces, las clases habían pasado con la lentitud de aquel día. Cuando terminó, fue más costumbre que otra cosa lo que le hizo quedarse recogiendo sus cosas en el aula.

El paso de unos tacones le hizo levantar la vista hacia unas piernas increíbles. A medida que sus ojos ascendían por aquel escultural cuerpo de mujer, se encontró con un vestido negro ceñido que resaltaba el cuerpo perfecto de Angelina Jolie. Tenía una sonrisa cautivadora.

—¿Te gusta? —preguntó, lanzando un graznido al hablar—. He estado estudiando la manera en la que las humanas caminan y creo que lo hago mejor que la mayoría. Cuando paso por algún sitio, todos se quedan sin habla señalándome. ¿Tú qué opinas?

Tardó unos segundos en responder. Deán le estaba mirando de arriba abajo anonadado.

—¿Gelson? —preguntó dudando —¿Eres tú?

—¿Qué te parece? —Quiso saber mientras daba una vuelta sobre sí mismo para mostrar los cambios que había conseguido—. Creo que me he superado a mí mismo. Impresiono tanto, que solo con ir por la calle ya me piden que les firme papeles o me sacan fotos para recordarme.

—Sí, a mí también me has dejado sin palabras. —Como para no—. ¿Te ha visto alguno de mis compañeros?

Angelina puso una mueca como si la hubiese ofendido.

—¿Por quién me tomas? A mí nadie me ve si yo no quiero.

—Yo te vi. Es más, hasta te dejé fuera de sentido.

—Me sorprendiste a traición cuando os ayudé. Además ¿en serio quieres que te recuerde las caricias tan hermosas que me dedicó tu novia con aquel despliegue de valor? —El recuerdo de cómo Verushka le había torturado, a pesar de haberles salvado la vida, hizo sentirse mal al muchacho que bajó la cabeza—. Sí, eso me parecía.

—Se me hace raro verte así. —Nadie podría imaginar que tras esa mujer impresionante, estaba el cuerpo de un conejo, una cabeza de borrego y eso sin contar las extremidades tan peculiares de las que disponía.

Gelson pareció que iba a responder cuando se giró, dando la impresión de estar oyendo algo.

—Escúchame. —La voz del demonio tenía un leve rastro de miedo y urgencia—. Van a venir unas personas a por ti. Bueno, supongo que te imaginarás que no son solo personas. Los envía Lukashenko, no tienes ninguna posibilidad de resistirte así que no lo intentes. Solo déjate arrastrar y termina con esto por tu bien.

—Pero...

Se quedó con la palabra en la boca. En aquella habitación no había nadie.

—¿Deán Anderson?

El hombre que había entrado debía rondar los cuarenta años. Vestía un traje negro con una corbata gris sobre una blusa blanca. Su cuerpo era demasiado grande y daba la impresión de que estaba aprisionado por la ropa. Era como si con el menor movimiento de sus músculos, la pudiese llegar a romper.

Lo que más le llamó la atención sobre él era la frialdad de esos ojos negros que lo examinaban todo. Junto a él, se posicionaron lo que parecieron dos copias exactas del mismo sujeto.

—Soy yo —les respondió.

—Acompáñanos. —No le dieron opción a negarse, se movieron a la vez con un andar agresivo sin mirar siquiera si les seguía.

Era lo que le había advertido Gelson. Había conseguido librarse mil veces de los matones perdiéndolos entre los pasillos del colegio y estaba seguro de que podría hacer lo mismo con estos demonios. Después, solo sería cuestión de buscar a Verushka y librarse de ellos como habían hecho hasta ahora.

Era una posibilidad, aunque la advertencia seguía flotando en su consciencia de manera visible. Tras dudar un segundo, decidió dejar su mochila en clase e ir tras ellos.

Parecían demasiado grandes para ser más rápidos que él, pero llevar peso innecesario en sus hombros solo le restaría oportunidades si al final decidía escapar.

Al seguirles por el patio, se dio cuenta de que eran tres depredadores moviéndose entre adolescentes. La gente se apartaba de ellos como si fuesen a ser aplastados. De hecho, así era. Posiblemente si alguien se interponía en su camino, pagaría caro su atrevimiento.

A pesar del peligro de la situación sonrió cuando vio a Carlos, como tantos otros, apartarse del medio ante aquellos desconocidos. Cuando sus ojos se encontraron, no supo por qué, pero levantó la mano derecha y le dijo adiós.

Frente a la puerta del colegio les esperaba un Hummer, el famoso coche que antes solo usaba el gobierno. Tenía un color amarillo fosforito que llamaba la atención más que ellos.

—¿No teníais nada más feo? —preguntó Deán.

—Entra.

No le dio tiempo a obedecer cuando, de un empujón, lo metieron al interior del auto.

—¡Tened cuidado! —Cuando uno de aquellos gigantes se sentó a su lado y le miró con furia, toda su piel se erizó—. Por favor.

—Si vuelves a abrir la boca te arranco la lengua.

Estuvo tentado de añadir que si le arrancaba la lengua no podría romper el pacto y que Lukashenko se enfadaría con ellos, pero estaba seguro de que esos simpáticos demonios no gozaban de sentido del humor.

No llevaban más que unos minutos conduciendo cuando Deán sintió el frenazo. Se bajaron dos de los tres gemelos y le indicaron, de mala manera, que los siguiese por una zona de la ciudad bastante familiar.

—¡Es la tienda de Nerf! —gritó cuando se dio cuenta de donde estaba.

No respondieron. Solo se ganó un empujón extra para que avanzase más rápido.

Las campanas de la entrada sonaron anunciando que ya habían llegado. Tras el mostrador, en lugar de encontrar a su viejo amigo, Lukashenko estaba mirando una de las viejas revistas que había por ahí.

—Así que has decidido honrarnos con tu visita. —La nota de ironía en la voz del demonio era patente—. No sabes lo mucho que me gusta verte. A pesar de los problemas que me estás ocasionando.

—¿Dónde está Nerf? —le preguntó.

—Dónde esta Nerf, dónde está Verushka, dónde está mi madre. ¿Nunca te han dicho que tu vida está llena de problemas con desapariciones?

—Solo desde que te conozco.

Lukashenko saltó por encima del mostrador sin esfuerzo y se plantó ante él antes de que se diese cuenta.

—Tú eres el mocoso que anda jugando con demonios, no te olvides. ¿Por qué otros tienen que pagar por lo que tú has hecho? Mi paciencia tiene un límite, rompe el pacto y acabemos con esto. —Movió sus manos impacientes por romper el cuello al muchacho que miraba de izquierda a derecha sin decir nada—. Adelante, estoy esperando.

—¡Dónde está Nerf! —exigió saber Deán.

No sabría explicar si el golpe vino de la izquierda o de la derecha, solo sintió el impacto. Si uno de los demonios no le hubiese sujetado por la espalda, habría salido volando.

El dolor que despertó en su labio a medida que escapaba un hilillo de sangre, era atroz. Tenía ganas de chillar, ganas de llorar, pero aquellos seres no eran como Carlos. Ellos no iban a contentarse con unas pocas lágrimas. Querían algo más.

—Tu amigo Nerf está muerto —susurró Lukashenko inclinándose para hablarle al oído—, como lo estarás tú dentro de poco. Aunque también puedes salir indemne. Solo tienes que hacer algo por mí. Rompe el pacto.

El golpe no le causó tanto impacto como esas palabras. Las lágrimas se acumularon en sus ojos y empezaron a resbalar sin poder hacer nada para detenerlas. Lukashenko se quedó mirando a uno de los demonios que se encogió de hombros sin comprender por qué estaba llorando el muchacho.

—¡Maldito cabrón gilipollas! —Deán movió su cuerpo con toda su fuerza hacia el policía desprendiéndose del monstruo que le sujetaba con asombrosa facilidad—. ¡Te voy a matar!

En su forma demoníaca, Lukashenko no hubiese notado la fuerza del golpe que le dio el muchacho en la mandíbula. Pero como humano, no solo lo sintió, sino que salió despedido hasta chocar contra el mostrador.

Deán corrió hasta ponerse encima de él y le dio otros dos puñetazos en la cara antes de que los dos demonios pudiesen reaccionar y le sujetasen.

—¡¿Qué coño os pasa?! —gritó Lukashenko.

—Lo siento señor, ha sido muy rápido. —A medida que hablaba, la cabeza del secuaz empezó a sacar humo—. Por favor señor, no volverá a pasar.

Ante el asombro de Deán, uno de los mastodontes le soltó chillando histérico mientras su cuerpo parecía derretirse ante sus ojos. De él, no quedó más que un charco sanguinolento en el suelo.

Lukashenko centró otra vez su mirada en el muchacho con un odio tan voraz, que amenazaba con consumirlo.

—Ni se te ocurra morirte —le recomendó justo antes de golpearle.

El puñetazo lanzó a Deán, y al ser que le sujetaba contra la pared.

—Joder, que gusto. Zerks, ¿quieres probar? A lo mejor consigues que se rinda —sugirió Lukashenko.

Deán gimió de dolor.

El demonio que había caído con él, respondió desde el suelo.

—Sí, señor, será un placer. —Al levantarse, agarró a Deán por el pelo mientras subía la rodilla para romperle la nariz.

—¿Qué tal? ¿Te sientes mejor? —le preguntó Lukashenko riéndose.

—Sí, señor, es relajante —le respondió antes de volver a golpearle.

La explosión de dolor que inundó la cara de Deán amenazó con consumirle. El golpe ni siquiera le permitió llorar como era su costumbre en estas situaciones.

Le costaba respirar y aunque hacía el amago, no conseguía coger esa primera bocanada. Pudo ver cómo el demonio sonreía cuando hundió su puño en su pecho. De pronto, expulsó todo el aire que tenía retenido mientras la sangre de su nariz corría por su rostro. Levantó la cara para ver cómo le daban otro puñetazo en la mejilla que chocó su cabeza contra el suelo arrancándole un gemido.

*«Para de gimotear y déjame esta parte a mí.»*

Aunque la voz de su cabeza la había oído mil veces, en pocas había notado la urgencia y la necesidad que tenía ahora.

—No fé cómo haferlo —la intentó responder de manera casi incompresible.

Zerks le agarró de la camisa y levantando la parte superior de su torso le colgó a unos pocos centímetros de su cara.

—¿Qué estás diciendo? ¿Ya has entrado en razón? —Al ver que el muchacho no le respondía, volvió a golpearla la cara sin parar—. Vamos mequetrefe ¡Rompe el pacto de una vez!

Estaba a punto de perder la consciencia. Aun así, en su cerebro, le asaltó el comentario burlón de pedirle que, por favor, no le escupiese al hablar. Que le parecía asqueroso.

Pero no fue capaz de decir nada mientras todo se volvía negro.

*«Relájate, confía en mí.»*

Le gustaría relajarse, si no fuera porque un demonio se había empecinado en matarlo a golpes. Invariablemente le hizo gracia el recuerdo de que siempre supo que algún día moriría por una paliza mal dada.

*«Relájate, estoy aquí. Siempre he estado aquí.»*

A su alrededor fue como si todo se detuviese. El brazo del demonio no bajó a pesar de tenerlo levantado y a punto. Ni siquiera Lukashenko se movía de aquella pose de frialdad con la que le miraba.

Quiso decir algo, incluso llegó a abrir la boca, pero no consiguió articular sonido alguno.

*«Solo piensa, no hace falta que me hables, solo escucha las palabras que quieras usar y saldrán por sí solas.»*

Le costó varios intentos antes de poder conseguir algo.

—Qon weres.

*«Creo que lo que intentas preguntarme es que quién soy. Tan solo una parte de ti mismo.»*

—Onde toy.

Era la tienda de Nerf, pero no parecía estar en el mismo sitio. No sabía decir por qué, pero notaba algo raro.

*«No tenemos tiempo para esto, Deán. Van a matarte, déjame coger las riendas de la situación. Puedo ayudarte.»*

—No.

*«Sé lo que piensas, no aguantarás el dolor. Permíteme ser tu fuerza.»*

—No.

La voz sonó sorprendida en su cabeza

*«¿Por qué no? No tienes que pasar tú solo por esto.»*

—Se lo erece, joer, ella se merece que sea yo quien pase por esto.

Durante un segundo nadie respondió, pero oyó una última frase antes de que el tiempo volviese a su cauce.

*«No les permitas verte derrotado.»*

La voz se calló mientras golpe a golpe, el puño del demonio descendía marcándole la cara.

—¡Maldito desgraciado! —El grito penetró en sus tímpanos provocándole un dolor punzante en la cabeza—. ¿No te das cuenta de que no vas a aguantar?

El aspecto deplorable de Deán, reafirmaba de por sí el comentario. Tanto los pantalones como la camisa, estaban rotos debida a la fuerte paliza que estaba recibiendo. Sus ojos, amoratados e hinchados, eran incapaces de enfocar y al hablar, sus labios rotos le hacían saber el precio de cada sílaba que pronunciaba.

Como si eso fuesen minucias que no requiriesen el esfuerzo que estaba realizando, procuró dar a su voz un toque de humor.

—Si pegas como una niña pequeña. —El dolor le arrancó un gemido que intentó disimular—. Creo que incluso mi abuela me acariciaba con más ganas cuando me ve.

El golpe no se hizo esperar. Su cuerpo se estrelló contra la pared al otro lado de la habitación clavándole las baldas en su espalda. Deseó morir, pero sabía que no tendría tanta suerte. Al caer al suelo, se llevó consigo los libros y utensilios que segundos antes habían descansado entre las estanterías.

El grito de la chica fue lo que le impidió perder el conocimiento. Su cabeza giró hasta encontrarse con ella. Ahí estaba. Siempre hermosa. Siempre bella. Frunció el ceño al ser incapaz de comprender por qué su mirada implorante estaba llena de lágrimas.

—Por favor —suplicó Verushka—. Ríndete Deán, por favor.

El muchacho levantó la cabeza, apoyó una de sus manos en el suelo resbalando con su propia sangre. Las fuerzas le fallaron pero volvió a intentarlo. Él, menos que nadie, quería ser un héroe. Su vida siempre había consistido en ser lo bastante rápido como para que los problemas no le alcanzasen.

Le pareció increíble cuando fue capaz de mover su cuerpo, paso tras paso, hasta su agresor. Tuvo que ladear la cabeza intentando que sus ojos captasen la imagen.

—Perdóname —pidió—. Retiro lo dicho. No te enfades conmigo, en el fondo sé que no pegas como una niña. ¡Ellas me hacen más daño!

Cerró los ojos anticipando el golpe que iba a darle, que a pesar de todo no llegó. Aquello no podía ser bueno. Escupió en el suelo dejando una mancha roja en el sitio.

—¡Reconozco que tienes agallas! —La voz fuerte y segura de Lukashenko, llenó toda la habitación con su energía—. Muchos ya habrían desistido. Te recomiendo que aceptes mi oferta, total, ¿qué más te da perder algo si puedes obtener una sustanciosa recompensa?

—Puedes torturarme —gritó Deán, a pesar del dolor que le producía el hablar—; pero no puedes matarme. Creo que eso nos deja en tablas. ¿Qué te parece si nos dejas en paz y te vas por donde has venido?

El hombre se acercó a él. Con su cazadora de cuero desgastada, sus pantalones vaqueros y aquel pelo castaño, se le podía describir como una persona, por lo menos hasta llegar a sus ojos. Toda humanidad moría en aquella mirada. Avanzó con la seguridad de un tigre en su hábitat natural.

—Llevo tanto tiempo en este negocio, que no sabes la alegría que me produce encontrar a alguien con tu perseverancia. —Amplió la sonrisa que vestía su cara ante el valor desplegado por el muchacho—. ¿Estás seguro de que es lo que quieres? Incluso la muerte no será solo un deseo, sino la más bella de las liberaciones. Un placer tan exquisito, que no volverás a querer nada con tanta ansia ni desesperación una vez empiece contigo.

No era una amenaza vacía, era una promesa. Inconscientemente, Deán notó un temblor recorriendo su cuerpo. Miró a la chica una última vez que le hacía señas con la cabeza para que se rindiese.

—¡Empieza cuando quieras! —le desafió aquel muchacho aspirante a hombre, demostrando una nobleza que el demonio estaba deseando destruir—. No te tengo miedo.

Fue en el cerebro donde sintió el calor. Pasó de una ligera quemazón a un dolor extremo en dos segundos. Se sujetó la cabeza en un intento por detenerlo, de calmarlo por lo menos. Los gritos llenaron la tienda.

—¡Vas a matarlo! —gritó Verushka.

—No —comunicó Lukashenko—, solo voy a hacerle sufrir.

—Por favor, para.

—¿Acaso te importa él? —La súcubo no respondió, bajó la cabeza y miró al humano que la había invocado unas semanas atrás—. Ya veo.

Los gritos pararon.

Verushka se lanzó hacia Deán que estaba tendido en el suelo con el cuerpo empapado en sudor, completamente tieso. Le cogió la cabeza entre sus brazos y la acunó.

—¿Estás bien? Dime que estás bien. Por favor Deán, dime que estás bien.

Había autentica preocupación en su voz. Cuando los ojos de Verushka y Deán se encontraron, se produjo un silencio íntimo entre ellos.

Fue la voz de Lukashenko la que rompió el momento.

—¿Renuncias al pacto?

—Por favor Deán, acaba ya con esto —le pidió Verushka—. Ya has hecho mucho por mí, déjalo estar y vive tu vida.

Estaba tan bonita que era imposible no enamorarse de ella. Cuando el chico estiró la mano para tocarla, le dejó un reguero de sangre por su mejilla de marfil.

—Lo siento. No puedo. —El esfuerzo con el que hablaba le dolía a la chica tanto como a él—. No quiero dejarte marchar. Somos amigos siempre. ¿Lo has olvidado?

—No, ya te lo dije. —Se le rompió el corazón con lo que tenía que hacer, pero tenía que hacerle comprender que aquello era una locura—. ¿No te acuerdas? Para ser amigos no tienes que tener poder sobre mí. Eres mi amo, no mi amigo.

Las lágrimas en los ojos del chico y la confusión de aquel comentario, se mezclaban con la sangre de su cara mientras sus labios se movían con esfuerzo.

Verushka cerró los ojos a la espera de que se derrumbara con aquella puñalada.

—Yo, Deán Anderson... —Un ataque de tos amenazó con ahogarle, cuando por fin paró, sacó fuerzas para seguir hablando—. Rompo con tus tonterías y me declaro tuyo.

Sonrió.

Verushka le observó con los ojos abiertos como platos. Con auténtico terror, se giró para mirar a Lukashenko. La mirada del demonio la asustó más que nada en este mundo. La crueldad que poseía estaba en aquellos ojos plateados.

Aun así, creyó ver algo más por una vez, una aceptación del desafío.

A una señal suya, Zerks la empujó y agarró a Deán obligándole a levantarse.

—Por favor, para ya, vas a matarlo —suplicó Verushka.

—Siempre la misma cantinela. Pero mírale, no dejas de repetirlo y aún está respirando. Es un mocoso bastante molesto. Voy a tener que intentar algo más original.

Le bastó una mirada para acallar la súplica que estaba a punto de nacer en los labios de Verushka.

—Bien Deán. Entonces ¿qué dices? ¿Rompes el pacto?

—No —respondió con un hilo de voz.

—Me alegro, no esperaba menos de ti. Un héroe salvando a su princesa. Me caes bien, de verdad, incluso me siento honrado de ver cómo me desafías por tu chica, pero olvidas una cosa. —Se acercó a susurrarle en el oído—. Ella, no es tu chica. —Con sorna, se dirigió a Verushka hablando en voz alta—. ¡Deberías sentirte honrada cariño! Pocos hombres harían esto por ti.

Lo que pasó a continuación fue tan rápido que nadie lo pudo prever. En un momento el demonio estaba frente a Deán y al siguiente, se plantó delante de Verushka. La sangre manó por su cuello mientras miraba sorprendida cómo su ropa se empapaba de un líquido viscoso.

Gritó de dolor cuando un segundo corte le atravesó la otra mejilla y un tercero, más profundo, le hirió en la pierna izquierda tirándola de rodillas al suelo.

—¡No!—chilló Deán—. ¡Déjala! ¡Es a mí a quien quieres! ¡Soy yo quien tiene que romper el pacto!

—Estás muy equivocado —le corrigió el demonio con las manos cubiertas de sangre—. No te quiero a ti, lo único que quiero es tenerla de vuelta en mi reino y ya que tú no pareces decidido a colaborar, pagará las consecuencias. ¿Qué te parece?

El nuevo grito de Verushka resonó en la tienda.

—¡Para! —le pidió Deán.

Intentó moverse, pero Zerks le tenía bien sujeto.

—Por favor, detente.

—No tengo por qué. Ella no está protegida, así que puedo ser mucho más duro que contigo. ¿No lo encuentras divertido?

La propinó una patada en el estómago que la hizo estremecer. Cuando volvió a hablar, a cada palabra que Lukashenko pronunciaba le propinaba otra patada.

—Encuentro jodidamente divertido que un crío de diecisiete años me tenga encerrado en este mundo. Así que ya que estamos aquí, hagamos una fiesta.

—Rompo el pacto.

Las palabras quedaron en el aire paralizando al demonio.

—¿Qué has dicho? —le preguntó.

—Yo, Deán Anderson, rompo el pacto.

Esperaba que aquella declaración tuviese como consecuencia algún rayo que cayese sobre el lugar o que todo se llenase de murciélagos o puede que la oscuridad ocupase la tienda arrastrándolo al infierno, pero no pasó nada. El silencio era lo único que existía entre aquellas paredes.

—¿Tan difícil ha sido? —preguntó Lukashenko.

Al acercarse a él, le dio un par de palmadas suaves en la cara.

—Eres increíble, no te imaginas lo divertido que ha sido jugar contigo. Aunque todo hubiese ido mejor si me hubieses escuchado desde un principio. Recuérdalo cuando nos veamos abajo.

Cuando Zerks le soltó, el cuerpo de Deán cayó al suelo sin fuerzas. Soltó un gemido cuando le vio agarrar a Verushka y arrastrarla por el suelo como si fuese un saco de patatas.

Tenía que hacer algo. Lo que fuera.

Lukashenko, con un movimiento de su brazo, creó una especie de círculo delante de él. No hacía falta ser un genio para darse cuenta de que aquello que empezó a formarse era un portal. Si lo cruzaban, nunca más volvería a ver a su amiga.

No podía luchar contra él, pero tampoco podía rendirse. Lo único que se le ocurrió era lo que mejor había hecho en su vida. Se puso de rodillas y suplicó.

—Sé que te importa, déjala aquí.

Lukashenko no respondió.

Deán intentó tener la voz que necesitaba a pesar de las heridas.

—Has venido a por ella, te has quedado aquí. Según tú, solo tenías que esperar una miserable vida humana pero no lo has podido soportar porque te importa. Déjala quedarse.

—Ella es mía —remarcó posesivo—. Nunca debería haber salido del lugar al que pertenece.

—Te importa.

Lukashenko miró al demonio que llevaba a la chica y por primera vez pareció dudar. A Deán se le iluminó el corazón al ver que el portal estaba formado pero que no iba hacia él.

—Ella es mía.

—Aquí tiene una vida. Te prometo que la cuidaré, que me esforzaré en que se sienta bien y sea feliz. —Esperanzado, llenó sus palabras de la ilusión que sentía por la súcubo intentando hacerle entender que sería lo mejor.

Pero las bonitas palabras que nacían de su corazón murieron en sus labios al ver cómo Zerks caía al suelo sin cabeza. Con un empujón, Lukashenko lo metió al interior del portal mientras se limpiaba la sangre de sus manos en el pantalón.

—El cuerpo del detective Lacroixe me ha servido bien. Iba a dejarle aquí como favor personal pero por tu culpa, ahora lo necesito para llevarme a la súcubo.

—¿A qué te refieres? —le preguntó Deán.

—Iba a ser Zerks el encargado de traérmela así que espero que te sientas responsable de que un buen hombre con familia vagará por el infierno gracias a ti.

¿Gracias a él? ¿Qué había hecho salvo intentar apelar a los sentimientos de unos seres que no los tenían?

Miró a Verushka que tenía la mirada perdida en ninguna parte. Aún sostenía la mochila de ir a clase entre sus brazos como si fuese un amuleto que pudiese protegerla pero no había ni pizca de vitalidad en su cuerpo. Estaba decaída, derrotada.

—Cualquiera que me desafíe, cualquiera que se entrometa en mi camino paga su castigo. El destino de ella está escrito por el mero hecho de nacer en la familia que lo hizo. —Con un ademán, provocó en el chico un repentino picor en el pecho—. Te devuelvo tu alma Deán Anderson, espero no volver a verte. Así que deja de jugar con fuerzas que no controlas.

Se hizo el silencio.

No era justo. Quiso decir algo. Un último intento desesperado de apelar a lo imposible. Pero antes de abrir la boca, Lukashenko se dio la vuelta y atravesó el portal. Una vez lo hizo, y ante su mirada anonadada, desapareció como si nunca hubiese existido.

Deán quiso gritar, quiso llorar, pero no podía. Tan solo se quedó con la boca abierta sin dar crédito a lo que acababa de ver. Se habían ido. Le habían dejado solo. El dolor inhumano que se despertó en su interior, ni siquiera le permitía reaccionar.

Cuando al fin sus pulmones decidieron respirar otra vez, soltó un alarido que le desgarró el alma.

*«Escucha.»*

No podía, no quería, se encogió sobre sí mismo agarrándose el pecho intentando que su mente no se descompusiera.

*«Escucha joder, puedo ayudarte.»*

Paró de gritar, su cabeza funcionaba a mil por hora y aquella voz en su cerebro insistía en hacerse oír.

Estaba desesperado. Abierto a cualquier cosa. Incluso a escuchar la voz de alguien que no existía.

*«Aún puedes hacer algo. Bebe la sangre.»*

La sangre. Miró el lugar donde habían torturado a su amiga. Estaba lleno de aquel líquido rojo.

*«Recuerda que eres un arma, puedes hacerlo. Hazte fuerte, ve a por ella.»*

La idea se abrió paso hasta su consciencia. Era una oportunidad, una pequeña esperanza.

Tenía razón.

Al intentar levantarse, el latigazo de dolor que le sobrevino se lo impidió. Nada iba a frenarlo. Se arrastró hasta donde había estado la súcubo y empezó a lamer el suelo. Verushka había sangrado allí, había sangrado por su culpa.

Un poco más adelantado de aquel charco, donde Lukashenko había decapitado a Zerks, había más. El cuerpo del otro lacayo había desaparecido. No tenía tiempo.

En una ocasión le había dicho que la materia de la que están hechos los demonios no dura más que unos instantes una vez muertos. Así que bebió todo lo que pudo, no iba a dejar nada.

Aquello fue la gota que colmó un vaso ya rebosante. Todo se oscureció durante unos minutos en los que la electricidad de su cerebro y del sistema nervioso, recargó de energía todo su cuerpo.

Eso provocó que su corazón latiese a casi doscientas pulsaciones por minuto. La sangre no se movía en sus venas, sino que era expulsada de los ventrículos provocando que la circulación pareciese una autopista de vehículos a toda velocidad. Sus manos empezaron a temblar y luego el resto de su cuerpo empezó a convulsionar incapaz de controlar sus articulaciones.

Las convulsiones se sucedieron durante unos minutos más, hasta que su corazón dejó de latir y se quedó inmóvil en el suelo de aquella vieja tienda.

# CAPÍTULO 34

Los gritos de agonía que escapaban del interior de la fortaleza, eran desgarradores. Ni uno solo de los demonios posicionados frente a aquella tortura, apartó la vista. Estaban acostumbrados a la violencia de su mundo. Mientras el oro cubría la piel de la nueva estatua de su señor, en ninguno de ellos hubo siquiera el reflejo de compasión ante la nueva efigie del salón.

Sentado en el trono, Lukashenko se deleitaba a medida que el trabajo finalizaba con éxito. Paseó la vista entre todos aquellos súbditos que de tener la oportunidad acabarían con él sin dudarlo. Disfrutaba del miedo que sentían en ese momento.

Les obligó a quedarse escuchando, imaginando que ese podría ser el fin de cualquiera de ellos. Esperó con paciencia hasta que el oro líquido penetró por la boca de la víctima acallando sus gritos por fin.

Al hablar, Lukashenko lo hizo con la autoridad a la que estaban acostumbrados.

—¡Este es el castigo por llevarme la contraria! Aquellos que no estéis de acuerdo con algunas de mis ideas, tenéis la libertad para expresarlo ante mí. Pero si la hacéis a mis espaldas. —Miró a la estatua con sorna—. Lo entenderé como conspiración y actuaré en consecuencia. Mis deseos son órdenes. ¿Alguna pregunta? —Al parecer, hoy nadie era tan estúpido como para levantar la mano—. Muy bien, podéis iros.

Esperó a que toda aquella turba desalojase el salón antes de levantarse de su trono. Sabía el efecto que producía verle allí sentado y le gustaba la sensación de poder y temor que ejercía.

Caminó con calma hasta su nuevo juguete que le miraba con creciente horror a medida que se acercaba.

—Es preciosa, señor —comunicó Gelson lanzando un graznido en mitad de la frase—. Una obra de arte.

—Sí, lo es —le concedió—. Ahora vete a llamar a nuestro invitado.

—Como desees, amo.

Un segundo después, ya no estaba allí. Lukashenko siguió admirando su nueva estatua. Al levantar su mano, una uña le creció hasta convertirse en una garra y sin miramientos, la acercó hasta su ojo.

—No me gusta que me miren así. —Entendiendo el mensaje, la figura bajó la vista al suelo—. Mucho mejor. Y tú, ¿no vas a decir nada?

A su espalda, inclinada con la frente en el suelo, Verushka no se atrevió ni a mirarle. Aún tenía la ropa del mundo humano, rota y sanguinolenta.

Ni siquiera había podido limpiarse. La hizo sonreír pensar que su mayor preocupación en estos momentos fuese estar guapa. Fue una suerte que tuviese la cabeza en el suelo o no sabría lo que hubiese podido llegar a pasarle.

—¿Qué quiere que diga, mi señor? —El tono era demasiado sumiso para ella y le repugnó.

—¿Prefieres ser una estatua?

Verushka sintió la garra sobre su barbilla obligándola a levantar la cabeza y mirarle.

—No, amo.

—Muy bien, vamos entendiéndonos. ¿Te das cuenta de todos los quebraderos de cabeza que me has ocasionado?

—Sí, amo.

—¿Qué harás para compensarme?

Entre todas las cosas del mundo, la que más habría deseado hacer para compensarle tantas molestias era arrancar su cabeza del cuello y dejar que la muchedumbre del castillo se matasen los unos a los otros. Aunque eso no podía decírselo. De momento se hubiese conformado con permanecer con la cabeza gacha y evitar que en sus ojos se reflejase el odio que sentía junto a la promesa de que un día de éstos, lo mataría.

En su lugar, se acercó a Lukashenko. Acarició su torso sintiendo la dureza de las placas que le cubrían por completo. De su cuerpo no salía calor alguno, no había corazón que latiese cada vez más rápido como en el pecho de Deán. Siguió sonriendo a medida que el gesto de su cara perdía parte de la seguridad en sí misma.

—Lo siento —musitó cuando Lukashenko se apartó de ella—. Debe ser que aún me duelen las heridas.

La mirada del demonio se clavó en sus ojos, ahondando en el interior de su persona. Buscaba sin compasión en lo más profundo de ella misma la explicación que no le había dado. Al sonreírla, Verushka se dio cuenta de la crueldad de aquel gesto en su cara.

—Vas a ser una buena chica y volverás a las cuevas. —La súcubo asintió sin ganas—. Y no vas a cruzar ninguna otra puerta en tu vida. De lo contrario, el humano pagará las consecuencias. ¿Te ha quedado claro?

—Sí, mi amo. —No pudo reprimir una sensación de asco cuando rozó su mejilla en una caricia.

—Solo para estar seguros. Durante los próximos cien años, te pondré un compañero por si tienes ganas de charlar. Es muy agradable, te caerá bien.

Los pasos que oyó a su espalda la hicieron girarse. Completamente aterrorizado, se dirigía hacia ella el inspector Lacroixe.

—Él no te hace falta, ya estás aquí, puedes devolverlo a su mundo. —El tortazo que recibió la lanzó al suelo.

—Te he hecho un regalo, no seas desagradecida. Tendrás conversación durante los próximos cien años, deberías estar contenta.

—Sí, mi amo, disculpa mi torpeza. —Con todas sus fuerzas, evitó llevarse la mano a la mejilla dolorida—. Gracias por pensar en mí, amo, muchas gracias.

—Mejor. ¿Ves? Soy bueno enseñando modales. —Al mirar a Lacroixe, casi sintió lástima por el pobre hombre—. No te preocupes detective, sé de buena tinta que esta súcubo en especial, siente cierta debilidad por los humanos. Así que estás en buenas manos.

Un sexto sentido previno al policía de que lo mejor sería decir algo, pero las palabras se negaban a salir de su boca. Por suerte para él, el demonio no le dio tanta importancia.

—Ya estamos aquí, señor —anunció Gelson entrando con pequeños saltitos—. ¿Quiere que pasemos?

Con un gesto de la mano les indicó que tenían su permiso mientras volvía a sentarse en su trono.

—Muy bien mi querida Verushka ahora tienes compañía, así que espero que te portes bien. Pero por si acaso hay algún problema, he decidido ponerte un aliado que te proteja en el caso de necesitarlo.

Al mirar quién había entrado con el mensajero, reconoció sin poder creérselo la sombra de Mardröm. Apenas era un humo negro, pero sus ojos resaltaban desafiantes en lo que sería su cara.

Vio el brillo asesino que le dirigió al pasar a su lado.

—Será un placer servirle, amo —saludó el peligroso demonio—. Me aseguraré de que nada malo les pase. —Apoyó un dedo hecho de humo en la frente de Verushka y otro en el de Lacroixe y cada uno de ellos fue teletransportado al interior de las cuevas.

La oscuridad era absoluta, hasta que con una palmada, Mardröm creó una esfera de luz que alumbró cada rincón de la estancia.

Ni la súcubo ni el guardaespaldas apartaron los ojos el uno del otro. El duelo de miradas no duró más allá de los pocos segundos que tardó Lacroixe en empezar a gritar horrorizado.

No se calló hasta que Verushka fue hasta él y de un golpe en la nuca, le hizo perder el conocimiento.

—Así que desde ahora, tú y yo vamos a ser muy amigos —le dijo la súcubo a Mardröm—. Qué sorpresa más agradable.

—Eso parece.

—¿Vas a matarme?

El demonio rió con ganas.

—Si te dijese que no lo estoy pensando a cada instante, mentiría. Pero tengo órdenes. No te pasará nada.

—¿Y a él? —añadió señalando al inconsciente humano.

—Eso es cosa tuya. El humano no me importa en absoluto.

Si eso era verdad, tenía el poder de hacer lo que quisiera con él. Se acercó con descaro y puso un pie sobre la cabeza de Lacroixe pensando en romperle el cuello. Miró a Mardröm por si decidía actuar pero estaba apoyado contra la pared observándola divertido. No se lo iba a impedir. Se concentró en el hombre que tenía frente a ella. Él había sido la encarnación de Lukashenko, el responsable de que todo eso acabase como lo había hecho, el cabrón que la había separado de Deán.

Apretó con más fuerza aquella cabeza sintiendo su fragilidad. Nunca podría matar a Mardröm, pero podía desahogarse con aquel mortal. Cuando pisó con fuerza reventando la piedra al lado de su cabeza, se maldijo por no ser capaz de matarlo.

Él no tenía la culpa de lo que había pasado, era tan víctima como ellos.

—¡De qué te ríes! —le gritó a Mardröm.

—Me preguntaba si eras más demonio o humana. Ahora, ya sé la respuesta.

Sus carcajadas llenaron aquel lugar. Verushka no pudo evitar odiarle, aunque eso no quitaba que tuviese razón. Toda su vida había luchado para demostrar que no tenía nada de sangre mortal en sus venas, que era tan capaz como cualquier demonio que se precie de serlo.

Ahora había descubierto que ser humano no era tan malo, por mucho que ellos opinasen lo contrario.

Se dejó caer en el suelo, agotada. Le dolía todo. Así que este era el final de la historia. Su gran aventura. Dejó resbalar de sus hombros la mochila que ni siquiera se había dado cuenta que aún llevaba. La abrió decidida a echar un vistazo a los recuerdos que había traído. Entre los libros de clase, encontró también dos tabletas de chocolate, una revista de moda y el regalo de Deán. Al cogerlo, su corazón se aceleró y notó la tristeza abriéndose de nuevo paso.

—Deán, ¿cómo pudiste ser tan tonto? —Pensar en él era doloroso, aunque también calmaba algo en su interior.

—¿Qué es eso? —preguntó Mardröm con curiosidad.

Pensó en ignorarle, pero ganarse un enemigo que de por sí ya la odiaba no era necesario.

—Un regalo, me lo dio Deán.

—¿El humano que estaba en tu casa?

—Sí, el mismo.

—¿Qué es?

La súcubo empezó a darle vueltas, nerviosa.

—No lo sé, quería abrirlo delante de él. Aunque supongo que ya es una tontería esperar ¿no? —Nadie la respondió.

Con cariño, despegó la cinta aislante sin romper el papel abriéndolo con cuidado. La cajita escondía una pequeña rosa de cristal que Verushka cogió con miedo de romperla.

—Es bonita —concedió Mardröm a su espalda.

—No —respondió emocionada—. No es bonita. Es perfecta.

Notó cómo el demonio se acercaba hasta ella con lentitud y le costó mantenerse quieta. De quererlo, ya había comprobado que no tenía ninguna oportunidad contra él.

—En la tierra, los hombres olvidan pronto a sus mujeres y cien años es mucho tiempo. No te martirices. Hará su vida con otra hembra de su especie y vivirán felices. Así son los humanos. —Al ver que la súcubo no iba a responder, se dio la vuelta alejándose.

Cuando Verushka habló, lo hizo mirando su rosa. Sintiendo la calidez de las lágrimas que resbalaban por sus mejillas. En ese momento se acordó de la conversación con Valeria y lo supo.

—Yo no lo haré. Le recordaré siempre. —Dio un beso a su flor y lloró con ganas sabiendo lo cruel de su castigo.

# EPÍLOGO

Eran las nueve de la mañana cuando abrió la tienda. Entre todo el desorden que había causado la batalla ocurrida entre aquellas paredes, solo los utensilios rotos eran testigos de lo que había sucedido.

En aquel sitio, no había sangre ni rastro de los demonios. Tan solo el cuerpo de un chico tumbado en el suelo.

—¡Eh, muchacho! ¿Estás bien? —Aquel tono que de normal era jovial y alegre, tenía una pizca de preocupación al encontrarse lo que a primera vista le pareció un borracho en mitad de un atraco—. Despierta, vamos. Creo que para dormir la mona lo mejor es que vayas a tu casa.

Las palabras de alguna forma penetraron entre sus pensamientos, consiguiendo arrancar el letargo al que Deán se había visto sometido.

—¿Qué pasa? ¿Quién es? —preguntó.

—¿Cómo que quién es? Si es mi tienda ¿quién esperas que sea? ¿Y tú desde cuándo bebes? ¿Cómo conseguiste entrar en mi establecimiento? Y ya puestos ¿por qué sentiste la necesidad de romperlo todo? Creo que lo mejor será que hablemos con tu madre, aunque reconozco que estoy tentado de avisar a la policía.

—¿Nerf? —preguntó boquiabierto Deán.

—¿A quién esperabas? —comentó el anciano mientras ponía los brazos en jarra y examinaba el destrozo—. No me puedo creer que de entre todas las personas, hayas sido tú el que me haya hecho esto.

Iba a añadir algo más, pero se vio sorprendido cuando el chico saltó sobre él abrazándole como nunca nadie le había abrazado.

—Pensé que estabas muerto, él me dijo que estabas muerto. Me engañó.

—¿Yo muerto? ¿Quién te lo dijo? ¿Estás bien muchacho? —La preocupación en la voz de Nerf, tenía aquel cálido abrazo que Deán siempre había sentido a lo largo de los años.

Cuando le preguntó si estaba bien, notó el peso en su corazón por la ausencia de Verushka. No aguantó más y se derrumbó abrazando a su viejo amigo.

—Tranquilo Deán, no pasa nada —le consoló desconcertado—. Todo va a salir bien. Puedes estar tranquilo.

Mientras hablaba, le pasaba la mano por la cabeza con el corazón roto por verle así.

—Se ha ido —consiguió articular a pesar de los sollozos—. Se ha ido y se la ha llevado.

—¿A quién se han llevado?

—A Verushka.

—¿A dónde?

¿Cómo decirle que se la habían llevado al infierno? Desechó el pensamiento sabiendo que nadie nunca podría entenderlo.

—Lejos, muy lejos. —Se separó de su amigo intentando dejar de llorar, intentando tener un espacio para derrumbarse del todo.

—¿Por eso estás así? —Mirando el caos de su tienda, suspiró—. No pasa nada, las mujeres vienen y van. Tan solo tienes que asegurarte de encontrar a una que sea perfecta para no dejarla escapar nunca.

—Ella era perfecta.

—Entonces ¿qué haces que no la sigues?

El chico le miró sabiendo que nunca le podría comprender. Que nadie podría entenderle jamás.

—No puedo. No a donde se ha ido.

—¿La quieres? —Con tristeza, Deán afirmó con la cabeza—. Si la quieres, no hay nada imposible. ¿Sabes lo que significan las palabras no puedo? La cantidad de esfuerzo que necesitas antes de volver a verla. Si tanto la deseas, todo lo que tienes que hacer es esforzarte por alcanzarla.

Deán sintió a aquel hombre como al padre que nunca había tenido. Le abrazó aún con más fuerza sintiéndose renovado.

—Tienes razón. —Al mirar a Nerf, se dio cuenta de cómo miraba su tienda destrozada—. Lo siento, no fui yo, te lo aseguro.

El viejo dependiente lanzó un largo suspiro antes de responder.

—No pasa nada. Si tú estás bien, para mí es suficiente. Diré a los del seguro que entraron unos gamberros a destrozarme todo. Después de todo no sería mentirles, ¿no crees?

—Gracias, Nerf.

Deán no esperó respuesta para salir de la tienda. Tenía un millón de caminos entre los que escoger y los probaría todos si hacía falta. La encontraría. Las cosas ya nunca más serían como antes.

—¡Ánimo, compañero! —le gritó Nerf desde la puerta.

A medida que se alejaba, murmuró para sí mismo:

—La has perdido como un niño. Ahora, recupérala como un hombre.

# Nota del autor

Antes que esta ha habido cientos de buenas aventuras que se me habían ocurrido y muchas más nacerán cuando esta quede atrás en el tiempo, pero «*La flor del infierno*» siempre ha sido el libro. Ese proyecto que tenemos rondando por nuestra cabeza y que nunca nos pudimos deshacer del todo de él hasta que acabó plasmado en nuestras páginas.

Por este libro empecé a escribir y por esta historia es por lo que creí que merecía la pena invertir tanto tiempo frente a mi ordenador en una carrera apasionante. Espero que, una vez lo hayáis leído, signifique tanto para vosotros como para mí y que esperéis ansiosos una segunda parte (en la que ya estoy trabajando).

Así que como siempre he dicho ésta es mi ballena blanca. Mi propia Moby Dick. Pero la historia de Deán Anderson es un proyecto muy ambicioso que no podría haber seguido adelante sin la constante revisión y el cariño de Ana Polvorosa, el apoyo incondicional de Ivyy Reyes y el ánimo de amigas como Maite y Vir Cameno.

Quiero agradecer a Lorenzo que fuese mi primer oyente y a Cristina Barraso que fuese la primera chica que se mordía las uñas esperando con impaciencia cada capítulo. A Carina (alias Kasumi) por esas correcciones que me hizo en las que le sangraban los ojos y a Veru, que sin ser súcubo ni criarse en el infierno, es igual de dura y buena. Un beso muy fuerte para las dos.

También mandar un saludo al club de las Cotorras, que fueron las primeras en abrirme sus brazos. De este grupo un saludo grandilocuente para Eva Alonso, cuya sonrisa siempre hace retumbar las paredes de la tristeza y a mi querida Catalina, la mejor de todas las colombianas que he conocido. Un abrazo gigantesco para las dos. Otro para Leire Sánchez que siempre tenía tiempo para un café y le deseo mucho éxito con su novela que seguro que en cuanto salga la querré.

Quiero mandar un abrazo aún más grande a amigos como Joel Sanz, que siempre ofrece un apoyo incondicional con su amistad, su sonrisa, esos kebabs de madrugada y con largas horas de LOL, WOW o todo lo que sea jugar y a mis antiguos compañeros de rol que permanecían horas en sus sillas escuchando mis historias (va por vosotros: Sergio, Ángela, Dani, Néstor, Chou, Jorge e incluso por ti, Maite). A todos vosotros: ¡Mil gracias!

Y ya por último tengo que darte las gracias a ti, mi querido lector, sin cuya compañía esta novela acabaría perdida en el olvido. Bienvenido seas a mi locura ¿nos vemos en la siguiente aventura?